KB207231

환상, 욕망, 이데올로기

환상·욕망·이데올로기

당대 애정류 전기 연구 唐代 愛情類 傳奇 研究

펴낸날 2008년 4월 28일

지은이 최진아
펴낸이 채호기
펴낸곳 ㈜문학과지성사
등록번호 제10-918호(1993. 12. 16)
주소 121-840 서울 마포구 서교동 395-2
전화 02) 338-7224
팩스 02) 323-4180(편집)   02) 338-7221(영업)
전자우편 moonji@moonji.com
홈페이지 www.moonji.com

ⓒ 최진아, 2008. Printed in Seoul, Korea.

ISBN 978-89-320-1860-7

* 이 저술은 2006년 정부(교육인적자원부)의 재원으로
  한국학술진흥재단의 지원을 받아 출판되었음(KRF-2006-A00098).

환상, 욕망, 이데올로기

당대 애정류 전기 연구 唐代 愛情類 傳奇 研究 | 최진아 지음

문학과지성사 2008

당대 전기 연구의 총화(總和)

: '당대(唐代) 애정류(愛情類) 전기(傳奇) 연구' 출판에 부쳐

전국(戰國) 말년 장주(莊周, 기원전 369~289?)의 언급으로부터 비롯된 "소설"이란 명칭은 생태적으로 많은 우여곡절을 거쳐 오늘에 이르렀다. 서양에서 소설은 Fiction, Novel, Story라는 용어로 사용되고 있지만, 중국에서는 선진(先秦) 시대부터 지금까지도 변함없이 "소설"로 통용되고 있다. 그것은 우리나라에서는 물론이고 일본과 베트남 같은 이른바 한자 문화권에서도 중국과 동일하게 사용되고 있다.

"소설"은 한자의 뜻 그대로 "자질구레한 이야기"를 이른다. 그 본래의 뜻은 "별로 중요하지 않은 사소한 언사(言事)"이다. 그래서 소언(小言), 소기(小記), 소사(小事), 소도(小道), 쇄언(瑣言)이라는 다른 명칭으로 통용되고 있다. 이 같은 각기 다른 명칭이 조사된 것만으로도 무려 60여 종에 이른다. 이것은 곧 중국에서 소설의 발생 과정이 복잡하고 다기한 것을 보여주는 근거로 이해할 수 있다. 패사(稗史), 가담(街談), 항어(巷語), 단서(短書), 필기(筆記), 속강(俗講), 강사(講

史), 화본(話本), 전기(傳奇), 행권(行卷), 온권(溫卷) 등은 비교적 널리 알려진 "소설"류의 별칭이다. 그러나 이런 "소설"에 관한 적지 않은 이칭(異稱)이나 별칭(別稱)은 중국 문학사에서 소설의 본태적(本態的) 발생 과정의 무궁무진한 다양성을 설명하는 용어일 뿐이다. 바꾸어 말하면 "자질구레한 별 보잘것없는 사소한 이야기"라는 초기의 뜻으로 소설을 이해하거나 정의하는 사람은 적어도 지금에 이르러서는 아무도 없기 때문이다. 소설이 정녕 한갓 "자질구레한 이야기"에 지나지 않는다면 어느 누가 그것을 읽고 감상하기 위해 밤을 지새겠는가? 명청 시기 이후로 중국 사람들의 소설에 대한 인식이나 관념이 제고되었고, 그것은 사대기서(四大奇書)와 『유림외사(儒林外史)』 『홍루몽(紅樓夢)』의 출현에 따른 많은 독자층의 형성에서 비롯되었다. 청말 구미 문학의 영향과 1917년 문학혁명운동 이후 소설은 중국 문학의 중요한 장르가 되었다. 비록 아직도 명칭은 "소설"로 호칭하고 있지만 지금은 이미 "소설(小說)"이 아닌 "대설(大說)"로 인정받으며 중국 문학의 핵심 장르가 되었다.

중국 소설사에서 당대(唐代) 전기(傳奇)는 본격적인 소설의 출발로 거론하고 있다. 당 전기에 이르러 선진 시대의 신화, 전설, 우언(寓言), 한대(漢代)의 신선고사 그리고 위진육조(魏晉六朝)의 지괴(志怪), 지인(志人)의 경지를 훌쩍 넘어섰기 때문이다. 그것을 중국 소설사에서 "전기"로 정의하고 당대 소설의 대명사로 인식하기에 이르렀다. 당대 전기 이전의 고사는 소설이란 원시적 의미를 탈피하지 못한 내용이었으나, 전기에 이르러서 현대적 의미의 내용과 형식을 갖춘 소설의 탄생을 보게 된 것이다. 그러므로 중국 소설사에서 선진 · 양한 · 위진육조의 소설 연구가 중국 소설의 형성 과정을 탐구하는 작업이라면, 당대 전기는 본격적인 소설 연구의 시발점이라는 의미를 지닌다고 하겠다.

당 전기를 중국 문학사에서 높게 평가하는 이유는 작자의 의도적인 창작이라는 점이다. 그 이전의 중국 소설은 패관(稗官)이란 관리에 의해 수집된 소언(小言), 잡기(雜記)에 지나지 않았다. 그래서 당 이전의 소설가란 이야기를 채집하는 사람에 지나지 않을 뿐이다. 그러나 당 전기의 작자는 곧 정식 소설의 창작자로 인식하고 있다. 이야기를 수집하는 것과 지어내는(창작) 것은 근본이 다르다. 『논어』의 표현대로라면 술(述)과 작(作)이요, 수집(蒐集)과 창작(創作)의 차이로 해석해도 좋을 것이다.

흔히 중국 문학사에서 송대를 정통 시문에서 민간문학인 소설과 희극으로 주도권이 넘어간 시대로 평가하고 있지만, 그것은 당대 전기소설과 변문화본이 있었기에 가능했다. 송대의 화본과 남희는 설창문학으로 변문의 내용과 형식을 그대로 계승하고 있기 때문이다. 우리는 명청대의 희곡 작품이 전기를 습용(襲用)하고 있는 점을 주목하면 그것의 상관관계를 쉽게 이해할 수 있을 것이다.

"당 전기를 어떻게 쉬운 말로 정의하여 이해를 도울 수 있을까?" 하는 문제를 생각하게 되면서, 필자는 항상 "지괴의 큰 바다 가운데 우뚝 솟아난 섬"과 같은 존재라고 전기의 뜻을 새겨보곤 한다. 전기의 반열에 오른 작품은 대체로 지괴집(志怪集)에서 나왔고, 지괴집에 실린 고사 중에서 극히 일부만 "전기" 작품으로 선택받은 것이기 때문이다. 그래서 당 전기 작품은 논자의 기호에 따라 출입이 심하다. 15편에서 150여 편까지 넘나들고 있고, 앞으로도 논자의 취향에 따라 가감의 편폭은 항상 열려 있다는 점도 당 전기 연구에서 특기할 점이다.

이번에 "당 전기 연구"에서 국내외적으로 활발한 연구와 꾸준한 발표를 하고 있는 최진아 박사가 2002년 8월에 제출한 박사 논문 「당대 애정류 전기 연구」를 증보하여 출판하게 되었다. 지괴의 큰 바다 가운데 돌출한 것이 전기라면, 역시 전기 작품의 정화(精華)는 염정(艷情), 곧 애정고사(愛情故事)라고 할 수 있을 것이다. 당대 전기 애정류의 대표작인 백행간(白行簡, 776~826)의 「이와전(李娃傳)」과 원진(元稹, 779~831)의 「앵앵전(鶯鶯傳)」이 있어 당대 소설이 중국 소설사상 확고부동한 위치를 차지하게 되었다. 동서고금의 인간사에서 남녀간의 애정을 제외하고 그 무엇을 논할 수 있겠는가? 장안 명기 이와가 과거 준비를 위해 장안으로 온 당대 명문가의 자제 정생(鄭生)의 거금을 탕진하도록 이끌어 들이는 내용 전개는 현대 소설과 비교해도 그 구성의 치밀함에 있어 전혀 손색이 없다. 보구사(普救寺)의 서상(西廂)에서 앵앵과 장생(張生)이 주고받는 대화 속에 나타난 심리 묘사는 절창(絕唱)의 경지라고 해도 결코 지나치지 않다.

　이제까지 당 전기의 연구는 주로 해당 작품이 전대의 것에 비해 어떤 발전적인 차별이 있으며, 또한 작품 내용의 깊이 있는 감상으로 일관되었다. 이 책은 당 전기 작품의 핵심인 애정류 고사를 종래의 작품 감상 위주에서 한 걸음 더 나아가 폭넓게 해석을 시도했다는 점을 높이 살 수 있을 것 같다. 그 일례로 당 전기와 서구의 중세 로망스를 비교함으로써 동서 애정류 고사의 유형과 구조를 쉽게 변별할 수 있도록 분석했다. 애정 양상의 심리 분석에서도 프로이트Sigmund Freud를 비롯한 칼 융Carl Gustav Jung, 라캉Jacques Lacan의 이론을 이끌어 학제 접근적 분석을 통해 작품을 근본적으로 이해하려는 새로운 시도를 적절하게 전개하였다. 이런 새로운 방법론의 접목은 과거에는 물론이고 지금까지도 서구 이론에 어두운 중국 학자들에게서 아직 시도된 바 없다.

　이 책을 일언이폐지(一言以蔽之)한다면 동서고금을 아우른 "당대 전기 연구의 총화(總和)"라고 주저 없이 단언하고 싶다. 당대 애정류 전기 작품과 중세 로맨스의 작자가 서사에 개입하는 방식, 즉 독자에 대한 논평으로서의 메타서사는 작자의 사상 곧 이데올로기가 올바르게 전달되기 바라는 데서 비롯된 것이 아닌가 싶다. 메타서사meta-narrative로서의 문제제기를 동서로 확대·부연함으로써 선명한 이해를 돕고 있다. 이 모든 것이 최박사의 창조적 견해임을 밝혀둔다.

그간 최진아 박사의 학문적 탐구의 역정을 살펴보면 그가 진실로 추구하여 천착(穿鑿)한 바가 무엇인지를 알 수 있게 된다. 1996년 8월 「배형(裵鉶)의 『전기(傳奇)』에 관한 연구」로 석사학위를 받고 다시 2002년 8월에 같은 제목으로 박사 논문을 제출한 후에도 국내외의 학술회의에서 발표한 내용은 "당대 전기" 연구로만 일관되고 있다. 이렇게 외곬으로 "전기"에만 몰두하는 젊은 연구자들이 드물다. 대체로 시류를 타거나 좇는 것이 오히려 보통이다. 학위 논문만 쓰고 자기 전공을 버리는 사람들도 적지 않은 것이 요즘의 학계 모습이다. 이제 당 전기 연구에 관한 한 최진아 박사는 넓고 깊은 경지에 이르렀고, 활발한 학술 활동을 통해 국내외적으로 상당히 알려졌다. 이 모든 것이 시류에 한눈 팔지 않고 "전기" 연구의 외길을 걸어온 덕분이리라!

이제까지 최진아 박사는 당대 전기의 미시적 연구에 몰두했다. 앞으로는 이 같은 연구를 토대로 당 전기는 물론 중국 소설사의 거시적 연구로 다가서는 계기가 되길 바란다. 지금까지 그가 견지해온 일관된 학문적 자세가 이를 담보할 것으로 확신한다.

2008년 4월
송파(松坡), 설악산방(雪岳山房)에서
전인초(全寅初) 쓰다

지금으로부터 1,500여 년 전, 중국 당(唐)나라 사람은 어떻게 살았을까? 과연 그 사람들도 현대를 살아가는 우리처럼 사랑도 하고 고민도 했을까?

오만한 현대인인 나는 이런 궁금증을 가지고 당나라를 공부했다. 그리고 당나라 사람이 쓴 자신들의 사랑 이야기를 연구했다.

당나라 사람은 우리처럼, 아니 우리보다 훨씬 영리하고 민감한 존재였다. 그들의 사랑은 유교 이데올로기의 통제를 받았다. 하지만 그들은 그냥 통제당하지만은 않았다. 당나라 사람은 지배 이데올로기로부터의 일탈을 욕망했고, 그러한 일탈의 욕망은 정말 영악하게도 이데올로기의 용인 아래 이루어졌다.

당나라 사람은 자유로운 영혼이 교감할 수 있는 사랑을 갈구했고, 그런 사랑 이야기를 서술하고 싶어했다. 제도, 예법, 가치관, 성(性) 등 사랑과 관련된 모든 상황은 1,500년 전이라고 해서 결코 다르지 않았다. 따라서 당나라 사람과 그들의 사랑 이야기를 연구하면서 우리가 소유한 현대인의 감성이 전혀 새로운 것이 아님을 알게 되었다. 그저 우리는 1,500년 전 사람과 같은 감성 상태를 지속하고 있었을 뿐이다.

당나라 사람의 사랑 이야기, 즉 당대(唐代) 애정류(愛情類) 전기(傳奇)는 환상, 욕망, 이데올로기가 중첩된 층위에서 만들어진 서사였다. 그들의 사랑과 욕망은 선녀와의 만남, 여우가 둔갑한 미인, 죽은 미인의 무덤에서의 하룻밤 등 다양한 환상 장치를 통해 표현되었다. 때로 그들은 이데올로기와 타협하기도 하였다. 애정류 전기에 삽입된 그들의 논평, 즉 의론문(議論文)은 이데올로기의 용인을 받고자 하는 수단이었다. 의론문은 현실로부터의 일탈을 적절히 단속, 보호해주는 가림막이었다. 그리고 당나라 사람의 모순된 심리를 그대로 보여주는 증거이기도 하였다. 나는 인간의 욕망이 금기와 일탈의 경계에서 어떤 모습으로 표현되는지를 탐색하는 과정이 진정 즐거웠다. 그리고 학위 논문의 성과를 토대로 하여 이 책 『환상·욕망·이데올로기: 당대 애정류 전기 연구』가 완성되기에 이르렀다.

이 책을 쓰는 중에 나는 당나라의 수도였던 장안(長安), 지금의 서안(西安)에 다녀왔다. 아직도 당나라의 숨결을 간직한 자은사(慈恩寺)의 탑에는 과거 급제자의 이름이 붙어 있는 듯했고, 화청궁(華淸宮)에서는 양귀비의 미소를 본 것만 같았다. 애정류 전기가 쓰였던 그 당시는 바야흐로 당나라가 동아시아의 중심국이었다. 그리고 수도인 장안은 골목골목마다 국제도시로서의 화려함과 위용으로 넘쳐났다. 그 속에서 애정류 전기는 이토록 활기찬 생명력을 지닐 수 있었구나. 당나라가 지닌 에너지가 바로 애정류 전기 탄생의 원동력이었음이 새삼 느껴졌다.

그런데 재미있는 점은 최근 들어 중국이 추구하는 모델로 당나라가 부상되고 있다는 것이다. 중국이 국력을 기울인 베이징 올림픽의 중심 주제는 '성당 시대의 힘찬 기운(盛唐氣象)'이다. 그리고 중국은 올림픽을 기점으로 동아시아 중심국가로의 도약을 꿈꾸고 있다. 현재 그들은 중화중심주의라는 새로운 이데올로기에 집중한다. 그리고 모든 중국적인 것이 동아시아의 대표, 나아가 세계의 대표가 되기를 갈망한다. 따라서 당나라의 활기찬 에너지와 위력은 바로 현 중국의 발전을 위해 다시금 소환되는 것이다.

나는 이처럼 풍요롭고 생명력 넘치는 당나라와 당나라의 애정류 전기를 공부할 수 있었던 것이 커다란 행운이었다고 생각한다. 이는 순전히 학문의 세계로 이끌어주신 내 은사님들의 덕택이다. 박사 과정 시절, 전인초 은사님이 던지신 한 말씀, "당나라 여성 앵앵의 행동과 사고방식은 현대 여성과 전혀 다르지 않다"는 이야기는 애정류 전기 연구의 화두가 되었다. 부족한 제자를 변함없이 아껴주시고 장래에 대해 늘 걱정해주시는 선생님의 지극한 제자 사랑에 존경과 감사를 올린다. 끊임없는 학문에의 정진으로 선생님의 은혜에 보답할 날이 있기만을 바랄 뿐이다. 또한 아무것도 모르고 의욕만 앞선 어린 학생을 키워주신 정재서 은사님께도 깊은 감사를 드리고자 한다. 지금까지 나의 공부는 모두 선생님을 흉내 낸 것들이다. 아니, 향후 선생님의 반만이라도 감히 제대로 흉내 낼 수 있을까 싶다.

이 책의 출간을 위해 사랑하는 가족의 정성 어린 헌신이 있었다. 가장 이데올로기적인 존재라 할 수 있는 가족은 가장 편안하고 내게 힘을 주는 존재이기도 하다. 가족에 대한 감사와 미안함은 당나라 사람도 나와 같았으리라고 생각한다.

마지막으로 교정과 편집을 위해 애쓰신 문학과지성사의 관계자 및 박지현 님께 깊숙이 머리 숙여 감사를 드리며 글을 맺는다.

2008년 봄날
최진아

| 차례 |

일러두기

1. 이 책에 수록된 중국어권의 작품명은 다음의 두 가지 원칙에 의해 표기하였다.
   첫째, 독자의 이해를 돕기 위해 난해한 작품명은 우리말로 풀어놓았다. 아울러 원문을 병기하여 원뜻을 분명히 밝혔다.
   둘째, 작품명 자체가 이미 고유명사화된 경우 우리말 한자 독음으로 표기하였다. 이 경우에도 원문을 병기하여 원뜻을 명시하였다.
2. 중국어권의 작가명과 지명은 기본적으로 우리말 한자 독음에 의거하여 표기하였다. 다만 1911년 신해혁명 이후에 활동한 인물, 부각된 지역에 대해서는 현대 중국어 표준 발음에 의거하여 표기하였다.
3. 일본 작가 및 작품명, 일본 지명에 대해서는 기본적으로 우리말 한자 독음을 적용하여 표기하였다. 다만 대중적으로 널리 알려진 작가, 작품명, 지명에 대해서는 현대 일본어 표준 발음에 의거하여 표기하였다.

서문: 환상 · 욕망 · 이데올로기의 서사

1. 연구 목적 및 방법

남녀의 사랑이라는 주제는 유사 이래로 인간의 관심사 중 늘 그 중심에 자리해왔다. 그것은 인간 삶의 원동력이었으며 문화 창출의 힘으로 작용했다. 그래서 사랑은 동서고금의 문학이 늘 탐구해온 제재로서 각 시대의 중심적인 화제가 되었고 인류 역사에 남녀의 이성(異性)이 존재하는 한, 그대로 영속되어 존재하는 것이기도 하다. 그런데 매우 흥미롭게도 남녀의 사랑이란 것은 그 자체 내에 모순적인 개념을 내포한다. 즉 인간의 욕망은 이성과의 사랑을 무한대로 추구하면서도 인간의 이성(理性)은 그 사랑의 자유로운 발산을 통제하는 것이다. 따라서 남녀의 사랑에 대한 통제는 무수한 금기들을 산출하게 되었고, 동시에 인간은 줄곧 그러한 금기들을 깨뜨리고자 시도하였다. 그러므로 남녀의 사랑은 쉽게 결론지을 수 없는 주제이며, 수많은 문화의 층위가 혼재된 상태에서 사유될 수밖에 없는 것이다.

그렇다면 여기에서 몇 가지 질문을 제기할 수 있다. 왜 남녀의 사랑은 이토록 다층적이면서도 자가당착적인 의미를 지니게 되었는가? 그리고 그것은 어떤 방식으로 서술되고 표현되어왔는가? 특히 서사문학에 있어서 그것은 당대(當代)의 이데올로기와 어떠한 관계를 형성하며 문학적 제재로 유형화되었는가? 이와 같은 질문에 답하기 위해 이 책에서는 중국의 당(唐)이라는 국가로 시선을 옮기고 그 시대에 나타난 허구적 서사문학인 전기(傳奇)¹ 가운데 남녀의 사랑을 다룬 작품들에 주목하려고 한다.

중국 역사상 당대(唐代)가 차지하는 의미는 근원적이고도 중심적이다. 당대는 중국적인 문화의 정체성을 더욱 확고하게 만든 시기였으며, 자신의 문화를 해외로 널리 전파시켜 동아시아적 문화 공동체를 형성하던 시기였다. 특히 성당(盛唐) 시기에는 유교, 불교, 도교의 장점을 고르게 흡수하여 삼교융합(三教融合)의 독특한 문화를 이루었을 뿐 아니라 증가된 생산력을 바탕으로 하여 화려하고 도회적인 문화를 발달시켰다. 비록 안사(安史)의 난이라는 국운의 분수령으로 인해 성당 시기에 성립된 풍성한 문화가 더 큰 발전을 이루어내지는 못했으나 중당(中唐) 이후의 문화 역시 성당의 연장선에서 동아시아 문화의 핵심으로 간주하

---

1 이 책에서는 당대(唐代)에 성립된 허구적 서사문학을 '전기(傳奇)'로 명명한다. 이 책에서 '전기소설(傳奇小說)'이라는 용어를 사용하지 않고 '전기(傳奇)'로 개념을 통일한 이유는 현대적·서구적 소설 개념에 근거했을 때 '전기'가 과연 소설인지 아닌지에 대한 불필요한 논란을 피하기 위해서이다. 따라서 이 책에서는 '전기'를 비단 '당(唐)'이라는 한 시대에만 국한된 서사가 아니라 중국 소설사를 통시적으로 관통하는 장르적 개념으로 간주한 것이다. 다만 '전기'가 '당대(唐代)'에 성립된 서사이며 이 책에서 다루는 부분이 '당대'의 '전기'와 관련된 부분이기에 이 책에서는 시대적 개념을 부각시켜 '당대 전기(唐代 傳奇)'로 지칭하였다. 하지만 본질적인 의미에서 볼 때 이 책에서 사용하는 개념인 '전기'는 허구적인 측면을 강조한다는 점에서 결국 '전기소설'과 상통하는 의미가 된다. 뿐만 아니라 루쉰(魯迅)이 『중국소설사략(中國小說史略)』에서 사용한 개념인 '전기문(傳奇文)' 역시 '전기로 된 문장'이라는 의미이므로 기본적으로 이 책에서 규정한 개념인 '전기'와 같은 맥락임을 밝혀둔다.

는 데 손색이 없었다.

더군다나 당대에는 중국 역사상 전무후무한 여성 황제 또한 존재했다. 이는 당대의 여성이 지닌 사회적 지위가 여타 왕조와 변별됨을 의미하는 것이며, 남녀의 애정 문제에 있어서도 여성이 차지하는 비중이 적지 않았음을 뜻한다. 따라서 이러한 시대 상황 속에서 쓰여진 '전기,' 그 가운데서도 남녀의 사랑을 제재로 다룬 애정류(愛情類) 전기(傳奇) 작품에는 당대의 사회 · 문화에서 차지하는 여성의 지위와 역할이 반영되었을 뿐 아니라 남녀의 성(性)에 대한 당나라 사람의 시각 역시 개입되었다고 볼 수 있다.

그런데 이 시점에서 지나칠 수 없는 문제는 당대 애정류 전기의 작자가 사인(士人), 즉 유교적 소양을 기반으로 한 지식인 남성 집단이라는 사실이다. 그것은 당나라 사람의 사랑을 제재로 다룬 서사가 남성의 입장에서, 특히 지배 이데올로기를 체현해내는 유교 문화 담당자들의 관점에서 서술되었다는 것이다. 아울러 전기의 독자 또한 작자와 동일한 사인 계층에 속함을 상기한다면 전기가 당대의 지배 이데올로기와 상당히 밀접한 관련을 지닌 서사라는 것은 부인할 수가 없다. 그러므로 당대 애정류 전기에 나타나는 남녀의 모습을 읽어나가기 위해서는 무엇보다도 전기의 향유층인 사인의 특성에 대해 세밀한 주의를 기울여야만 한다. 또한 사인 스스로가 지닌 두 가지 욕망의 괴리, 즉 자유로운 사랑을 추구하고 싶은 인간 본연의 욕망과 유교 이데올로기를 체현해내고자 하는 사회적 욕망 사이의 충돌과 그 해결 과정에도 관심을 두어야 할 것이다.

따라서 이 책에서는 이와 같은 전제들에 입각하여 당대 애정류 전기를 다음과 같은 목적에서 고찰하고자 한다.

우선 현재까지 이루어진 당대 애정류 전기의 연구가 당나라의 사회 ·

문화적 상황과 연관되어 유기적으로 고찰되지 않았다는 점이다. 이는 곧 지괴(志怪, '괴이한 사건의 기록'이라는 의미로 중국 최초의 허구적 서사로 평가된다)가 형성된 위진남북조(魏晋南北朝) 시대와는 대별되는, 당나라라는 한 시대가 지니는 특성들이 당대 애정류 전기의 연구에 고려되어야 한다는 것이다. 예컨대 작자 문제에 있어서 지괴가 방사(方士)라는 작자층을 중심으로 하였다면 전기는 사인을 중심으로 지어졌음에 주목하여 당대 사회에서의 사인의 위상 및 그들의 가치관이 당대 애정류 전기에 어떠한 방식으로 반영되었는지를 논구해야 한다. 또한 위진남북조에 비해 더욱 발달한 도시 문화와 이에 따른 기루(妓樓, 기녀들이 거처하던 곳)의 성행 등이 당대 애정류 전기의 제재 및 여성 인물의 영역을 더욱 풍부히 했다는 점도 주시해야 한다. 그리고 남북조를 거치면서 배태된 유미주의적 사조가 당대 애정류 전기에 어떠한 영향을 끼쳤는지를 밝혀내고 아울러 그것이 인간의 신체에 대한 관심과 결합되어서 당대 애정류 전기에 전대와는 확연히 다른 과감한 애정 묘사를 가능케 했음을 서술해야 한다.

다음으로 이 책은 당대 애정류 전기 중 지괴적인 성격을 지닌 일련의 작품들, 즉 인신연애(人神戀愛) 및 이류상애(異類相愛) 유형들이 지괴와는 어떠한 차이를 지니고 있는지를 논술하여 당대 애정류 전기의 성격을 명확하게 규명하는 데 그 목적이 있다. 이와 같은 유형들에 대한 연구는 '기이한 일을 전하여 서술한다(傳述奇異之事)'로 전기를 파악하여 지괴와 전기의 서사적 동질성을 확인하는 작업일 뿐 아니라 그들 사이의 차별성을 도출해내어 당대 애정류 전기만의 고유성을 정립하는 과정이기도 하다. 또한 이 책에서는 지괴에는 존재하지 않았던 재자가인(才子佳人) 유형의 출현에 대해서도 논구하여 당나라 시대에 대두된 인성주의(人性主義)와의 연관 속에서 당대 애정류 전기의 성격을 규정할 것이다.

더 나아가 이 책이 추구하는 목적은 당대 애정류 전기의 의미를 전통적 문학사의 의미에서 좀더 확장시켜 새로운 해석의 가능성을 내포하는 서사로 그 위상을 정립하는 것이다. 이 책에서는 이 부분에서 환상, 욕망, 이데올로기라는 코드에 집중하여 당대 애정류 전기를 분석하고자 한다. 즉 당대 애정류 전기에 빈번히 나타나는 '인간과 선녀의 사랑'과 '인간과 요괴의 사랑' 및 초월적 시공간의 설정을 환상문학의 차원에서 해석할 것이다. 그리고 이 같은 환상 장치가 서사에서 담당하는 역할에 대해서도 논의하려고 한다. 또한 이 책에서는 당대 애정류 전기의 남성과 여성 인물의 섹슈얼리티sexuality까지도 분석해낼 것이다. 이는 당대 애정류 전기가 담지하는 남녀 욕망의 문제를 이데올로기와 연관시켜 탐구하는 작업에 해당한다.

이 책은 모두 5부로 구성되었다. 우선 「서문」에서는 당대 애정류 전기의 연구 현황에 대해 개괄적으로 검토하게 된다. 당대 애정류 전기에 대한 연구는 이미 국내외에서 모두 상당히 집적된 성과를 보이고 있다. 하지만 당대 애정류 전기에 대한 보다 심화된 연구, 즉 학제적인 방법론을 원용한 다각적인 검토는 아직 그다지 많은 결과를 산출해내지 못하고 있다. 그러므로 그러한 연구사적 계보 속에서 이 책의 연구가 자리하는 지점이 어디에 해당하는지를 점검하고 연구의 좌표로 삼으려고 한다.

이어서 1부에서는 당대 애정류 전기를 구체적으로 논의하기 위한 전제들을 고찰할 것이다. 당대 애정류 전기는 분류상으로 당대 전기라는 큰 범위에 속하는 개념이기에 당대 애정류 전기에 관한 면밀한 연구는 당대 전기 전반에 걸친 고찰과 연관될 수밖에 없다. 그런 의미에서 1부에서는 당대 애정류 전기 연구에 선행하여 역사상 당대가 지니는 시대

적 특성과 '기(奇)'를 추구하는 서사의 함의 및 전기 형성에 관련된 전
대 문학의 촉매 작용 등에 대해 검토하려고 한다. 또한 전기가 진사과
(進士科)를 매개로 한 특정 집단의 창작물임을 주시하여 당대의 사인
에게 과거제가 의미하는 바가 무엇이었는지도 밝혀내고자 한다. 아울
러 전기가 사인들이 사적(私的)으로 모인 자리에서 공동의 논의를 거
쳐 창작되고 돌려 읽혀졌음에도 주목하여 야우스Hans Robert Jauß가
제기한 수용미학적 관점에 의해 텍스트text가 아닌 작품work으로 기능
하는 전기의 의미에 대해 재고하는 과정을 거칠 것이다.[2]

다음으로 2부에서는 당대 애정류 전기의 성립 과정을 구체적으로 검
토할 것이다. 먼저 당대 애정류 전기의 개념을 정립한 뒤, 이 책에서
대상으로 삼는 작품을 서지학적인 측면에서 검토하고 그 대략적인 내용
을 소개할 것이다. 그러고 나서 전대에는 존재하지 않았던 남녀의 에로
스eros에 대한 서술과 묘사가 당대 애정류 전기에서 시도된 원인을 당
황실의 혈통적인 문제와 관련하여 논의한다. 그리고 유교 문화가 규정
한 금기와 그것을 위배하고자 하는 인간의 욕망 사이에서 창출된 에로
티즘érotism이 당대 애정류 전기에 어떠한 방식으로 개입되었는지를 고
찰하고, 아울러 당대에 들어와 성행한 기루(妓樓) 문화가 일으킨 염정
(艷情)에의 관심에 대해서도 다각적으로 탐색할 예정이다.

3부는 당대 애정류 전기의 유형과 구조를 고찰하는 작업에 할애된다.
당대 애정류 전기는 연애의 대상이 누구인가에 따라 세 가지 유형으로
나뉜다. 그 첫째는, 인간인 남성과 신녀(神女), 선녀(仙女), 용녀(龍
女) 등 초월적 존재와의 연애를 다룬 인신연애(人神戀愛) 유형이고,

---

2 이 책에서 사용하는 텍스트 text, 작품 work의 개념은 수용미학적 관점에 의한 것으로 롤랑
바르트 Roland Barthes가 제기한 관점과는 변별된다. 이에 대해서는 이 책 1부 3장 「이야기의
작자와 독자」에서 다시 확인할 것이다.

22

둘째는, 망혼(亡魂) 및 요괴(妖怪), 곧 여우나 원숭이가 둔갑한 여인과의 애정인 이류상애(異類相愛) 유형이며, 또한 셋째는, 재주 있고 잘생긴 인간 남성과 미모를 갖춘 인간 여성과의 연애인 재자가인(才子佳人)의 연애 유형이다. 이들 세 가지 유형은 신화 시대 이래로 집적되어온 각각의 문화적 맥락에 따라 형성되었으며, 뒤이어 나오는 당대 애정류 전기의 구조와도 유기적인 연계성을 갖는다. 당대 애정류 전기의 구조는 연애의 결과에 따라 행복한 결말로 맺어지는 대단원의 결말 구조와 연애의 파국으로 종결되는 비극적 결말 구조로 나뉜다. 그런데 어떤 결말 구조를 갖느냐는 작자의 서술 의도와 밀접한 관련이 있음을 알 수 있다. 그러므로 3부에서는 당대 애정류 전기가 행복한 결말인가, 아니면 비극적 결말인가의 문제를 앞의 유형 분석이 의미하는 문화적 맥락과의 깊은 상관관계 속에서 분석할 것이고 그러한 서사에 개입한 작자의 서술 의도에 대해서도 면밀히 탐구할 것이다.

이어지는 4부에서는 당대 애정류 전기의 의미 지향을 도출해내려고 한다. 그리고 이것은 크게 환상성에 관한 부분과 당대 애정류 전기에 개입된 욕망의 문제를 다루는 부분으로 나누어 고찰될 것이다. 이 두 부분은 모두 유교라는 이데올로기와 깊은 상관성을 갖는다.

근본적으로 당대 애정류 전기는 '기이함'을 취급하는 서사이기에 자연히 환상성과 연관될 수밖에 없다. 그래서 4부에서는 환상에 대한 동양의 전통적 이론인 환기론(幻氣論)과 허실론(虛實論)을 우선적으로 언급한 뒤, 최근에 제기된 서구의 환상문학 이론의 맥락을 개괄하겠다. 그런 연후에 개별 작품을 거론하여 구체적인 환상성과 관련한 논의를 진행할 것이다. 4부에서 관심을 두는 당대 애정류 전기의 환상적 특성은 인신연애 및 이류상애 등에서 나타나는 바와 같은 만남의 과정과 초월적인 시공간의 설정에서 찾을 수 있다. 따라서 보다 세밀한 검토를 위해 4부에서는 환상의 기능을 알레고리allegory적 기능과 환상 자체에 탐닉하고자 하는 심리적 기능으로 구분하여 서술하겠다. 나아가 애정류 전기의 환상적 서사 장치가 유교 이데올로기와 갖는 상관성에 대해서도 언급할 것이다.

한편 당대 애정류 전기에 표현된 욕망의 문제는 남녀의 애정 자체에 관심을 두는 당대 애정류 전기의 서술 목적과도 부합되는 것이다. 이는 곧 당대인이 성을 어떻게 인식하고 표현했는가와 동일한 선상에서 취급될 사항으로 4부에서는 크게 세 가지 측면에서 당대인의 욕망을 구축해 보고자 한다. 첫째는, 당대 애정류 전기에서 특히 부각되는 선기합류(仙妓合流) 현상에 대한 고찰이다. 선기합류 현상이란 초월적 존재인 선녀의 이미지가 세속적 존재인 기녀의 이미지와 합치되어 나타나는 것으로 당대 전기 전반에 미치는 인성주의의 영향에 따른 것이다. 또한 이러한 현상은 선녀로 상정되는 여성의 섹슈얼리티가 평가절하되었음을 의미함과 동시에 기녀가 지닌 섹슈얼리티가 선녀의 연장선에서 파악됨을 뜻하는 것이 된다. 두번째는, 당대 애정류 전기의 서사 구조 자체로 진입하여 각 작품의 끝 부분에 부가된 의론문(議論文)을 집중적으로 논의하려고 한다. 의론문은 작자인 사인이 전기 고사 자체에 대한 자신의 의견을 개진한 부분이다. 따라서 4부에서는 의론문에 주목하여 그것이 담지하는 기능을 남성 작자로서 사인이 지닌 이데올로기적 의도와 결합시켜 논의할 것이다. 의론문은 전기의 본고사(本故事)와의 관계 속에서 메타서사meta-narrative적으로 기능한다. 그것은 서술된 애정담에 대해 남성 작자가 자신의 견해를 공식적으로 피력하는 장이 되며 그 속에는 남녀의 애정을 바라보는 당대의 지배 이데올로기가 담겨 있다. 그러므로 메타서사로서 의론문을 주목함으로써 우리는 당대 남녀의 섹슈얼리티를 파악할 수 있을 것이다. 그런데 의론문을 해석하는 과정이 남성의 입장에서 정리된 섹슈얼리티의 인지라면 세번째에 속하는 연구는 여성의 입장에서 파악하는 섹슈얼리티의 규명 과정이라 할 수 있다. 즉 그것은 곧 당대 애정류 전기 속에 은폐된 채 존재하는 여성의 욕망을 분석해내는 것이며 남성적 시각으로 서술된 당대 애정류 전기를 거슬러 읽으려는 저항적 독서라 하겠다. 당대 애정류 전기의 여주인공들이 상대 남성에게 품은 생각과 감정은 서사 자체에 완전히 기술되어 있지 않다. 그러므로 독자는 여성 주인공이 자신들의 애정 문제에 대해 사유하는 바를 주변의 상황으로 미루어서 유추해낼 수밖에 없게 되며 여성 주인공들의 섹슈얼리티를 파악하기 위해서는 작품에서 그들이 직접 지었다고 전해지는 시(詩), 사(詞), 혹은 서간문을 통해야만 한다. 다만 시나 사, 서간문조차도 남성적 글쓰기를 거쳐서 나온 것이기에 그것이 진정으로 여성의 욕망을 반영해낼 수 있는지에 대해서는 의문이 생긴다. 그렇지만 서사의 주름 속에는 감추어진 여성 주인공의 욕망이 반드시 존재하는 것이고 남성적 글쓰기에 의해 채 말소되지 못한 여성 욕망의 흔적 또한 발견될 수 있는 것이기에 4부에서는 여성 주인공의 관점에 입각하여 당대 애정류 전기를 거슬러 읽고 재구성해낼 것이다.

마지막으로 5부에서는 당나라의 애정류 전기의 발전과 전개에 대해 언급하려고 한다. 당나라의 애정류 전기에서 시도된 남녀간의 사랑과 성의 문제는 재자(才子)와 가인(佳人)의 애정담을 제재로 한 재자가인류 소설로 성립되어 중국 소설사에서 하나의 위상을 차지하였다. 또한 당대 애정류 전기의 풍부한 제재들은 희곡에도 영향을 끼쳐 대중적인 문학의 형태로 정립되었다.

5부에서는 당대 애정류 전기의 해외 전파에 대해 서술하였다. 당대 애정류 전기는 이미 당대에 신라로 유입되어 한국 고전소설의 창작을 자극하였을 뿐 아니라 후대 조선과 일본 및 베트남에서 같은 형식의 서사가 나타나는 동기를 제공하였다. 이 부분에서는 당나라의 애정류 전기가 동아시아 각국의 애정서사에 끼친 영향에 대해서 논의하겠다. 그리고 각 나라의 사회·문화적 상황에 따라 애정류 전기에 반영된 환상, 욕망, 이데올로기가 어떠한 변별성을 지니는지에 대해서도 탐구할 것이다.

아울러 5부에서는 당대 애정류 전기에 대한 고찰을 동양의 서사문학에 한정짓지 않았다. 동양의 중세 서사인 애정류 전기와 유사한 형식이 중세 서양에도 있었음에 주목하였다. 즉 서양 중세의 로망스가 지닌 중세 애정서사의 특질에 대해 고찰하였다. 그리하여 동서양 중세 애정류 서사가 지닌 변별성을 비교하여, 근대성이 대두되기 이전 동서양 중세 서사가 담당하는 문화적 의미에 대해서도 탐구해볼 것이다.

이 책에서는 이와 같은 내용을 고찰하는 과정에 몇 가지 방법론을 원용하였다. 첫째로, 문학의 연구는 그 시대의 사회, 문화와의 긴밀한 상호관련성 속에서 진행되어야 한다는 점에 입각하여 당대의 사회사, 문화사, 종교사적인 자료를 충분히 인용하였다. 예를 들어 당대의 과거제도에 대한 역사학적 자료를 통해 당대 애정류 전기의 작자인 당대 사인의 성격을 분석하고자 하였다. 또한 돈황(敦煌)에서 발굴된 방중서(房中書) 등의 희귀 자료를 통해 당대인이 에로스에 대해 어떤 생각을 갖고 있었는지 규명하고자 하였다.

다음으로 당대 애정류 전기의 유형 및 구조를 면밀하게 분석해내기 위해 서구의 로망스romance와 비교하는 작업을 시행하였다. 아울러 당대 애정류 전기의 남녀 주인공의 성격을 탐구하는 방법으로는 프로이트Sigmund Freud, 융C. G. Jung, 라캉Jacques Lacan의 심리학적 차원의 연구를 끌어와서 학제적인 접근을 시도하였다.

또한 당대 애정류 전기의 문학적 의미가 지향하는 바를 면밀히 고찰하는 작업에는 중국과 서양의 환상문학 전통 및 환상문학 이론에 대한 연구가 응용되었다. 뿐만 아니라 의론문의 의의를 재정립하기 위해 메타서사의 개념을 원용(援用)하여 의론문이 지닌 의의와 역할을 새로운 시각으로 다루어보았다. 나아가 당대 애정류 전기의 남녀 주인공의 애정 관계를 분석하는 과정에서는 섹슈얼리티의 문제를 언급하였다. 아울러 당대 애정류 전기가 남성적 시각에 의한 글쓰기임에 주목하여 성별과 서사의 문제로까지 당대 애정류 전기의 의미 지향을 확장시켰다.

이 책의 5부 가운데 3장의 내용은 필자의 박사학위 논문에서 상세히 다루지 않았던 부분이다. 이 부분은 학위 취득 이후 박사후 연수 과정[3]에서 얻은 성과이다. 4장의 내용 또한 필자의 박사학위 논문에 포함되지 않았던 부분이다. 4장의 내용은 동양 중세 애정서사와 서양 중세 애정서사를 비교하여 두 서사 체제가 지닌 변별점을 탐구한 것이다. 나아가 이 부분에서는 동서양의 중세 시기 애정서사가 현대 디지털 문화와 접합하는 접점에 대해서도 초보적인 탐색을 시도하였다. 4장의 부분도 학위 취득 이후 진행된 박사후 연수 과정[4]의 결과물로 이미 학술지에 발표된 것이다. 이 책에서는 이것을 재정리하여 포함시켰음을 밝혀둔다.

2. 연구 성과들

당대 애정류 전기는 당대 전기의 한 부분이다. 따라서 당대 전기에 대한 기존의 성과들을 순차적으로 검토해나가는 과정은 곧 당대 애정류

---

3 2002년도 학술진흥재단 박사후 연수 과정 지원 KRF-2002-037-A00087.
4 2003년도 학술진흥재단 박사후 연수 과정 지원 KRF-2003-037-A00196.

전기의 연구사를 보다 면밀하고 입체적으로 파악하는 방법이 된다. 이 책에서는 우선 당대 전기의 연구사를 검토하는 데서부터 논의를 시작하고자 한다.

당대 전기에 대한 중국 학자들의 연구 개황을 살펴보자면 그들의 연구는 크게 전기 작품의 서지 사항과 판본, 교감(校勘) 등에 치중하는 기초적 연구 및 작품의 감상과 내용 분류에 중점을 둔 연구, 그리고 개별적인 작품론과 작가론을 다룬 연구로 나뉜다. 그 가운데 전기 작품에 관한 기초적 연구의 성과로는 루쉰(魯迅)과 왕벽강(汪辟疆)의 업적을 거론할 수 있다. 루쉰은 중국 현대 문학에서는 이론과 창작 모두에서 선구자였으며, 고전 문학에서는 세밀하고 엄정한 고증과 교감을 시행했던 전통적인 학자이기도 했다. 그의 저작인 『중국소설사략(中國小說史略)』은 중국 고전소설과 관련한 문제들을 집대성한 것으로 이 책 제8, 9, 10편에서 루쉰은 전기의 성립, 작자 문제, 대표적인 전기 작품에 대한 자신의 견해를 제시하고 있다.[5] 그뿐 아니라 루쉰은 고소설의 수집과 고증 작업에도 힘을 기울여 1927년 12월에 『당송전기집(唐宋傳奇集)』을 간행하였는데, 이 책의 내용은 『중국소설사략』에서 다룬 당대와 송대의 전기 작품 및 교감, 그리고 작자에 대한 문제와 연관되어 있다.[6] 또한 루쉰은 육조(六朝)의 지괴(志怪)와 구별되는 전기의 서사적 특성에 주목하여 「육조 소설과 당대 전기문에는 어떤 차이가 있나」[7]를 저술하였으며 「'유선굴' 서언('遊仙窟'序言)」[8]에서는 일찍이 중국에서 유실

---

5 魯迅, 『魯迅全集 8 · 中國小說史略』(北京: 人民出版社, 1986).

6 당대 전기(唐代 傳奇)에 대한 루쉰의 연구 성과는 趙寬熙, 「魯迅의 中國小說史學에 대한 비판적 검토」, 『中國小說論叢』(韓國中國小說學會, 1997), 第6輯을 참조하였다.

7 『魯迅全集 6 · 且介亭雜文二集』, 「六朝小說和唐代傳奇文有怎樣的區別」(北京: 人民文學出版社, 1981).

8 『魯迅全集 7 · 集外集拾遺』, 「'遊仙窟'序言」(北京: 人民文學出版社, 1981).

28

된 작품인「유선굴(遊仙窟)」의 유전(流傳) 상황 및 판본 문제에 대해 탐구하기도 하였다.

루쉰 이후의 학자인 왕벽강 역시 전기 작품에 대한 정밀한 교감과 주석에 치중한 학자였다. 그는 1929년에 『당인소설(唐人小說)』을 편찬하였는데 상, 하 2권으로 구성된 이 책에서는 전기 작품을 교감, 주석하는 것 이외에도 작자의 생애와 각 고사의 연원에 대한 설명을 덧붙여놓았다.

이러한 1차적인 연구 결과 위에 전기 작품의 제재별 분류 및 감상을 시행한 논구로는 1947년 유개영(劉開榮)에 의해 저술된 『당대소설연구(唐代小說研究)』를 들 수 있다. 이 책에서는 전기 창작과 관련된 사회적 배경에 대한 논의를 진행했을 뿐 아니라 작품을 제재에 따라 분류했고 각 편의 내용까지도 언급했다.[9] 이후 전문 연구서는 타이완과 대륙에서 속출하였는데 그중 1982년 타이완에서 출간된 유영(劉瑛)의 『당대전기연구(唐代傳奇研究)』는[10] 당대 전기의 각 고사들을 제재별로 분류하고 전기의 형성에 미친 당시 정치·사회·종교의 영향에 대해 밀도 있게 고찰한 논저이다. 아울러 대륙에서는 이종위(李宗爲)의 『당인전기(唐人傳奇)』[11]가 집필되었고 90년대에 들어서는 정의중(程毅中)의 『당대소설사화(唐代小說史話)』[12]와 후충의(侯忠義)·유세림(劉世林)의 『중국문언소설사고(中國文言小說史稿)』,[13] 이검국(李劍國)의 『당오대지괴전기서록(唐五代志怪傳奇敍錄)』,[14] 정국부(程國賦)의 『당대소설선

---

9 劉開榮, 『唐代小說研究』(臺北: 商務印書館, 1947 初版).
10 劉瑛, 『唐代傳奇研究』(臺北: 中正書局, 1982).
11 李宗爲, 『唐人傳奇』(北京: 中華書局, 1985).
12 程毅中, 『唐代小說史話』(北京: 文化藝術出版社, 1990).
13 侯忠義·劉世林, 『中國文言小說史稿』(北京: 北京大學出版社, 1991).
14 李劍國, 『唐五代志怪傳奇敍錄』(天津: 南開大學出版社, 1993).

변연구(唐代小說嬗變研究)』[15] 등의 전문 연구서가 출판되었다.

한편 당대 애정류 전기에 대한 전문적인 논구로는 왕계사(王季思)의 『'앵앵전'에서 '서상기'까지』[16]가 1955년에 출판되었으며, 뒤이어 왕운희(王運熙)의 「유의전을 읽고」[17]와 유엽추(劉葉秋)의 「당 전기 유의전을 읽고」[18]가 발표되었다. 그런데 이들 왕운희나 유엽추 등의 학자가 현재 중국 대륙에서 중진으로 활약하는 이검국, 영가우(寧稼雨) 등의 문언소설 학자와 사승(師承) 관계에 있음을 상기해볼 때 이 시기 대륙에서의 전기 연구 성과는 현재까지도 그 영향력을 행사한다고 추론할 수 있다. 따라서 당대 애정류 전기에 대한 연구는 이들 전문서 속에서 더욱 심도 있게 다루어지게 되었으며, 점차 당대 애정류 전기는 문화론적인 측면과 연결되어 고찰되기에 이르렀다. 그 대표적인 예로 1995년 타이완에서 출간된 이수국(李壽菊)의 『여우신 싱앙과 여우 여인 이야기』는 여우의 이미지가 당대의 문화와 당대 애정류 전기에 어떠한 방식으로 변용되었는지를 논구한 성과이다.[19]

당대 애정류 전기에 대한 연구는 일본에서도 활발히 이루어졌다.[20] 특히 우치야마 지나리(內山知也)의 전기 연구전서인 『수당소설연구(隋唐小說硏究)』[21]와 곤도 하루오(近藤春雄)의 『당대 소설의 연구(唐代小說の硏究)』[22]에서는 당대 애정류 전기에 대해 상당 부분을 할애하여 포

---

15 程國賦, 『唐代小說嬗變硏究』(廣州: 廣東人民出版社, 1997).

16 王季思, 『從 '鴛鴦傳'到 '西廂記'』(上海: 古典文學出版社, 1955).

17 王運熙, 「讀柳毅傳」, 『古典文學作品解釋(上)』(北京: 中華書局, 1958).

18 劉葉秋, 「讀唐傳奇柳毅傳」, 『古典小說論叢』(北京: 中華書局, 1959).

19 李壽菊, 『狐仙信仰與狐狸精故事』(臺北: 學生書局, 1995).

20 일본 및 구미의 당대 전기 연구 성과에 대해서는 羅聯添 編 · 王國良 補編, 『唐代文學論著目錄』(臺北: 學生書局, 1984)을 참조하였다.

21 內山知也, 『隋唐小說硏究』(東京: 木耳社, 1977).

22 近藤春雄, 『唐代小說の硏究』(東京: 笠間書院, 1978).

괄적인 연구를 진행하였으며 전기 작품 번역에도 집중적인 노력을 기울였다. 그중에서도 일찍이 중국에서는 유실되었던 「유선굴」에 대한 번역과 교감 작업은 한 분야를 세밀하고도 깊게 파고드는 일본식 중국학의 차원에서 이루어졌다.

서구에서의 연구 성과는 당대 전기에 대한 박사 논문인 커리티스 애드킨스Curitis P. Adkins의 『당 전기의 초자연성 *The Supernatural in T'ang Ch'uan-ch'i Tales: An Archetypal View*』[23]과 소논문인 「당 전기 속의 영웅The Hero in T'ang Ch'uan-ch'i Tales」[24]이 있으며 찰스 에드워드 해몬드Charles Edward Hammond의 『태평광기 속의 당나라 이야기 *T'ang Stories in the T'AI-P'ING KUANG-CHI*』[25]가 있는데, 이들 논저들은 심리학, 신화학 등의 다양한 방법론을 문학에 적용하였을 뿐 아니라 전기를 서구의 서사인 로망스와 비교하여 기존의 리얼리즘 비평으로 분석할 수 없는 새로운 모색을 시도하였다.

한편 국내 학계에서의 당대 전기 연구는 장기근(張基槿)의 「전기소설연구(傳奇小說研究)」[26]와 정범진(丁範鎭)의 「당대전기연구(唐代傳奇研究)」[27] 등의 박사 논문이 시발이 되어 비교적 활발한 연구 성과를 이루어내고 있다. 이후 국내 학계에서의 전기 연구는 전기 전반에 대한 고찰이나 작품론, 작가론 등에 걸쳐 다양한 성과가 속출되었다. 그 가운데 타이완에서 취득한 박사 논문인 노혜숙(盧惠淑)의 「침중기, 남가

---

23 Curitis P. Adkins, *The Supernatural in T'ang Ch'uan-ch'i Tales: An Archetypal View*, Ohio University(Ph. D.), 1976.

24 Curitis P. Adkins, "The Hero in T'ang Ch'uan-ch'i Tales," *Critical Essays on Chinese Fiction*(The Chinese University Press), 1980.

25 Charles Edward Hammond, *T'ang Stories in the T'AI-P'ING KUANG-CHI*, Columbia University(Ph. D.), 1987.

26 張基槿, 「傳奇小說研究」(서울대학교 중어중문학과 박사논문, 1969).

27 丁範鎭, 「唐代傳奇研究」(成均館大學校 中語中文學科 博士論文, 1978).

태수전과 한단기, 남가기의 비교연구(枕中記南柯太守傳與邯鄲記南柯記之比較硏究)」[28]는 환몽류 소설 전반에 대해 심도 깊게 파헤친 논문이며 유병갑(兪炳甲)의 「당나라 소설에 나타난 윤리 사상 연구(唐人小說所見之倫理思想硏究)」[29]는 전기 작품에 반영된 유교 윤리를 혼인 윤리, 부부 윤리, 친자(親子) 윤리, 교제 윤리, 정치와 경제에 개입된 윤리로 나누어 연구한 논문으로 혼인과 부부의 윤리를 다룬 부분에서는 당대 애정류 전기에 대한 면밀한 분석이 시행된 바 있다.

국내에서 취득된 전기 관련 학위논문으로는 석사 논문인 박지현(朴志玹)의 「당 전기(唐 傳奇) 속에 나타나는 장르 삽입에 관한 고찰」[30]과 손수영(孫修暎)의 「당 전기(唐 傳奇)의 형성에 관한 연구」,[31] 정민경(鄭瞖暻)의 「『현괴록(玄怪錄)』 시론(試論) 및 역주(譯註)」[32]가 있으며 졸고(拙稿)인 「배형(裴鉶) 『전기(傳奇)』의 시론(試論) 및 역주(譯註)」[33]에서는 인신연애와 이류상애의 형성에 개입된 도교 문화와의 연계성에 대해 고찰한 바 있다. 졸고의 내용은 2006년에 『전기: 초월과 환상, 서른한 편의 기이한 이야기』[34]로 다시 출간되었다. 이 책에서는 『전기』에 수록된 31편의 이야기들을 우리말로 해석하고 교감하였으며 각각의 이야기에 담긴 의미를 신화학, 정신분석학, 사회학, 대중문화학의 입장에서 분석하였다.

---

28 盧惠淑, 「枕中記南柯太守傳與邯鄲記南柯記之比較硏究」(國立臺灣師範大學校 博士論文, 1988).

29 兪炳甲, 「唐人小說所見之倫理思想硏究」(國立政治大學 中國文學硏究所 博士論文, 1993).

30 朴志玹, 「唐 傳奇 속에 나타나는 장르 삽입에 관한 고찰」(서울大學校 大學院 中語中文學科 碩士論文, 1993).

31 孫修暎, 「唐 傳奇의 형성에 관한 연구」(延世大學校 中語中文學科 大學院 碩士論文, 1998).

32 鄭瞖暻, 「『玄怪錄』試論 및 譯註」(梨花女子大學校 中語中文學科 碩士論文, 1998).

33 崔眞娥, 「裴鉶『傳奇』의 試論 및 譯註」(梨花女子大學校 中語中文學科 碩士論文, 1996).

34 최진아, 『전기: 초월과 환상, 서른한 편의 기이한 이야기』(서울: 푸른숲, 2006).

전기 관련 박사 논문으로는 당대 전기의 서사 구조 분석에 중점을 둔 안중원(安重源)의 「당 전기(唐 傳奇)의 소설 구성 요소 분석」[35]이 있으며 당대 애정류 전기를 전문적으로 다룬 박사 논문인 김낙철(金洛喆)의 「당 전기 애정소설의 구조 연구」[36]에서는 당대 애정류 전기를 신화 구조, 갈등 구조, 비극성, 우연성의 분류로 나누어 논구하였다.

국내 학계에 이루어진 전기의 우리말 번역으로는 총 41편에 달하는 전기 작품을 국역한 정범진 역주의 『앵앵전』[37]이 있다. 또한 2000년에 제1권을 출간한 『태평광기(太平廣記)』의 우리말 번역이 김장환(金長煥)에 의해 이루어지고 있어 『태평광기』[38]에 수록된 무수한 당대 애정류 전기 작품은 이 책의 출간으로 인해 더욱 확실한 파악이 가능해졌다. 뿐만 아니라 최근 국내 학계에서는 기존의 전기 연구 성과를 집대성한 전인초(全寅初)의 『당대소설연구(唐代小說硏究)』[39]가 출간되어 전기 연구자들이 심도 깊은 연구를 하는 데 큰 도움이 되고 있다. 『당대소설연구』에서는 전기(傳奇)뿐 아니라 돈황(敦煌)의 연문(變文)까지도 당대 소설의 범주로 설정하여 당대 소설의 영역을 확대하였고 해당 작품 하나하나마다 세밀한 고증과 설명을 덧붙였다.[40] 또한 이 책에

---

35 安重源, 「唐 傳奇의 小說 構成 要素 分析」(慶北大學校 大學院 中語中文學科 博士論文, 1999).

36 金洛喆, 「唐 傳奇 愛情小說의 構造 硏究」(成均館大學校 大學院 中語中文學科 博士論文, 1997).

37 정범진 편역, 『앵앵전』(서울: 성균관대학교 출판부, 1995).

38 (宋) 李昉 등 모음·김장환 외 옮김, 『태평광기』(서울: 학고방, 2000).

39 全寅初, 『唐代小說硏究』(서울: 연세대학교 출판부, 2000).

40 『당대소설연구(唐代小說硏究)』에서는 이제까지의 국내외, 특히 중국에서의 연구를 총체적으로 검토하여 당대 소설을 문체에 따라 문언(文言)과 백화(白話)로 분류하였다. 그리고 문언을 다시 전기(傳奇), 지괴(志怪), 질사(軼事)로 세분하였으며 백화를 변문화본(變文話本)이라는 개념으로 정립하여 다루었다. 그 가운데서도 이 책의 중심은 전기에 대한 연구에 두어졌고 전기 작품의 해석과 감상에도 상당 부분이 할애되었다.

서는 당대 애정류 전기 속에 등장하는 남녀 주인공들의 성격을 분석하여 당대의 사회와 문화 속에서 그들이 처한 상황을 인식하는 데 도움이 되게 하였으니 당대 애정류 전기에 내재된 의미를 입체적으로 파악하는 데 이바지한 바가 크다고 말할 수 있다.

1부 논의를 위한 전제:
당나라 사회의 핵심적 개념들

1장

당나라와 당나라 사람

전기(傳奇)라는 문학 형식의 출현은 당대(唐代)가 지닌 시대적 의미와도 연결된다. 모든 문학은 그 문학이 생성된 시대의식의 반영이듯이 전기 또한 당대라는 시대와 결부된 문학 형식이다. 따라서 이 장에서는 당대 전기의 성립과 관련된 시대적 배경에 대해 탐구하고자 한다. 그리고 그것은 정치와 사회적 배경, 사상과 종교적 배경 및 당대 여성 문화의 특성으로 나뉘어 논의될 것이다.

1. 당나라의 설립과 멸망, 그 정치사회적 배경

당대의 정치사적 개괄 및 사회적인 배경에 대한 기술은 수대(隋代) 말에 일어난 농민봉기에서부터 시작된다. 수 왕조는 농민봉기의 결과로 전복되었고 혼란한 상황 속에서 태원유수(太原留守) 이연(李淵)[1]이 장안(長安)을 점령하며 대당(大唐)제국의 성립을 선포하였다. 이연은 정치적으로는 양제(煬帝, 재위 기간 605~618)의 학정을 일소한다는 명분으로 법령을 간소화하여 민심을 빠르게 수습하였고 군사적으로는 각지에 할거해 있는 세력들을 장악해나가며 중원 전체를 평정하는 통일을 달성하였다.[2] 당 고조(高祖, 재위 기간 618~626) 이연의 통일 사업에 그의 차남인 이세민(李世民)이 주도적인 역할을 하여 고조를 보좌하였고 탁월한 군 장악력으로 두각을 나타내었다. 그러나 고조가 이세민이 아니라 장남인 건성(建成)을 후계자로 지목하자 이에 반발한 이세민은 정변을 일으켜 정권을 장악하고 왕으로 즉위하게 되니 그가 바로 태종(太宗, 재위 기간 627~649)이다.

당 태종의 재위 기간에 당은 국가의 문물제도를 정비하였을 뿐 아니라 민생의 안정을 도모하여 후세의 사가(史家)들이 '정관의 치세(貞觀之治)'라고 평가하는 태평성대를 이룩하였다. 『구당서 · 본기(舊唐書 · 本紀)』의 「정관 4년(貞觀4年)」 조항에서는 이 시기의 상황에 대해 다음과 같이 언급하고 있다.

이 해에는 사형자 29명의 형 집행을 중단하였고 (백성들이 죄를 짓지 않아) 거의 형 집행이 이루어지지 않았다. (영토는) 동쪽으로 바다에 이르렀고 남쪽으로는 영(嶺)[3]에 이르렀다. 모든 (민가에서는) 바깥문을 걸어 잠그지 않았고 여행자는 양식을 가지고 다니지 않았다.

(是歲, 斷死刑二十九人, 幾致刑措. 東至于海, 南至于嶺, 皆外戶不閉,

---

1 이연은 수 문제(隋 文帝) 양견(楊堅)의 처조카이므로 양제(煬帝)와는 이종사촌 사이가 된다. 이들의 관계에 대해서는 全寅初, 『唐代小說研究』(서울: 연세대학교 출판부, 2000), p. 4를 참조.
2 당 고조의 통일 사업에 대해서는 徐連達 · 吳浩坤 · 趙克堯, 중국사연구회 옮김, 『중국통사』(서울: 청년사, 1994), pp. 267~370을 참조.
3 호남성(湖南省)과 광동성(廣東省), 광서성(廣西省)의 경계에 있는 산맥을 말한다.

行旅不齎糧焉.)[4]

　따라서 앞의 인용에서 알 수 있듯이 당 태종의 재위 기간은 황권의 확립으로 정치적 안정을 이룩한 기간이었으며 앞으로 다가올 성당(盛唐)의 문화적 번성과 국력의 신장을 준비하는 시기라 할 수 있다.
　당대에는 인재를 등용함에 있어 전대의 구품관인법(九品官人法)이 아닌 과거제(科擧制)를 통한 관료 선발 방식을 채택하였다. 과거제는 수대에 이미 시행한 바 있는 제도로 당대에 들어와 본격적으로 정립된 것이다. 물론 과거제의 시행으로 인해 당대의 관료 선발이 문음(門蔭)에 의한 출사를 완전히 배제하고 온전히 실력에만 의거하게 된 것은 아니었다. 그렇지만 과거제라는 새로운 선발 방식의 시행은 위진남북조(魏晋南北朝) 이래로 계속되어온 지배 계층과는 성격이 다른 신흥 지배 계층을 형성하게끔 만들었으며 이러한 신흥 지배 계층은 당대 통치자들의 정책과 맞물려 당대 사회의 지배층으로 자리 잡게 되었다. 특히 측천무후 시대(則天武后, 재위 기간 684~705)에 이르면 과거제를 통한 신흥 관료들이 급격히 진출하였고 산둥(山東)을 중심으로 한 구귀족 세력들 역시 과거에 급제하여 적극적으로 관계에 진출하였다.[5] 이는 곧 당대 사회의 지배층 형성에 과거제가 긴밀한 역할을 하였음을 의미

---

4 劉昫 等, 『舊唐書 · 本紀 第三』, 「太宗 下」(北京: 中華書局, 1992).
5 측천무후의 측근인 허경종(許敬宗)과 이의부(李義府) 등은 자신과 측천무후의 정치적 입장을 유리하게 만들기 위해 『성씨록(姓氏錄)』을 편찬하였다. 『성씨록』은 당대 초기부터 시행된 관위우위(官位優位)의 정책에 입각해 편찬된 『씨족지(氏族志)』를 개편한 것으로 구귀족 계층 간의 통혼(通婚)을 금지시키는 것을 골자로 하였다. 측천무후는 『성씨록』 등의 편찬으로 문벌 귀족의 사회적인 명망에 타격을 입히는 한편 과거제도를 통한 인재의 등용을 적극 권장하여 구귀족을 관료로 유도하는 정책을 추진한 것이었다. 측천무후와 과거제의 시행에 대해서는 서울大學校東洋史學硏究室 編, 『講座 中國史 II』, 「唐 前期의 支配層」(서울: 지식산업사, 1994), pp. 232~36을 참조.

하는 것이다.

　그 가운데서도 특히 당대인들이 선망과 집착을 보인 것은 진사과(進士科)였다. 당시 과거 과목이 진사과 이외에도 수재과(秀才科), 명경과(明經科) 등 6개 과목[6]이었음에도 불구하고 진사과에 대한 선망과 집착은 여러 문헌을 통해 나타난다. 유속(劉餗, 생몰년도 미상)의 『수당가화(隋唐嘉話)』에는 고종 때의 재상인 설원초(薛元超)가 평생 살아오면서 세 가지 한스러운 것 가운데 하나가 진사과에 급제하지 못한 것이라고 언급하는 대목이 있다.[7] 또한 왕정보(王定保, 870~940)는 『당척언(唐摭言)』에서 명경과에 대비된 진사과의 어려움에 대해 "서른 살에 명경과에 급제하면 너무 늙은 것이고 쉰 살에 진사과에 급제하면 너무 젊은 것이다"[8]고 일컬은 바가 있다. 그밖에도 당대의 전기 작품 가운데 심기제(沈旣濟)의 「침중기(枕中記)」, 이공좌(李公佐)의 「남가태수전(南柯太守傳)」 등에서는 진사의 출세도 한때의 헛된 꿈에 지나지 않음을 풍자하면서 실패한 과거 낙방생들을 위로하고 있고 「곽소옥전(霍小玉傳)」 「앵앵전(鶯鶯傳)」 「이와전(李娃傳)」 등에서도 주인공의 애정사와 과거시험이 밀접하게 연관되어 있다. 그러므로 뒤집어 생각하면 과거를 통한 출세지상주의가 얼마나 강력하게 당대 사회를 풍미했고 지배했었는지를 미루어 짐작할 수가 있을 것이다.

---

6 과거제의 다양한 과목들과 그에 속한 별종(別種)에 대해서는 河元洙, 「唐代의 進士科와 士人에 관한 硏究」(서울大學校 大學院 東洋史學科 博士論文, 1995), p. 13을 참조.

7 劉餗, 『隋唐嘉話』 卷中(北京: 中華書局, 1979), p. 28. "중서령 벼슬의 설원초가 가까운 이에게 이러한 말을 하였다. '나는 재주가 없어도 과분할 정도로 부귀하게 지냈소. 그러나 내 평생에는 세 가지 한스러운 것이 있다오. 첫째는, 애초에 진사과를 치러 등제되지 못한 것이고, 둘째는, 오대 문벌의 여인을 아내로 맞지 못한 것이고, 셋째는, 국사를 편수하지 못한 것이오(薛中書元超謂所親曰, '吾不才, 富貴過分, 然平生有三恨. 始不以進士擢第, 不得娶五姓女, 不得修國史')."

8 王定保, 『唐摭言』 卷1 「散序進士」(臺北: 世界書局, 1975), p. 3. "三十老明經, 五十少進士."

40

현종(玄宗, 재위 기간 712~756) 대에 이르러 당조(唐朝)는 또 한 번의 번성기를 맞으니 이른바 '개원지치(開元之治)'라 불리는 태평성세를 맞게 되었다. 국가의 영토는 크게 확장되어 동쪽으로는 안동(安東)에 이르렀고 서쪽은 안서(安西), 남쪽은 일남(日南), 북쪽은 안가라 강과 바이칼 호 일대에 달하였다. 인구도 증가하여 천보(天寶) 13년의 전국의 호구가 약 960만 호였는데 이는 정관 초(貞觀 初)에 비해 두 배가 넘는 숫자였다. 이와 같은 당조의 성세는 안록산(安祿山)의 난을 분기로 큰 전환을 맞았다. 안록산은 본래 영주(營州) 유성(柳城) 출신으로 유주 절도사(幽州 節度使) 휘하에 있다가 전장에서 거듭 공을 세워 마침내 당대 변방 병력의 3분의 1을 차지하는 큰 세력을 확보하게 되었다. 그는 현종이 양귀비(楊貴妃)에게 빠져 정사를 돌보지 않아 민심이 이탈되었으며 당조의 군사력이 약해졌음을 감지하고는 755년에 현종의 처남으로 국정을 전횡하던 양국충(楊國忠) 등의 간신을 소탕한다는 명분 아래 반란을 일으켰다. 안록산의 갑작스런 거병에 당조는 대처하지 못하고 연전연패하였으며 낙양(洛陽)까지 함락되었다. 이에 현종은 서촉(西蜀)으로 쫓겨가는 중에 민심 수습을 위해 양국충과 양귀비를 마외(馬嵬)에서 처형하였고 곧이어 태자에게 양위를 하였다. 현종의 뒤를 이어 즉위한 숙종(肅宗, 재위 기간 756~762)은 내분이 일어난 안록산의 군대를 평정하였으나 당 왕조의 중앙집권적 통치는 이미 그 힘을 잃게 되었다. 또한 반란 평정에 참여했던 장수들은 절도사의 지위로 승격되어서 절도사는 변방뿐 아니라 내륙에까지 확대되어 황권을 위협하는 세력으로 성장하였다.

　안록산의 난을 전후로 당조의 율령격식(律令格式)과 문물제도 역시 변화를 겪었다. 조용조법(租庸調法)은 양세법(兩稅法)으로 전환되었고 균전제(均田制)는 장원(莊園)으로 바뀌었으며 균전제에 기초한 부병제(府兵制) 역시 무너져버렸다. 뿐만 아니라 조정 내부에서는 환관이 전횡하였고[9] 우당(牛黨)과 이당(李黨) 간의 분쟁으로 인하여 정치적 혼란이 극심하였다.[10] 이 같은 통치계급의 내부 분쟁으로 당나라 말에는 도처에서 봉기와 민란이 끊이질 않았는데 그 가운데 소금 밀매상 출신의 왕선지(王仙芝)와 황소(黃巢)의 반란은 전국적인 규모의 대반란이었다. 당나라는 이들의 난을 가까스로 수습하였으나 이미 국가의 통치력은 통제 불능의 상태였다. 결국 903년에 이르러 주전충(朱全忠)은 소종(昭宗, 재위 기간 889~904)을 시해하고 애제(哀帝, 재위 기간 904~907)를 황제로 내세웠다. 그러고는 곧 애제를 폐위시킨 뒤 자신이 황제가 되어 국호를 양(梁)이라고 하니 이로써 당나라는 마침내 멸망하게 된 것이다.

2. 당나라의 종교와 문화

당나라는 20대 290여 년간에 걸쳐 정치적으로 안정된 통일 제국을 이루었다. 그러한 당나라의 사상과 종교는 크게 유교(儒敎), 불교(佛敎), 도교(道敎)를 중심으로 하는데 그들은 각각 당나라를 구성하는 중요한 요소로 작용하였을 뿐 아니라 서로간의 융합과 견제 속에서 당

---

9 덕종(德宗, 재위 기간 780~805) 이후의 황제들은 거의 환관에 의해 즉위되었으며 환관들은 국가의 병권과 재정권까지도 장악하였다. 당대(唐代)의 환관 세력에 대해서는 張譯咸, 『唐代階級結構硏究』(鄭州: 中州古籍出版社, 1996), pp. 99~107을 참조.

10 徐連達·吳浩坤·趙克堯, 중국사연구회 옮김, 앞의 책, pp. 441~42에서는 우당(牛黨)을 진사과를 거쳐 관료가 된 신흥 지배 계층으로 이당(李黨)은 남북조 이래의 구귀족 계층으로 보고 있다. 또한 진인각(陳寅恪)은 이당을 경학 전통을 중시하는 집단으로 우당을 시문(詩文)을 중시하는 집단으로 분류한 바 있다. 이에 대해서는 陳寅恪, 『唐代政治史述論稿』(臺北: 里仁書局, 1982), pp. 71~84를 참조.

나라의 문화를 만들어냈다.

당나라가 통일 제국의 정치적 모델로 삼고자 했던 시대는 바로 한 (漢)나라였다. 때문에 당조는 사상 면에 있어서 개국 초부터 유학(儒學)을 중시하였고 유교 사상은 국가의 기본 통치이념으로 받들어졌다. 따라서 유교 사상은 중앙집권적 관료 선발제인 과거제의 시행과 맞물려 당조 국가 운영의 기본으로 자리 잡게 된 것이었다. 태종은 친히 국학 (國學)에 가서 예를 갖추고 공자(孔子)를 선성(先聖)으로 안연(顏淵)을 선사(先師)로 추존하였으며 학사(學舍)를 크게 지어 유학에 능통한 자들이 모여들게끔 만들었다. 또한 종래의 유교 경전에 대한 구구한 해석을 통일하도록 안사고(顏師古)에게 명하여 『주역(周易)』『상서(尙書)』『모시(毛詩)』『예기(禮記)』『춘추좌씨전(春秋左氏傳)』을 교감하여서 새로운 정본(定本)을 만들게 하였다. 그리고 같은 시기에 공영달 (孔穎達)은 『오경정의(五經正義)』를 편찬하여 한대 이래의 훈고학을 하나의 주석으로 통일하였으니[11] 이후 『오경정의』를 제외한 여타의 주석은 모두 배제되었고[12] 『오경정의』는 학교의 정규 과목으로 지정되어 과거시험에서도 『오경정의』에 의한 경전의 해석만이 통용되기에 이르렀다.

이와 같이 유학을 장려하는 국가적 분위기 속에서 당조는 남북조(南

---

[11] 당대의 사상(思想)과 학문에 대해서는 東洋史學會 편, 『東洋史』(서울: 지식산업사, 1989), pp. 142~44를 참조.

[12] 국가가 유학의 유일한 판본을 제정하였기 때문에 학자들은 수구적인 태도로만 일관하였고 결국 당대 중엽까지 유학에 대한 해석은 고정적일 수밖에 없었다. 이러한 관점에서 볼 때 중당(中唐) 시기 한유(韓愈) 등에 의해 제창된 고문운동(古文運動)은 단순히 문장에 있어서의 변혁 운동만은 아니었다. 이는 곧 당대 유학 사상 전반에 대한 반발이었으며 뒤이은 송대(宋代) 유학의 유심주의(唯心主義)적 학풍의 단초 역할을 하였다. 당대의 유학 사상에 대해서는 朱貽庭 主編, 『中國傳統倫理思想史』(上海: 華東師範大學出版社, 1994), pp. 311~17을 참조.

北朝) 시대에 비해 보다 커진 국가와 사회를 효율적으로 통치하기 위해 유교 윤리 또한 강조하였다.[13] 즉 군신(君臣)과 부자(父子)에 대한 윤리인 충(忠)[14]과 효(孝)[15] 등에 주목하였을 뿐 아니라 여성에게는 정절(貞節)이라는 윤리 관념을 강조하여 사회 전체를 상하 관계의 질서 속에 편입시켰다.[16] 예를 들어 당대 전기 가운데는 「임씨전(任氏傳)」과 「사소아전(謝小娥傳)」 등과 같이 정절을 강조하는 당시의 분위기를 반영하는 작품들이 상당수 존재하는데, 이는 그 시대의 사회 현상을 문학에서 반영하는 경우라 할 수 있다. 즉 「임씨전」에서는 여우인 임씨의 수절에 대해 칭송하였고, 「사소아전」에서는 사소아가 여성의 행실 가운데 으뜸인 정(貞)과 절(節)을 지켜낸 것을 극찬하며 천하의 인심에 경계가 될 만한 본보기라고 언급하였던 것이다. 뿐만 아니라 이 시기에는 여성이 실제 생활에서 지켜야 할 유교적 가르침을 조목조목 열거한 여계서(女誡書)들도 편찬되었는데, 바로 송약소(宋若昭)의 『여논어(女論

---

13 이 시기 유교 윤리가 사회적 관계 속에 깊이 파고들었음은 동시기 문학작품인 당대(唐代) 전기(傳奇)에서도 쉽게 찾아낼 수가 있다. 당대 전기에 표현된 유교 윤리에 대해서는 兪炳甲, 「唐人小說所表現之倫理思想研究」(國立政治大學中國文學研究所 博士論文, 1993)를 참조.

14 『태평광기(太平廣記)』 권(卷)135의 「당 태종(唐太宗)」 조항에는 태종이 출생 시부터 비범하여 황제가 될 운명을 타고났다고 되어 있고, 같은 권의 「금와우(金蝸牛)」 조항에는 현종(玄宗)이 아직 황제가 되기 전에 금달팽이가 나타나 벽에 천자(天子)라는 글자를 썼다고 기술되어 있다. 이들 기록들은 당 왕조의 강력한 황권을 상징하는 것이라고 파악할 수 있다.

15 『태평광기』 권162에 수록된 「유행자(劉行者)」와 권306의 「여패(廬佩)」 등의 작품에는 모친의 병을 치료하기 위해 효행을 다하는 주인공들의 모습이 그려져 있다.

16 당대에 유교적 사회 윤리 고취의 일환으로 정절(貞節) 관념을 강조한 예로는 당 왕조 초기에 편찬된 『수서(隋書)』의 「열녀전(列女傳)」을 거론할 수 있다. 또한 『구당서 · 열녀전(舊唐書 · 列女傳)』의 서문(序文)에서도 의(義)가 아니면 죽기를 무릅쓰고 개가(改嫁)하지 않은 여성에 대해 칭송한 바가 있다. 당대의 정사(正史)에서 여성의 정절을 강조한 점에 대해서는 졸고(拙稿), 「견고한 원전과 그 계보들―동아시아 여성 쓰기의 역사」, 『中國語文學誌』(中國語文學會, 2001. 6), 第9輯, pp. 331~32를 참조.

語)』와 진막(陳邈)의 처 정씨(鄭氏)가 지은『여효경(女孝經)』등이 그러한 책에 속한다. 이들 여계서는 한대(漢代) 반소(班昭)의『여계(女誡)』를 본떠 만든 것으로 여성이 지켜야 할 온갖 유교적 도리와 전범에 대해 구체적이고도 상세하게 거론하는 여성 교과서의 역할을 하여 유교 윤리를 여성 개인의 영역으로 더욱 깊이 확산시키고자 하였다. 또한 유교 윤리에 대한 공식적 차원의 강조는『구당서(舊唐書)』에서 열녀(列女)의 전(傳)[17]이 위치한 순서에서도 보인다.『구당서 · 열전(舊唐書 · 列傳)』에서는「열녀」에 대한 전을「충의(忠義)」「효우(孝友)」등의 조항 및「유학(儒學)」「훌륭한 관리(良吏)」「혹독한 관리(酷吏)」에 관한 조항과 나란히 열거했는데, 이는 당 왕조가 사회 질서 유지를 위해 유교 윤리를 적극 채택하였음을 보여주는 증거가 될 수 있다.

당대는 관(官) 중심의 유학과 상하 질서에 입각한 유교 윤리 사상에 기반한 사회였음과 동시에 불교와 도교가 유교와 대등한 세력을 형성한 삼교정립(三敎鼎立)의 시대였다. 그 가운데 인도에서 전래되어온 불교는 유교가 사회적 윤리와 다스림을 강조한 적극적 사상임에 비해 개인의 성찰과 깨달음을 강조한 개인적인 차원의 사상이므로 유교와 갈등을 일으킬 수밖에 없었다. 따라서 당조의 통치 기간 동안 수차례에 걸쳐 척불론(斥佛論)이 제기되었는데, 이는 불교 신앙의 지나친 성행에 대한 유학자들의 반발에 의한 것이었다.[18] 대표적인 배불론자(排佛論者)로는 한유(韓愈)를 거론할 수 있다. 그는 헌종(憲宗, 재위 기간 806~820)에게「부처의 사리를 모시는 것에 대해 간함(諫迎佛骨表)」을 상주하여 불교가 국가에 미치는 폐해에 대해 통렬하게 비판하였다가 좌천당

---

17 劉昫 等, 앞의 책.

18 한유(韓愈) 등 유학자의 배불론에 대해서는 趙文潤 主編,『隋唐文化史』(西安: 陝西師範大學出版社, 1992), pp. 195~99를 참조.

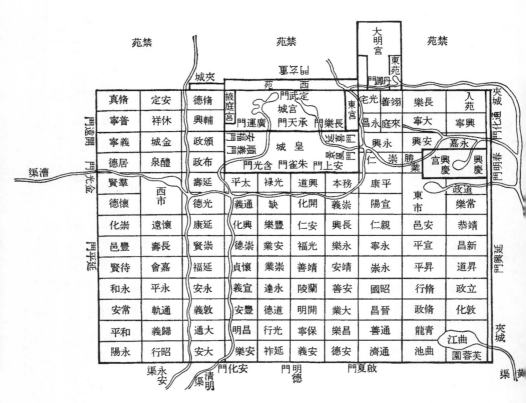

당나라 장안성의 지도 : 황성과 주작문을 중심으로 한 좌우대칭의 바둑판식 도시 구획이다.

하기도 하였다.

　불교는 승려 현장(玄奘)이 천축국(天竺國)에서 불경을 가지고 장안 (長安)으로 돌아온 이후 고종, 측천무후,[19] 중종(中宗, 재위 기간 684~684, 705~710)의 옹호 하에 더욱 융성해졌다.[20] 특히 불교의 사원(寺院)[21]은 종교적 집회 장소였을 뿐 아니라 교역이 이루어지는 곳이기도 하였다. 아울러 놀이와 교제(交際) 공간의 역할도 하였는데 그 예로 당대 전기 작품 가운데 배형(裴鉶)의 『전기 · 최위(傳奇 · 崔煒)』[22]에서 중원절(中元節)에 개원사(開元寺)에 잡희(雜戲) 구경을 하려고 몰려든 사람들에 대해 묘사한 부분을 들 수가 있다. 그리고 당대의 필기 (筆記)인 손계(孫棨)의 『북리지(北里志)』에는 "매번 남쪽 거리의 보당사(保唐寺)에서는 법회가 열렸는데 대부분 매달 팔일이었고 기녀들은 서로를 이끌고서 다 같이 설법을 들으러 왔다…… 보당사에는 매달 세 번, 즉 팔일, 십팔일, 이십팔일에 젊은 사인들이 몰려들었으니 이들은 모두 여러 기녀들과 기약을 한 자들이었다"[23]는 대목이 있으니 이는 바로 당대 사원이 교제의 공간이었음을 설명하는 부분이 된다. 또한 사원은 여행자에게는 숙소를 제공하는 여관의 역할도 하였으며[24] 안록산의

---

19 측천무후는 자신의 정치적 입지를 위하여 불교를 정략적으로 옹호하였다. 즉 자신은 환생한 미륵부처인데 세상을 구원하기 위해 여황제로 등극하게 되었다는 주장이었다. 측천무후의 불교 옹호 정책에 대해서는 總主編 任繼愈 · 本書主編 杜繼文, 『佛教史』(北京: 中國社會科學出版社, 1995), pp. 281~84에 자세히 언급되어 있다.
20 당대 불교의 전반적인 상황에 대해서는 미치바다 료우슈, 계환 옮김, 『중국 불교사』(서울: 우리출판사, 1996), pp. 144~204를 참조.
21 당대에 불교의 사원이 사회문화적으로 담당한 역할에 대해서는 全弘哲, 「敦煌 講唱文學의 敍事體系와 演行樣相 研究」(韓國外國語大學校 中國語科 博士論文, 1995), pp. 300~11을 참조.
22 裴鉶, 周楞伽 輯注, 『裴鉶傳奇』(上海: 上海古籍出版社, 1980).
23 孫棨, 『北里志』. "每南街保唐寺有講席, 多以月之八日, 相率率聽焉…… 故保唐寺每三八日士子極多, 蓋有期於諸妓也."

난리 이후에는 사원에 부속된 장원(莊園)을 중심으로 사원 경제 체제가 이루어지기까지 하였다.[25]

불교는 교리의 전파를 위해 유설유창(有說有唱)이라는 독특한 형식을 지닌 강창문학(講唱文學)을 적극적으로 이용하였다.[26] 강창문학은 일명 변문(變文)으로 불리는 것으로 처음에는 포교를 위해 불교와 관련된 이야기를 승려나 전문 이야기꾼이 강설하였다가 점차 인기를 얻게 되자 청중의 흥미를 끌 수 있는 역사적 고사도 강설하기에 이르렀다. 이러한 강창은 당대인의 폭넓은 애호를 받아서 일반 민중뿐 아니라 귀족들, 심지어는 황실의 공주까지도 강창을 듣고 구경하기 위해 사원을 드나들 정도였다. 송대(宋代) 사마광(司馬光)이 편찬한 『자치통감(資治通鑒)』의 「대중(大中) 2년(848년) 12월」 조항에는 선종(宣宗, 재위 기간 847~860)의 딸 만수공주(萬壽公主)가 사원의 모임에 참석한 일화가 실려 있다.

만수공주는 기거랑 정호에게 시집을 갔다…… 정호의 동생 정의가 위급한 병에 걸렸을 때 주상께서 사자를 보내어 보고 오라고 하였다. (사자가 돌아오자) 주상은 "공주는 어디에 있더냐"고 물으셨다. 이에 사자는 "공주께서는 자은사에서 희장 구경을 하고 있다"고 말했다…… 이에 주상은 공주를 책망하며 "시동생이 병이 들어 있는데 가서 살피지 않고

---

24 원진(元稹)의 「앵앵전(鶯鶯傳)」에는 다음과 같은 대목이 있다. "장생은 포주로 여행을 갔다. 포주의 동쪽으로 10여 리가 되는 곳에 보구사라는 절이 있었는데 장생은 그곳에 머물게 되었다(張生游于蒲, 蒲之東十餘里, 有僧寺曰普救寺, 張生寓焉)."

25 당 후반기의 사원(寺院) 경제 체제에 대해서는 鄭淳模, 『唐後半期 鄕村社會의 地主層 硏究』 (高麗大學校 大學院 史學科 博士論文, 2001)를 참조.

26 강창문학의 전반적인 상황에 대해서는 全寅初, 『唐代小說硏究』(서울: 연세대학교 출판부, 2000), pp. 393~409에 걸쳐 상세히 연구되어 있다.

어찌 희장 구경을 다니냐"고 말씀하셨다.

(萬壽公主適起居郎鄭顥…… 顥弟顗嘗得危疾, 上遣使視之. 還問："公
主何在?"曰："慈恩寺觀戲場."……上責之曰："豈有小郎病, 不往省觀, 乃
觀戲乎?")[27]

아마도 만수공주가 자은사에서 구경한 것은 노래와 설법을 겸하고 간
간이 연극적 요소까지도 포함한 오락적 성격의 공연이었을 것이다. 이
같은 불교 사원에서의 공연은 불교 교리의 선전에 매우 효과적이어서
불교가 당대인들의 정신세계로 파고드는 데 커다란 역할을 하였다.

불교의 교리 가운데 당대인들에게 가장 큰 영향을 끼친 것은 윤회와
인과응보에 대한 믿음이었다. 원래 중국에는 불교 전입 이전부터 내세
와 영혼에 대한 토속적인 관념이 존재하였다.[28] 그런데 불교가 들어온
이후 이러한 토속적 관념은 불교와 결합하였고 당대에 들어와서는 거의
중국화되었기에 별 무리 없이 당대인들의 내세관으로 정착된 것이었다.
당대 전기 작품 가운데서도 '선한 일은 선한 보답을 받고 악한 일은 악
한 보답을 받는다(善有善報, 惡有惡報)'로 대표되는 불교의 관념은 쉽
사리 발견된다. 예를 들어 이복언(李復言)의 『속현괴록(續玄怪錄)』에
수록된 「설위(薛偉)」는 생선회를 즐겨 먹던 사람이 꿈에 물고기가 되
어 하마터면 회가 될 뻔한 이야기인데 이것은 살생을 금한다는 불교 교
리와도 연관된다. 또한 같은 책에 실려 있는 「두자춘(杜子春)」은 불교
의 윤회 관념에 바탕을 둔 이야기이고 원교(袁郊)의 『감택요(甘澤謠)』

---

27 金敏鎬, 「中國 話本小說의 變遷 樣相 硏究」(高麗大學校 大學院 中語中文學科 博士論文,
1998), p. 47에서 재인용.
28 불교 전입 이전, 중국인들의 토속적 내세관에 대해서는 Yü Ying-Shih(余英時), "O Soul,
Come Back! A Study in the Changing Conceptions of the Soul and Afterlife in Pre-Buddihist
China," *Harvard Journal of Asiatic Studies*, 1987, Vol. 47, No. 2를 참조.

에 수록된 「홍선(紅線)」 「원관(圓觀)」 등의 작품에도 윤회 사상이 개입되어 있다. 그밖에도 당림(唐臨)의 『명보기(冥報記)』, 낭서령(郎余令)의 『명보습유(冥報拾遺)』, 승려 법해(釋 法海)의 『보응전(報應傳)』, 노구(盧求)의 『금강경보응기(金剛經報應記)』, 왕곡(王轂)의 『보응록(報應錄)』 등의 전기집에도 모두 인과응보와 윤회 관념에 대한 고사들을 수록한 바 있다.

불교와 함께 도교 역시 당대의 사상을 주도한 종교였다. 도교는 중국의 토착 신앙으로 그 형성 과정에 대해 설명하려면 멀리 은대(殷代)로 거슬러 올라가게 된다. 은대의 문화는 "귀신을 우선하고 예를 뒤로하는"[29] 샤먼 문화적 특질을 지니고 있었는데 주(周) 왕조가 건립되면서 은의 문화는 민간으로 잠복하였기에 무사(巫師) 계층을 통해서 전승되기에 이르렀다. 이러한 은의 샤먼 문화는 전국(戰國)시대 말기를 즈음하여 무사를 계승한 방사(方士) 계층에 의해 나름의 문화 체계를 형성하여 신선 사상으로 발전하게 되었다. 이후 진한(秦漢) 시기에는 지금까지의 신선 사상이 도가(道家) 사상을 이념적인 기반으로 끌어들이면서 본격적인 도교로의 발전 태세를 갖추게 되었다. 즉 동한(東漢) 후기에 『태평경(太平經)』 『주역참동계(周易參同契)』 『노자상이주(老子想爾注)』 등의 도교 이론서가 등장하였으며, 그와 비슷한 시기에 장도릉(張道陵)은 오두미도(五斗米道)를 설립하였고, 장각(張角)은 태평도(太平道)를 만들었으니, 이로써 체계화된 종교로서의 도교가 새롭게 출발하게 된 셈이다. 도교는 위진남북조 시기에 들어서 중대한 발전을 거듭하였다. 진대(晉代) 갈홍(葛洪)은 금단도(金丹道)를 건립하였고 북위(北魏)의 구겸지(寇謙之)는 국가의 공인을 얻은 최초의 도교 교단

---

29 『禮記 · 表記』. "殷人尊神, 率民以事神, 先鬼而後禮."

인 신천사도(新天使道)를 제창하였을 뿐 아니라 남조(南朝) 유송(劉宋) 때에는 도사(道士)인 육수정(陸修靜)이 도교의 경전을 모아서 편집, 정리한 『삼동경서목록(三洞經書目錄)』을 지었으니 이로써 도교 교리에 합리적 체계가 세워진 것이다.

이와 같은 전대의 발전을 근간으로 해서 당대에는 도교가 황실의 종교로 국가적 보호를 받게 되었다.[30] 원래 당 황실은 중국 서변의 이민족 출신인데 문벌을 중시하던 당시의 풍토에 따라 자신들의 혈통에 신성함을 부여하고 건국의 정당성을 보장받기 위해서 노자(老子)를 원조(元祖)로 모신 것이다. 그래서 당의 황제들은 모두 스스로를 노자 이이(李耳)의 자손, 즉 신선의 후예라고 생각하였으며 노자의 『도덕경(道德經)』을 상경(上經)으로 삼았다. 또한 고조 때에는 도교가 불교보다 우위에 있음을 천명하였고 고종 때에는 『도덕경』을 과거시험 과목으로 정하는 등 당대의 도교는 황권과 결부되어 더욱 발전하였다. 특히 현종은 도교에 대한 각종 조치들을 강화시켜서 숭현학(崇玄學)을 설치하였고 친히 『도덕경』을 주소(注疏)하였으며 도서(道書)의 수집과 정리에 힘썼다. 그리고 재초(齋醮)의례를 중히 여기고 도교의 악곡(樂曲)을 만드는 등 도교 장려에 힘을 기울였다. 그러나 현종 이후의 황제들인 대종(代宗, 재위 기간 762~779), 헌종, 목종(穆宗, 재위 기간 821~824), 경종(敬宗, 재위 기간 825~827), 무종(武宗, 재위 기간 841~846), 선종 등은 도교에 너무나도 탐닉한 나머지 모두 단약(丹藥)으로 인해 중독사(中毒死)하기에까지 이르렀다.[31] 이는 지나친 숭배로 인한

---

30 중국 및 당대 도교(道教)의 전반적인 내용에 대해서는 다음을 참조. 卿希泰 主編, 『中國道教』(上海: 上海古籍出版社, 1994), pp. 30~42.

31 특히 무종의 열광적인 도교 숭배에 대해서는 마침 당나라에서 그 일을 실제로 보고 들은 일본의 당나라 유학 승려 엔닌(圓仁)의 『입당구법순례기행(入唐求法巡禮行記)』에 자세히 나와 있다. 무종은 도사(道士) 조귀진(趙歸眞)을 맹신하여 궁궐 안에 선대(仙臺)를 세웠으

당대 도교의 폐해를 입증해주는 것이고, 안사(安史)의 난리 이후 도교가 현실도피적인 인간의 심정에 기대어 개인적 차원의 구선(求仙)만을 추구하게 된 경향과도 무관하지 않다.

도교를 불교와 비교하자면 특히 상층 계층에게 있어서 도교는 불교보다 더 폭넓은 환영을 받았다. 유영(劉瑛)의『당대전기연구(唐代傳奇硏究)』에서는 불교가 상층 계층의 환영을 받지 못한 당대인의 사고방식에 대해 다음과 같이 제시하고 있다. 첫째, 승려는 천자의 신하가 될 수 없으므로 불교가 유교의 군신(君臣) 제도를 망치게 한다는 것이다. 둘째는, 원래 불교는 이민족의 종교이기에 중국 민족이 믿어서는 안 된다는 관념이었다. 셋째는, 중국과 오랑캐의 구별이 엄연한데 오랑캐의 종교를 믿는다면 누가 중심이냐의 문제가 생긴다는 것이었다. 이런 연유로 불교는 남북조 시기에 비해 상류층의 애호를 별로 받지 못하게 된 것이다. 그리하여 당대에는 불교 사상을 근간으로 한 정론가(政論家)가 거의 나오지 않았을 뿐 아니라 대부분의 정론가들이 오히려 배불 정책을 옹호하게 된 것이다.[32] 또한 무종 때에는 대대적인 폐불(廢佛)[33]을 단행하여 확대된 불교 세력을 억제하기도 하였다. 그러나 당 말에 이르면 이 두 종교는 중국적인 토대 위에서 서로의 장점을 흡수, 발전하게

며 도사에게 단약(丹藥)을 만들게 해서 선대 위에서 날아보려고 했으나 성공하지 못하였다. 그럼에도 불구하고 실패의 원인이 불교에 있다고 여겨서 폐불(廢佛)을 단행하기도 하였다. 결국 무종은 회창(會昌) 6년(846) 단약을 잘못 복용하여 중독사했다. 이에 대해서는 요시오카 요시토오, 최준식 옮김,『중국의 도교』(서울: 민족사, 1991), p.135를 참조.

32 당대 불교가 국가 및 상류층의 애호를 받지 못한 점에 대해서는 劉瑛,『唐代傳奇硏究』, (臺北: 正中書國, 1982), p.86을 참조.

33 중국 왕조사상 황제 권력에 의한 대대적인 불교 탄압이 모두 네 차례 있었는데 이것을 삼무일종(三武一宗)의 법난(法難)이라고 한다. 즉 북위(北魏)의 태무종(太武帝), 북주(北周)의 무종(武帝), 당의 무종(武宗), 후주(後周)의 세종(世宗)에 의한 탄압 사건을 지칭하는 것이다.

되었고 이에 따라 일반 민중들은 불교와 도교를 거의 유사한 것으로 간주하기까지 하였다. 그 예로 당대 전기인 『통유기(通幽記)』의 「당훤(唐晅)」 조항에는 다음과 같은 대목이 있다.

당훤은 "불교와 도교 중 어느 것이 그른가요"라고 물어보았다. 그러자 그의 죽은 처는 "근원은 같지만 파벌이 다른 것이지요"라고 대답하였다. (又問: "佛與道, 孰是非?" 答曰: "同源異派耳.")[34]

이 이야기는 당훤이 우연히 오래전에 죽은 자신의 처 장씨(張氏)를 만나 삶과 죽음, 영혼에 대해 이야기를 나누게 되는 내용으로 불교와 도교를 같은 부류로 인식하는 당대인들의 사유방식을 드러내고 있다.

또한 당대에는 유교, 불교, 도교 이외에 조로아스터교, 기독교의 네스토리우스파 등과 같은 수많은 외래 종교와 사조가 수입되어서 특유의 개방적이며 유동적인 문화를 형성하였다. 또한 활발한 국제 무역을 통해 멀리 로마와도 교류를 하여 수도인 장안은 화려한 국제 도시로서 동아시아의 경제와 문화의 중추 역할을 하였다.[35] 이러한 사조의 다양성

---

34 李昉 等 撰, 『太平廣記』 卷332. 앞으로 이 책에서 나올 모든 당대(唐代) 전기(傳奇)의 번역은 필자의 번역이고 참고한 번역이 있을 경우에만 따로 서지 사항을 밝힌다.
35 당대 사회는 비교적 외래 문화의 수용에 대해 개방적이었다. 따라서 중국의 역대 왕조에서 전통적으로 오랑캐 풍속이라 여겨왔던 문화조차도 당대에는 유행 문화로 수용되었는데, 이러한 당대의 문화적 일면을 백거이(白居易)의 「지금 유행하는 화장(時世妝)」이란 시에서 살펴볼 수가 있다.

지금 유행하는 화장은,
지금 유행하는 화장은,
장안에서 시작하여 사방으로 퍼져갔다.
먼 곳 가까운 곳 어디서나 유행하는데,
뺨에는 연지와 분을 바르지 않는다.
입술에는 검정 기름 발라 진흙 같고

은 당대가 비교적 개방적인 문화를 형성할 수 있는 원동력이 되었으며 그것은 당대 문화의 각 부분을 풍성히 해주는 자양분이 되었다.

3. 당나라 여성들의 지위와 사회 활동

당대 사회는 여성에게도 제한적이나마 사회적 활동을 보장하였다. 즉 당대의 여성은 비교적 자유롭게 외출할 수도 있었을 뿐 아니라 떼 지어 말을 타고 나가서 놀이를 즐길 수도 있는 정도의 과감한 활동 역시 용납받았다.[36] 그러한 상황에서 당대에는 중국 역사상 전무후무한 여성 황제가 존재한 바 있었다. 여성 황제, 곧 측천무후의 존재는 남존여비의 유교 윤리가 엄격했던 봉건사회에서 주목받을 만한 현상이라 할 수 있다. 측천무후는 본래 산시(山西) 문수(汶水) 출신으로 태종의 후궁 중 하나인 재인(才人)의 신분이었다. 그녀는 태종 사후 잠시 비구니가

두 눈썹은 여덟 팔 자 모양으로 그린다……
둥근 쪽에 살쩍 없이 틀어 올린 추계,
홍갈색 비스듬히 짙게 바른 자면……
그대는 기억하라.
상투머리 추계와 홍갈색 얼굴 자면은,
중화의 풍속이 아님을.
(時世妝, 時世妝, 出自城中傳四方. 時世流行無遠近, 顋不施朱面無粉. 烏膏注脣脣似泥, 雙眉畵作八字低…… 圓鬢無鬢椎髻樣, 斜紅不暈赭面狀…… 元和妝梳君記取, 髻椎面赭非華風.)

이 시에서 나타내고자 하는 바는 오랑캐 풍속의 유행에 대한 작자의 비판적인 관점이다. 하지만 오히려 이 시를 통해 당대 사회가 오랑캐 풍속을 여성의 유행 화장으로 받아들일 만큼 개방적인 사회였음을 반증할 수 있는 것이다. 백거이의 「지금 유행하는 화장」 전문은 김경동 편저, 『백거이 시선』(서울: 민미디어, 2001), pp. 37~39를 참조.
36 당대 여성들이 말을 타고 격구(擊球) 등의 놀이를 즐겼음은 협서성(陝西省) 서안(西安)에서 출토된 '기마격구채회도용(騎馬擊球彩繪陶俑)'과 같은 고고학적 성과를 통해 입증된다. 현재 이 유물은 중국역사박물관에 소장되어 있다.

한껏 치장한 당나라 여성의 모습: 주방(周昉)의 「잠화사녀도(簪花仕女圖)」의 한 장면.

되었다가 태종의 아들인 고종의 부름을 받고 궁으로 돌아와 소의(昭儀)
에 봉해졌다. 후에 고종은 그녀를 황후로 세우고 모든 조정 대사를 그
녀와 함께 처리하기에 이르렀다. 683년에 고종이 병사하고 중종(中宗)
이 황위를 계승하자 그녀는 황태후의 신분으로 정사를 좌우하였다. 그
이듬해에는 중종을 폐위시키고 예종(睿宗, 재위 기간 684~684, 710~
712)을 즉위시킨 뒤 반대 세력을 대대적으로 탄압하고 신진인사를 대
거 등용하여 자신이 황제가 될 수 있는 여론을 조성하였다. 그리하여
690년에는 아예 그녀 자신이 황제가 되어 스스로를 측천무후로 칭하였
으며 국호도 주(周)로 개명해버렸다.[37]

　15년간에 걸친 측천무후의 통치 이후로도 당 황실에는 여성의 정치

---

[37] 측천무후 시기의 정치적 상황에 대해서는 徐連達·吳浩坤·趙克堯, 중국사연구회 옮김, 앞
의 책, pp. 375~77에 자세히 다루어져 있다.

개입이 빈번하게 일어났다. 측천무후[38] 사후 중종의 황후인 위씨(韋氏)
는 외척 집단을 형성하여 정권을 좌우하였을 뿐 아니라 중종의 딸인 안
락공주(安樂公主) 세력과 연합하여 중종을 독살하기에 이르렀다. 또한
측천무후의 딸인 태평공주(太平公主) 역시 자신의 휘하에 사병을 두었
으며 조정 신하들로 구성된 사당(私黨)을 조직하여 조정의 지지를 받
았다. 이와 같이 여성이 한 국가의 황제가 되거나 또는 직접적으로 정치
에 간여하는 현상은 중국의 다른 왕조에서는 보기 어려운 모습이었다.[39]
그래서 후대의 도학자(道學者)들의 관점에서는 "더러운 당 문화가 한
문화를 욕보였다(髒唐爛漢)"는 식의 평가가 이루어진 것이었다.

　　당대의 여성은 유교적 윤리강령인 정절의 문제 또한 그다지 심각하게
받아들이지 않았다. 이미 앞에서도 언급했듯이 『구당서』 등의 정사(正
史)에서는 열녀(列女)에 대한 전(傳)을 두고 정절을 지킨 여성의 덕을

---

38 한편 측천무후는 궁정 안에 자신을 위한 수많은 남자 첩을 두었는데, 이에 대해 『자치통감
(資治通鑑)』 권262 「당기 · 측천무후신공원년(唐記 · 則天皇后神功元年)」 조항에는 다음과
같이 언급되어 있다. "상승봉어 벼슬의 장역지는…… 젊고 잘생겼으며 음악을 잘하였다.
태평공주는 장역지의 동생인 장창종을 추천하여 궁궐의 시종으로 보내었고 장창종은 다시
형인 장역지를 추천하였는데 그들 형제가 모두 태후의 총애를 얻었다. 그들은 항상 붉은 분
칠에 비단 수놓인 옷을 입고 태후의 시중을 들었다…… 그리하여 그들에게 내려진 상은 이
루 다 헤아릴 수 없을 정도였다(尚乘奉御張易之…… 年少美姿容, 善音樂. 太平公主薦易之
弟昌宗入侍禁中, 昌宗復薦易之, 兄弟皆得幸于太后. 常傳朱粉, 衣錦繡…… 賞賜不可勝紀)."
39 조정의 정치에 관여한 또 다른 황실의 여성으로 중종의 후궁이었던 상관완아(上官婉兒)를
꼽을 수가 있다. 상관완아는 당대 초기의 시인인 상관의(上官儀)의 손녀인데 뛰어난 글 솜
씨로 측천무후의 총애를 받아 황제의 조서(詔書)와 명(命)을 관장하는 역할을 맡았다. 또
한 그녀는 중종 앞에서 송지문(宋之問)과 심전기(沈佺期)의 시편의 우열을 가려내어 주변
의 탄사를 자아내기도 하였으니, 이러한 상관완아의 재주에 대해 육창(陸昶)은 『역조명원
시사(歷朝名媛詩詞)』 권4에서 "인재를 평가할 때 갑을을 매기는 감식안이 특출하다(稱量人
才, 其所甲乙藻鑒特精)"고 평가한 바 있었다. 「장녕공주 귀양지에서 노닐며(游長寧公主流
杯池)」 「삼회사에 어가행차 시 지은 응제시(駕幸三會寺應制)」 등 상관완아의 시 32수는
『전당시(全唐詩)』에 기록되어 전해진다. 상관완아에 대해서는 曹正文, 趙誠煥 옮김, 『중국
문학과 여성』(서울: 도서출판 시놀로지, 2000), pp. 63~66을 참조.

찬양했지만 실제로 당대의 여성은 정절 관념에 그다지 구속을 받지 않았다.[40] 그뿐 아니라 여성의 처녀성 역시 그다지 중시되지 않았다. 당대의 전기 작품인 원진(元稹)의 「앵앵전(鶯鶯傳)」을 살펴보면 앵앵과 장생의 초야를 묘사할 때 '낙홍(落紅)'에 대한 언급이 전혀 없는데 이것은 「앵앵전」을 각색한 원대(元代) 왕실보(王實甫)의 「서상기(西廂記)」와 비교할 때 더욱 선명한 차이를 느낄 수 있다. 「서상기」에서는 초야를 치른 장생이 흰 손수건을 들고 다음과 같이 노래하는 대목이 있다.

봄 비단은 본디 하얗게 빛났는데,
아침에 보니 점점이 붉은 빛 고운 색이네.
(春羅原瑩白, 早見紅香点嫩色.)[41]

앞의 「서상기」가 원대의 작품임을 감안한다면 여성의 처녀성에 대한 중시는 송대(宋代) 이후에 생겨난 관념임에 분명하다. 당대의 작품에서는 지금 거론한 앵앵의 경우뿐 아니라 여타의 작품에서도 여성의 처녀성을 예찬한 부분은 거의 찾아볼 수가 없다. 또한 당대 역사에 비추어 보더라도 당 고종이 측천무후와 결합한 사실이나 현종이 양귀비를 취한 이면에는 측천무후나 양귀비가 처녀인지의 여부는 전혀 상관이 없었음을 알 수가 있다. 따라서 당대 여성에게 있어 정절이나 순결은 그다지 중대한 사안은 아니었던 것으로 판단된다.

한편 당대에 들어와 한층 활발해진 국제 교역과 이에 따른 상공업, 도시 경제의 발달로 기루(妓樓) 문화가 성행했다. 특히 장안과 낙양(洛陽), 양주(揚州)를 중심으로 성행한 기루 문화에 대한 기록은 당대

---

40 당대 여성의 정절 문제에 대해서는 이 책의 4부 2장에서 자세히 다루어진다.
41 王實甫,「西廂記」.

의 전적 곳곳에서 쉽사리 찾아볼 수가 있다. 그중에서도 손계(孫棨)의 『북리지(北里志)』에는 당대의 기루와 기녀들의 일화가 기록되어 있는데, 기녀와 사인(士人)들 간에 생겨난 애정사에 대한 언급도 포함되어 있다.

당대의 기녀들, 더욱이 사인들을 상대하는 기녀들은 상당한 문학적 소양을 갖추고 있었다. 그들은 연회석상에서 지적 유희의 일종인 주령(酒令)을 즐겼고 사인들과 시를 주고받기도 하였다. 그 예로 『북리지』에서는 다음과 같은 조항을 찾아볼 수가 있다.

가) 손계, 『북리지 · 천수선가(天水仙哥)』
천수선가는 자가 강진이며 남곡에 살았다. 천수선가는 농담을 잘하였고 노래와 주령에도 능하여 (연회 때마다) 항상 주령집행관이 되었는데 관대하면서도 엄격하게 주령을 집행하였다.
(天水僊哥, 字絳眞, 住於南曲中. 善談謔, 能歌令, 常爲席糾, 寬猛得所.)[42]

나) 손계, 『북리지 · 안령빈(顏令賓)』
안령빈은 남곡에 살았던 기녀이다. 그녀의 행동거지는 풍류스러웠고, 취미와 기호가 매우 우아하였다. 안령빈 역시 당시의 현사들에게 자못 후대를 받았다. 그녀는 문필을 일삼았고 시구를 잘 지었다. 그리고 사람들을 만나면 예를 다하여 공경하고 받들었다. 안령빈은 (사인들에게) 자주 시구를 적어달라고 간청하고 기념으로 그 시구를 남겨두었기에 항상 상자 속에는 오색의 편지지가 가득하였다.

---

42 이 책에 수록된 『북리지』의 모든 우리말 해석은 졸역(拙譯), 『북리지(北里志)』, 2004년도 학술진흥재단 동서양 학술 명저 번역 지원 KRF-2004-035-A00075에 근간하였다.

(顔令賓, 居南曲中. 舉止風流, 好尙甚雅, 亦頗爲時賢所厚. 事筆硯, 有詞句, 見舉人盡禮祗奉, 多乞歌詩, 以爲留贈, 五彩箋常滿箱篋.)

다) 손계, 『북리지 · 안령빈』

남은 기력은 서너 번 헐떡거릴 정도이고,

남은 꽃은 겨우 두세 가지로다.

한 동이 술로 이별했건만,

서로 만날 날 기약이 없네.

(氣餘三五喘, 花剩兩三枝. 話別一樽酒, 相邀無後期.)

라) 손계, 『북리지 · 왕단아(王團兒)』

나 손계가 서울에서 여러 친구들과 함께 과거시험 공부를 하다가 혹 피곤할 때에는 모두 북리의 왕단아 집으로 가서 복낭, 소복과 함께 둘러앉아 이야기를 나누며 술자리를 하였는데 (그럴 당시에 그들의) 자태가 더욱 돋보였다. 나는 일찍이 복낭에게 다음과 같은 시를 주었다.

　　푸른 깁 선녀 옷에 홍옥 같은 피부,

　　갓 열여섯 살 될 듯 말 듯.

　　취하여 권한 술잔은 내가 마시고,

　　구름같이 올린 머리 보모의 빗질을 나른하게 맞이하네.

　　추위가 두렵지 않은 귀한 허리띠 둘렀으며,

　　바람에 날리는 어여쁜 옷자락 근심스레 잡네.

　　서시는 새벽 화장으로 속여서 꾸민 용모이니,

　　본래는 그처럼 예쁘지 않았다네.

　(予在京師, 與輩從少年習業, 或倦悶時, 同詣此處, 同詣此處, 與二福環

坐, 清談雅飮, 尤見風態. 予嘗曾宜之詩曰: "綵翠儇衣紅玉膚, 輕盈年在破
瓜初. 霞盃醉勸劉郞飮, 雲髻慵邀阿母梳. 不怕寒侵緣帶寶, 每憂風擧倩持
裾. 謾圖西子晨粧樣, 西子元來未得如.")

앞의 가)는 사인과 기녀가 주령을 즐겼다는 기록이다. 주령은 시의
압운과 운율 등에 대해 정확히 숙지하고 있어야 할 뿐 아니라 기지와
재치를 구비해야만 즐길 수 있는 유희이다. 그런데 기녀가 이렇듯 난도
높은 유희의 집행관이 되었다는 것은 그들이 사인들과 대등하게 문화를
향유하던 계층이었다는 사실을 시사해준다. 나)는 사인들과 시를 통한
교류를 즐겼던 안령빈이라는 기녀에 관한 대목이다. 그리고 다)는 안
령빈이 스스로 죽음이 임박했음을 깨닫고 지은 시이다. 이들 경우에서
도 역시 기녀와 사인 간에 형성된 문학을 통한 소통 관계를 짐작할 수
가 있다. 라)의 경우는 사인이 기녀에게 주는 시인데 앞의 시 이외에도
『북리지』에는 사인과 특정 기녀 사이에 오간 시들이 상당수 수록되어
있다. 이러한 사인과 기녀 간의 증시(贈詩) 행위는 특정한 남녀간의 교
제를 전제한 행위였으며 그들의 교제는 사회적으로도 용인된 부분에 속
하였다.[43]

---

43 당대의 사인(士人)들과 시를 통한 교분을 맺었던 기녀로 설도(薛濤)의 존재를 빼놓을 수
는 없다. 원대(元代) 비저(費著)의 『전지보(箋紙譜)』에 따르면 설도와 화답시를 나눈 문
인 명사로는 원진(元稹), 백거이(白居易), 우승유(牛僧孺), 영호초(令狐楚), 배도(裴度),
장적(張籍), 유우석(劉禹錫), 장호(張祜), 왕건(王建) 등 20여 명이 있었다고 한다. 설도
는 당시의 사인들에게 '여교서(女校書)'로 불릴 만큼 시재(詩才)를 인정받았다. 그뿐 아니
라 자신이 직접 개발한 분홍색 종이인 설도전(薛濤箋)에 시를 적을 정도로 정취를 즐길 줄
아는 기녀였다. 그녀의 시에 대해 육창(陸昶)은 『역조명원시사(歷朝名媛詩詞)』 권6에서
"설도의 시는 재주와 정감이 풍부하고 방탕하면서도 때로는 얌전하고 우아한데, 여성 중에
그녀와 비교할 사람은 거의 없다(濤詩頗多才情, 軼蕩而時出閑婉, 女中少有其比)"고 평한
바 있었다. 설도에 대해서는 曹正文, 趙誠煥 옮김, 앞의 책, pp. 81~87을 참조.

당대에는 기녀 이외에도 종교 사제인 불교의 비구니와 함께 도교의 여도사라는 계층이 있었는데 이들 또한 제한적인 사회 활동을 보장받은 여성들이었다. 특히 여도사의 경우는 도교의 교리상 색계(色界)를 범하지 말라는 규정이 없었기에 불교의 비구니보다 훨씬 더 분방한 사회 활동을 하였다.[44] 여도사 가운데서 어현기(魚玄機), 이야(李冶) 등은 시필에도 뛰어났는데 그들이 당시의 사인들과 교류하며 남긴 시들이 『전당시(全唐詩)』에 각각 50수, 18수가 수록되어 전해지고 있다.

어현기[45]의 경우는 원래 이억(李億)이라는 사람의 첩이었다가 이억의 아내가 질투를 심하게 하자 함의관(咸宜觀)으로 보내져서 여도사가 되었다. 그는 온정균(溫庭筠) 등과도 친분을 가지며 서로 시를 주고받았는데 「겨울밤 온정균에게 보냄(冬夜寄溫飛卿)」 「온정균에게(寄飛卿)」 등이 바로 그러한 시이다. 또한 어현기는 숭진관(崇眞觀)의 남루(南樓)에 올라서 때마침 진사 합격자들의 명단이 붙은 것을 보고는 자신이 여성이어서 저들처럼 과거를 치르지 못함을 한탄하는 내용의 시를 짓기도 하였다.[46] 이야 역시 시필에 뛰어나서 그와 친분 관계인 유장경

---

44 당대의 여도사(女道士)를 기녀와 유사한 성격의 집단으로 간주하기도 하지만, 당대 초에 여도사의 지위를 비구니보다 우위에 둔다는 기록과 예종(隸宗)의 딸 금선공주(金仙公主), 옥진공주(玉眞公主)와 현종(玄宗)의 딸인 만안공주(萬安公主), 초국공주(楚國公主), 대종(代宗)의 딸 화양공주(華陽公主), 순종(順宗)의 딸 심양공주(潯陽公主), 평은공주(平恩公主), 소양공주(邵陽公主), 목종(穆宗)의 딸 의창공주(義昌公主)가 모두 여도사였다는 기록에 의거할 때 여도사를 기녀와 동일시하기에는 무리가 있다. 당대의 여도사에 대해서는 高利華, 「道教與詩教夾縫中的奇葩―論唐代女冠詩人」, 『唐代文學研究』(桂林: 廣西師範大學, 1996), 第6輯, p. 77과 龔書鐸 總主編, 『中國社會通史: 隋唐五代卷』(太原: 山西教育出版社, 1996), pp. 290~91을 참조.
45 어현기의 분방한 삶과 죽음에 대해서는 이 책 4부의 2장에서도 다루어진다.
46 魚玄機, 「游崇眞觀南樓睹新及第題名處」.
　구름 봉우리 눈 가득히 들어오니 님 생각도 사라지고,
　분명하고 힘 있는 필체로 저 아래 서생들을 가리킨다.
　여인임이 절로 한스러워 비단옷으로 시구를 가리며,

(劉長卿)이 '시인 가운데 여걸(女中詩豪)'로 극찬할 정도였다. 그는 유장경 이외에도 육우(陸羽)와 교분이 있었는데 병들어 누워 있는 자신을 문안 온 육우를 맞이하며 「호숫가에서 와병 중이다가 육우가 온 것을 기뻐함(湖上臥病喜陸鴻漸至)」[47]이라는 시를 남긴 바 있다.

지금까지 언급한 황실의 여성들, 기녀, 여도사들은 당대 여성들 가운데서도 좀더 분방한 활동을 했던 여성들이었다. 하지만 이러한 사실이 모든 당대의 여성들에게 개방적이고 다양한 여성 문화가 보장되었다는 것을 의미하지는 않는다. 더욱이 남녀의 결합인 결혼 문제에 있어서 당대는 철저한 문벌 제도의 지배를 받았다. 그중에서도 당대인들은 당시 사회에서 명망이 높았던 농서 이씨(隴西 李氏), 태원 왕씨(太原 王氏), 형양 정씨(滎陽 鄭氏), 범양 노씨(范陽 盧氏), 청하 최씨(淸河 崔氏) 등의 오대성(五大姓)과의 혼인을 선망하였다. 따라서 당대의 남성들은 출세를 보장받기 위해 오대성 집안의 사위가 되기를 갈구하였고 이러한 상황 속에서 버리고 버림을 받는 남녀간의 비극이 발생하기도 하였다.

고개 들어 헛되이 급제자의 이름을 부러워한다.

(雲峰滿目放春情, 歷歷銀鉤指下生. 自恨羅衣掩詩句, 擧頭空羨榜中名.)

47 유희재 편저, 『당대여류시선』(서울: 민미디어, 2001)에서 인용한 이 시의 전문은 다음과 같다.

지난날 무성히 서리 내린 달밤에 떠나가더니.
이제 괴로운 안개 내리니 돌아오셨구려.
상봉은 하였으나 병들어 누워 있으니,
말하고 싶어도 눈물이 앞을 가리는구려.
억지로 권하는 그대의 술잔에,
사령운의 시를 읊어 대신하려 하오.
우연히 한바탕 취해볼 뿐,
이밖에 무엇이 필요하겠소.

(昔去繁霜月, 今來苦霧時. 相逢仍臥病, 欲語淚先垂. 强勸陶家酒, 還吟謝客詩. 偶然成 一醉, 此外更何之.)

전기 작품인 「곽소옥전」은 출세를 위해 결혼 약속을 저버리게 된 남녀의 비극을 다룬 것으로 문벌혼과 관련된 당시 사회의 단면을 잘 전달해 주고 있다.

이제까지 당대의 시대적 특징을 정치·사회, 종교·사상, 그리고 여성문화의 순서에 따라 정리한 바에 의하면 당대는 개방적이면서도 다양한 문화와 엄격하고도 보수적인 문화가 공존하는 양면적 성격의 시대였음을 알 수 있다. 또한 당대의 양면적 성격은 사회와 문화 각 방면에 걸쳐서 모순적인 가치 체계를 형성하였음도 확인할 수 있었다. 결국 이와 같은 모순적 성격들은 금기와 일탈, 현실과 환상, 역사와 허구, 남성과 여성 같은 사회문화 속의 무수한 대립항들 사이를 오가게 하였다. 그리고 그 속에서 당대의 모습을 구성해나가는 원동력이 되었던 것이다.

| 2장 |
당나라 사람의 이야기

　이 장에서는 당대 전기의 형성 배경으로 위진남북조의 지괴(志怪)의 '괴(怪)'와 변별되는 '전기(傳奇)'의 '기(奇)'[48]가 지닌 의미에 대해 논술할 것이다. 이는 신기하고 이상한 이야기를 접할 때 받아들이는 사람의 심미의식이 어떠한 방식으로 작동했는지에 대한 문제가 된다. 곧 신기하고도 이상한 이야기를 그대로 받아 옮기는 것이 아니라 그 이야기를 또 다른 미학적 원리에 의해 다시 재편성함을 일컫는 것으로 당대 전기와 전시대의 지괴의 차이점이 되는 것이다. 더 나아가 이 장에서는 중국의 전통 서사를 관통하는 역사서의 전통이 전기의 형성에 미친 영향 또한 고찰하려고 한다. 이것은 역사서의 전통이 전기라는 서사의 형식에 끼친 영향일 뿐 아니라 전기의 창작 의식과도 유관한 문제가 된

---

48 『설문해자법(說文解字注)』에서는 '기(奇)'와 '괴(怪)' 모두 '이상하다(異也)'는 의미로 풀이하였다. 다만 '기'에 대해서만은 '짝이 맞지 않다(不耦, 혹은 不偶)'라는 설명을 부가한 바 있었다. 이에 대해서는 許愼 撰·段玉裁 注, 『說文解字注』(臺北: 黎明文化事業公司, 1974)을 참고.

64

다. 또한 당대 전기와 동시대에 성행했던 민간 문학, 즉 변문(變文)이 전기의 형성과 어떠한 상호성을 지녔는지에 대해서도 언급할 것이다. 이는 변문이 전기에 풍부하고도 활력 넘치는 제재를 제공하였음을 말하며 아울러 아문화(雅文化), 즉 궁중 문화와 속문화(俗文化)의 끊임없는 교류 속에서 전기가 형성되었음을 의미한다.

그리하여 이 장에서는 우선적으로 '괴(怪)'와 '기(奇)'의 함의[49]에 대해 세밀히 고찰한 뒤 '전기'의 창작 미학에 대해 논의하려고 한다.

1. 지괴(志怪)의 '괴(怪)'와 전기(傳奇)의 '기(奇)'가 갖는 의미

정의중(程毅中)은 지괴의 '괴(怪)'에 비해 전기의 '기(奇)'가 좀더 포괄적인 함의를 갖는다고 언급한 바 있었다. 그의 설법에 따르면 '기'는 신선과 망혼에 대한 사건뿐 아니라 남녀의 애정에 대한 이야기까지 포괄하므로 '괴'에 비해 범위가 넓다고 논술하였다. 당 말기 배형(裴鉶)의 『전기(傳奇)』가 신선, 망혼에 대한 사건과 함께 남녀의 애정을 모두 아우르는 작품이었기에 바로 여기에서 전기의 명칭이 유래되었다고 하였다.[50] 이검국(李劍國) 또한 '기'가 '괴'에 비해 의미상에 있어 훨씬 광

---

49 진문신(陳文新)은 훈고학적 관점에서 볼 때 '기(奇)' '괴(怪)' '이(異)'의 함의에 기본적으로 차이가 없다고 간주하였다. 그 예로 당대 작품 가운데 『이몽록(異夢錄)』『집이기(集異記)』『찬이기(纂異記)』『영괴집(靈怪集)』『신괴지(神怪志)』『문기록(聞奇錄)』등의 내용은 거의 유사한 제재를 다루고 있다는 점을 들었다. 이에 대해서는 陳文新,『中國傳奇小說史話』(臺北: 正中書局, 1995), pp. 6~7을 참조. 하지만 그의 논리대로라면 '전기'와 '지괴' 사이에는 변별성이 존재하지 않게 된다. 그것은 이미 명칭상에 있어 차이를 보이는 두 종류의 서사가 지닌 특성을 인정하지 않는 논리가 되므로 필자는 그의 관점에 동의하지 않는다.

50 程毅中,「論唐代小說的演進之迹」,『文學遺産』(北京: 中國社會科學院文學研究所, 1987), 第

범위하다고 주장하며 '기'에는 초현실적인 이상한 사건뿐 아니라 현실에서 일어난 이상한 사건까지도 포함됨을 명시하였다. 그러므로 그의 주장에 의하면 전기는 곧 '기이한 사람의 기이한 이야기(奇人奇事)를 기록한 작품'에 해당되는 것이다.[51]

'기(奇)'와 '괴(怪)'는 '괴'가 '도리에 맞지 않은(不經)' '일반적이지 않은(不常)' 것이라면 '기'의 경우는 '도저히 짝이 없을 정도의(不偶)' '올바르지 못한(不正)' 것으로 해석되는 데서도 그 변별성을 찾을 수 있다.[52] 그러므로 지괴가 일상생활에서 보기 힘든 괴이한 사건을 다루었다면 전기는 일상의 개념으로는 도저히 납득이 되지 않으며 그와 비슷한 상황도 찾기 어려운, 그리고 초현실적 차원까지 넓혀진 경계에서 일어나는 이상한 사건들까지도 범주에 넣는 것이 된다.[53] 그런데 만약 여기에서 '기'의 의미를 '올바르지 못한(不正)'의 개념이 아니라 '정사(正史)에 들지 못한'으로 해석한다면 '기'의 개념은 더욱 확대된다. 이것은 곧 제재상 정사에 기재되기에는 좀 무리가 있는 사실을 '전(傳)'의 형식을 빌려 적는다는 의미인데 전기 작품 가운데 허요좌(許堯佐)의 「유씨전(柳氏傳)」과 진홍(陳鴻)의 「장한가전(長恨歌傳)」에는 이러한 주장을 뒷받침해줄 만한 논거가 실려 있다.

5期, p. 50.

51 李劍國, 『唐五代志怪傳奇敍錄』(天津: 南開大學出版部, 1993), p. 6.

52 王鳳陽, 『古辭辨』(長春: 吉林文史出版社, 1993), pp. 972~73에서 인용, 孫修暎, 「唐 傳奇의 형성에 관한 연구」(延世大學校 大學院 碩士論文, 1998), p. 84에서 재인용.

53 아울러 '기'가 상황의 특수함에 편중되어 있다면 '괴'의 경우는 어그러지고 위배된 상태에 더욱 중점이 두어진다. '기'와 '괴'에 관한 자세한 설명과 용례는 王鳳陽, 앞의 책, pp. 972~73을 참조.

가) 허요좌(許堯佐), 「유씨전(柳氏傳)」

무릇 일이라고 하는 것은 그 공적 때문에 빛나게 되고, 공적은 일이 있어야만 세워지는 것이다. 애석하게도 그들의 뛰어난 덕성은 은폐되어 알려지지 않고 그들의 의용만이 사람에게 감동을 주었을 뿐인데 이 모두 정사에 기록되지 못하였다. 그러니 바로 이러한 사실이야말로 어찌 변(變) 가운데 정(正)이 아니겠는가?

(夫事由迹彰, 功待事立. 惜郁堙不偶, 義勇徒激, 皆不入于正. 斯豈變之正乎?)

나) 진홍(陳鴻), 「장한가전(長恨歌傳)」

세상에 알려지지 않은 사실에 대해서는 내가 개원 시대의 유민이 아닌 이상 알 수가 없다. 그리고 세상에 알려진 사실들에 대해서는 (이미) 『현종본기』에 기재되어 있다. 그러므로 여기서 나는 다만 「장한가」의 전을 짓는 데 그칠 따름이다.

(世所不聞者, 予非開元遺民, 不得知. 世所知者, 有『玄宗本紀』在, 今但傳「長恨歌」云爾.)

가)와 나)의 언급에 따르면 '기'는 정식 역사서에 들어갈 수 없는 사실들을 지칭하는 것이다. 다시 말해 가)에서는 정절을 지키고자 하였으나 어쩔 수 없이 실절(失節)한 유씨와 의로운 행동을 했으나 그것을 빛나는 공적으로 이루어내지 못한 허준(許俊)의 경우가 바로 '기'에 속하는 것이고, 바꾸어 말하자면 변(變) 가운데서도 정(正)에 속하는 부분이 된다. 또한 나)에서는 정식 역사서인 『현종본기』에는 기재되어 있지 않으나 명백한 사실임에 분명한 것들, 즉 지은이가 전을 지은 내용이 바로 '기'의 영역에 속하게 되는 것이다.[54]

이러한 맥락에서 볼 때 전기라는 용어의 의미는 "현실과 초현실세계의 기이한 사실들 가운데 정식 역사서에 들어가지 못한 것을 '전(傳)'이나 '기(記)'의 형식으로 적는다"는 뜻으로 해석될 수가 있다. 이는 곧 전기의 '전(傳)'을 단순히 '기이한 사실을 전달, 전술한다'는 의미인 '전시(傳視), 전달(傳達)'로 여기는 것이 아니라 '기이한 사실을 역사서의 형식인 전(傳), 기(記)를 빌려 적는다'는 '전과 기를 지음(作傳記)'의 의미와 연결시키는 것이 된다.[55]

다시 '기(奇)'에 대한 논의로 되돌아가자면 '기'라는 용어는 당대에 처음으로 등장한 것은 아니었다. 중국 최초의 체계적 문학비평서인 유협(劉勰)의 『문심조룡(文心雕龍)』에서 '기'에 대한 정밀한 논의가 이미 전개된 바 있었다.[56] 『문심조룡』에서는 '기'를 긍정과 부정의 양면적 의미로 사용했는데 예를 들어 『문심조룡·재략(才略)』에서 좌사(左思)의 글재주에 대해 '기재(奇才)'라고 평가한 것은 긍정적 차원에서 사용된 의미에 속하였다. 또한 『문심조룡·정세(定勢)』와 『문심조룡·서지(序志)』에서는 '기'를 정상이 아닌 것, 아정(雅正)하지 않은 것으로 파악하고 있는데 이것은 부정적인 의미로 사용된 경우이다. 『문심조룡』에서는 '기'의 독립된 풍격과 위상을 인정하면서도 한편으로는 문장의 풍격

---

54 '기'를 정사(正史)에 들지 못한 것으로 해석한다는 점에서 루샤오펑(魯曉鵬)Sheldon Hsiao-Peng Lu이 언급한 다음의 대목과 자연스럽게 연관이 된다. "역사와 소설의 차이점은 더 이상 단순하게 사실과 꾸며낸 이야기, 실제성과 개연성, 문자 그대로의 진실과 상상적인 진실이라는 이분법으로 구분될 수 있는 성질의 것이 아니었다. 넓은 범위에서 이들을 나누는 경계선은 정전(正典)과 비정전(非正典), 공식적으로 공인된 담론과 비공식적인 담론, 정통과 비정통 사이에 있었다." 루샤오펑, 조미원·박계화·손수영 옮김, 『역사에서 허구로: 중국의 서사학』(서울: 도서출판 길, 2001), pp. 27~28.

55 李劍國, 앞의 책, p. 6.

56 『문심조룡(文心雕龍)』의 기 개념에 대해서는 河炅心, 「奇論의 이해—李漁의 新奇論을 중심으로」, 『中國語文學論集』(中國語文學研究會, 2001), 第18號, pp. 310~13에서 자세히 다루고 있다.

상 '기'가 중심이 되는 것을 경계하였다. 이는 곧 '기'의 자리를 주변적인 것, 중심에 대한 보조의 역할에 두는 것으로 결코 '기'가 중심이나 주류가 되어서는 안 된다는 인식이라 할 수 있다. 그리고 이러한 '기'에 대한 개념은 앞서 이 책에서 언급했던 '현실과 초현실세계에서 벌어진 이상한 이야기' 또는 '정식 역사서에는 들지 못한 사실'이라는 의미와도 연관된다.

'기'는 일상적이지 않을 때 놀라움과 즐거움을 준다. 일상에서 보이고 느껴지는 것들은 '기'로서의 매력을 갖지 못한다. 이러한 의미에서 보자면 당대인들은 '기'가 지닌 매력을 완벽하게 인식했던 것으로 생각된다. 즉 경전이나 역사서 같은 중심의 지식이 아닌 변두리의 지식을 향유하는 즐거움을 그들은 '의도적으로 기이한 일들을 지어내는(作意好奇)'[57] 작업을 통해 누렸던 것이었다.

'기'의 함의에는 제재상의 기이함 이외에도 문체상의 기이함까지도 포함되어 있다. 그 예로 진사도(陳師道)의 『후산시화(後山詩話)』에서 북송(北宋)의 윤사로(尹師魯)가 범중엄(范仲淹)이 지은 『악양루기(岳陽樓記)』를 읽고 "바로 전기의 문체와 같다"고 논평한 부분을 찾을 수 있는데 이것이 바로 '기'가 지닌 문체상의 특성을 지칭하는 것이라 하겠다.

범문정공이 지은 『악양루기』에서는 대구를 사용하여 계절적 배경을 설명하였기에 세상에서는 이런 글을 '기(奇)'하다고 말하였다. (또한) 윤사노도 『악양루기』를 읽고는 "바로 『전기』의 문체와 같도다"라고 평한 바 있었다. (여기에서의) 『전기』란 당대 배형이 지은 소설을 말하는 것이다.

---

57 胡應麟, 『少室山房筆叢 · 二酉綴遺 中』.

(范文正公爲『岳陽樓記』, 用對語說時景, 世以爲奇. 尹師魯讀之曰 : "『傳奇體』爾." 『傳奇』, 唐裴鉶所著小說也.)[58]

이것은 『악양루기』의 문체와 배형의 『전기』의 문체가 매우 유사하다는 의미로 '기'가 평담하고 직설적인 문체가 아니라 『악양루기』나 『전기』와 같이 화려하고도 정밀한 묘사를 위주로 하는 문체라는 것이다.[59] 또한 이러한 '기'의 문체상의 특질은 경물에 대한 세밀한 묘사에만 국한된 것은 아니었다. 즉 곡절 있는 전체의 줄거리 전개와 등장인물의 감정에 대한 미세한 묘사까지도 '기'의 범위에 포함된다. 그러므로 당시에 원진의 작품인 「앵앵전」을 '전기'로 불렀다는 기록은[60] 두 남녀의 만남과 헤어짐의 과정을 그린 「앵앵전」이 제재에서뿐 아니라 문체에 있어서도 '기'의 특성을 잘 반영했다는 당대인들의 인식에 근거한 것이다.

2. '전기'는 어떻게 형성되었는가

그렇다면 당대의 허구적 서사, 곧 '전기'[61]는 이전 시대의 지괴와는

---

58 陳師道, 『後山詩話』.

59 엄밀한 의미에서 본다면 '기' 문체의 특질은 고문(古文)이 아닌 병려문(駢麗文)에서 더욱 완벽하게 구현될 수 있다. 더욱이 『악양루기』와 『전기』가 모두 변려체의 수법을 운용한 작품이었음을 감안할 때 변려체와 친연성을 지닌 '기' 문체의 본래적 의미는 좀더 선명히 부각된다. 그러나 대다수의 당대 전기가 고문체로 서술되었으며 그러한 가운데서도 제재상의 '기'를 추구했으니 이러한 점은 당대 전기가 직면한 서사적 모순이라고 할 수 있을 것이다. 이에 대한 논의는 이 책의 1부 3장에서 좀더 심도 있게 진행될 것이다.

60 조덕린(趙德麟)의 『상조접련화(商調蝶戀花)』에는 다음과 같은 대목이 있다. "일반적으로 '전기'라 불리는 것은 당나라 때 원진이 지은 작품을 말한다(夫 '傳奇'者, 唐元微之所逑也)."

61 언제부터 당대의 허구적 서사를 전기(傳奇)라는 명칭으로 불렸는가에 대해서는 많은 논의들이 있었다. 전기라는 명칭은 배형(裴鉶)의 작품집인 『전기(傳奇)』에서 유래되었다는 설

70

어떠한 차별성을 가지고 있는가? 일찍이 루쉰은 그의 『중국소설사략』에서 전기의 원류는 지괴에서 나왔다고 밝힌 바 있다. 다만 전기는 지괴에 비해 수식을 덧붙이고 이야기의 곡절을 확대시켰으며 그런 가운데서 작자의 풍자나 우의를 기탁하기도 하였다는 것이다.[62] 또한 루쉰은 전기와 지괴의 차이점을 다음과 같이 규정하였다.

육조 시대의 소설은…… 문필이 간결하고…… 당대의 전기문은……
문필이 정밀하고 복잡하게 얽혀 있어 간결하고 옛스런 풍취를 좋아하는

과 함께 「앵앵전」의 원명이 '전기'였음에 주목하여 「앵앵전」과 같이 제재상 남녀의 애정을 다룬 작품이 모두 전기로 불리게 되었다는 주장도 제기되었다. 만일 전기를 남녀의 애정을 다루었다는 제재적 측면에만 고착시킨다면 호응린(胡應麟)의 관점 역시 동일한 맥락에서 연관된다. 호응린은 『소실산방필총·구류서론 하(少室山房筆叢·九流緖論 下)』에서 소설을 6가지로 분류하였는데 그 가운데 전기의 범위에 「비연외전(飛燕外傳)」「태진외전(太眞外傳)」「앵앵전」「곽소옥전(霍小玉傳)」을 포함시켰다. 호응린이 남녀의 애정을 서술한 이들 작품들을 전기로 부른 이유는 전기의 본질이 언정류(言情類)와 연관된다고 여겼기 때문이었다. 또한 내득옹(耐得翁)의 『도성기승·와사중기(都城紀勝·瓦舍衆伎)』에는 소설 중은자아(銀字兒)의 종류로 인분(烟粉), 영괴(靈怪), 설공안(說公案)과 함께 전기를 거론하고 있으며 이러한 관점을 『몽양록(夢粱錄)』과 『취옹담록(醉翁談錄)』에서도 그대로 계승하여 전기의 부류로 「앵앵전」「원앙등(鴛鴦燈)」「탁문군(卓文君)」「이아선(李亞仙)」을 꼽고 있다. 그러므로 전기가 제재상 남녀의 연애에 대한 기문질사(奇聞軼事)를 다룬 것이라는 언명은 여기에서 더욱 확실해진다. 한편 왕국유(王國維)는 『송원희곡사·여론(宋元戲曲史·餘論)』에서 전기의 명칭이 중국 문학사상 명대(明代)까지 4번에 걸쳐 변했다고 언급한 바 있다. 그는 당대 배형의 『전기』가 그 첫번째이며, 송대(宋代) 『무림구사(武林舊事)』에서 저궁조(諸宮調)를 전기로 일컬은 것이 두번째이고, 원대(元代) 『녹귀부(錄鬼簿)』에서 잡극(雜劇)을 전기라는 명칭으로 부른 것이 그 세번째라고 하였다. 그리고 네번째로는 명대 『북구궁보(北九宮譜)』에서 희곡 중에 편폭이 길고 뛰어난 것을 전기로 호칭하였다는 것을 들었다. 그밖에도 청대(淸代)의 장문도(張問陶)는 '艶情人自說紅樓夢'이라는 시구에 "전기 '홍루몽' 팔십회 이후는 모두 난서에 의해 보충되었다(傳奇 「紅樓夢」八十回以後俱蘭墅所補)"라는 주석을 달았는데 여기에서도 '홍루몽'을 전기로 일컫고 있다.

62 魯迅, 『中國小說史略·第8篇 唐之傳奇文(上)』. "傳奇者流, 源蓋出于志怪, 然施之藻繪, 擴其波瀾, 故所成就乃特異, 其間雖亦或托諷喩以紓牢愁, 談禍福以寓懲勸……" 또한 이 책에서 『중국소설사략』과 관련된 우리말 번역은 魯迅, 趙寬熙 譯注, 『中國小說史略』(서울: 살림, 1998)을 참조하였음을 밝혀둔다.

사람들은 그것을 병폐로 여겼다. 서술된 이야기는 대개 처음과 끝, 이야기의 파란이 있어 단편적인 이야기로만 그치지 않는다.

(六朝人小說…… 文筆是簡潔的…… 唐代傳奇文…… 文筆是精細・曲折的, 至于被崇尙簡古者所詬病; 所敍的事, 也大抵具有首尾和波瀾.)[63]

루쉰의 언급에서 알 수 있는 바와 같이 전기는 지괴에서 나왔지만 형식, 수사, 내용에 있어 지괴에 비해 훨씬 넓은 영역을 다루게 되었다. 이는 곧 소설이 당대에 들어와 단순히 기이한 것을 수집하고 일사를 기록하는 것에서 한 차례의 커다란 변화를 겪었다는 지적[64]과 연결되는 것이기도 하다.

그런데 여기에서 자연히 전기라는 새로운 서사 형식이 과연 당대에 들어와 처음으로 시도되었는가 하는 의문이 생긴다. 당이라는 왕조의 개시와 함께 전기가 갑자기 생겨난 것이 아니라면 전기를 배태하게 만든 싹은 분명히 남북조 시대의 어느 모퉁이에 존재하기 마련이다. 이검국은『당오대지괴전기서록(唐五代志怪傳奇敍錄)』에서 바로 이러한 의문에 대한 답을 제시하였다. 그는 남북조 시기에 이미 지괴에서 전기로 변화되는 과도기적 작품이 존재하였는데『수신후기(搜神後記)』중의「도화원(桃花源)」이 그러한 예가 된다고 주장하였다. 뿐만 아니라 이검국은『명상기(冥祥記)』중의「조태(趙泰)」「진안거(陳安居)」「혜달(慧達)」등의 작품이 1,000글자 이상의 긴 편폭이며 지옥의 모습을 매우 정교하게 묘사하였음에도 주목하였다. 또한『속제해기(續齊諧記)』

63『魯迅全集 6・且介亭雜文二集』,「六朝小說和唐代傳奇文有怎樣的區別」(北京: 人民文學出版社, 1981).

64 魯迅,『中國小說史略・第8篇 唐之傳奇文(上)』. "小說亦如詩, 至唐代一變, 雖尙不離于搜奇記逸, 然敍述宛轉, 文辭華艶, 與六朝之粗陳梗槪者較, 演進之迹甚明."

의 「양선서생(陽羨書生)」「조문소(趙文韶)」「왕경백(王敬伯)」 등의 작품은 비록 편폭은 짧지만 의도적으로 서정적인 분위기를 배치해낸 점이 단순한 기록 위주의 지괴식 서사법을 탈피한 것이기에 전기로의 이행 과정을 나타내는 작품으로 볼 수 있다고 언급하였다.[65] 루쉰 역시 일찍이 도잠(陶潛)의 「도화원기(桃花源記)」와 원적(阮籍)의 「대인선생전(大人先生傳)」에서 시도된 글쓰기가 당대 전기와 유사한 형식임을 주시한 바 있었다. 그는 또한 갈홍(葛洪)의 「신선전(神仙傳)」, 지인(志人)인 혜강(嵇康)의 「성현고사전찬(聖賢高士傳贊)」도 당대 전기의 조상 뻘이 됨을 명시하면서 이공좌(李公佐)의 「남가태수전(南柯太守傳)」이 혜강의 「성현고사전찬」을 본뜬 것이라고 밝혀냈다.[66]

위진남북조 지인[67]의 전통 또한 지괴와 함께 당대 전기 형성에 또 다른 공헌을 하였다. 일찍이 유지기(劉知幾)는 『사통 · 잡술(史通 · 雜述)』에서 지인의 특징에 대해 다음과 같이 언급한 바 있었다.

사관의 임무는 사건과 의론을 기록하는 것인데 보고 들은 것이 완전하지 못하여 반드시 빠진 게 있기 마련이다. 그래서 기이함을 좋아하는 자들이 그 빠진 바를 보충하였으니 화교(和嶠)의 『급총기년(汲冢紀年)』, 갈홍(葛洪)의 『서경잡기(西京雜記)』, 고협(顧協)의 『쇄어(瑣語)』, 사작(謝綽)의 『습유(拾遺)』 같은 것을 일러 일사(逸事)라 한다.

(國史之任, 記事記言, 視聽不該, 必有遺逸. 于是好奇之士, 補其所亡, 若和嶠『汲冢紀年』, 葛洪『西京雜記』, 顧協『瑣語』, 謝綽『拾遺』, 此之謂

---

65 李劍國, 앞의 책, p. 18.
66 『魯迅全集 6 · 且介亭雜文二集』, 「六朝小說和唐代傳奇文有怎樣的區別」(北京: 人民文學出版社, 1981).
67 위진남북조 지인(志人)의 특징에 대해서는 金長煥, 「魏晉南北朝 志人小說의 創作背景」, 『中國小說論叢』(韓國中國小說學會, 1992), 第1輯, pp. 37~40을 참조하였다.

逸事者也.)

　이상에 의해 지인이 역사에서 누락된 부분을 보충한다는 맥락을 지님을 볼 때 지인 서사의 전통은 '현실과 초현실세계의 기이한 사실들 가운데 정식 역사서에 들어가지 못한 것'을 기록한다는 전기의 특성과 연관된다. 또한 지인이 갖는 특징 중 하나인 "현실 생활에서 실제로 있었던 일이나 있을 수 있는 일을 기록해야 한다. 그러나 반드시 실제 있었던 사람의 실제 일어난 사건일 필요는 없으며 적당한 과장과 허구가 허용된다"[68]는 것은 곧 전기의 창작이 지닌 실록성과 허구성의 두 가지 측면과 연계된다고 할 수 있다.

　전기의 형성 과정에 있어 지괴, 지인이 끼친 영향과 함께 또 하나 간과할 수 없는 것은 사전(史傳)과의 관련성이다. 석창유(石昌渝)는 『중국소설원류론(中國小說源流論)』에서 사전(史傳)을 중국 소설의 원류로 인식하며 패관(稗官)과 전기의 형성 과정 사이에는 밀접한 관계가 있음을 주장한 바 있다. 특히 『중국소설원류론』에서는 원대(元代) 도종의(陶宗儀)가 "패관이 폐지되고 나서 전기가 생겼다"[69]고 논평한 부분을 거론하며 패관의 실록 원칙이 부정된 후, 그 남은 자리를 전기가

---

68 김장환(金長煥)의 앞의 논문에서는 위진남북조 지인소설(志人小說)이 지녀야 할 최소한의 구비 요건을 다음과 같이 언급하였다. 첫째, 신화 전설이나 지괴적(志怪的)인 색채는 배제되어야 한다. 둘째, 현실 생활에서 실제로 있었던 일이나 있을 수 있는 일을 기록해야 한다. 그러나 반드시 실제 있었던 사람의 실제 일어난 사건일 필요는 없으며 적당한 과장과 허구가 허용된다. 셋째, 역사상 실존 인물이나 역사적 사실을 기록할 경우 인물의 전체 생애나 사건의 시말을 다 기록해서는 안 되고 그중 가장 정채롭고 감동을 줄 수 있는 부분만 절취하여 고사화(故事化)해야 한다. 넷째, 등장인물의 인품, 성격, 학식, 재능 등에 대한 묘사를 통해 인물의 형상성을 부각시켜야 한다. 다섯째, 어느 정도 오락성과 사상성이 내재되어 있어야 한다.
69 陶宗儀, 『南村輟耕錄』. "稗官廢而傳奇作."

대신하였다고 설명하였다. 다시 말해 전기는 패관에서 발전되어 나온 것이고 실록의 기능이 없어진 자리를 오락의 기능이 대신하게 되었다는 뜻이다.[70] 또한 석창유는 원류적 측면에서만이 아니라 전기 기술(傳奇 記述)의 형식적 측면에서도 사전(史傳) 전통의 영향을 받았음을 명시하였다. 그 증거로 그는 우선 당대 전기의 대부분이 편명으로 '전(傳)'이나 '기(奇)' '록(錄)' 등의 이름을 채택하였고, 이에 따라 전기의 서술 방식도 결정되었다는 점을 들었다. 즉 「보강총백원전(補江總白猿傳)」「임씨전(任氏傳)」「유씨전」「남가태수전」「앵앵전」 등은 인물을 위주로 하는 '전'의 서사 방식에 따른 것이고, 「고경기(古鏡記)」「침중기(枕中記)」「삼몽기(三夢記)」 등은 사물을 위주로 하는 '기(記)'의 체재를 따랐다는 것이다. 뿐만 아니라 『사기(史記)』와 비교해볼 때 도입 부분에서 인물의 이름, 출신지 등에 대해 설명하고 편말에서 작자의 논(論), 찬(讚)을 부가한 것이 전기에도 그대로 계승되었다고 하였다.[71] 그리고 이러한 그의 주장은 다음의 예시문에서 더욱 확연히 다가오게 된다.

　　가) 『사기·열전(史記·列傳)』「자객열전·형가(刺客列傳·荊軻)」
　　형가는 위나라 사람이다. 그 선조가 제나라 사람으로 위나라로 옮겨오자 위나라 사람들이 경경으로 불렀고 연나라로 가자 연나라 사람이 형경이라 불렀다.

　　（荊軻者, 衛人也. 其先乃齊人, 徙於衛, 衛人謂之慶卿, 而之燕, 燕人謂之荊卿.）

---

70 石昌渝, 『中國小說源流論』(北京: 三聯書店, 1995), p. 145.
71 같은 책, pp. 152~62.

가)-1. 이경량(李景亮), 「이장무전(李章武傳)」

이장무의 자는 비이고 그의 선조는 중산 사람이었다.

(李章武, 字飛, 其先中山人.)

가)-2. 설조(薛調), 「무쌍전(無雙傳)」

왕선객이라는 사람은 건중 무렵의 대신인 유진의 생질이었다.

(王仙客者, 建中中朝臣劉震之甥也.)

나) 『사기·열전』「염파인상여열전(廉頗藺相如列傳)」

태사공은 다음과 같이 말한다. "죽음을 알려면 반드시 용감해야 하니 죽는 것이 어려운 것이 아니라 죽어야 할 상황을 아는 것이 어려운 것이다. 이제 인상여가 구슬을 기둥에 부딪쳐 깨려 한 것과 진왕의 신하들을 질타한 것은…… 돌아와서 염파에게 (공을) 양보하니 명성이 태산보다 더하였다. 그는 지용을 겸비했다고 말할 수 있을 것이다."

(太史公曰: "知死必勇, 非死者難也, 處死者難. 方藺相如引璧睨柱, 及叱秦王左右…… 退而讓頗, 名重太山. 其處智勇, 可謂兼之矣.")

나)-1. 백행간(白行簡), 「삼몽기(三夢記)」

백행간은 다음과 같이 말한다. "『춘추』 및 제자서(諸子書), 역사서 등에 꿈에 관해 이야기한 것은 많으나, 이 세 꿈 이야기와 같은 것을 적어 놓은 것은 없었다."

(行簡曰: "春秋及子史, 言夢者多, 然未有載此三夢者也.")

나)-2. 황보매(皇甫枚), 『삼수소독·보비연(三水小牘·步飛烟)』

삼수인은 다음과 같이 말한다. "아! 용모가 아름다운 여자는 어느 시대든지 다 있다. 그러나 깨끗하고 분명하게 지조를 지킨 사람에 대해서는 거의 듣지를 못하였다…… 그러므로 여인이 자기의 미모를 뽐내면 감정이 부정하게 흐르는 법이다…… 비연의 엄청난 죄에 대해서는 비록 말할 수 없지만 그녀의 마음을 잘 헤아려본다면 이 또한 얼마나 슬픈 것인가!"

(三水人曰: "噫! 豔冶之貌, 則代有之矣. 潔朗之操, 則人鮮聞…… 女衒色則情私…… 飛烟之罪, 雖不可道, 察其心, 亦可悲矣!")

앞의 예시문 가)는 『사기』의 「형가전」의 첫 부분이고 가)-1과 2는 당대 전기인 「이장무전」과 「무쌍전」의 도입 부분이다. 주인공의 이름, 출신, 가정에 대한 소개로 시작되는 첫머리가 『사기』, 전기에서 모두 동일한 방식으로 서술되었음을 알 수 있다. 또한 「인상여열전」의 마지막 부분인 나)와 전기인 「삼몽기」 「보비연」의 의론(議論) 부분인 나)-1과 2를 비교해보면 『사기』와 전기의 작자들이 서사 중에 개입하여 서사 전체의 의미를 평가하는 메타서사meta-narrative적 기술 방식을 채택했음을 볼 수가 있다. 그러므로 이러한 서사 방식의 유사성을 감안할 때 전기가 역사서의 기술 전통을 계승하였다는 논거는 더욱 확실해지는 것이다.

사전(史傳)이 전기의 형성에 미친 또 다른 영향 관계로 당대 이전에 지어진 역사 전기류(歷史傳記類)의 존재를 거론할 수가 있다. 역사 전기류는 역사서의 전통을 직접적으로 계승한 것으로 「목천자전(穆天子傳)」 「연단자(燕丹子)」 「조비연외전(趙飛燕外傳)」 등이 이에 속한다. 특히 그 가운데서도 「조비연외전」[72]은 「목천자전」 「연단자」 등에 비해 야사(野史)적인 색채가 이미 감소되어 있을 뿐 아니라 전기 작품에서 나타나는 바와 같은 세밀한 인물 묘사를 수반하였으며 작품 속에 작자의 사상과 감정까지도 기탁해내고 있다. 그래서 일찍이 호응린은 전기와 밀접한 관련을 갖는 「조비연외전」의 특성을 지적하여 "「비연」은 전기의 처음이다"[73]고 밝힌 것이었다.

지금까지 논의한 지괴, 지인과 사전(史傳)의 영향 이외에도[74] 전기의 흥성은 당대가 정치적으로 안정된 통일 제국이었다는 점과도 연계된다. 또한 당대에는 통치자들에 의한 문자옥(文字獄)이 거의 일어나지 않았다는 점을 상기해보면 당대의 통치자들이 사상에 있어서도 비교적 개방적이었고 아울러 정치에 대해서도 확신과 자신감을 지녔음을 짐작할 수가 있다. 그런 이유로 당대 전기에서는 당시의 사건을 전기의 제재로 다루어도 결코 비판을 받지 않았는데 이에 대해 루쉰은 다음과 같이 논술한 바 있었다.

당나라 사람들은 대체로 당시의 일을 묘사했으나 송나라 사람들은 대부분 옛일을 이야기하였다⋯⋯ 대개 당나라 때에는 말하는 것이 어느 정도 자유로웠기에 당시 일을 묘사하더라도 화를 입지 않았으나 송나라 때에는 금기하고 피하는 것이 점차 많아졌기에 문인들은 회피할 방도를 찾아 옛일을 이야기했던 것이다.

(唐人大抵寫時事, 而宋人則多講古事⋯⋯ 大槪唐時講話自由些, 雖寫時

---

72 「조후별전(趙后別傳)」이라는 명칭으로도 불리는 「조비연외전」의 작자에 대해 이검국은 서한(西漢) 영현(伶玄)의 작품이 아니라 동진(東晉) 때 설홍적(薛洪勣)의 작품이라고 고증한 바 있다. 이에 대해서는 李劍國, 「試論 '飛燕外傳'的産生時代及其特出成就」, 『學術研究叢刊』(1984, 1)에 자세히 다루어져 있다.

73 胡應麟, 『少室山房筆叢 · 九流緖論 下』. "飛燕", 傳奇之首也."

74 이검국은 전기(傳奇)는 지괴(志怪)의 기초 위에 사전(史傳), 사부(辭賦), 시가(詩歌), 민간 설창예술(民間說唱藝術), 불교 서사문학(佛敎敍事文學)이 더해져서 형성된 서사라고 규정한 바 있다. 이에 대해서는 李劍國, 앞의 책, p. 36을 참조.

事, 不至于得禍; 而宋時則忌諱漸多, 所以文人便沒法回避, 去講古事.)[75]

루쉰이 제기한 바대로 당대 전기는 송대의 전기와 비교했을 때 작품 속에 당시의 명망 있는 가문의 성씨를 그대로 노출시키기도 하였으며 특정한 황제의 이야기를 번연하게 제재로 삼기도 하였다.[76] 그것은 작자가 풍자와 조롱을 목적으로 의식한 것인지 아니면 무의식적으로 기술한 것인지의 여부와 상관없이 송대의 전기와는 확연히 구별되는 특징이다. 예를 들어 「침중기」에는 주인공의 성이 노씨(盧氏)로 설정되었고 「곽소옥전(霍小玉傳)」은 이익(李益)이라는 실존 인물을 근거로 하여 지은 작품이었다. 또한 「앵앵전」의 앵앵은 당시의 명문 거족이었던 최씨(崔氏)이고 앵앵의 모친 역시 오대성(五大姓)인 정씨(鄭氏)로 되어 있다. 그뿐 아니라 「장한가전」에서는 현종과 양귀비의 애정사를 서술하였는데 이와 같이 당시의 사건들, 특히 황제를 제재로 삼아 글을 짓는다는 것은 송대에서는 상상도 할 수 없는 일이었던 것이다.

한편 제재적 측면에서 볼 때 전기의 형성 배경으로 당시의 민간 문학과의 활발한 소통을 거론할 수 있다. 앞서 이미 언급했듯이 당대는 황실의 공주가 자유로이 사원에 가서 희장 구경을 할 수 있을 만큼 아문화(雅文化)와 속문화(俗文化) 간의 교섭이 원활했던 시대였다. 또한 현종은 태상황(太上皇)이 된 후, 궁중에서 고력사(高力士)와 함께 전변(轉變)과 설화(說話)를 감상하였고[77] 경종(敬宗)은 친히 홍복사(興

---

75 『魯迅全集 9 · 中國小說的歷史的變遷』(北京: 人民文學出版社, 1981).

76 石昌渝, 앞의 책, p. 151.

77 곽식(郭湜), 「고력사외전(高力士外傳)」. "매일 황제는 고력사와 함께 정원을 청소하거나 풀을 베는 것을 구경했다. 또 간혹 강경, 논의, 전변, 설화 등이 공연되었는데 이것들은 비록 문장의 규율과는 거리가 멀었으나 결국 황제의 마음을 즐겁게 하였다(每日上皇與高公親看掃除庭園, 芟薙草木, 或講經, 論議, 轉變, 說話, 雖不近文律, 終冀悅聖情)." 이 인용문

福寺)로 행차하여 문서(文漵)의 속강을 관람하기도 하였다.[78] 게다가 백거이는 원진(元稹)과 함께 집에서 밤늦도록 '일지화(一枝花)' 이야기를 듣고 그것에 근거하여 「이와전」을 지었고[79] 북리에 놀러온 사인(士人)들은 기녀들이 전해주는 시정의 떠도는 이야기들에 귀 기울인 바가 있었다.[80] 아울러 배형의 『전기』는 배형이 고변(高騈)의 종사관으로 있을 때 각 지방의 민간 전설을 토대로 만든 작품이고[81] 「유의전(柳毅傳)」에 등장하는 용녀(龍女)의 존재는 신화와 도교의 전통을 계승한 민간의 용왕신앙에 영향을 받은 것이다.[82] 그러므로 이러한 맥락에서 본다면 전기라는 새로운 서사가 형성되는 데는 민간의 활기찬 요소들이 생산에 필요한 재료들을 늘 넘치도록 제공해주었음이 더욱 분명해진다.

이렇듯이 전기는 그 형성에 미친 여러 요소들과의 유기적인 관계 속

가운데 '講經, 論議, 轉變, 說話'의 부분은 상하이 고적출판사(上海古籍出版社)에서 간행된 곽식의 「고력사외전」의 원문에서는 '講經論議, 轉變說話'로 되어 있다. 그러나 이 책에서는 '說話'가 수대(隋代) 후백(侯白)의 「계안록(啓顏錄)」에서 이미 언급된 민간 문예인 '설화'임에 주목하여 '講經, 論議, 轉變, 說話'로 주석하였음을 밝혀둔다.

78 司馬光, 『資治通鑑』 卷243 「敬宗紀」, 李劍國, 앞의 책, p. 16에서 재인용함. "寶力二年六月己卯, 上行興福寺, 觀沙門文漵俗講."

79 원진의 시 「한림 백학사가 대신 쓴 100운에 화답하다(酬翰林白學士代書一百韻)」에는 "이야기 들으며 시간 보낸다(光陰聽話移)"라는 구절에 대해 다음과 같은 자주(自注)가 달려 있다. "또한 일찍이 신창의 집에서 「일지화」 이야기를 들었는데 인시에 시작해서 사시에 이르러도 이야기는 끝나지 않았다(又嘗於新昌宅說「一枝話」, 自寅至巳, 猶未畢詞也)." 李劍國, 앞의 책, p. 16에서 재인용함.

80 孫棨, 『北里志』. "북리에 있는 여러 기녀들은 대부분 말을 매우 잘하였고, 서적과 당시의 이야기에 대해 아는 기녀도 제법 많았다(其中諸妓, 多能談吐, 頗有知書言話者)."

81 졸고(拙稿), 「裴鉶『傳奇』에 대한 試論 및 譯註」(梨花女子大學校 中語中文學科 碩士論文, 1996).

82 당대(唐代)의 용녀(龍女), 즉 Dragon Lady 이야기들이 지닌 문화적 함의에 대해서는 Edward H. Schafer, *The Divine Woman*(Berkeley: University of California Press, 1973)에서 전문적으로 논구되어 있다.

에서 전대의 지괴에서는 다루지 못한 넓은 영역의 제재를 새로운 문체로 담아내었다. 하지만 이것은 사인이라는 전기의 향유층이 담지하는 특별한 문화적 의미가 있을 때에만 비로소 가능해지는 것이었다.

3장

이야기의 작자와 독자

1. 전기의 작자층인 사인(士人)은 누구인가

전기(傳奇)의 작자층인 당대 사인(士人)에 대해서는 사인이라는 계
층이 어떻게 형성되었으며 어떤 성격을 가지고 있고 그들의 창작 의식은
어떤지를 통해 알아볼 수 있다. 사인 계층이 어떻게 형성되었는지에 대
해 먼저 고찰해보자면, 당대에 들어와 새로이 정비된 과거제가 당대 지
식인 계층의 지형도를 변화시켰다는 사실을 상기해야 한다. 즉 당대의
지식인 계층이 문벌귀족에만 의존한 당대 이전의 상황과는 변별되는,
실력에 의해 등제한 신흥 관료 계층 위주로 그 성격이 변화된 것이다.
그렇다고 해서 당대 사회가 전적으로 실력 위주의 사회였던 것만은 결
코 아니었다. 당대에도 여전히 문음(門蔭)에 의한 입사(入仕)는 유효

---

83 河元洙, 「唐代의 進士科와 士人에 관한 硏究」(서울大學校 大學院 東洋史學科 博士論文,
1995), p. 3에서는 당대(唐代)를 남북조(南北朝)와 비교할 때 문음(門蔭)에 의해 입사(入
仕)한 경우가 그다지 줄어들지 않았다고 밝히고 있다.

하였고[83] 위진남북조 이래로 권력을 장악해온 오대성(五大姓)은 엄연히 문벌귀족으로 존재하였다. 그러나 과거제의 시행이 기존의 문벌귀족층을 관료화하기 위한 제도였건 아니면 문벌귀족층과는 다른, 특히 한미한 가문의 출신을 귀족 세력 견제를 위해 영입하기 위한 제도였건 간에 그것이 당대 지식인 계층의 성격 형성과 깊은 관련성을 갖는다는 점과 비교적 공정한 방법으로 인재의 등용을 시도한 제도였음은 분명하다.

당대의 지식인 계층은 유학적 소양에 바탕을 둔 집단이었다. 그들은 늘 경전 학습과 시문 창작에 전념하며 관료로 선발되기를 소망하였다. 당대 사회에서 관료가 되는 방법은 앞서 말한 문음에 의한 것이거나 아니면 과거에 급제하는 것이었다. 그런데 당대의 과거제는 송대(宋代) 이후와는 달리 과거 급제가 곧 임관으로 이어지는 것이 아니었다. 당대에는 과거에 합격하더라도 곧바로 임관이 되지 않고 단지 입사(入仕)할 수 있는 자격만 주어질 뿐이었다. 그러므로 이 같은 맥락에서 볼 때 당대의 지식인 계층에는 몇 가지 성격의 집단들이 포함됨을 알 수 있다. 즉 이미 과거에 합격해서 임관이 된 집단 및 과거에는 합격하였으나 아직 임관이 되지 못한 집단, 그리고 현재 과거를 준비 중이거나 혹은 과거에 낙방한 집단들이 모두 당대의 지식인 계층을 구성하게 되는 것이다. 이들 계층은 당대의 정치를 이끄는 주축이었을 뿐 아니라 상층 문화를 구성하고 향유하는 문화적 공동체였다. 그들은 사인(士人), 사자(士子), 또는 사(士)로 불렸으며 현재의 관료이거나 아니면 관료가 될 가능성을 지닌 계층이었다. 특히 중당(中唐) 이후 거의 모든 재상(宰相)이 진사과 출신임을 상기할 때 이들과 관료 계층의 밀착된 관계는 더욱 분명해지는 것이다.

따라서 이 책에서는 이상의 논의에 입각하여 당대의 지식인 계층 전반을 일컫는 용어로 사인(士人)[84]이란 개념을 사용하고자 한다. 이 개넘은 지식인 일반, 또는 과거를 통해 입사할 뜻을 갖고 있는 이들을 두루 지칭하는 의미로 송대(宋代)의 사대부(士大夫)[85]와는 구별되는 개념이다. 송대의 사대부가 지역사회에 대한 통치권, 그리고 지주로서의 자주적 경제권한을 지닌 것에 비해 당대의 사인은 아직 그러한 성격과 권위를 형성하지는 못한 계층이었다.

이들 당대의 사인 계층이 지니는 가장 뚜렷한 특성은 과거시험,[86] 특히 진사과(進士科)를 통한 입사를 소망했다는 점이다. 그들이 무슨 연유로 유독 진사과를 선호했는지에 대해서는 여러 설들이 분분하다. 다만 진사과의 시험 내용이 초창기에는 실무와 관련된 잠(箴), 명(銘), 논(論), 표(表)와 같은 잡문(雜文) 위주였다가 점차로 시부(詩賦)를 통해 문학적 소양을 시험하는 것으로 그 경향이 바뀐 것과 관련 있다고 판단된다. 왜냐하면 당대 사회에서 시부에 능한 관료는 곧 시부를 애호하던 당대 황제들의 기호와 영합되는 동시에 시부의 창작은 궁정 중심의 연회(宴會) 분위기와도 맞물리기 때문이었다.[87] 그 예로『신당서 · 선거지(新唐書 · 選擧志)』에 따르면 시문을 위주로 한 진사과 출신들을 황제가 애호했다는 대목이 다음과 같이 명시되어 있다.

　　대개 여러 과목들 가운데 진사과는 더욱 귀하고 가장 많은 인재를 얻

---

84 당대 사인(士人)의 개념 및 명칭과 관련해서는 河元洙, 앞의 논문, p. 7을 참조.
85 이 점과 관련해서는 河元洙,「宋代 士大夫論」,『講座 中國史 II』(서울: 지식산업사, 1994)를 참조.
86 당대의 과거 과목에 대해서는『신당서 · 선거지(新唐書 · 選擧志)』『통전 · 선거전(通全 · 選擧典)』등에 기재되어 있다. 이에 따르면 과거의 과목에는 수재(秀才), 명경(明經), 진사(進士), 명법(明法), 명자(明字), 사과(史料), 개원례(開元禮), 도거(道擧), 동자과(童子科) 등이 있었으며 각각의 과목마다 다시 세분하여 하위 과목을 나누었던 것으로 보인다. 이에 대해서는 董乃斌,『唐帝國的精神文明』(北京: 中國社會科學出版社, 1996), p. 351을 참조.
87 진사과(進士科)의 시험 과목과 관련해서는 河元洙, 앞의 논문, pp. 65~79를 참조.

을 수 있었다. 진사과가 시부와 문장으로써 관료를 취한 것은 마치 부박한 문장에만 치중하여 실효성은 적은 듯하지만, (진사과로 발탁된 인재가) 업무에 당면하여 조치를 취할 때에는 빈틈이 없어 은근히 나라의 뛰어난 신하가 된 이가 헤아릴 수 없었으니 마침내 이 시기의 군주로 하여금 (진사과 출신에) 돈독한 뜻을 갖게 하여 이것을 가장 숭상하도록 하였다.

　(大抵衆科之目, 進士尤爲貴, 其得人亦最爲盛焉. 方其取以辭章, 類若浮文而少實, 及其臨事設施, 奮其事業, 隱然爲國名臣者, 不可勝數, 遂使時君篤意, 以謂莫此之尙.)[88]

이같이 황제가 진사과 출신을 선호하면서 진사과 급제자들은 자연히 득세하게 되었는데 손계의 『북리지 · 서(序)』에는 바로 이와 관련된 내용이 기재되어 있다.

　대중(大中) 황제(宣宗, 847~860)는 유학을 좋아하시어 과거에 급제한 사람을 특히 중하게 여기셨다. 그래서 황제가 아끼는 사위인 정첨사(鄭詹事)에게 재차 과거시험을 관장하게 하셨다. 황제께서는 종종 평복차림으로 장안에 행차하시어 과거시험을 보려는 사람들을 만나면 친근하게 그들과 더불어 이야기를 나누시고 그들에게 들은 이야기를 내정(內廷)에서 질의하셨다. 그러면 학사(學士)와 도위(都尉)들은 모두 두려워하며 그것이 어디에서 나온 이야기인지를 몰랐다. 그리하여 진사(進士)들은 이때부터 더욱 기세가 성하게 되었는데 이는 지금까지 없었던 일이었다.

---

88 『新唐書』 卷44 「選擧志 上」.

（自大中皇帝好儒術，特重科第，故其愛壻鄭詹事[89]再掌春闈，[90] 上往往微
服長安中，逢擧子[91]則狎而與之語，時以所聞，質於內庭，學士及都尉[92]皆聋
然莫知所自，故進士自此尤盛，曠古無儔.）

　이러한 당대의 분위기 속에서 사인들이 진사과를 선망하는 것은 당연
한 일이 될 수밖에 없었다. 당대의 여러 전적들에는 당시 사인들이 얼
마나 진사과를 선망하였는지에 대한 기록이 전해지고 있는데 그 가운데
유속의 『수당가화』에는 고종 때의 재상인 설원초가 진사과에 급제하지
못한 것을 평생의 한으로 여겼다는 대목이 실려 있다.

　　중서령 벼슬의 설원초가 가까운 이에게 이러한 말을 하였다. "나는 재
　주가 없어도 과분할 정도로 부귀하게 지냈소. 그러나 내 평생에는 세 가
　지 한스러운 것이 있다오. 첫째는, 애초에 진사과를 치러 등제되지 못한
　것이고, 둘째는, 오대 문벌의 여인을 아내로 맞지 못한 것이고, 셋째는,
　국사를 편수하지 못한 것이오."

---

89 정첨사(鄭詹事)는 정호(鄭顥)로 자(字)는 양정(養正)이며 헌종(憲宗) 시기 재상인 정인
　(鄭絪)의 손자이다. 선종의 딸인 만수공주(萬壽公主)와 결혼하였으며 대중(大中) 10년
　(856년)과 13년, 두 번에 걸쳐서 과거시험의 위원장에 해당되는 지공거(知貢擧)가 되었
　다. 첨사(詹事)란 여기에서는 태자첨사(太子詹事, 東宮의 庶務官)를 말한다.
90 당송(唐宋) 시대에는 봄철에 예부(禮部)의 시험이 있었기에 이것을 일러 춘시(春試), 또
　는 춘위(春闈)라고 하였다.
91 여기에서 거자(擧子)는 과거시험을 보려는 사람을 말한다.
92 학사(學士)는 한림학사(翰林學士)이다. 한림학사는 당 덕종(德宗) 이후로 황제 가까이에
　서 고문(顧問) 역할을 하거나 비서 역할을 하였다. 항상 궁정 안에 살면서 조정의 중요한
　사항을 결정하는 데 도움을 주곤 했다. 그리하여 당대(唐代) 후기에 이르면 한림학사에서
　바로 재상(宰相)이 되기도 하였다. 도위(都尉)는 부마도위(駙馬都尉)이다. 삼국(三國)시
　대 위(魏)나라의 하안(何晏) 이후로 공주의 남편이 이 역할을 하였기에 후세에는 임금의
　사위를 부마로 부르게 되었다. 원래 부마란 황제가 타는 수레가 부착된 말을 가리킨다. 따
　라서 학사와 도위 모두 황제 가까이에 있는 사람을 의미한다.

(薛中書元超謂所親曰: "吾不才, 富貴過分, 然平生有三恨. 始不以進士
擢第, 不得娶五姓女, 不得修國史.")[93]

이는 재상의 벼슬을 역임한 관료조차도 진사과를 동경했음을 나타내
는 기록으로 당대 사인의 가치 체계를 잘 드러내주고 있다.

한편 자신이 진사과 출신자인 왕정보는『당척언』에서 진사과 합격의
어려움을 명경과(明經科)와 대비하면서 "서른 살에 명경과에 급제하면
너무 늙은 것이고 쉰 살에 진사과에 급제하면 너무 젊은 것이다"[94]고 언
급한 바 있었다. 뿐만 아니라 봉연(封演)의 『봉씨문견기(封氏聞見記)』
에서는 진사과에 급제한 사람의 머리 위에서 '일곱 자의 불꽃(七尺燄
光)'[95]이 일어났다고까지 기재되어 있으니 이것들은 모두 진사과 급제
에 대한 사회적 존중을 반영한 것이라 할 수 있다.[96]

비록 진사과가 실력 위주의 선발이라는 성격을 지녔음에도 대부분의
진사과 급제자들은 귀족 가문 출신들이었다. 손계의『북리지 · 서』에 따
르면 진사과 급제자들은 거의 부잣집 자제들이었으며 평민 출신으로 벼
슬길에 나아간 사람은 일 년에 채 세 명도 안 되었다고 하였다. 또한
『북리지』에서는 진사과 급제자들이 종과 말이 딸린 호화로운 수레를 탔
으며 사치스러운 연회를 높이 여기는 경향을 지녔다[97]고 언급하였는데,

---

93 劉餗, 앞의 책.
94 王定保, 앞의 책, p. 3. "三十老明經, 五十少進士."
95 封演 撰, 『封氏聞見記』, 卷3「貢擧」.
96 『개원천보유사(開元天寶遺事)』에는 당대의 진사(進士) 급제자들이 단지 합격통지서 한 장
만을 들고 제멋대로 즐거워하며 북리(北里)에서 마음껏 즐겼다는 대목이 기재되어 있다.
또한『당척언(唐摭言)』권3에도 진사 급제자인 배사겸(裴思謙)과 정합경(鄭合敬)이 합격
발표 후 북리를 쏘다니며 노닐었다는 언급이 있는데 이를 통해 당시 진사 급제자들의 득의
양양함과 자부심을 짐작할 수가 있다. 이와 관련해서는 董乃斌, 앞의 책, p. 355를 참조.
97 孫棨, 『北里志 · 序』. "然率多膏粱子弟, 平進歲不及三數人, 由是僕馬豪華, 宴游崇侈."

이러한 경향은 연회 문화[98]를 중시하는 사인들의 경향과 연결되는 것이었다.

2. 진사과 급제를 위한 '행권 행위'와 전기의 관계

진사과 급제자들, 더 나아가 당대의 사인들에게 있어 연회란 서로 안면을 익히는 교제의 장인 동시에 시문을 주고받으며 문화적 공동체 의식을 형성하는 자리이기도 하였다. 또한 연회는 진사과를 매개로 한 사인 계층이 사적인 결속을 공고히 할 수 있는 모임의 역할도 하였다. 사실 사인들에게 있어 사적인 유대 관계는 이미 진사과 준비를 위한 수험 생활에서부터 시작된 것이었다. 그들은 진사과 준비를 위해 집단적으로 산림(山林)이나 사원(寺院) 등에서 3～5명씩, 많게는 수십 명씩 무리를 지어 공부하기도 하였다. 그리하여 그들이 시험에 합격하게 되면 자신을 뽑아준 시험관을 '좌주(座主)'로, 또 스스로를 '문생(門生)'이라 일컬으며 같은 해에 급제한 사인들끼리는 서로를 '동년(同年)'으로 호칭하면서 상호간의 공고한 유대 관계를 형성하였다. 아울러 합격 후에는 좌주와 문생이 함께 모여 주연(酒宴)을 가지며 상호간의 친분을 돈독히 하였는데 이는 사인 계층의 무한한 사적 결속력과 그 파급력을 보여주기에 충분하다.[99] 이러한 맥락에서 볼 때 사인 계층의 유대 관계

---

98 당대 사인(士人)들의 연회 문화에 관해서는 이 책의 4부 2장에서 면밀하게 다루어진다.

99 진사과(進士科)를 매개로 한 당대 사인(士人)들은 서로를 존중하는 의미에서 선배(先輩)라는 호칭을 사용하였다. 그 예로 손계의 『북리지』에는 「정합경 선배(鄭合敬 先輩)」라는 조항이 수록되어 있는데 여기에서의 '선배'란 개념은 사인 계층의 사적 결속력에 대한 증명이기도 하다. 또한 사인들은 진사과 시험에 앞서 사인들 자체 주관의 모의고사인 사식(私式)을 치르기도 하였으며 이러한 사인 계층의 집단적 행동은 급제 이후에도 비공식적인 집단

와 그 속에서 이루어진 '행권(行卷) 행위'[100]의 성행은 자연스러운 풍조일 수밖에 없었다. '행권 행위'란 사인들이 과거 급제와 임관에서의 우세를 점하기 위하여 과거에 응시하기 전에 자신의 시문을 '주사(主司, 시험관)'나 당시의 유명인사에게 미리 보이는 것을 말한다.[101] 당대의 과거제는 응시자의 이름이 보이도록 하는 '불호명제(不糊名制)'이고 주사가 선발의 모든 권한을 가지고 있었기에 '행권 행위'는 사인들에게 있어 매우 중요한 입사의 수단이었다.

'행권 행위'의 명칭에 대해 세분하여 말하자면 응시지권(應試之卷)을 주사에게 바치는 것을 '납권(納卷)'이라고 하며 자신의 득의지작(得意之作)을 유명인사에게 바치는 것을 '행권'이라고 한다. 그리고 '온권(溫卷)'이란 며칠 후에 또 다른 작품을 다시 바치는 것이다.[102] 원래 '행권'이나 '온권'은 주로 시(詩), 부(賦), 문(文) 등의 형식을 취하였는데 송대 조언위(趙彦衛)의 『운록만초(雲麓漫鈔)』에는 전기가 행권의 역할

행동으로 이어질 가능성을 담지하는 것이었다. 사인의 집단 결속력에 대해서는 河元洙, 앞의 논문, pp. 115~30을 참조.

100 여기에서의 '행권(行卷)'이란 좁은 의미에서의 행권, 즉 비공식적으로 자신의 글을 바치는 것을 말한다. 그런데 중국 학계에서는 이미 오래전부터 습관적으로 행권이라는 명칭을 시험관에게 '투권(投卷)'하는 행위 자체'를 지칭하는 용어와 구분 없이 쓰고 있다. 즉 넓은 의미의 행권이라는 용어 안에는 '납권(納卷)' '성권(省卷)' '좁은 의미의 행권' '온권(溫卷)' 등이 모두 포함되어 있는 것이다. 따라서 이 책에서는 '좁은 의미의 행권'과 '시험관에게 투권(投卷)하는 행위 자체'를 지칭하는 넓은 의미의 행권을 구별하기 위해 넓은 의미의 행권에 대해서는 '행권 행위'로 명칭하였다.

101 루쉰도 「문학사의 질문에 답함」에서 행권에 대해 다음과 같이 언급하였다. "당대에는 시문으로 과거시험을 치렀지만 사회적인 명성도 아울러 보았기에 선비가 서울에 가서 과거시험에 응하게 되면 반드시 명사에게 뵙기를 청하고 글을 바쳐 칭찬해주기를 바랐으니, 이 시문을 행권이라 한다. 시문이 넘쳐나고 사람들이 보고 싶어하지 않자 어떤 사람은 전기문을 사용하였다(唐以詩文取士, 但也看社會上的名聲, 所以士子入京應試, 也須豫先干謁名公, 呈獻詩文, 冀其稱譽, 這詩文叫做'行卷'. 詩文旣濫, 人不欲觀, 有的就用傳奇文)."

102 '행권 행위'의 각 명칭에 대해서는 侯忠義·劉世林, 『中國文言小說史稿』, 上冊(北京: 北京大學出版社, 1994), p. 204를 참조.

을 하였다는 대목이 수록되어 있다.

　　당대에 과거를 보는 사람들은 먼저 당시 고관들을 통하여 자신의 이름
을 시험관에게 알린 다음에 자신이 지은 글을 보내었다. 며칠 지나서 또
다른 글을 내보이니 이것을 온권이라고 부른다. 『유괴록(幽怪錄)』『전기
(傳奇)』와 같은 것들이 모두 이러한 것이다. 대개 이와 같은 글들은 여
러 체제를 갖추고 있으니, 역사관, 시적 재능, 개인적 의견을 글 속에서
볼 수가 있다.

　　(唐之擧人, 先籍堂世顯人, 以姓名達之主司, 然後以所業投獻, 逾數日又
投, 謂之溫卷, 如幽怪錄, 傳奇等皆是也. 蓋此等文備衆體, 可以見史才詩
筆議論.)[103]

　　여기에서 조언위는 우승유(牛僧孺)의 『유괴록』, 즉 『현괴록(玄怪
錄)』과 더불어 배형의 『전기』를 대표적인 '온권'으로 보고 있다. 조언위
의 이러한 주장은 당대 전기의 창작 동기가 '행권 행위'의 성행에서 연
유되었다는 학설로 정리되었는데 이 학설은 진인각(陳寅恪)이 1936년
에 발표한 「한유와 당대 소설(韓愈與唐代小說)」에까지도 그대로 계승
되었다.[104] 또한 유개영의 『당대소설연구』에서도 같은 관점이 유지되었
으며[105] 주릉가(周楞伽) 역시 『전기(傳奇)』가 함통(咸通) 무렵(860~
874) 배형이 고변(高駢)의 종사관으로 있을 때에 '행권 행위'의 일환으
로 지어진 것이라고 주장하며 '행권 행위'가 『전기』를 포함한 당대 전기

---

103 趙彦衛, 『雲麓漫鈔』卷2(北京: 中華書局, 1998).

104 이 글은 원래 영문으로 된 J. R. Ware 譯, 『哈佛亞細亞學報』, 1936, 第1卷, 第1期에 기재되
　　었다가 다시 『國文月刊』第57期에 중문으로 기재되었다.

105 劉開榮, 『唐代小說研究』(臺北: 商務印書館, 1947), p. 64.

작품 전반에 걸친 창작 동기로 작용하였음을 피력하였다.[106]

이와 같이 전기의 창작 동기를 사인의 '행권 행위'로 보는 것이 1980년대 초반까지 중국 학계의 통설이었다. 하지만 80년대 후반과 90년대에 들어서 전기와 '행권 행위'의 관련성을 부정하는 경향이 나타나게 되었다. 우선 이검국은 그의 『당오대지괴전기서록』에서 전기와 '행권 행위'의 관련성을 부인하며[107] 조언위의 『운록만초』에서 거론된 예증 자체가 오류라고 지적하였다. 이는 곧 『운록만초』가 쓰인 시점이 이미 당대와 어느 정도 시간적인 거리가 있었기에 아마도 조언위가 아무런 고증 없이 자신의 짐작에만 의존하여 그 당시 대대적으로 유행된 배형의 『전기』를 대표적인 '행권 행위'의 산물로 거론하였을 것이라는 주장이다. 또한 이검국은 『운록만초』에서 『전기』와 함께 거론된 『유괴록』, 곧 『현괴록』 역시 '행권 행위'의 산물이 아니라고 피력하였다. 그는 당대의 어느 문헌에도 우승유가 전기인 『현괴록』으로써 진사에 급제했다는 기록은 나타나지 않는다고 언급하였다.[108] 그리고 오히려 우승유가 자신의 시를 한유(韓愈)와 황보식(皇甫湜)에게 보여주고 실력을 인정받았다는 기록이 남아 있다고 부언하였다.[109] 아울러 이검국은 실제로 정천범(程千帆)의 『당대 진사 행권과 문학(唐代進士行卷與文學)』에 인용된 '행권 행위'에 사용된 자료 60여 조를 검증하여 시나 부 등이 '행권 행위'를 위해 사용되었을 뿐 전기는 사용되지 않았다고 논술하였다.[110] 이

---

106 周楞伽, 『裴鉶傳奇 · 前言』(上海: 上海古籍出版社, 1980), pp. 3~4.

107 李劍國, 앞의 책, pp. 10~11.

108 『현괴록』과 '행권 행위'의 관계에 대해서는 다음을 볼 것. 朴敏雄, 「玄怪錄의 文獻史的 考察」, 『中國語文學論集』(中國語文學硏究會, 1995), 第7號.

109 王定保 撰, 『唐摭言』(上海: 上海古籍出版社, 1978)의 p. 63과 pp. 75~76에 자세히 기재되어 있다.

110 程千帆, 『唐代進士行卷與文學』(上海: 上海古籍出版社), 1980.

검국 이외에도 우천지(于天池), 후충의(侯忠義), 오지달(吳志達) 등은 전기의 창작과 '행권 행위'의 무관함을 주장하였다. 우천지는『운록만초』에서 '행권 행위'의 예로 거론된『전기』에 논의를 맞추어서『전기』의 작자인 배형이 진사였다는 기록이나 진사과에 응시한 적이 있었다는 기록은 어디에서도 보이지 않으므로『전기』를 '행권 행위'로 예시한『운록만초』의 기록 자체에 오류가 있다고 강조하였다.[111] 후충의는『중국문언소설사고』에서 당대 전기가 '행권 행위'의 일환으로 사용된 경우가 있었음은 사실이나 이 역시 보편적인 경우는 아니었다고 말하였다. 또한 당 중기 이후에는 전기가 '행권 행위'를 위해 사용되지 않았으며 더욱이『현괴록』이나『전기』의 경우는 결코 '행권 행위'를 목적으로 지어진 것이 아니라고 역설하였다.[112] 오지달의 관점 역시 후충의와 유사하여 당중기와 말기 이후에는 전기가 과거와 거의 관련이 없다고 논급하였다.[113] 뿐만 아니라 일본학자인 우치야마 지나리도 전기와 '행권 행위'는 특별한 관련이 없음을 언급한 바가 있다.[114] 서구의 전기 연구자들 또한 일찍부터 '행권 행위'가 전기의 창작 동기와 무관함을 주장하였는데 그중 빅토르 메어Victor H. Mair(梅維恒)는 전기 작품에 시가가 삽입되었다는 것만으로 전기를 '행권 행위'와 연관시킬 수는 없다고 설파한 바 있다.[115]

이렇듯 진사과를 매개로 한 사인들 사이에서 전기가 과연 '행권 행위'의 용도로 쓰였는지에 대해서는 긍정론과 부정론이 모두 존재한다.

---

111 于天池,「唐代小說的發達與行卷無關涉」,『文學遺産』, 1987, 第5期.

112 侯忠義・劉世林, 앞의 책, pp. 203~04.

113 吳志達,『唐人傳奇』(臺北: 木鐸出版社, 1988), p. 30.

114 內山知也,『隋唐小說研究』(東京: 木耳社, 1977).

115 Victor H. Mair(梅維恒), "Sroll Presentation in the T'ang Dynasty," *Harvard Journal of Oriental Studies*, 1978, Vol. 38, no. 1, pp. 35~60.

이에 대해 필자는 만일 전기가 '행권 행위'로 사용된 경우가 존재한다면 그것은 매우 비공식적인 경우에만 한정된 것이라고 주장하는 바이다. 하원수(河元洙)에 따르면 명망 있는 공경(公卿)에게 바쳐진 것을 '행권'이라 하였고 과거의 시험관인 주사나 지공거(知貢擧)에게 바쳐진 것은 '성권(省卷)'이라 칭하였다고 한다.[116] 그런데 '성권'은 주사에게 바쳐진 '납권(納卷)'과 동일한 것으로서 비교적 공식적인 성격에 속하는 '공권(公卷)'이었다. 그리고 '공권'의 경우는 과거의 당락 여부 등을 결정할 때 공인된 참고 사항으로 사용될 수 있었기에 그 형식에 있어서도 시, 부, 문 등으로만 제한되어 있었다. 하지만 '행권'은 '성권' '납권'에 비해 공식적 성격이 약하므로 형식에 있어서도 자유스러울 수밖에 없었을 것이다. 필자는 바로 이 시점에서 전기가 개입될 여지가 생긴다고 판단한다. 전기는 비록 공식적인 '성권' '납권' 등으로는 사용될 수 없었지만 비공식에 가까운 '행권'으로는 사용될 수 있었을 것이라 추측된다. 더욱이 문장을 통해 권위 있는 윗사람의 주목을 받아내야만 했던 당대의 상황에서 전기는 더할 나위 없이 알맞은 형식으로 기능하였을 것이다. 이와 관련해서 백거이의 『남부신서(南部新書)』 갑권(甲卷)에는 전기로 투권(投卷)한 예가 나오는데 그 내용을 소개하면 다음과 같다.

이경이 임직을 물러난 해에 이복언이라는 자가 행권을 내었는데 『찬이(纂異)』 1부(部) 10권(卷)이었다. 그래서 방(榜)을 내어 말하길 "기록된 일들이 바르지 않고 허망한 쪽으로 움직여 가니 공원(貢院)에 바쳐진 것을 관리를 시켜 돌려주게끔 한다"고 하였다. 복언은 이 때문에 과거를 그만두었다.

---

116 河元洙, 앞의 논문, pp. 173~74.

(李景讓典貢年, 有李復言者納省卷, 有『纂異』一部十卷. 榜出曰:"事非經濟, 動涉虛妄, 其所納仰貢院驅使官欲還."復言因此罷擧.)

비록 앞의 대목 가운데 이복언의 작품이 『속현괴록(續玄怪錄)』이 아니라 『찬이』라고 잘못 기술되어 있지만 이 대목은 일단 전기를 투권한 역사적 사실이 있었음을 반증하는 것이라 할 수 있다. 대부분의 중국 학자들은 『남부신서』에서 이복언이 과거에 낙방했다고 기록되었음에 의거하여 전기는 '행권 행위'와 무관하다는 논지를 견지하였다. 그러나 필자는 비록 앞의 이복언의 경우가 투권에 실패한 예이기는 하지만 오히려 전기와 '행권 행위'의 관련성에 대한 일말의 여지를 시사해주는 대목이라고 생각된다. 즉 필자는 이복언이 투권한 것은 아마도 공식적 성격의 '성권'이나 '납권'이 아니라 비공식적 성격의 '행권'이었다고 추정되는 바이다. 다만 이복언은 비공식의 여지를 받아들이지 못하는 성격을 가진 윗사람에게 투권하였고 이에 따라 과거에 낙방하는 결과를 초래한 것뿐이었다. 또한 한대(漢代) 이후로 내려온 헌부(獻賦)의 전통[117]을 상기한다면 자신의 문학적 재능을 유력자에게 알리고자 하는 심리는 당대에도 지속되었을 것으로 판단된다. 그러므로 문학적 형식을 통한

---

[117] 과거제가 시행되기 이전 시기에 관료가 되는 방법은 음관(蔭官)에 의한 입사(入仕)나 아니면 자신의 재능을 유력자에게 직접 알리는 방법에 한하였다. 그런 상황 속에서 한대(漢代)의 부(賦)는 취사(取仕)의 수단으로 사용되기도 하였는데 입사를 원하는 자가 부를 바치는 것을 헌부(獻賦)라고 하였고 이러한 부를 유력자가 검토하는 행위를 고부(考賦)라 불렀다. 예를 들어 한 무제(漢武帝)는 사마상여(司馬相如)의 「자허부(子虛賦)」를 읽고 감동을 받아 사마상여를 불러들였고 이에 사마상여는 다시 「상림부(上林賦)」를 지어 무제에게 헌정하였다. 그러자 무제는 「상림부」를 읽고 크게 기뻐하여 사마상여에게 랑(郎)이란 벼슬을 내렸고 곧 이어 중랑장(中郎將)의 벼슬을 다시 내렸으니 이것이 바로 대표적인 헌부에 의한 입사에 해당하는 경우였다. 한편 사마상여 이후로도 문학을 통한 입사의 형식은 계속 전해졌는데 송대(宋代)의 주방언(周邦彦)이 「변도부(汴都賦)」를 바친 것 역시 문학을 통해 입사하는 전통과 연결되는 것이었다.

취사(取仕)의 수단으로서 전기를 투권한다면 자신의 시재(詩才)를 드러내 보일 수 있을 뿐 아니라 전기의 본고사가 다루는 남녀의 애정, 신선에 대한 기이한 사건 등은 유력자의 관심을 끌기에도 적합하였을 것이다. '행권 행위'의 성격에 대해 좀더 논급하자면 원대(元代) 우집(虞集)의 『도원학고록·사운헌기(道園學古錄·寫韻軒記)』에서의 다음과 같은 대목을 참조할 수 있다.

> 당대의 문인재사들은 경학과 도학에 식견이 있는 자는 적고 다만 아는 것이라고는 문장 짓는 것뿐이었으니, 한가하여 마음 쓸 데가 없으면 문득 괴이한 연분과의 만남이나 황홀한 애정 사건을 상상해내어 시와 문장을 지어 문답하다가 이를 덧붙여 이야기로 만들었다. 벗들이 함께 모일 때는 각기 행권을 내어 이를 가지고 서로 즐겼다. 이야기 속의 일이 반드시 사실은 아니었기 때문에 '전기'라고 일컬었다. 원진과 백거이도 간혹 이런 짓거리를 했거늘 하물며 다른 사람이야 말할 것이 있겠는가?
>
> (蓋唐之才人, 於經藝道學有見者少, 徒知好爲文辭, 閑暇無所用心, 輒想像幽怪遇合, 才情恍惚之事, 作爲詩章答問之意, 傅會以爲說. 盡簪之次, 各出行卷, 以相娛玩. 非必眞有是事, 謂之傳奇. 元稹, 白居易猶或爲之, 而況他乎!)[118]

앞의 인용문에 따르면 '행권 행위'의 의미는 좀더 확장될 수 있게 된다. 즉 '행권 행위'는 인사 청탁을 위해 윗사람에게 비공식적으로 글을 바치는 용도뿐 아니라 사인 집단이 서로 모여 돌려 읽고 즐기기 위한 용도로 행해지기도 한 것이라 할 수 있다.

---

118 虞集, 『道園學古錄·寫韻軒記』, 國學基本叢書 303(上海: 上海古籍出版社, 1991).

3. 전기를 통한 사인의 글쓰기 전략

전기와 '행권 행위'가 어느 정도 관련이 있는지에 대해서는 아직 정설로 인정된 입장이 없는 상태이다. 그렇지만 전기가 사인들이 모인 자리에서 지어지고 돌려 읽혀졌음은 분명한 사실이다. 전기 작품 곳곳에서도 전기의 창작 과정에 대한 언급들이 발견되는데 그 몇 가지 예를 들면 다음과 같다.

가) 심기제(沈旣濟), 「임씨전(任氏傳)」

건중 2년, 나 심기제는 좌습유로 있다가 금오 벼슬에 올랐다. 장군 배기, 경조소윤 손성, 호부랑중 최수, 우습유 육순 등은 모두 동남 지방으로 좌천되어 진 땅으로부터 오 땅으로 가게 되어서 수로와 육로를 함께 갔다. 이때 전에 습유를 지냈던 주방도 마침 여행을 하다가 동행이 되었다…… 낮에는 연회를 베풀고 밤에는 이야기를 했는데 제각기 기이한 이야기를 하게 되었다. 이때 여러 군자들은 임씨에 대한 이야기를 듣더니 모두들 깊이 감탄하면서 나 심기제에게 그 이야기로 전을 지으라고 청하기에 그 기담을 기록해둔 것이다.

(建中二年, 旣濟自左拾遺於金吳. 將軍裴冀, 京兆少尹孫成, 戶部郎中崔需, 右拾遺陸淳皆適居東南, 自秦徂吳, 水陸同道. 時前拾遺朱放因旅遊而隨焉…… 晝讌夜話, 各徵其異說. 衆君子聞任氏之事, 共深歎駭, 因請旣濟傳之, 以志異云.)

나) 이공좌(李公佐), 「여강풍온전(廬江馮媼傳)」

원화 6년 여름 5월에 강회종사 이공좌는 공무로 수도로 갔다가 한남으로 돌아오는 길에 발해 땅의 고월, 천수 땅의 조찬, 하남 땅의 우문정 등과 여관에서 묵었다. 저녁에 모여 앉아 기이한 이야기들을 하는데 제각기 자기가 보고 들은 것을 모조리 털어놓았다. 이때 고월이 풍노파의 이야기를 자세히 들려주었기에 나 이공좌가 그 이야기에 따라서 전을 만들었다.

(元和六年夏五月, 江淮從事李公佐使至京, 回次漢南, 與渤海高鉞, 天水趙儹, 河南宇文鼎會於傳舍. 宵話徵異, 各盡見聞. 鉞具道其事, 公佐因爲之傳.)

다) 백행간(白行簡), 「이와전(李娃傳)」

정원 연간에 나는 농서의 이공좌와 더불어 여성들의 정절을 지키는 품격에 관해서 서로 이야기하다가 마침내 견국부인의 이야기를 하게 되었다. (이 이야기를) 이공좌는 손뼉을 치며 놀라서 듣고는 나에게 전을 지으라고 했다.

(貞元中, 予與隴西公佐話婦人操烈之品格, 因遂述汧國之事. 公佐拊掌竦聽, 命予爲傳.)

라) 진홍(陳鴻), 「장한가전(長恨歌傳)」

원화 원년 겨울 12월에 태원의 백낙천이 교서랑으로부터 주질의 현위로 발령되어 왔다. 이때 나 진홍과 낭야 벼슬인 왕질부는 이 동리에 살았기에⋯⋯ 쉬는 날 함께 어울려서 선유사에 가서 놀다가 이 이야기가 화제에 올라 서로 감탄했다⋯⋯ 백낙천은 이리하여 「장한가」를 지었다⋯⋯ 그는 노래가 다 완성되자 나 진홍에게 노래에 대한 전을 지으라고 하였다.

(元和元年冬十二月, 太原白樂天自校書郎尉于盩厔. 鴻與瑯琊王質夫家

於是邑…… 暇日相攜遊仙遊寺, 話及此事, 相與感歎…… 樂天因爲「長恨
歌」…… 歌既成, 使陳鴻傳焉.)

앞에서 보듯이 전기는 동료 사인들이 함께 모인 자리에서 창작되었
다. 가)는 며칠씩 걸리는 여로 중에 전기가 창작된 경우이고, 나)는 유
숙하는 여관에서 모여 한담하던 중에 전기가 창작된 경우이다. 다)는
개인적인 만남의 자리였으며, 라)는 친한 사인들끼리 놀러간 절이 전
기 창작의 자리가 된 것이다. 특히 다)에서는 「이와전」의 작자인 백행
간이 나)의 작자인 이공좌와 개인적인 교분이 있음을 시사하고 있다.
또한 다)의 작자 백행간의 형인 백거이는 「앵앵전」의 작자인 원진과 깊
은 친분을 가졌는데 백거이의 「원진의 동천로 시 12수에 화답하며(酬和
元九東川路詩十二首)」「남교역에서 원진을 만난 시(藍橋驛見元九詩)」
와 「원진을 생각하며(憶元九)」「원진에게 답하며(答微之)」등의 시와
「원진을 위한 제문(祭元微之文)」「원진에게 주는 편지(與元九書)」등
의 문장은 그들의 친밀한 관계 속에서 나온 작품들이었다. 뿐만 아니라
라)의 작자 진홍이 「장한가전」을 짓게 된 동기는 백거이, 즉 백낙천의
권유에 연유한 것이었다.

이와 같은 사인들의 유대 관계를 감안할 때 전기의 창작은 단 한 사
람의 작자에 의존하여 이루어진 것이 아님을 알 수 있다. 또한 그렇게
이루어진 전기의 독자들이 바로 동료 사인들임을 감지한다면 전기의 창
작 과정에는 이미 독자로서의 사인 의식까지도 개입되었음을 짐작할 수
있다. 그러므로 수용미학적 이론에 의하면 전기의 독자는 전기 작자에
게 있어 예상된 독자[119]의 범주에 속하는 것이었다. 이는 곧 작자가 전

---

119 수용미학에 의하면 작자는 작품을 창작할 때 세 가지 유형의 독자를 염두에 둔다고 하였
다. 첫째는, 실제로 책을 손에 들고 있는 독자이고, 둘째는, 가상 독자, 즉 작자가 자신의

기를 창작할 때 독자의 반응을 미리 염두에 두고 창작하였다는 뜻이다. 그러므로 전기는 작자와 독자의 '공동 유희'에 의해 만들어진 작품 work[120]이고 작자는 독자의 기대지평[121]을 전기 안에서 체현해내는 것이었다. 또한 전기의 작자는 독자와 일종의 계약 관계를 가지고 있었다.[122] 그들은 무엇을 쓸 것인가에 대해 이미 사적인 자리에서 충분한 상의를 거친 상태였기에 자신들의 공동 의식에 기반하여 만들어진 전기

글을 읽게 되리라고 생각하는 독자이며, 셋째는, 이상 독자, 텍스트를 완벽하게 이해하고 그 모든 뉘앙스를 입증하는 독자이다. 이러한 독자에 대한 가설로 전기(傳奇)의 독자를 설명한다면 전기의 독자는 세 가지 유형에 모두 들어맞는 예상된 독자가 된다. 이는 곧 독자 스스로가 작자의 창작 과정에 개입하였기 때문에 작자의 예상과 독자의 반응이 일치되는 현상을 나타내는 것이라 할 수 있다. 수용미학의 독자 분류에 대해서는 박찬기 외, 『수용미학』(서울: 고려원, 1992), p. 61을 참조.

120 수용미학의 관점에 의할 때 전기(傳奇)는 텍스트 text가 아니라 마땅히 작품 work으로 다루어야만 한다. 텍스트는 작가의 생산물에 불과하지만 그것이 독자를 만나게 된다면 독자의 독서 행위를 통해 다시 재구성되고 작품으로 탄생하기 때문이다. 이러한 개념은 롤랑 바르트가 제시한 텍스트, 작품의 개념과는 차별된다. 바르트는 텍스트를 열린 해석의 장으로 규정하고 작품은 작가의 지배 하에 놓인 것으로 간주하였다. 그는 텍스트의 속성을 열린 해석이 가능한 개방적인 것으로 보고 있으므로 이 책에서 수용미학에 의해 제기한 텍스트, 작품의 개념과 괴리되는 듯하다. 그러나 수용미학적 관점에서의 텍스트가 아직 작가나 독자의 의도가 개입되지 않은 순수한 영역으로 취급되는 것이고 바르트에 의한 텍스트 개념 또한 이데올로기에 구속되지 않으며 어떠한 해석이든지 가능한, 독자의 해석권이 부여된 영역으로 상정한다면 이들 두 가지 관점 사이의 괴리는 극복된다고 판단된다. 즉 수용미학적 관점에서 볼 때 전기는 작가와 독자의 의도와 기획에 의해 구성된 작품이라 할 수 있다. 그와 동시에 바르트적 관점에서의 전기는 작가와 독자의 의도와 기획이 아직 투영되지 않은 텍스트적인 상태에서 독해해야 하는 것이 된다. 수용미학에서의 텍스트와 작품에 대해서는 차봉희 편저, 『독자반응비평』(서울: 고려원, 1993), pp. 18~25에 자세히 다루어져 있다. 그리고 바르트의 텍스트와 작품에 대해서는 Roland Barthes, *Image-Music-Text*(New York: The Noonday Press, 1977), pp. 146~47, 정재서 평론집, 『동양적인 것의 슬픔』(서울: 살림, 1996), p. 104에서 재인용하였다.

121 기대지평 Erwartungshorizont이란 작품의 수용자층, 즉 작자, 독자, 비평가들이 작품에 대해 갖는 관계, 바람, 편견 등을 총망라한 이해 가능성의 범주를 말한다. 이에 대해서는 박찬기, 앞의 책, p. 88을 참조.

122 볼프강 이저 W. Iser는 사르트르의 말을 빌려 "쓴다는 것은 언제나 독자와의 계약 ein Pakt mit dem Leser"이라고 언급한 바 있다. 차봉희, 앞의 책, p. 35.

가 독서 행위를 통해 작품으로 완성되기만을 기다릴 뿐이었다.[123]

전기의 작자층과 독자층, 곧 전기의 향유층은 모두 사인 계층이었다. 작가가 사회의 어느 층에 속하는가의 문제는 작가가 의도하는 창작의 결과물에 그대로 반영된다. 그러한 의미에서 본다면 전기와 같이 작자와 독자의 암묵적 동의에 의해 산출된 창작물에서는 더욱 그들의 계층적 특성이 잘 반영되기 마련이다. 따라서 전기에서 취한 제재들과 제재들을 통하여 나타내고자 하는 의미들은 전기의 작자층과 독자층, 곧 당대 사인 계층이 공통으로 지니는 감정과 사유의 지평이 되는 것이다.

당대 사인 계층의 의식구조는 전기 속에 여러 가지 형태로 개입되었다. 전기 작품에 나타나는 신선 세계에 대한 동경, 협(俠)에 대한 존숭, 남녀의 자유로운 연애에 대한 추구, 그리고 붕당(朋黨) 간의 투쟁과 번진(藩鎭)의 막부(幕府)에서의 알력 등은 모두 사인 계층의 감정과 사유방식에서 생성된 것이었다. 사인들은 유한한 인간으로서 살아가는 자신들의 모습을 반추하여 신선 세계를 묘사하였고[124] 문인(文人)으로서의 무력함을 보상하는 기제로 협사(俠士)[125]의 형상을 설정하였

---

123 엄밀히 말하자면 거의 모든 서사물의 작자는 독자의 반응을 염두에 두고 있기에 작자와 독자의 '공동 유희'라는 것은 비단 전기(傳奇)에만 해당되는 사항은 아니다. 그러나 전기의 경우는 동일한 사회적 계층에서 향유되던 서사물이며 그것의 창작 과정에 실제로 동료 사인(士人)들이 참여했기에 '공동 유희'에 의한 창작이라는 논리가 더욱 근접하게 작용하는 것이다.

124 전기(傳奇) 작품에 등장하는 별세계(別世界)에서의 여정, 신녀(神女)나 선녀(仙女)와의 만남을 통한 득선(得仙) 등이 이러한 예에 속한다.

125 당대 전기에서 협사(俠士)는 문인(文人) 신분인 주인공이 원하는 행동을 대신해줄 수 있는 존재로 설정되어 있다. 융 C. G. Jung의 분석심리학적 입장에서 볼 때 이러한 협사는 주인공의 대역자 역할 The Double, 즉 자신의 내면 의식이 확장된 모습을 상징하는 것으로 설명된다. 예를 들어 『전기 · 곤륜노(傳奇 · 崑崙奴)』에서 마륵(磨勒)은 주인공 최생(崔生)을 대신하여 일품관(一品官)댁의 담을 뛰어넘는 일에 성공한다. 또한 『감택요 · 홍선(甘澤謠 · 紅線)』에서 홍선은 주인인 설숭(薛嵩)을 대신하여 경쟁 관계인 전승사(田承嗣)의 목을 베어 온다. 따라서 이 같은 협사의 모습에서 사인(士人)들은 문약(文弱)한 자

다. 또한 유교적 윤리가 지배하는 현실에서는 불가능한 자유로운 연애를 꿈꾸며 남녀의 애정에 대한 전기 창작에 몰입하였다.[126] 아울러 중앙의 사인들은 개인적인 유대 관계에 따라서 형성된 붕당 간의 투쟁에 전기 작품을 통한 영사(影射)[127]를 시도하였고 번진 막부의 사인들 역시 전기 작품을 통해 경쟁 관계인 장수와 막료들을 비방하였던 것이다.[128]

다만 여기에서 간과할 수 없는 문제는 사인들이 전기를 어떠한 방식으로 기술했는가에 관한 문제이다. 사인 계층은 그들의 감정과 사유의 방식을 전형적인 역사 기술 방법인 '전(傳)'과 '기(記)'의 방식으로 서술하였다. 그런데 전기에서 다루고 있는 제제들은 결코 전통적이지 않은 것, 즉 '정(正)'이 아니라 '기(奇)'의 영역과 연관되는 것들이었다.

신들에게 결핍된 무(武)를 보상받고 대리만족하는 것이었다. 뿐만 아니라 사인들은 협사가 그저 단순한 무인(武人)이 아닌, 문인인 자신들과 동일한 사(士)의 속성을 지니는 것으로도 파악하였는데 이는 곧 유(儒)와 협(俠)의 성격을 모두 갖추고 싶어하는 당대 사인들의 정체성과 관련된다고 볼 수 있다. 당대의 협문화(俠文化)에 대해서는 董乃斌, 앞의 책, pp. 364~84에 자세히 설명되어 있다.

126 앞으로 이 책에서 중점적으로 논의할 전기 작품들이 이 부류에 속한다.

127 「보강총백원전(補江總白猿傳)」과 「주진행기(周秦行紀)」 등이 영사성(影射性)을 지닌 전기 작품에 속한다.

128 戴偉華, 『唐代使府與文學硏究』(桂林: 廣西師範大學出版社, 1998), pp. 257~65에서는 번진(藩鎭)의 막부(幕府)는 사인(士人)들이 전기(傳奇)를 창작하기에 알맞은 장소를 제공했다고 밝힌 바 있다. 이 책의 내용에 따르면 막부에서는 한가로운 시간에 각자가 들은 기이한 이야기들을 서로 돌려가며 말하는 것을 오락으로 삼았는데 바로 여기서 들은 이야기를 근거로 하여 전기가 창작되었다고 하였다. 그리고 그 대표적인 예로는 허요좌(許堯佐)의 「유씨전(柳氏傳)」, 육장원(陸長源)의 『변의지(辨疑志)』, 이공좌(李公佐)의 「여강풍온전(廬江馮媼傳)」, 심아지(沈亞之)의 「이몽록(異夢錄)」, 위현(韋絢)의 「융막한담(戎幕閑談)」, 배형(裴鉶)의 『전기(傳奇)』 등을 거론하였다. 또한 이 책에서는 막부가 지방을 돌아다니는 과정에서 막료(幕僚)로 있는 사인들은 그 지방의 민간 전설 등을 자연스럽게 접하게 되고 이것은 전기의 제재로 활용되었음을 언급하였다. 아울러 막부에 모인 사인들은 서로 취향과 기질이 비슷한 사람들이었기에 그들은 전기를 창작하고 돌려보며 윤색하는 기회를 쉽사리 가질 수 있었으며 이러한 상황 속에서 막부는 전기의 창작에 일정한 공헌을 하였다는 점도 부가하였다.

전기는 전통적이지 않은 제재를 다루면서도 그것을 담는 형식은 매우 전통적인 방법을 취하였으니 이 시점에서 전기가 가진 태생적인 모순이 발생하는 것이었다.

이러한 전기 기술의 모순점은 전기의 작자층이 지니는 이데올로기와 도 연결된다. 전기의 작자층인 사인 계층은 당대(當代)의 이데올로기를 가장 잘 구현하는 지배 계층이었으며 그들이 택한 서사의 방식 또한 이데올로기에 기초한 역사 서술 방식이었다. 그런 상황 속에서 사인들이 반(反)이데올로기적인 이야기를 서술하고 싶더라도 그것을 아무런 여과 없이 서술하는 행위는 지배 이데올로기의 검열에 걸릴 수밖에 없었다. 하지만 만일 사인들이 반(反)이데올로기적인 이야기를 지배 이데올로기에서 인준한 형식에 의해 서술한다면 그런 경우는 검열을 피할 수 있게 되는 것이었다. 이러한 전기 기술의 모순점에 대해 루샤오펑은 알튀세Louis Althusser를 인용하며 다음과 같이 정리한 바 있었다.

예술이 우리에게 보게 하는 것, 그러므로 '보고' '감지하고' '느끼는' 형식 속에서 우리에게 전달하는 것은 바로 이데올로기이다. 예술은 이데올로기에서 생성되고 이데올로기로 뒤덮여 있으며 이데올로기에서 예술로 분리되었고 바로 그러한 이데올로기에 대해 언급한다. 전기(傳奇)는 공식적인 전기(傳記)의 지배적 이데올로기에 의해 지배받지 않을 수 없지만, 바로 그 이데올로기로부터 이탈하려는 동시에 그 이데올로기를 드러내려고 한다. 그리고 독자는 소설을 읽어감에 따라 전기(傳記) 형식의 이데올로기적 기초에 대한 내적 시각을 가지게 된다.[129]

---

129 루샤오펑, 조미원 · 박계화 · 손수영 옮김, 앞의 책, p. 33.

알튀세의 지적대로 전기는 역사 기술이라는 지배적 이데올로기에 의해 틀지어진다. 하지만 전기에서 다루는 내용은 그러한 이데올로기에서 이탈되는 내용들이었다. 유교적 소양을 갖추고 유교적 질서를 구현하고자 하는 사인의 모습은 이데올로기를 체화시켜낸 존재이다. 그러나 그들이 전기 작품에서 이야기하고자 하는 것들, 즉 인간 세상을 초월한 신선 세계의 환상적인 모습, 현실에선 불가능한 자유로운 남녀의 만남 등은 분명히 이데올로기에서 이탈된 것들에 속한다. 다만 전기의 편말에 부가된 의론(議論)의 형식에 의해 전기의 작자는 독자에게 이데올로기를 선전하고 아울러 그러한 이데올로기를 독자 스스로가 내면 깊이 체득하게끔 만드는 것이었다.

4. 문체를 통해 본 전기의 성격

앞서도 언급했듯이 전기의 '기(奇)'는 '제재상의 기이함'뿐만이 아니라 '문체상의 기이함'도 포함하는 개념이었다. 『전기』와 「악양루기」에 나타나는 세밀한 경물 묘사와 대구법의 점철 속에서 이루어지는 문장의 화려함은 변려문(騈麗文)에서 추구하는 심미성이며 이는 곧 문체상의 기이함과 연관되는 것이다. 그러므로 엄밀한 의미에서 본다면 '기(奇)' 문체의 특질은 고문(古文)이 아닌 변려문에서 더욱 완벽하게 구현된다고 말할 수 있다.

변려문은 유희로서 문장을 짓고 즐긴다는 의식과도 관련된다. 이것은 순문학적이며 유미주의적인 전통에 입각한 것으로 당대 전기 가운데서도 특히 초기 작품인 장작의 「유선굴」[130]과 후기 작품인 배형의 『전기』[131] 등에서 나타나는 문체적 특징이다. 이에 비해 고문은 문장을 통한 교화, 즉 문장이 어떤 도덕적 가치를 구현하기 위해 쓰인다는 작가 의식과 연관된다.[132] 그래서 심아지(沈亞之)는 사필(史筆)을 쓰는 마음으로 「풍연전(馮燕傳)」을 지었고,[133] 이공좌 역시 춘추사관(春秋史觀)의 입장에서 「사소아전(謝小娥傳)」을 찬술한 것이었으며,[134] 심기제는 역사서 수찬 작업에 참여한 경험으로 전기를 서술한 것이었다.[135] 한편 편말에 부가된 의론문에 있어서도 고문체 전기와 변려체 전기의 창작 의식이 차별되는데 이는 다음의 예시를 통해 확연히 드러난다.

---

130 이검국은 『唐五代志怪傳奇敍錄』(天津: 南開大學出版社, 1993), p. 137에서 「유선굴(遊仙窟)」의 문체가 「고당부(高唐賦)」 「낙신부(洛神賦)」에서 신녀(神女)와의 만남을 묘사한 전통을 잇고 있다고 언급하였다. 또한 그는 이와 같은 변려체 전기가 당대 전기 작품에서 흔히 볼 수 없는 경우임을 지적하며 배형의 『전기』가 「유선굴」의 변려체적 성격을 계승하였음을 명시하였다.

131 『전기(傳奇)』의 변려체적 성격에 대해 명대(明代)의 호응린(胡應麟)은 『소실산방필총·장악위담 하(少室山房筆叢·莊嶽委談 下)』에서 다음과 같이 평하였다. "그의 책에서는 자못 화려하게 꾸미는 것을 일삼고, 문체의 기풍은 유희적이고 연약하였는데 이는 대개 만당 문체의 유형이다(其書頗事藻繪而體氣俳弱…… 蓋晚唐文類爾)."

132 일반적으로 당대 전기의 흥성 원인으로 고문운동(古文運動)과의 연관성을 거론하고 있는데 이러한 논점은 고문운동의 영향력을 지나치게 강조한 것이라고 여겨진다. 물론 고문운동의 주창자인 한유(韓愈)와 유종원(柳宗元)이 쓴 문장과 전기 작가들에 의한 고문체 전기는 동일한 문체적 특징을 지니고 있다. 또한 가장 많은 전기 작품이 산출된 시기는 고문운동이 활성화되었던 때와 시기적으로도 일치한다. 하지만 고문운동 이전에도 이미 「임씨전」과 같은 고문체 전기 작품은 존재하였다. 그러므로 고문운동은 전기의 흥성에 어느 정도의 영향을 주었음은 분명하지만 고문운동 때문에 전기가 흥성한 것은 아니라고 봐야 한다.

133 심아지(沈亞之), 「풍연전(馮燕傳)」. "나는 태사공 사마천의 말씀을 숭상해왔으며 또 옳고 의로운 일에 대해 잘 기록하였다(余尙太史言, 而又好敍誼事)."

134 이공좌(李公佐), 「사소아전(謝小娥傳)」. "선행을 알고 있으면서 기록하지 않는다는 것은 『춘추』의 뜻이 아니다. 그러므로 이에 대한 전을 지어서 그 선행을 널리 알리고자 하는 바이다(知善不錄, 非春秋之義也. 故作傳以旌美之)."

135 사전(史傳)에서는 심기제(沈旣濟)에 대해 "경학에 두루 밝았으며 사필에 있어서는 더욱 뛰어났다(經學該明, 史筆尤工)"고 밝힌 바 있다. 그는 전기 작가이면서 동시에 사료 편찬자로서 『건중실록(建中實錄)』의 수찬에 참여한 경험이 있었다. 심기제에 대해서는 李宗爲, 『唐人傳奇』(北京: 中華書局, 1985), p. 37을 참조.

가) 심기제(沈旣濟), 「임씨전(任氏傳)」

오호라! 이물(異物)의 정에도 인간의 도리가 있구나! 포악함을 만나
도 절개를 잃지 않았으며, 사랑하는 사람을 위해 기꺼이 목숨을 바쳤으
니, 비록 지금 세상의 부인네들이라 할지라도 임씨만 못하구나. 정생이
이치에 밝고 정통한 사람이 아니어서 다만 임씨의 외모만을 좋아하였지
그 성정은 취하지 않았음을 애석해한다. 만약 애당초 견해가 높은 선비
가 있었더라면 반드시 임씨가 사람으로 둔갑한 까닭을 연구하고 그와 인
간이 어디가 다른지를 관찰해서 매우 아름다운 문장으로써 드러내고 그
정밀하고 상세한 정을 전했을 것이다. 허나 나의 글은 임씨의 아름다운
분위기와 미모만을 완상하는 데 그칠 뿐이구나. 애석하도다! ……뭇 군
자들이 임씨의 일을 듣고는 모두 깊이 탄식하였다. 그리하여 나, 심기제
에게 임씨에 대한 이야기를 전하라고 부탁을 하니, 이에 그 괴이한 일들
을 기록하게 되었다.

(嗟呼, 異物之情也有人焉! 遇暴不失節, 徇人以至死, 雖今婦人, 有不如
者矣. 惜鄭生非精人, 徒悅其色而不征其情性. 向使淵識之士, 必能揉變化
之理, 察神人之際, 著文章之美, 傳要妙之情, 不止于賞翫風態而已. 惜
哉!…… 衆君子聞任氏之事, 共深歎駭, 因請旣濟傳之, 以志異云.)

나) 장작(張鷟), 「유선굴(遊仙窟)」

신선을 생각해도 얻을 수 없고,

십낭을 찾고자 해도 소식 들을 수 없다네.

소식이라도 들으려 하니 가슴이 심란하고,

더욱이 만나려 하니 생각만 어지럽네.

(思神仙兮不可得, 覓十娘兮斷知聞. 欲聞此兮腸亦亂, 更見此兮腦余心.)

앞의 두 문장에서 보이듯이 고문체 전기의 의론문인 가) 부분은 '전(傳)'의 역사 서술 형식에 입각하여 작품 전체를 개괄, 평가하는 전형적인 의론문의 형식을 갖추고 있다. 따라서 이 같은 성격의 의론문은[136] 문장을 통한 교화[137]를 주장하는 고문체 전기 작가들의 의식에서 비롯된 것이라 할 수 있다. 이에 비해 변려체로 된 나) 부분은 역사 서술 형식에 입각하여 독자에게 지배 이데올로기의 내면화를 유도하는 가)와는 성격이 다르다. 이것은 의론문이라기보다는 전체 작품 내용의 흐름에 따른 결말 부분에 해당하는 것으로 전통적인 '전(傳)' 형식의 서술과는 차이가 난다. 그러므로 나)의 경우는[138] 문장을 통한 교화가 아니라 문장 자체를 목적으로 삼고자 하는 변려체 작가 의식의 연장에서 파악할 수 있는 것이다.

지금까지 살펴보았듯이 전기의 창작은 사인이라는 계층과의 밀접한 관련 속에서 이루어졌다. 사인은 당대 사회의 지배 이데올로기를 대표하는 존재로서 전기의 작자이자 독자였다. 그들은 진사과를 매개로 이루어진 유대 관계 속에서 공유된 의식을 형성하였고 그러한 공유 의식

---

136 예를 들어 「곽소옥전」 「동성노부전(東城老父傳)」 「오보안(吳保安)」 등의 고문체 전기에는 의론문이 부가되어 있지 않다. 그러나 형식상의 의론문이 부가되어 있지 않을 뿐이지 작자는 자신이 고취시키고자 하는 도덕, 윤리적인 지평을 이들 작품의 내용을 통해 충분히 독자에게 전달하고 있다.

137 문장을 통한 교화는 몇몇 전기 작가에 의해 피력된 바 있다. 진고(陳翺), 또는 이고(李翺)의 『탁이기·서(卓異記·序)』에서는 "이 모두 마음을 훈계하거나 기쁘게 하니, 간혹 비판하고 탄식할 만한 것이 있다(皆是徵暢在心, 或可諷歎)"고 밝혔으며 정환고(鄭還古)의 『박이지·서(博異志·序)』에서는 "비단 웃으려고 하는 이야기만은 아니라 또한 (교화성이 있는) 거칠게 서술된 잠이나 규의 문장이기도 하다(非徒但資笑語, 抑亦粗顯箴規)"고 제시하였다.

138 나)의 「유선굴」뿐 아니라 『전기』에 수록된 31편의 고사에도 모두 '전(傳)'의 형식에 입각한 의론문이 삽입되어 있지 않다.

을 전기 창작에 투영시켰다. 또한 그들이 지닌 위상, 즉 사회의 이데올로기를 체현해내는 존재라는 점은 자신들이 원하는 바를 전기 작품으로 표현하고자 할 때 일정한 이데올로기적 장치를 필요로 하였다. 그래서 사인들은 역사 서술의 전통을 계승하는 방식을 변용함으로써 자신들의 표현 욕구를 적절히 충족시킬 수 있었던 것이다.

사인들이 전기 작품을 통해 표현하고자 하는 의미와 욕망은 무수하였다. 그 가운데서도 남녀의 애정 문제는 늘 인간의 관심을 유발하는 사안이었으며 사인 역시 예외가 아니었다. 전기의 작자와 독자들은 사인인 동시에 모두 남성에 속하였다. 따라서 전기는 남성 향유층을 일차적 대상으로 하는 작품이 되기에 그 속에는 남성이 말하고 싶어하는 여성과 애정의 문제가 포함되어 있다.

이제 2부에서는 당대 애정류(愛情類) 전기(傳奇)에 대해 본격적으로 논의할 것이다. "당대 소설은 사소한 연애거리로 (그 내용이) 매우 처연하여 애간장이 끊어진다"[139]고 말한 홍매(洪邁)의 지적대로 당대 애정류 전기는 남녀의 연애를 기존의 어떤 문학 양식보다도 훨씬 더 생동감 있게 담아냈다. 또한 당대 애정류 전기에서 서술한 남녀의 감정과 애정 표현에 대한 구체적인 묘사는 당대에 들어와 처음으로 시도된 것이기도 하다. 그러므로 지금까지의 논의와 관련해 유추해보았을 때 작자이자 독자로서의 사인의 존재, 그리고 그들이 그려낸 남녀의 애정에는 수많은 의미망이 교착될 뿐 아니라 이에 따른 여러 차원의 해석이 야기됨을 짐작할 수가 있다. 따라서 이러한 당대 애정류 전기와 연계되는 여러 문제들을 해결해 나가기 위해서는 지금까지 논의한 내용들이 필수적인 기본 전제가 됨을 다시금 확인하는 바이다.

---

139 洪邁, 『容齋隨筆』. "唐人小說, 小小情事, 凄愴欲絶."

2부

에로티즘과 욕망의 서사:
    당대 애정류 전기의 성립

남녀상열지사(男女相說之事)는 인류 역사를 두루 관통하는 인간의 근원적인 감정이다. 그것은 인간의 탄생과 더불어 계속되어온 인간 문화의 일부분이며 인간 욕망의 참모습을 여실히 드러내주는 거울이기도 하다. 때문에 남녀간의 애정, 곧 에로스eros를 다룬 작품은, 그것을 향유하는 이들의 근원적인 욕망의 영역에 속하므로 줄곧 관심과 감상의 대상이 되었던 것이다.

중국 문학에 있어서도 남녀의 애정을 다룬 작품은 상고 이래로 비일비재하였다. 『시경 · 국풍(詩經 · 國風)』의 「주남 · 관저(周南 · 關雎)」에서 "아리따운 아가씨는 군자의 좋은 배필일세(窈窕淑女, 君子好逑)"[1] 라고 읊은 이래로 남녀의 애정은 시가문학뿐 아니라 산문과 운문의 중간 형태인 부(賦), 그리고 서사문학에서도 항상 주목을 받아왔다.

2부에서 논의하고자 하는 것은 서사문학의 범주에 있는 당대(唐代) 전기(傳奇) 중에서도 남녀의 애정을 다룬 애정류(愛情類) 전기(傳奇)에 대해서이다. 애정서사의 전통 속에서 볼 때 당대 애정류 전기는 그 이전 시대의 애정을 다룬 서사와는 확연하게 구별되는 차이점을 지니고 있다. 이전 시대의 애정서사가 객관적인 사실의 묘사 차원에서 남녀간의 애정을 서술했다면 당대 애정류 전기는 남녀간에 오가는 감정의 굴

---

1 朱熹 集註, 『詩集傳』(臺北: 中華書局, 1982).

곡과 농밀한 애정 행위까지도 포함하는 형태를 나타냈다. 이것은 곧 당대 애정류 전기가 어떠한 이유로 신화, 지괴와는 다른 모습을 갖추게 되었는가에 대한 문제제기와 연관된다.

그러므로 2부에서는 애정서사로서의 당대 애정류 전기가 형성된 원인을 탐색할 것이다. 당대 애정류 전기가 형성된 시기인 당대가 지니는 특수한 시대적 의미, 즉 엄숙한 종법(宗法) 질서에 입각한 유교와 유교의 질서에 끼어든 도교 사이에서 당대 사회가 어떠한 성격을 형성하였는지에 대해서도 탐구할 것이다. 아울러 그러한 사회 속에서 새로이 등장한 관료 집단인 사인 계층이 향유한 문화와 그들이 경험한 모순과 욕망이 어떻게 당대 애정류 전기를 탄생시키는 원인으로 작용했는지에 대해서도 논의할 것이다. 따라서 1장에서는 이 같은 논의의 근본적인 이해를 돕기 위해서 당대 애정류 전기의 개념 및 범주의 문제, 아울러 대상 작품에 대한 고찰부터 시작할 것이다.

1장

애정류 전기의 정의와 내용

1. 애정류 전기의 정의

애정류(愛情類) 전기(傳奇)란 남녀의 애정에 관한 이야기가 전기의 주요한 줄거리로 구성되어 있는 작품들을 일컫는다.[2] 일찍이 호응린이 당대 전기의 특성에 대해 "당나라 사람의 소설은 남녀의 애정에 대한 이야기들을 매우 정취 있게 기록하였다"[3]고 언급했듯이 당대 애정류 전기는 당대 전기의 특성을 대표하는 예술적인 성취와 의미를 지니는 것으로 평가되었다. 그런데 이러한 당대 애정류 전기의 명칭 및 대상 작품에 대해서는 학자들마다 약간의 차이를 보이고 있다. 우선 정진탁(鄭振鐸)의 『중국문학사』[4]에서는 당대 애정류 전기를 '소소한 인간의 연애

---

2 全寅初, 『唐代小說硏究』(서울: 연세대학교 출판부, 2000), pp. 72~109에서는 중국과 우리나라의 중국문학사 및 중국 소설사, 당대 전기 연구서를 총망라하며 시대와 내용에 따른 당대 전기의 분류에 대해 논술하고 있다. 따라서 이 장의 애정류 전기의 명칭과 대상 작품에 대한 논의는 『당대소설연구』에 수록된 자료에 의거하였음을 밝히는 바이다.
3 胡應麟, 『少室山房筆叢 · 九流緖論 下』. "唐人小說記閨閣事, 綽有情緻."

고사'라는 명칭으로 대신하며 「앵앵전」「곽소옥전」「이와전」 등 대표적인 세 작품만을 논의의 대상으로 삼았다. 그리고 유대걸(劉大杰)은『중국문학발전사』[5]에서 전기를 내용에 따라 다섯 가지로 분류하였으며 '애정소설(愛情小說)'이라는 명칭 아래에 「곽소옥전」「이와전」「앵앵전」「유의전」을 나열하였다. 아울러 국내에서 편찬된 문학사인 허세욱(許世旭)의『중국고대문학사』[6]에서는 전기를 시기별 분류 이외에도 주제와 내용에 따라 구분하면서 '연애(戀愛)'의 부류에 「유선굴」「이장무전(李章武傳)」「이혼기(離魂記)」「앵앵전」「보비연」「유씨전」「임씨전」「장한가전」「양창전(楊娼傳)」「곽소옥전」「이와전」을 열거하였다. 김학주(金學主)의『중국문학사』[7]에서도 시기별 분류와 함께 내용별 분류 방법을 채택하며 '애정소설'의 항목에 「유의전」「배항우선(裴航遇仙)」「최서생(崔書生)」「상중원사(湘中怨辭)」「임씨전」「손각(孫恪)」「이장무전」「곽소옥전」「이와전」「앵앵전」「보비연」「양창전」『북리지』 등을 포함시킨 바 있다.

소설사 방면의 저작 가운데 당대 애정류 전기에 관해 언급한 부분을 검토해보자면 1935년에 간행된 담정벽(譚正璧)의『중국소설발전사』[8]를 들 수가 있다. 이 책에서는 당대 애정류 전기를 '연애고사(戀愛故事)'라는 명칭으로 부르며 「유선굴」「이혼기」「유씨전」「이와전」「곽소옥전」「장한가전」「회진기(會眞記)」「양창전」「양주몽(揚州夢)」「비연전(飛烟傳)」을 '연애고사'의 항목에 삽입시켰다. 그리고 곽잠일(郭箴一)의『중국소설사』[9]에서는 전기를 신괴(神怪), 연애(戀愛), 호협(豪俠)의

---

4 鄭振鐸,『繪圖本 中國文學史・第29章 傳奇文의 興起』(中國: 발행처 불명, 1932).

5 劉大杰,『中國文學發展史』(臺北: 華正書局, 1987), pp. 394~97.

6 許世旭,『中國古代文學史』(서울: 法文社, 1986). p. 410.

7 金學主,『中國文學史』(서울: 新雅社, 1996). pp. 329~37.

8 譚正璧,『中國小說發展史』(臺北: 啓業書局).

세 부류로 나누고 '연애'의 부류에 「유선굴」「이혼기」「장대류전(章臺柳傳)」「이와전」「곽소옥전」「동성노부전(東城老父傳)」「장한가전」「회진가」「비연전」을 열거하였다. 또한 90년대 이후 소설사인 제유혼(齊裕焜)의 『중국고대소설연변사』[10]에서는 시기별 분류를 기본으로 하며 당중기의 전기 작품들만을 내용에 따라 재분류하였다. 그 결과 당대 애정류 전기는 '애정 혼인(愛情婚姻)'의 항목으로 명명되었고 「곽소옥전」「이와전」「앵앵전」「임씨전」「유의전」「유씨전」「이혼기」「이장무전」등이 이에 속하게 되었다. 뿐만 아니라 1994년에 출간된 후충의의 『중국문언소설사고』[11]에서도 초기, 중기, 만기의 시기별 분류를 선행한 뒤에 중기에 속하는 작품 가운데 「앵앵전」「곽소옥전」「이와전」「삼몽기」만을 애정류로 포함시켰다.

한편 당대 전기만을 전문적으로 다룬 연구서인 축수협의 『당대전기연구』[12]에서는 「유선굴」「회진기」「이장무전」「이혼기」「보비연」「규염객전(虬髥客傳)」「유씨전」「장로전(張老傳)」「임씨전」「배항(裴航)」「장한가전」「곽소옥전」「이와전」을 '연애고사'로 분류하였다. 또한 유영의 『당대전기연구』[13]에서는 남녀의 애정을 서술한 것을 '언정류(言情類)'로 명명하며 「이혼기」「이장무전」「곽소옥전」「앵앵전」「장한가전」「보비연」등이 이에 속한다고 밝혔다. 이밖에도 일본[14] 학자 곤조 하루오의 저작인 『당대소설연구』[15]에서는 시대별 분류는 배제하고 주제에

9 郭箴一, 『中國小說史』(臺北: 商務印書館, 1974). pp. 85~86.

10 齊裕焜 主編, 『中國古代小說演變史』(蘭州: 敦煌文藝出版社, 1990), pp. 26~30.

11 侯忠義・劉世林, 『中國文言小說史稿』(北京: 北京大學出版社, 1991).

12 祝秀俠, 『唐代傳奇研究』(臺北: 中國文化大學出版部, 1957).

13 劉瑛, 『唐代傳奇研究』(臺北: 中正書局, 1982).

14 일본에서 편찬된 초기의 문학사인 『지나문학사(支那文學史)』에서는 당대 전기에 대해 언급하지 않고 단지 당대 문학 전반을 근고문학(近古文學)으로만 다루었을 뿐이다. 이에 대해서는 兒島獻吉郎 講述, 『支那文學史』(早稻圖大學出版部, 발행 연도 불명)를 참조.

따라 내용별로만 분류하였다. 이에 따라 당대 애정류 전기를 '애정소설'이라는 명칭으로 부르며 '애정소설'의 하위 개념으로 '재자가인(才子佳人) 소설' '기타 애정소설' '유선굴 연구' '장한가전 연구' 등을 두었다. 그리하여 '재자가인 소설'에는 「이와전」 「앵앵전」 「곽소옥전」이 '기타 애정소설'에는 「이혼기」 「이장무전」 「무쌍전」 「유씨전」 「양창전」이 열거되었다.

국내의 전기 연구 전문서 가운데 정범진의 『당대소설연구』[16]에서는 당대 전기를 신괴류(神怪類), 현상류(幻想類), 애정류, 의협류(義俠類), 종교류(宗敎類), 회고류(懷顧類)로 내용에 따라 나누었으며 애정류에는 「이혼기」 「임씨전」 「유씨전」 「이장무전」 「곽소옥전」 「이와전」 「장한가전」 「앵앵전」 「무쌍전」 「양창전」 「양주몽기(揚州夢記)」 「정혼점(定婚店)」 「곤륜노(崑崙奴)」 「손각」 「정덕린(鄭德璘)」 「보비연」 등의 작품을 거론한 바 있다.

이러한 전기의 분류에 관한 논의들은 모두 전인초의 『당대소설연구』[17]에서 집대성되었다. 『당대소설연구』에서는 앞에서 진행된 모든 논의들을 총망라하며 중국문학사, 중국 소설사, 전기 연구 전문서에서 공통적으로 다루는 작품들을 선별해냈다. 그리고 선별된 작품들을 다시 시기별로 구분한 뒤, 그 가운데서도 중기와 만기의 작품에서만 내용별 분류를 시행했다. 또한 『당대소설연구』에서는 분류의 원칙에 대해서도 세밀하게 제시한 바 있다. 즉 작품에 비록 다소의 지괴적인 기법을 차용했어도 기본적인 줄거리가 애정 위주로 되어 있으면 애정류로 분류한다는 것이다. 그리고 이러한 원칙에 따라서 당대 애정류 전기에는 「이

---

15 近藤春雄, 『唐代小說研究』(東京: 笠間書院, 1967).

16 丁範鎭, 『唐代小說研究』(서울: 成均館大學校 大東文化研究院, 1982), pp. 15~17.

17 全寅初, 앞의 책.

혼기」「임씨전」「유씨전」「이장무전」「이와전」「앵앵전」「장한가전」「곽소옥전」「양창전」『속현괴록·정혼점(續玄怪錄·定婚店)』「무쌍전」『전기·정덕린(傳奇·鄭德璘)』『전기·손각』『삼수소독(三水小牘)·보비연』등의 작품을 포함시켰다.

지금까지 논술한 여러 연구가들의 학설 가운데 이 책에서는 기본적으로 전인초의『당대소설연구』의 원칙에 따라 '남녀의 애정을 기본 줄거리로 하는 전기 작품'을 당대 애정류 전기로 명명할 것이다. 아울러 대상 작품에 대해서도『당대소설연구』에서 당대 애정류 전기로 확정한 14개의 작품을 당대 애정류 전기로 우선 선정하려고 한다. 이밖에 초기의 전기 작품인「유선굴」과 중기의 지괴류로 분류된『현괴록·최서생(玄怪錄·崔書生)』과「유의전」및 중기의 도가환몽류(道家幻夢類)인「주진행기(周秦行紀)」도 이 책의 대상 작품으로 포함시킬 것이다. 아울러 배형의『전기』에 수록된「설소(薛昭)」「배항」「장무파(張無頗)」「봉척(封陟)」「증계형(曾季衡)」「소광(蕭曠)」「요곤(妖坤)」「문소(文簫)」「안준(顔濬)」등의 작품에 대해서도 별도로 당대 애정류 전기의 범위에 포함시키려고 한다. 그 이유는 비록 이들 작품이『당대소설연구』에서 애정류로 다루어지지 않았으나『당대소설연구』에서 제시된 애정류 선정의 원칙에는 어긋나지 않으므로 당대 애정류 전기의 대상으로 포함시켜도 무리가 없다고 생각되기 때문이다.

또한『현괴록·최서생』은 최서생과 옥치낭자(玉卮娘子)의 만남과 헤어짐에 근거하여 기본 줄거리가 구성되었기에 그들의 애정에 대해 중점적인 묘사가 수반되지 않았음에도 애정류로 분류하였다.「유의전」의 경우 역시 유의와 용왕의 딸 사이에 오가는 애정에 할애된 부분이 비록 크지는 않지만 용궁과 현실을 오가는 유의의 여정이 용왕의 딸을 만나게 되는 것을 계기로 이루어졌으며 결국에는 두 남녀의 결합으로 전체

이야기의 결말이 맺어진다는 점에서 당대 애정류 전기에 편입시켰다. 「주진행기」는 진사 낙방생인 주인공이 길을 잃고 헤매다가 우연히 역사 속의 미인들을 만나게 되고 그들과 잔치를 벌이며 하룻밤을 지낸다는 이야기이다. 이 작품은 주인공이 미인들을 만나게 된 경위와 그 여성들 가운데 한 명과 동침하게 된다는 점에서 서사 구조가 장작의 「유선굴」과 유사하다. 그러므로 「주진행기」역시 남녀의 만남과 애정을 다룬다는 점에서 당대 애정류 전기에 포함시켰다. 아울러 배형의 『전기』에 수록된 9편의 작품들도 이 책의 대상 작품으로 선정하였다. 「배항」은 『당대소설연구』에서 만기(晚期) 작품 중의 도불류(道佛類)로 분류되었지만 주인공 배항이 여주인공 운영(雲英)과 결혼하는 과정을 기본 줄거리로 상정했을 때, 애정류에 열거하여도 무방하다고 판단된다.

그리고 「설소」「장무파」「봉척」「증계형」「소광」「요곤」「문소」「안준」등의 작품은 모두 인간과 선녀와의 연애이거나 인간과 여우, 혹은 망혼(亡魂)과의 연애를 다루고 있다. 그 가운데 「설소」는 한 남성과 여러 명의 여성이 주사위를 던져 잠자리 내기를 한다는 점에서 장작의 「유선굴」과 비슷한 구조를 지닌다. 또한 「장무파」는 과거에 낙방한 서생이 우연히 얻은 약으로 천상의 공주의 병을 고치고 결혼한다는 이야기이고 「봉척」「소광」「문소」는 인간과 신녀, 선녀와의 애정담이다. 「증계형」과 「안준」은 망혼과의 연애 이야기에 속하며 「요곤」은 심기제의 「임씨전」과 유사한 형태를 지닌 여우와 인간의 연애담이다. 이와 같이 배형의 『전기』에서 선별한 9편의 작품들은 「배항」을 제외하고는 『당대소설연구』에서는 다루어지지 않은 작품들이다. 그러나 이들 작품이 '남녀의 애정이 기본 줄거리인 것을 당대 애정류 전기로 명칭한다'는 『당대소설연구』의 기본 원칙에 부합되므로 이 책에서 당대 애정류 전기의 범주에 포함시키는 것에는 무리가 없다고 판단된다. 다만 이 책에서는 지괴적인 서사 기법과 도가환몽류에 속하는 제재를 다룬 작품까지도 대상 작품으로 선정하였다. 그리하여 그 가운데서 남녀의 애정 관계로 인해 전체의 이야기가 구성되는 성격의 작품들을 좀더 넓은 의미의 당대 애정류 전기로 인정하고 이에 포함시킨 것이다.

2. 스물일곱 편의 애정류 전기 작품 감상

이제 이 책에서는 이상의 논의를 따라서 「유선굴」 「임씨전」 「이혼기」 「유씨전」 「이장무전」 「유의전」 「곽소옥전」 「이와전」 「장한가전」 「앵앵전」 「주진행기」 「무쌍전」 「양창전」 『현괴록·최서생』 『속현괴록·정혼점』 『전기·손각』 『전기·정덕린』 『전기·설소』 『전기·배항』 『전기·장무파』 『전기·봉척』 『전기·증계형』 『전기·소광』 『전기·요곤』 『전기·문소』 『전기·안준』 『삼수소독·보비연』의 총 27편을 당대 애정류 전기 작품으로 다룰 것이다. 이들 27편의 작자와 판본 및 대략적인 내용에 대해 정리해보면 다음과 같다.[18]

1) 「유선굴」: 지은이 장작(張鷟)의 자(字)는 문성(文成)이고 당 고종 때 진사에 급제하여 양낙위(襄樂尉), 감찰어사(監察御史) 등의 벼슬을 두루 거쳤다. 장작은 「유선굴」 이외에도 『조야첨재(朝野僉載)』를 찬술하였으며, 『구당서(舊唐書)』 및 『신당서(新唐書)』의 「장천전(張荐傳)」과 막휴부(莫休符)의 『계림풍토기(桂林風土記)』에서 그의 사적에

---

18 작품의 순서는 왕벽강(汪辟疆)의 『당인소설(唐人小說)』에서 언급한 순서에 따라 배열한 것이다. 단 배형의 『전기』에 해당되는 작품들은 裴鉶, 周楞伽 輯注, 『裴鉶傳奇』(上海: 上海古籍出版社, 1980)의 순서에 의거하였다.

대해 찾아볼 수가 있다. 그의 작품인 「유선굴」은 중국의 전적(典籍)에는 저록되지 않았으며 전본(傳本)도 없는 상태였다가 청대(淸代) 양수경(楊守敬)의 『일본방서지(日本訪書志)』에 이르러 비로소 작품을 저록하게 되었다.[19] 그리고 왕벽강이 일본에서 필사해 온 준의여씨(遵義黎氏)의 필사본을 그의 저서인 『당인소설』에 수록시킴으로써 지금에 전해지게 된 것이다. 이 작품의 창작 시기는 대략 장작이 하원(河源)에서 벼슬을 하던 의봉(儀鳳) 4년(679년) 이후로 추정된다.[20]

「유선굴」의 대략적인 내용은 주인공이 황명을 받들고 가던 중에 우연히 신선굴에 들어가게 되어 연회를 즐기며 십낭이라는 여인과 하룻밤을 보낸 후 헤어지게 된다는 이야기이다. 일본 사이교 법사(西行法師)의 『당 모노가타리(唐物語)』 권상(卷上)과 평강뢰(平康籟)의 『보물집(寶物集)』 권4에서는 장작이 측천무후를 사모하여 본편을 지었다는 기록이 있으나 사실 여부를 확인할 수는 없다.

2) 「임씨전」: 심기제(沈旣濟)의 작품으로 『태평광기』 권452에 「임씨」라고만 되어 있을 뿐 출전은 밝혀 있지 않다. 작품의 창작 연대는 「임씨전」의 마지막 부분에서 작품의 서술 동기를 밝히는 과정 중에 건중(建中) 2년(781년)이라고 언급되어 있다.

작품의 대략적인 내용은 여우인 임씨가 정생(鄭生)과 결혼하여 살면서 여인의 도리를 훌륭히 지켜 정생을 내조하다가 그만 개에 물려 죽게

---

19 루쉰은 「'유선굴' 서언('游仙窟'序言)」에서 중국에서는 전해지지 않았던 이 작품이 일본으로 전해진 뒤 어떠한 경로를 통해서 다시 중국에 전해지게 되었는지 그 과정을 상세히 언급하였다. 또한 「유선굴」에 삽입된 십여 편의 시가 『전당시일(全唐詩逸)』『지부족재총서(知不足齋叢書)』 등의 서적에 집록되었음도 밝혔다. 이에 대해서는 魯迅, 『魯迅全集 7 · 游仙窟序言』을 참조.

20 이 장에서 다루는 애정류 전기의 창작 시기는 李劍國, 『唐五代志怪傳奇敍錄』(天津: 南開大學出版社, 1993)을 참고하였다.

된다는 것이다. 또한 작자는 작품의 말미에서 임씨의 정절에 대해 높이 평가하면서 당시 여성들이 정절을 지키지 않음을 반면교사하였다.

3)「이혼기」: 진현우(陳玄佑)의 작품으로『숭문총목(崇文總目)』소설류(小說類)에 저록되어 있다. 또한『태평광기』권358에는「왕주(王宙)」라는 조항으로 기재되어 있으며 "이 이야기는 진현우의 책『이혼기』에서 나왔다"[21]고 부가 설명이 붙어 있다.「이혼기」는『유명록(幽明錄)』의「방아(龐阿)」와『영괴집(靈怪集)』의「정생(鄭生)」고사의 영향을 받은 것으로 중국의 전통적인 혼백 관념(魂魄觀念)과도 연관된다. 또한 이 작품은 마지막 부분에서 밝힌 창작 과정에 대한 언급에 따르면 건중 1년(780년)에 지어진 것으로 보인다.

남성 주인공인 왕주는 천낭(倩娘)과의 결혼을 허락받지 못하고 혼자 서울로 떠났는데 뜻밖에도 천낭이 자신을 뒤따라와서 그들은 결혼하여 살게 되었다. 5년 뒤 천낭의 부모님께 인사를 드리러 천낭의 집으로 돌아가니 왕주와 결혼한 것은 천낭의 혼이었고 천낭의 육신은 천낭의 친정집에 5년째 병으로 죽은 듯이 누워 있었던 것이다. 그리하여 천낭이 방으로 들어서는 순간 천낭의 육신과 혼은 하나로 합치되었다는 내용이다.

4)「유씨전」: 허요좌(許堯佐)는 정원(貞元) 무렵(785~804)에 급제하였으며 태자교서랑(太子校書郎)과 연의대부(諫議大夫)를 지낸 인물로 생몰년에 대해서는 밝혀져 있지 않다. 이 작품은『태평광기』권485에 수록되어 있고『녹창여사(綠窗女史)』와『오조소설(五朝小說)』에는「장대류전(章臺柳傳)」으로 저록되었다. 가난한 서생인 한익(韓翊)은 거부인 친구 이생(李生)의 애첩 유씨를 넘겨받아 행복하게 살았는데

---

21 『太平廣記』卷358「王宙」. "事出陳玄佑『離魂記』."

변란으로 인해 한익과 유씨는 헤어지게 되었다. 그런 상황 속에서 유씨는 오랑캐 장수인 사타리(沙吒利)에게 강제로 끌려갔으나 우여곡절 끝에 그들은 다시 만나 행복하게 살게 되었다는 내용이다. 이 작품의 창작 시기는 역사서에 따르면 실존 인물인 한익이 대략 정원 초에 죽은 것으로 기재되어 있으므로 아마도 정원 중엽 정도에 지어졌을 것으로 판단된다.

5) 「이장무전」: 『태평광기』 권340에 수록되었으며 이경량(李景亮)이 지은 것으로 권말에 부가되어 있다. 이경량에 대해서는 역사서에 기재되지 않았으나 『당회요(唐會要)』[22] 권76에 의하면 정원 10년(794년)에 이인과(理人科)에 급제한 것으로 밝혀져 있다. 작품의 내용은 이장무를 못 잊은 왕씨 집 며느리가 죽은 후에도 다시 이장무를 만나서 사랑을 나누고 귀한 보석을 정표로 주고 떠난다는 이야기이다. 내용 중에 이장무가 왕씨 집의 죽은 며느리를 만난 것이 정원 11년(795년)으로 되어 있고 그 후 이장무는 동평왕(東平王)의 승상부(丞相府)에서 벼슬을 한 것으로 밝혀져 있으므로 아마도 이 작품이 지어진 시기는 적어도 정원 12년(796년) 이후로 유추할 수 있다.

6) 「유의전」: 본편은 『태평광기』 권419에 저록되어 있으며 출전은 『이문집(異聞集)』으로 명시되어 있다. 『유설(類說)』[23] 본(本)의 『이문집』에는 「동정영인전(洞庭靈姻傳)」으로 되어 있는데 영가우(甯稼雨)의 『중국문언소설총목제요(中國文言小說總目提要)』에서는 『유설』의 기록에 근거하여 「동정영인전」이 원래 제목일 것으로 추정하였다.[24] 본편의 작자는 이조위(李朝威)로 그의 사적에 대해서는 자세하지 않으나 『신

---

22 王溥 撰, 『唐會要』(臺北: 商務印書館, 1968).

23 曾慥, 『類說』, 北京圖書館古籍珍本叢刊 62: 子部 雜家類(北京: 書目文藝出版社, 1988).

24 甯稼雨 撰, 『中國文言小說總目提要』(濟南: 齊魯書社, 1996), p. 85.

당서·종실세계표상(新唐書·宗室世系表上)』에 촉왕(蜀王)의 6대손의 이름이 이조위라고 언급된 것으로 보아 아마도 동일인일 것으로 추정된다. 또한 작품이 창작된 시기는 개원 말년에(756년 전후) 유의가 설하(薛瑕)를 만나 단약을 준 뒤, 설하 역시 48년 후에 사라졌다는 대목에 의거할 때 대략 정원 무렵(796년 전후)으로 추정된다.

「유의전」의 내용은 의협심 깊은 주인공인 유의가 용왕의 딸을 도와주는 데서부터 시작한다. 유의의 의로움에 감복한 전당수신(錢唐水神)은 자신의 조카딸인 용왕의 딸을 유의와 결혼시키고자 하였으나 유의는 정중히 거절하고 인간 세계로 돌아온다. 세월이 흐른 뒤 유의는 몇 차례에 걸친 아내와의 사별을 겪고 다시 아내를 맞이하였다. 그런데 알고 보니 자신의 부인은 예전의 용왕의 딸이 인간으로 화한 모습인 것이었다. 결국 유의와 용왕의 딸은 선계(仙界)와 속계(俗界)를 왕래하는 삶을 누리게 되었다는 것이 줄거리이다.

7)「곽소옥전」: 장방(蔣防)의 작품으로『태평광기』권487에 저록되어 있다. 또한 남송(南宋) 오견(吳幵)의『우고당시화(優古堂詩話)』와 오승(吳曾)의『능개재만록(能改齋漫錄)』권8에는 모두『이문집·곽소옥전』으로 출전이 명기되어 있다. 지은이 장방은 당대 헌종(憲宗, 재위 기간 806~820) 시기에 이신(李紳)의 추천으로 한림학사(翰林學士)가 되어 중서사인(中書舍人), 연주자사(連州刺史)를 역임하였다. 「곽소옥전」은 기녀 소옥이 이생에게 버림을 받게 되는 과정과 버림받은 후 이생을 기다리다가 지친 소옥의 모습, 그리고 소옥이 한스럽게 죽은 후 이생이 정상적인 삶을 살지 못하는 상황을 묘사한 작품으로 당대 애정류 전기의 절창(絶唱) 가운데 하나로 꼽힌다. 이 작품에 대해 호응린은『소실산방필총·구류서론 하』에서 "특히 이 편은 당나라 사람의 전기 가운데서도 가장 뛰어나고 감동적인 작품"[25]이라고 평가한 바 있다.

8) 「이와전」: 백행간(白行簡)의 작품으로『태평광기』권484에 수록되었고『이문집』에 나온 이야기라고 부가 설명되어 있다. 지은이 백행간은 백거이의 동생으로 「삼몽기」의 작자이기도 하다. 이 작품은『유설』에서는 「견국부인전(汧國夫人傳)」으로 이름이 붙여져 있는데 아마도 이것이 원제(原題)일 것으로 추정된다. 「이와전」의 내용은 기녀인 이와와 형양공(榮陽公)의 아들과의 애정류 전기를 중심으로 하고 있다. 형양공의 아들은 서울로 시험을 보러 가던 중 이와를 만나 함께 지내게 되었으나 가진 돈이 다 떨어지자 이와와 기생 어미의 모략에 의해 쫓겨나게 된다. 그는 갈 곳 없는 신세가 되어 이곳저곳 떠돌았는데 마침 걸식을 하고 있는 모습을 본 이와와 만난다. 이와는 자신이 한 일에 대해 가책을 느끼고 형양공의 아들을 잘 보필하여 과거에 장원급제하게 만든다. 결국 그들은 주위의 칭찬과 도움 속에 정식으로 결혼하여 이와는 견국부인이 되고 형양공의 아들은 출세를 거듭하게 된다는 줄거리이다. 작품 끝 부분에 정원 을해년(乙亥年) 8월에 이 작품을 지었노라고 밝히고 있다. 그러나 이공좌(李公佐)의 사적을 검토해볼 때 그가 장안(長安)으로 돌아와 백행간에게 이와의 이야기를 들려준 것은 원화(元和) 14년(819년)이 되므로 「이와전」은 원화 14년 기해년(己亥年)에 쓰인 것으로 수정해야 한다.

9) 「장한가전」: 당 현종과 양귀비의 애정 행각을 그린 전기 작품으로 일명 「장한전(長恨傳)」이라고도 부른다. 지은이 진홍(陳鴻)은 정원 21년(805년)에 진사에 급제하였으며 태화(太和) 3년(829년)에는 상서주객랑(尙書主客郞)의 벼슬에 이른 인물로『전당문(全唐文)』[26]에 그의 문장 세 편이 전해진다. 작품의 내용에 따르면 현종과 양귀비의 이야기에

---

25 胡應麟, 앞의 책, "此篇尤爲唐人最精彩動人之傳奇."
26 董誥 等 編,『全唐文』(上海: 上海古籍出版社).

감흥을 느낀 백거이가 「장한가」를 짓고 이에 진홍이 「장한가」의 전(傳)을 짓게 되었다고 한다. 「장한가전」이 지어진 시기는 작품의 끝 부분에 원화 원년(806년) 겨울이라고 명시되어 있다.

　　10) 「앵앵전」: 원진(元稹)의 작품으로 『태평광기』 권499에 수록되어 있으며 『유설』 및 『이문집』에는 『전기(傳奇)』라고 제명되어 있다. 또한 「앵앵전」의 남성 주인공인 장생(張生)이 지은 「회진시(會眞詩)」를 따서 이 작품을 「회진기(會眞記)」라고도 불렀는데 이에 따라 명대(明代)의 『백천서지(百川書志)』[27] 『보문당서목(寶文堂書目)』[28]에는 모두 「회진기」로 되어 있다. 이 작품은 당대 애정류 전기 가운데 유일하게 일반 규수가 여주인공으로 설정된 작품이다. 진인각(陳寅恪)은 『원진과 백거이 시를 증명한 원고 · 「앵앵전」을 읽고(元白詩箋証稿 · 讀「鶯鶯傳」)』에서 남성 주인공 장생은 원진 자신이며 이 이야기는 원진이 자신의 이야기에 근거하여 지어낸 것이라고 주장한 바 있다.

　작품의 내용은 장생이 보구사(普救寺)에서 앵앵 모녀를 만나게 되는 데서부터 시작된다. 앵앵의 어머니는 장생이 그동안 보살펴준 데 대해 감사하는 의미로 연회를 베풀고 앵앵을 장생에게 소개시킨다. 이때 장생은 앵앵을 보고 첫눈에 반하였으나 앵앵에게 거절당하고 만다. 몇 번의 우여곡절 끝에 앵앵은 대담하게 장생을 찾아오고 서로 사랑을 나눈다. 그러나 장생이 곧 서울로 떠나게 되어 그들은 헤어지고 몇 차례 편지와 시를 주고받는다. 하지만 결국 앵앵과 장생은 끝내 맺어지지 못하고 각기 다른 사람과 결혼하였으며 세월이 흐른 후 장생이 친척 오라비의 자격으로 앵앵을 만나고자 하였으나 앵앵은 만나기를 거절한다.

---

27 高儒 撰, 『百川書志』, 續修四庫全書, 919: 史部 目錄部(上海: 上海古籍出版社, 1995).
28 阮孝緖 撰, 『晁氏寶文堂書目』, 續修四庫全書, 919: 史部 目錄部(上海: 上海古籍出版社, 1995).

작품의 서두와 말미에는 앵앵과 장생의 만남에 대한 당시 사람들의
평이 부가되어 있어서 혼인하지 않은 남녀의 사분(私奔)에 대한 당대
의 가치관을 짐작하게끔 해준다. 뿐만 아니라 일견 일관성이 없어 보이
는 앵앵의 태도 변화는 윤리관과 욕망 사이에서 갈등하는 당대 여성의
내면 심리를 잘 반영한다고도 볼 수 있겠다. 이 작품의 내용 중에 앵앵
이 정원 경진년(庚辰年)에 17세가 된다는 대목이 나온다. 정원 경진년
은 곧 정원 16년(800년)에 해당된다. 또한 「앵앵전」의 끝 부분에는 정
원 연간 어느 해 9월에 이공수(李公垂)가 앵앵에 대한 이야기를 듣고
앵앵가(鶯鶯歌)를 지었다는 대목이 나온다. 이때는 이미 몇 년의 세월
이 흘러 앵앵과 장생이 각자 혼인을 한 이후이므로 「앵앵전」은 적어도
정원 20년(804년) 전후에 지어졌을 것으로 추정된다.

11) 「주진행기」: 이 작품의 작자 문제에 대해서는 전대 전적(典籍)
들에서 일치를 보이지 않는다. 송대(宋代) 장계(張洎)의 『가씨담록(賈
氏談錄)』에서는 이 작품이 이덕유(李德裕)의 문하에 있었던 위관(韋
瓘)의 작품이라고 하였다. 또한 주인공으로 우승유(牛僧孺)를 설정한
것 역시 그 당시 우이(牛李) 정당 간의 파벌 다툼으로 인해 우승유를
모함하기 위해 그의 이름에 가탁한 것이라고 언급하였다. 송대 이래의
학자들은 대부분 장계의 이와 같은 주장을 따랐다. 그러나 정의중(程毅
中)의 『당대소설사화』[29]에서는 위관이 이덕유의 문하에 있었던 적이 없
었으며 오히려 이덕유보다 전대의 인물이었기에 이 작품의 작자가 될
가능성이 희박하다고 주장한 바 있다. 정의중은 「주진행기」의 작자가
우승유에게 사적인 원한이 있었던 황보송(皇甫松)이라고 주장하였으나
이러한 주장 또한 아직 근거를 획득하지는 못한 상황이다. 이 책에서는

---

29 程毅中, 『唐代小說史話』(北京: 文化藝術出版社, 1990), pp. 183~87.

황보송에 대한 설이 아직 타당성을 입증하지 못한 상황이므로 왕벽강의 『당인소설』과 전인초의 『당대소설연구』의 견해에 따라 작자를 위관으로 다루었다.

「주진행기」의 대략적인 내용은 장작의 「유선굴」과 유사하다. 길을 잃고 헤매던 주인공, 즉 우승유가 역사 속의 미인들을 만나게 되었고 그중 왕소군과 하룻밤을 지낸 뒤 헤어진다는 줄거리이다. 이 작품은 『태평광기』 권489와 『유설』 권28, 『고씨문방소설(顧氏文房小說)』에 저록되어 있다.

12) 「무쌍전」: 『태평광기』 권486에 수록되었다. 『유설』 권29에는 「무쌍선객(無雙仙客)」으로 제목이 붙여졌으며 『녹창여사』 『오조소설』에는 「유무쌍전(劉無雙傳)」으로 되어 있다. 작자인 설조(薛調)는 대중(大中) 무렵(847~860)에 진사에 급제하여 고위 관직을 두루 역임한 뒤 사후에는 호부시랑(戶部侍郎)에 추존된 인물이다. 「무쌍전」의 내용은 왕선객(王仙客)이 우여곡절 끝에 고압아(古押衙)라는 의인(義人)의 도움을 받아 헤어졌던 무쌍을 찾아내고 결혼하게 된다는 것이다.

13) 「양창전」: 『태평광기』 권491에 저록되었으며 『녹창여사』에는 『양창지(楊娼志)』로 제명되어 있다. 작자 방천리(房千里)는 태화(太和) 무렵(837~835)에 진사에 급제하였고 그의 사적에 대해서는 『신당서 · 재상세계표(宰相世系表)』에 보인다. 장안의 명기(名妓)인 양창이 자신을 아껴준 절도사(節度使)에게 정절과 의리를 지킨 이야기를 주요 골자로 하며 말미에서는 죽음으로 의리를 지킨 양창에 대한 칭송의 구절을 부가하였다.

14) 『현괴록 · 최서생』: 『현괴록』은 우당(牛黨)의 영수인 우승유의 전기집(傳奇集)으로 일명 『유괴록(幽怪錄)』으로도 불린다. 지은이 우승유는 정원 무렵(785~805)에 진사에 급제하였고 요직을 두루 거쳐

장경(長慶) 3년(823년)에 재상에 임명된 인물이다. 『구당서』권174와 『신당서』권172에 모두 그의 사적이 기록되어 있다. 「최서생」은 그의 전기집인 『현괴록』에 수록되어 있는 작품으로 여선(女仙)과의 만남과 헤어짐의 과정을 주요 제재로 다룬다는 점에서 뒤에 언급하게 될 배형의 『전기·봉척』과 비슷하다. 작품의 내용은 최서생과 아름다운 그의 아내의 결혼에서부터 시작된다. 최서생은 아름다운 아내를 맞이하여 행복하게 살고 있었다. 그런데 며느리의 범상치 않은 미모를 수상히 여긴 최서생의 어머니는 그녀가 여우가 둔갑한 것이라고 의심을 한다. 결국 의심받는 것을 더 이상 참지 못하고 최서생과 헤어지면서 그의 아내는 작은 백옥 상자를 정표로 남긴다. 훗날 최서생이 서역에서 온 승려에게 백옥 상자를 팔게 되었을 때 비로소 예전의 자신의 아내가 서왕모(西王母)의 셋째 딸임을 알게 된다. 뿐만 아니라 그녀와 1년만 더 살았으면 온 가족이 신선이 될 수도 있었음을 뒤늦게 깨닫고 한탄하며 이야기의 끝을 맺는다.

이 작품은 『현괴록』을 우승유가 임관을 위한 행권으로 지은 것인지 아니면 임관 이후에 지은 것인지에 따라 창작 시기가 다르게 설정된다. 그런데 우승유가 진사에 합격한 시기는 정원 21년(805년)이며 이 작품 이외에 『현괴록』에 수록된 작품들은 정원 21년 이후의 이야기를 다루고 있다. 따라서 이 작품은 정원 21년 이전에 창작된 것으로 판명된다.

15) 『속현괴록·정혼점』: 『속현괴록』은 이복언(李復言)의 전기집으로 「정혼점」은 그중 한 부분에 속하는 이야기이다. 『속현괴록』은 우승유의 『현괴록』의 속편에 해당하는 것으로 『신당서·예문지』의 소설가류(小說家類)에 저록되어 있으며 송대 진진손(陳振孫)의 『직재서록해제(直齋敍錄解題)』와 『송사·예문지(宋史·藝文志)』에도 서명이 기재되어 있다. 이검국은 『당오대지괴전기서록』에서 『속현괴록』이 지어진 시

기가 태화(太和) 무렵(827~835)에서 개성(開成) 무렵(836~840) 사이라고 주장하였다.

이 작품은 남녀의 결혼이란 월하노인(月下老人)이 정해준 운명대로 따르게 된다는 운명론을 주제로 한다. 대략적인 줄거리는 주인공 위고(韋固)가 예정된 인연대로 혼인하기를 거부했으나 결국에는 우여곡절 끝에 월하노인이 맺어준 자신의 짝을 찾아 혼인하게 된다는 이야기이다.

16) 『전기 · 손각』: 『전기』는 배형의 전기집으로 『신당서 · 예문지』와 진진손의 『직재서록해제』, 고유(高儒)의 『백천서지』에 모두 저록되어 있다. 이 책에서는 주릉가(周楞伽)가 교점(校點)한 『배형 전기(裴鉶傳奇)』를 저본으로 삼았으며 졸고(拙稿), 「배형(裴鉶) 『전기(傳奇)』의 시론(試論) 및 역주(譯註)」의 우리말 번역[30]을 참고로 하였다. 주릉가는 원서가 이미 없어진 채 여러 전적에 흩어져 있던 『전기』를 교감하여 총 31편의 고사를 모았는데 이들 고사 중 30편은 『태평광기』에 수록되어 있다. 다만 『태평광기』의 내용은 주릉가의 판본과는 약간의 차이를 보인다. 작자 배형의 생애에 대해서는 확실하지 않으나 『신당서 · 예문지』의 "고변의 종사관으로 있었다(高騈從事)"는 기록으로 보아 대략 예종(懿宗), 희종대(僖宗, 재위 기간 860~880)의 인물로 추정된다. 『전기』는 배형이 고변의 막하(幕下)에 있을 때 여러 지방을 옮겨 다니며 들은 민간전설을 토대로 하여 지어낸 것으로 신선도교적인 색채를 상당 부분 지니고 있다. 또한 『전기』에 수록된 대부분의 작품들은 광덕(廣德) 무렵(763~764), 혹은 대중(大中) 무렵(847~859)으로 설정되어 있으므로 『전기』의 창작 시기는 적어도 함통(咸通) 무렵(860~874) 전

---

30 졸저, 『전기, 초월과 환상 서른한 편의 기이한 이야기』(서울: 푸른숲, 2006).

후로 유추된다.

작품 「손각」은 원숭이가 변한 여인과 손각과의 이루어지지 못한 애정 이야기이다. 본편은 『태평광기』권445에 수록되어 있으며 『용위비서(龍威秘書)』와 『고금설해(古今說海)』에는 「원씨전(袁氏傳)」으로 제명되어 있다.

17) 『전기·정덕린』: 「정덕린」은 『태평광기』권152에 수록되었으며 편말에는 「덕린전(德璘傳)」이라는 주가 붙어 있다. 내용은 주인공 정덕린이 늙은 뱃사공, 즉 수군(水君)의 도움으로 수부(水府)에서 살아 돌아온 위씨(韋氏) 낭자와 결혼한다는 이야기이다.

18) 『전기·설소』: 주인공 설소가 전산수(田山叟)의 도움으로 양귀비의 시녀였던 운용과 만나게 되고 운용은 부활하여 설소와 행복한 삶은 살아간다는 내용이다. 『태평광기』권69에 「장운용(張雲容)」이라고 제명되어 있다.

19) 『전기·배항』: 배항이 백일 기한의 난관을 통과하여 운영(雲英)과의 혼인에 성공하는데 알고 보니 운영은 선녀이고 자신도 결국 득선하게 되었다는 줄거리이다. 『태평광기』권50에 수록되어 있다.

20) 『전기·장무파』: 『태평광기』권310에 저록되었고 용녀(龍女)와의 결합이라는 점에서 이조위의 「유의전」과 유사하다. 줄거리는 장무파가 원대랑(袁大娘)의 도움을 얻어 용궁 공주의 병을 치유하고 결혼한다는 내용이다.

21) 『전기·봉척』: 인간과 선녀와의 실패한 결합이라는 점에서 『현괴록·최서생』과도 연관되는 구조를 지닌다. 주인공 봉척이 선녀의 간절한 구애를 거절하여 득선하지 못하고 결국에는 후회한다는 내용으로 되어 있다. 『태평광기』권68에 들어 있으며 『고금설해』에도 수록되어 있다. 『고금설해』에서는 본편의 제명을 「소실선주전(少室仙姝傳)」으로

하였다.

22) 『전기 · 증계형』: 『태평광기』 권347 및 『당인설회(唐人說薈)』에 저록되었다. 인간과 망혼과의 애정 이야기로 증계형이 망혼인 왕씨(王氏) 아가씨를 만나 사랑을 나눈다는 내용이다.

23) 『전기 · 소광』: 소광이라는 서생이 용녀를 만나 지금까지 이 세상에 알려진 용에 대한 이야기들에 대해 서로 담론하는 것을 내용으로 한다. 『태평광기』 권311에 들어 있다.

24) 『전기 · 요곤』: 『태평광기』 권454에 들어 있다. 인간과 여우의 결합에 대한 이야기로 요곤이라는 처사(處士)가 여우의 도움으로 나쁜 승려를 이기고 나중에는 그 여우의 손녀와 결혼한다는 내용이다.

25) 『전기 · 문소』: 서생 문소가 선녀인 오채난(吳彩鸞)을 만나 신선이 된다는 이야기로 『태평광기』에는 저록되어 있지 않다. 송대 진원정(陳元靚)의 『세시광기(歲時廣記)』 권33에 「입선단(入仙壇)」으로 제명되어 있다.

26) 『전기 · 안준』: 『태평광기』 권350에 들어 있고 진원정의 『세시광기』 권30에도 수록되어 있다. 내용은 주인공 안준이 진대(陳代)와 수대(隋代)의 비빈들을 만나 즐거운 시간을 보낸다는 것으로 「유선굴」 「주진행기」 등의 작품과 구조상 유사점을 지닌다.

27) 『삼수소독 · 보비연』: 『삼수소독』은 황보매(皇甫枚)의 전기집으로 작자 황보매는 희종대를 전후로 활동한 인물로 추정된다. 송대(宋代) 조백우(晁伯宇)의 『속담조(續談助)』 권3의 「삼수소독발(三水小牘跋)」에 따르면 황보매가 천우(天祐) 경오년(庚午年, 904년)에 이 책을 찬술했다고 기록되어 있다. 「보비연」은 「비연전(非烟傳)」 「비연(飛烟)」 「비연전(飛烟傳)」 등으로 불리는 작품으로 『태평광기』 권491에 저록되어 있다. 내용은 무공업(武公業)의 첩인 비연이 이웃에 사는 조

상(趙象)과 사통하였다가 끝내 발각되어 무공업에게 매질당해 죽는다는 이야기이다. 비연은 첩의 신분으로 당당하게 사랑을 주장하다가 죽는 인물로, 조상은 책임을 회피하고 도망가는 인물로 묘사되었으며 작품의 말미에는 비연의 행위에 대한 논평이 부가되어 있다.

이상이 이 책에서 다루는 총 27편의 전기 작품이다. 물론 이들 작품이 모두 『당대소설연구』에서 정의한 당대 애정류 전기의 함의에 완벽하게 들어맞는 것은 아니다. 하지만 이 책에서는 당대 애정류 전기의 정의를 '남녀의 애정에 관한 이야기를 기본 줄거리로 한다'는 기본 전제 위에 '남녀의 만남과 결합, 또는 파국으로 인해 이야기가 구성된다'로 좀더 확장하였다. 즉 비록 전체의 줄거리에서 남녀의 애정에 관한 묘사가 차지하는 부분이 많지 않더라도 남녀의 만남으로 인해 여타의 모든 사건이 야기되고 남녀의 결합이나 헤어짐으로 사건이 종결되었다면 애정류로 포함시킨 것이다. 이러한 확장된 의미의 당대 애정류 전기는 지괴류(志怪類)나 도가환몽류(道家幻夢類)의 성격과 일부분 겹쳐지기도 한다. 그렇지만 인간과 신녀(神女), 혹은 선녀(仙女), 용녀(龍女)와의 연애, 인간과 여우, 원숭이, 망혼과의 연애까지도 애정류의 영역으로 확대시킬 수 있기에 이 책에서는 당대 애정류 전기의 정의를 보다 넓게 상정하였으며 이에 따라 대상 작품을 선정한 것이다.

애정류 전기의 형성

    이제 당대 애정류 전기가 성립된 과정을 탐색하기 위해 이와 관련된 사항에 대한 언급이 필요하다.

    일반적으로 새로운 서사 형식이 만들어지려면 전대로부터 이어져온 형식과 내용 위에 새로운 서사 형식을 배태하게끔 만든 그 시대만의 특성이 더해져야 한다. 그러므로 이러한 의미에서 본다면 당대 애정류 전기는 신화(神話)와 지괴(志怪)가 지닌 애정서사의 전통과 당대(唐代)라는 시대적 특성이 결합되어 만들어진 새로운 애정서사의 형식이라 할 수 있을 것이다.

    이미 앞에서는 '남녀의 애정을 기본적인 줄거리로 하고, 남녀의 만남과 결합, 또는 파국으로 인해 이야기가 구성되는 전기 작품'을 당대 애정류 전기라고 정의한 바 있었다. 이번 장에서는 우선 신화에서 지괴까지 이르는 애정서사의 변천에 대해 상세히 고찰해보고자 한다.

1. 당대 이전의 애정류 서사

애정을 주제로 한 서사의 근원을 거슬러 고찰해보면 그것은 샤머니즘에서의 샤먼과 신의 남녀 양성적 관계에서 비롯된다. 이는 다시 말해 남성 신에 대해서는 여무(女巫)가, 여성 신에 대해서는 남격(男覡)이 헌신함으로써 신과 합일되는 경지에 다다를 수 있다는 사고라 하겠다.[31] 이러한 샤먼과 신의 관계는 후대로 내려오면서 남녀의 애정을 주제로 한 이야기들로 변형되었는데 초기에는 여신과 신적 존재에 가까운 남성 영웅 혹은 왕과의 관계로 나타나다가 후대로 가면서 신이 아닌 평범한 남성과 여신, 혹은 여선(女仙) 사이의 연애로 양상을 달리하게 되었다. 예를 들어 『목천자전(穆天子傳)』에는 주목왕(周穆王)과 서왕모(西王母)의 이야기[32]가 언급되며 「낙신부(洛神賦)」에는 여신인 복비(宓妃)와 위왕(魏王)의 만남이, 「고당부(高唐賦)」에는 요희(瑤姬)와 초회왕(楚懷王) 간의 사랑이 묘사되었는데 이것이 바로 애정에 대한 초기 서사인 인신연애(人神戀愛)의 형태라 할 수 있다.

인신연애의 형태는 위진(魏晉) 시대 도교(道教)와 결합되면서 남성 주인공은 영웅이나 왕의 신분이 아닌 도교에 심취한 남성, 혹은 그저 평범한 남성의 모습을 하게 되었고 여성 주인공 역시 여신보다는 여선의 모습으로 나타났다. 지괴(志怪) 작품 가운데 『습유기(拾遺記)』의 약초 캐던 사람과 동정옥녀(洞庭玉女)의 이야기, 『유명록(幽明錄)』의 유신(劉晨), 완조(阮肇)와 두 명의 선녀(仙女)에 관한 이야기, 『수신

---

31 鄭在書, 『不死의 신화와 사상』(서울: 민음사, 1994), pp. 233~34.

32 지괴 작품 가운데 『한무내전(漢武內傳)』『한무고사(漢武故事)』『박물지(博物志)』등에도 서왕모(西王母)와 한 무제(漢武帝)의 만남이 서술되어 있다.

기(搜神記)』에 서술된 동영(董永)과 직녀(織女)의 만남이 바로 그러한 형태에 속하는 것이다.

또한 여성 주인공의 신분은 여신이나 여선보다는 좀더 하락된 지위로 표현되기도 했는데 인간과 망혼(亡魂), 인간과 요괴(妖怪)와의 조우를 서술한 것이 그것에 해당된다. 곧 『열이전(列異傳)』의 담생(談生)과 휴양왕녀(睢陽王女), 『속제해기(續齊諧記)』의 왕경백(王敬伯)과 오묘용(吳妙容)은 인간과 망혼의 연애사이고 『술이기(述異記)』의 동일(董逸)과 『이원(異苑)』의 서적지(徐寂之)의 경우는 여성 주인공을 요물이 된 여우로 서술하였다.

그런데 여기에서 주목할 만한 것은 신화에서 지괴에 이르는 애정서사들이 남녀의 만남 자체를 서술하는 데만 치중하였을 뿐 만남 속에서 이루어지는 남녀간의 감정 상태와 애정 행위의 묘사 등은 다루지 않았다는 점이다. 예를 들어 애정서사의 가장 초기 형태인 『목천자전』에서는 서왕모와 주목왕의 만남을 단순한 사실의 나열로만 서술하였다.[33]

이러한 만남과 헤어짐의 단순한 묘사는 낙수(洛水)의 신녀인 복비와 위왕의 애정을 노래한 조식(曹植)의 「낙신부」에서도 유사한 형태로 표현되어 있다.[34] 원래 부(賦)라는 형식은 운문과 산문의 중간 형태이기

---

33 郭璞 注 · 송정화 譯注, 東方朔 著 · 김지선 譯注, 『목천자전 · 신이경』(서울: 살림, 1997). "길일 갑자일에 천자는 서왕모에게 손님으로 갔다. 흰 규와 검은 벽을 가지고 서왕모를 만나 꽃무늬 비단끈 400장과 □ 비단끈 1,200장을 즐거이 바쳤다. 서왕모는 두 번 절하고 그것을 받았다. 을축일에 천자가 요지의 가에서 서왕모에게 술을 대접했다…… 천자가 답하여 말하기를 '나는 동쪽 땅으로 돌아가 화하를 조화롭게 다스리고 모든 백성이 편안해지면 그대를 보러 돌아올 것입니다'고 하였다…… 그러자 서왕모는 '나는 하느님의 딸이요. 그대는 어찌하여 속세 사람이어서 또 나를 떠나려 하십니까?'라고 읊조렸다(吉日甲子, 天子賓于西王母, 乃執白圭玄璧以見西王母, 好獻錦組百純, □組三百純. 西王母再拜受之. 乙丑天子觴西王母于瑤池之上…… 天子答之曰, 予歸東土, 和治諸夏, 萬民平均, 吾顧見汝…… 西王母爲天子吟曰,……我惟帝女, 彼何世民, 又將去子)."

34 그 아름다운 모습에 내 마음은 기쁘고,

에 서사문학에 비해서는 감정 표현에 좀더 유리한 면이 있다. 하지만 「낙신부」가 비교적 감정 표현에 유리한 부의 체제임에도 불구하고 남녀의 만남에 대한 묘사는 구체적이지 않다. 그리고 이와 같은 방식의 애정 묘사는 다음의 『수신기』 권1에 수록된 「동영(董永)」이야기에서도 여전히 동일한 형태를 띠고 있다.

이밖에도 지괴 가운데 비교적 굴곡 있는 애정 묘사를 다룬 작품인 담생과 휴양왕녀의 이야기 또한 기본적으로 여타의 작품들과 그다지 차이를 보이지 않는다. 담생과 휴양왕녀의 이야기는 『열이전』에 수록된 작품으로 밤에 등불로 절대 비추어보지 말라는 약속을 어긴 담생이 휴양왕녀와 계속 지내지 못하고 헤어진다는 이야기이다. 이 작품에는 휴양왕녀와의 약속을 어기고 싶은 담생의 조마조마한 심리와 휴양왕녀가 사람이 아니라 망혼임을 깨닫고 자신의 행동을 결국 후회하게 되기까지의 과정이 밀도 있게 전개되어 있다. 그러나 이 작품에서도 담생과 휴양왕녀가 처음 만나 부부가 되는 장면에 대해 "한밤중에 15세 정도 되어 보이는 여자가 하나 들어오더니…… 담생에게 와서 부부가 되자고 말했다(夜半, 有女子可年十五六…… 來就生, 爲夫婦之言)"[35]는 식의 표현만을 견지하고 있다.

이러한 맥락은 『열선전(列仙傳)』에 수록된 「소사(蕭史)」 조항에도

심장은 터질 듯 뛰니 안정되지 않는구나.
중매쟁이 없어서 서로 즐거이 만나지 못하니,
잔잔한 물결에다 내 마음을 전해야지.
원컨대 내 충심이 어서 빨리 전달되기를,
패옥을 풀어서 내 마음을 전한다네……
(余情悅其淑美兮, 心振蕩而不怡.
無良媒以接歡兮, 托微波以通辭.
願誠素之先達兮, 解佩玉以要之.)

35 曹丕, 『列異傳』.

여전히 유효하다. 「소사」이야기는 진(秦) 목공(穆公)의 딸인 농옥과 피리를 잘 부는 남성인 소사의 결합, 그리고 그들의 득선(得仙)이라는 구조로 되어 있다. 농옥이 비록 신녀나 선녀는 아니지만 보통의 여성이 아닌, 왕의 딸이라는 점에서 볼 때 이 이야기는 인신연애 구조의 변환된 형태로 간주된다. 하지만 이 작품에서도 역시 남녀간의 가장 밀접한 순간을 묘사한 부분은 "그녀가 그를 좋아하자 목공은 마침내 딸을 소사에게 시집보냈다(好之, 公遂以女妻焉)" 정도에 해당된다. 실제로 농옥과 소사가 깊은 애정을 나누는 사이라 하더라도 지괴라는 서사 형식 속에서 담아내는 그들의 애정은 그저 무미건조한 모습일 뿐이었다.

지인(志人)에서의 애정서사 역시 유사한 형태로 다루어진다. 지인에서는 '인사지기(人事之奇)'를 기록한다는 원칙에 따라 남녀간의 특이한 애정사를 서술하였는데 그 가운데서도 「한수지향(韓壽之香)」고사는 당대 애정류 전기인 「앵앵전」으로 이어지는 월장(越牆) 고사의 원류 격이 된다. 「한수지향」은 『곽자(郭子)』및 『세설신어·혹익 5(世說新語·惑溺 5)』에 수록되어 있으며[36] 『세설신어』에서의 내용이 『곽자』에서보다 좀더 세밀하게 전개되어 있다. 하지만 『세설신어』에 수록된 내용 또한 한수(韓壽)와 가녀(賈女)의 애정사를 객관적인 시각에서 간결하고도 함축적으로 다루었을 뿐 그들 남녀의 애정 행위에 대한 묘사를 부가하지는 않았다.

이와 같은 에로스eros[37]의 배제는 「한수지향」에서만이 아니라 『목천

---

36 월장(越牆) 고사의 원류로서 「한수지향(韓壽之香)」고사가 지니는 의미 및 작품의 소개에 대해서는 金長煥, 「魏晋南北朝 志人小說 硏究」(延世大學校 大學院 中語中文學科 博士論文, 1992), pp. 136~38에서 자세히 논의된 바 있다.

37 에로스eros란 보통명사로서 '사랑'이란 의미를 지닌다. 원래는 그리스 신화에 등장하는 사랑의 신을 일컫는 말인데 기독교 신학에서는 헌신적인 사랑의 개념인 아가페agape와 구별되는 사랑의 개념으로 사용되었다. 이 책에서는 '남녀간의 연애, 혹은 사랑'을 뜻하는 의미

자전』「낙신부」『수신기』와『열이전』『열선전』의「소사」등의 애정서사
에서 공통적으로 나타나는 현상이다. 비록 신화와 지괴, 지인에서 애정
서사를 다루었더라도 그 속의 남녀 주인공은 서로 애정 어린 말 한마디
나누지 않는 경우가 대부분이다. 신화와 지괴 및 지인에서 다루어지는
애정에는 아직 남녀의 욕망이 반영되어 있지 않았다. 그러한 남녀의 욕
망을 애정서사에 반영시키려면 신화, 지괴, 지인과는 다른, 새로운 서
사 형식과 사회적 분위기의 출현을 기다려야 했던 것이었다.

2. 당대 문화와 에로티즘 서사

앞에서는 신화(神話)와 지괴(志怪) 속의 애정서사가 어떤 형태로 표
현되었는지에 대해 논술하였다. 신화와 지괴에서는 그 대상이 신녀(神
女), 선녀(仙女), 혹은 망혼(亡魂)이나 여우를 막론하고 거의 모두 단
순하고도 객관적인 필법으로 남녀의 애정을 구사해내는 특징을 보였다.
하지만 당대에 들어와서는 상황이 달라진다. 당대에 들어와 새로이 등
장한 전기(傳奇)라는 서사는 남녀의 애정에 관해서 지금까지와는 다른
새로운 유형을 만들어냈다. 즉 남녀상열지사를 다루되 전대(前代)의
서사에서는 찾아볼 수 없었던 남녀간의 세밀한 감정적 교류와 애정 행
위, 즉 에로스에 대한 묘사를 수반한 것이다. 따라서 애정서사에 있어
서의 이와 같은 변화는 당대에 들어와 본격적 의미의 애정서사를 향유
할 수 있는 사회적 분위기가 형성되었다는 의미로 연결된다.
　본격적 의미의 애정서사, 곧 애정류 전기가 당대에 흥성하게 된 원인

로만 사용하였다.

에 대해서는 여러 조건들 사이의 상호관계를 입체적으로 규명해보아야
한다. 그리고 그 가운데 가장 기본적인 조건은 당대 애정류 전기를 형
성시킨 당대의 시대적 변별성에 대한 고찰일 것이다. 당대의 시대적 특
징에 대한 가장 최초의 언급은 송대(宋代)에 편찬된 『주자어류(朱子語
類)』에서 찾아볼 수 있다. 이 책은 주희(朱熹)와 그의 제자들의 문답
을 수록한 것인데 송대의 주자학적 관점에 의해 당대의 시대적 특징을
다음과 같이 개괄한 바 있었다.

> 당나라는 본디 오랑캐 출신이어서 여자들이 예를 잃어버리는 일을 하
> 여도 아무도 이상하게 여기지 않았다.
> (唐源流出夷狄, 故閨門失禮之事, 不以爲異.)[38]

앞의 언급에서 나타나는 것처럼 당대는 중국의 여타 왕조에 비해 예
(禮)로 명시되는 유교 윤리로부터의 규제가 비교적 느슨한 시대였다.
또한 엄격한 유교적 종법(宗法) 제도의 시각에서 볼 때 결코 용납될 수
없는 상황도 비일비재하였던 시대였다. 예를 들어 측천무후는 원래 당
태종의 재인(才人)으로 고종에게는 서모(庶母)에 해당하는 경우였고
양귀비 역시 현종의 18번째 아들 수왕(壽王)의 비(妃)였기에 현종에게
는 며느리에 해당되었다.[39] 이 같은 사람들의 결합은 엄숙한 유교적 종
법 제도의 잣대로 보자면 패륜 행위와 다름없었다. 그러나 그들의 일탈
적 애정 행위는 당시 사회 속에서 무리 없이 받아들여졌다. 물론 고종
이나 현종의 지위가 절대권력을 지닌 황제였기 때문에 서모나 며느리
뻘의 여인과 결합하는 것이 그리 문제가 안 되었을지도 모른다. 하지만

---

38 黎靖德, 『朱子語類』 卷116 「歷代類 3」.
39 측천무후와 양귀비에 대해서는 이 책 1부 1장에서 이미 자세히 서술한 바 있다.

보다 깊숙이 들어가면 이들의 일탈 행위는 당대라는 사회가 여타의 왕
조와는 다른 차별적인 속성을 지닌 데서 비롯된 것임을 알 수 있다. 유
교적 종법 제도로 꼭꼭 묶여진 금기에 대한 일탈 행위가 보다 여유롭게
수용된 셈이다.

　어느 사회에서나 인간이란 존재는 금기에 대한 위반과 일탈을 욕망한
다. "금기는 범해지기 위해 거기에 있다"[40]고 말해도 과언이 아닐 것이
다. 인간의 사회문화적 금기 가운데 가장 근원적인 금기는 성(性)과 관
련된 금기이다. 그리고 성과 관련된 금기를 위반하고자 욕망하는 바로
그 자리에서 에로티즘érotism[41]이 출발한다. 동양적 전통과 관련하여
에로티즘을 말하자면 에로티즘은 유교 윤리와 상반된 입장에 서 있다.
상하를 구분하고 그에 따라 지켜야 할 법규가 따르는 유교적 종법 제도
는 그다지 에로틱하지 않다. 성 윤리적 측면에서 볼 때 유교에서 긍정
하는 성은 사회적으로 공인되고 노동과 생산을 위해 쓰이는 성에 국한
될 뿐이다. 이러한 노동과 생산을 위한 성은 사회와 국가의 규제 속에
있는 것이기에[42] 매혹의 대상이 될 수가 없다. 성은 그것에 대한 금기를
넘어섬으로 인해 매혹이 되는 것이며 그 순간 금기 일탈의 본연적 욕망
은 충족되는 것이다. 이와 같은 맥락에서 볼 때 당대는 엄숙한 유교적

---

40 조르주 바타유, 조한경 옮김, 『에로티즘』(서울: 民音社, 1997), p. 69.

41 에로티즘érotism의 어원은 에로스eros로 남녀간의 관능적인 연애를 뜻하는 말이다. 에로티
즘은 프랑스어식 표기 방법이고 영미식으로는 에로티시즘eroticism이라고 하는데 의미에 있
어서는 동일하다. 이것은 예술, 문학에서 사랑의 정념을 묘사하는 것을 목적으로 하고, 아
울러 호색적 기분을 나타내기도 한다. 그렇지만 성적인 욕정을 일으키는 것을 목적으로 하
는 포르노그라피pornography와는 확연히 다른 차원의 개념에 속한다. 이 책에서는 기존 인
문학계에서 통용되는 프랑스어식 표기 방법에 의해 에로티즘érotism으로 명기하였다.

42 국가와 사회의 조직 체계 내에서 성(性)과 노동, 생산의 관계를 규명한 책으로는 마르쿠제,
김인환 옮김, 『에로스와 문명』(서울: 나남출판, 1996)을 거론할 수 있다. 자세한 것은 『에
로스와 문명』, pp. 135~43 참조.

윤리 관념의 포장 속에서도 금기 위반의 에너지가 충만한 사회였다. 그리고 그 넘실거리는 일탈적 에너지는 도교(道敎)라는 종교, 문화의 코드와도 깊은 관련을 지니고 있다.[43]

도교는 당 황실의 보호와 장려 속에서 당대의 3대 종교 중 하나로 크게 성장하였다. 당 황실은 개국 초부터 문벌을 중시하던 당시의 풍토에 따라 한족(漢族)에 동화된 선비족(鮮卑族) 출신인 자신들의 혈통에 신성함을 부여하고 건국의 정당성을 보장받기 위해 노자(老子)를 원조(元祖)로 모셨다. 즉 노자의 성이 이씨(李氏)인데 자신들 역시 이씨이므로 당 황실은 모두 노자의 혈통을 이어받은 신선(神仙)의 자손이라는 것이었다. 그런 이유로 당대의 도교는 황권의 비호 아래 발전하였고 이에 따라 도교 문화 역시 당대 사회와 문화 전반에 걸쳐 영향력을 행사하게 되었다. 그런데 도교의 이론 가운데 특이한 점은 성(性)에 관한 이론적·실천적 체계가 여타의 종교와는 확연히 다르다는 것이다. 유교가 인간의 성에 대해 언급하지 않거나 혹은 부부간의 금슬 좋음에만 한정해 말한다면 도교는 성을 긍정할 뿐 아니라 성에 관한 훈련을 통해 득선(得仙)이라는 최고의 경지에 이를 수 있다고 천명한다.[44] 이러한 성에 대한 도교의 훈련 방법을 방중술(房中術)이라고 하는데 이는 바로 음양오행의 원리에 따라 남녀간의 성적 교합 상태를 연마하여 결국에는 불사(不死)의 경지에 이르게 하는 방법이라 하겠다. 당대에 편찬된 의학서[45]인 손사막(孫思邈)의 『천금요방·방중보익(千金要方·

---

43 당대 도교의 전반적인 상황에 대해서는 이 책 1부 1장에서 이미 언급하였다.

44 당대의 불교 역시 유교 및 도교와 함께 비중 있는 종교 중 하나였다. 그러나 성(性)에 대해서 불교는 유교만큼이나 엄격하였다. 즉 불교적 차원의 성 관념은 일체의 정욕을 금하는 수행을 통해야 열반의 경지에 이를 수 있다는 것이었다.

45 네덜란드의 중국학자인 반 훌릭 R. H. Van Gulik이 편찬한 『고대 중국의 성생활 *Sexual Life In Ancient China*』에 따르면 당대 이전에는 방중술(房中術)이 소수의 전문가들만 알고 있

房中補盆)』[46]에서는 방중술에 대해 다음과 같이 언급하였다.

양의 도는 불의 원리를 따르고 음의 도는 물의 원리를 따르기에 음은
양을 제압할 수 있는 것이다…… 그러므로 무릇 정기가 적어지면 병이
생기고 정기가 다하면 죽게 됨을 생각하지 않을 수가 없고 삼가지 않을
수가 없게 된다. 여러 번 교접하고 한 번 사정하면 정기가 날로 강해져
사람을 허하게 만들지 않는다. 그러나 여러 번 교접하지 않았는데도 교
접 즉시 사정해버린다면 이로움을 얻지 못하게 된다. 사정한 정기는 자
연히 생성되지만 천천히 늦게 생성되기에 여러 번 교접하고 사정하지 않
는 것이 차라리 빠르다.

（陽道法火, 陰道法水, 水能制火…… 凡精小則病, 精盡則死, 不可不思,
不可不愼. 數交而一瀉, 精氣隨長, 不能使人虛也. 若不數交, 交而卽瀉, 則
不得盆. 瀉之精氣自然生長, 但遲微, 不如數交接不瀉之速也.）

이 내용에 따르면 방중술은 단순히 남녀의 교합을 의미하는 것만은
아니었음을 알 수 있다. 그것은 교합 이상의 의미, 즉 음양의 원리의
실천을 뜻한다. 그리고 이러한 음양 원리의 실천에 대해서는 같은 시대
의 성 의학서인 『의심방·지리편(醫心方·至理篇)』[47]에서도 다음과 같

던 지식이었다고 한다. 이 책에 따르면 방중술은 당대에 들어와서 더욱 광범위한 차원의 담
론으로 공유되었으며 방중서(房中書)는 의학의 한 부분으로 취급되었다는 것이다. 또한 당
대에 새로이 편찬된 대부분의 의학서에서 방중술을 전문적으로 다루었는데 방중술에 대한
당대인의 높은 관심이 중국의 색정 문학(色情文學)을 배태하게 만든 원인이었다고 주장하
였다. 『고대 중국의 성생활』의 중국어 번역본인 『中國古代房內考』(上海: 上海人民出版社,
1996), pp. 223~65에 이러한 내용이 자세히 다루어져 있다. 아울러 이 책은 『중국 성풍
속사』라는 제목으로 우리말 번역이 출간된 바 있다. 이에 대해서는 장원철, 『중국 성풍속
사』(서울: 까치, 1993)를 참조.

46 劉達臨 編著, 『中國古代性文化』(銀川: 寧夏人民出版社, 1993), p. 566.

은 의견을 피력하였다.

　정(精)을 아끼고 신(神)을 기르며 여러 단약을 복용하면 장생할 수 있으나 교접의 방도를 모른다면 단약을 먹는다 해도 아무런 효과가 없다. 남녀가 서로 어우러지는 것은 천지가 서로를 생성하게 만드는 것과 같다. 천지는 교접의 방도를 터득했기 때문에 영원히 존재하는 것이고 인간은 교접의 방도를 잃었기 때문에 점점 죽어가는 것이다. 점점 육신이 상하는 일을 피하려면 음양의 술법을 터득해야 하니 이것이 곧 죽지 않는 방도가 된다.
　（愛精養神, 服食衆藥, 可得長生, 然不知交接之道者, 雖服藥無益也. 男女相成, 猶天地相生也. 天地得交接之道, 故無終竟之限, 人失交接之道, 故有廢折之漸. 能避漸傷之事, 而得陰陽之術, 則不死之道也.）

　이 대목에서 도교의 방중술은 남녀의 성 교합을 천지음양의 도와 연결시켰다. 이것은 곧 속(俗)의 범주에 있는 인간의 신체를 성(聖)의 범주로 끌어올리는 관점과 연접되면서 성에 대한 독특한 당대의 문화의식과도 통한다.[48] 이밖에도 인간의 신체와 성을 천지자연의 이치로 파악한 또 다른 당대의 전적(典籍)으로는 「천지음양대락부(天地陰陽大樂賦)」[49]가 있다. 감숙성(甘肅省) 돈황(敦煌)의 명사산(鳴沙山) 석실

---

47 이 책은 일본 학자인 단바 야스노리(丹波康賴)가 982년에 편찬한 것으로 당대 이전 및 당대의 성 의학서들을 집록한 책이다. 이에 대한 자세한 내용은 앞의 책, pp. 569~75를 참조.
48 물론 방중술과 관련된 서적과 이론들은 한대(漢代)부터 존재하였다. 그러나 이 책에서 특별히 당대와 관련하여 방중술에 주목하는 것은 한대로부터 축적되어 내려온 도교적 성문화가 당대라는 사회 속에서 큰 비중을 차지했음을 강조하기 위해서이다. 다시 말해 방중술은 개방적이고도 이질적인 당대 문화 속에서 에로티즘이 자리하기 위한 자양분 역할을 했다는 것이다.
49 「천지음양대락부」의 전체적인 내용은 周安托 發行, 『秘戱圖大觀』(臺北: 金楓出版有限公司),

명대(明代) 『금병매(金瓶梅)』의 한 장면 : 기루 문화에서 파생된 에로틱한 묘사들은 후대 문학에도 영향을 끼쳤다.

에서 발견된 「천지음양대락부」는 당대의 성문화를 엿볼 수 있는 자료로 인간의 몸이 성장해가는 모습과 함께 남녀의 성에 대해 자세히 묘사해 놓았다. 이 부(賦)의 저자는 당대의 유학자이자 전기 작품인 「이와전」을 지은 백행간으로 기록되어 있다. 그러나 백행간이 남긴 문장 등과 역사서에 언급된 그의 사적에서 그가 방중술에 관심을 가졌다는 기록은 전해지지 않기에 「천지음양대락부」가 과연 백행간이 지은 것인지 아니면 백행간에게 가탁된 것인지는 확실하지가 않다. 하지만 「천지음양대락부」의 저자가 누구인가의 문제와는 상관없이 이 부의 내용 중에는 「통현자(洞玄子)」 「소녀경(素女經)」 등 당대 이전의 전적이 언급되어 있기에 「천지음양대락부」가 적어도 당대에 지어졌음은 물론 당대의 성문화를 반영하고 있다는 사실 역시 자명해진다.[50]

「천지음양대락부」는 묘사를 위주로 하는 부(賦)의 형식을 이용해 남녀의 교접 상태에 대해서도 세밀하게 표현하였는데[51] 이와 같은 대담한 표현 방식은 이전 시대의 전적에서는 찾아보기 어려운 것으로 당대 문화가 에로티즘적인 성격을 지닐 수밖에 없었던 근거들을 제공해준다. 다음은 부의 일부분이다.

이에 옥경을 드러내고 붉은 속곳을 당겨 벗기며,
흰 발을 들어 올리고 옥 같은 둔부를 쓰다듬네.
여자는 남근을 잡으니 그 마음이 푸르르륵,

---

pp. 267~90에 자세히 실려 있다.

50 金敏鎬, 「敦煌藏經洞의 閉鎖時期에 關한 考察」(『中國語文論叢』, 中國語文硏究會, 第8輯, 1995)에 따르면 돈황에서 발견된 문서들의 간행 연대가 당말(唐末)에서 오대(五代)까지로 조사되어 있다. 따라서 「천지음양대락부」가 지어진 시기 역시 당말 또는 오대로 추정할 수 있다.

51 周安托 發行, 앞의 책, p. 271.

남자는 여자의 혀를 머금으니 그 정신이 가물가물.

바야흐로 정액을 칠해 바르며,

위아래로 문지르네.

(乃出朱雀, 攬紅褌, 抬素足, 撫玉臀.

女握男莖, 而女心忒忒.

男含女舌, 而男意昏昏.

方以精液塗抹, 上下揩擦.)

이 같은 성에 대한 긍정적 사고는 자연스럽게 인간의 신체 전반에 대한 관심으로 확대된다. 즉 신체에 대한 세밀한 관찰과 탐미적인 묘사를 통하여 에로티즘을 더욱 극대화하는 것이다.

쌀쌀한 봄날, 목욕하라 화청지 하사하시니,

온천물은 매끌매끌 씻겨진 피부는 기름 엉긴 듯.

시녀가 부축해 일어나니 교태로이 힘없는데,

비로소 첫 성은을 입으려 하는 때로구나.

(春寒賜浴華淸池, 溫泉水滑洗凝脂.

侍兒扶起嬌無力, 始是新承恩澤時.)[52]

농염하기 그지없는 이 한 편의 시는 백거이가 지은 「장한가」의 한 대목이다. 현종과 그의 애첩인 양귀비의 사랑을 노래한 이 시 구절에서 백거이는 마치 숨어서 엿보듯이 갓 목욕을 마친 양귀비의 모습을 농밀하게 표현해내고 있다. 그는 온천물에 씻겨진 양귀비의 신체에 시선을

---

52 白居易, 「長恨歌」, 『唐詩三百首』(臺北: 三民書局, 1991).

고정시키고 기름 엉긴 듯 매끄럽고 하얀 양귀비의 피부를 마치 만져보듯 묘사해냈다. 따라서 이 같은 시에서 체현해낸 관능적인 에로티즘은 당대 사회와 문화의 일면을 여실히 보여주는 것이라고 할 수 있다.

당대 사회는 성에 대한 관심을 표현할 수 있는 사회였다. 그리고 여타의 봉건 왕조에 비해 성에 대해 비교적 자유로운 분위기 속에서 당대의 여성들은 제한적이나마 사회 활동에 참여하기도 하였다. 중국 역사상 전무후무한 여성 황제인 측천무후의 존재에 대해서는 차치하고라도 여성 사제인 여도사(女道士) 계층과 북리(北里)를 중심으로 한 기녀(妓女) 문화의 형성은 당대 여성의 사회 활동을 반영한 것으로 간주할 수 있다.

그렇지만 당대의 여성들이 유교적 윤리와 사회 질서로부터 완전히 자유로운 것만은 아니었다. 당대의 유교는 공식적인 국가의 통치 이념이었으며 유교 윤리는 사회 질서를 유지하기 위한 기본적 윤리 강령이었다. 그런 상황 속에서 당대의 여성들은 정절(貞節)이라는 윤리 강령을 강요받게 되었다. 그 예로 당대의 정식 역사서인 『구당서·열녀전(舊唐書·列女傳)』의 「서문(序文)」에는 당대 여성에게 정절의 중요성을 강조한 대목이 수록되어 있으니 "의가 아니면 죽기를 무릅쓰고 개가하지 않은 여성에 대해 칭송하며 아울러 말대에 풍속이 어지러워져서 정숙한 행동이 적어졌기에 이 전을 찬술한다"[53]고 밝힌 바 있었다. 또한 동시대의 문학작품들에서도 여성의 정절을 미화시켰는데 그 가운데서도 당대 애정류 전기 작품인 심기제의 「임씨전」에서는 정절을 고수한 여우 임씨에 대해 다음과 같이 칭송하였다.

---

53 후진(後晋)의 유구(劉昫)가 편찬한 사서(史書)로 서문(序文)의 내용은 다음과 같다. "至若失身賊庭, 不汚非義, 臨白刃而慷慨…… 雖在丈夫, 恐難守節…… 末代風靡, 聊播椒蘭."

오호라! 이물(異物)의 정에도 인간의 도리가 있구나! 포악함을 만나
도 절개를 잃지 않았으며, 사랑하는 사람을 위해 기꺼이 목숨을 바쳤으
니, 비록 지금 세상의 부인네들이라 할지라도 임씨만 못하구나.

(嗟呼, 異物之情也有人焉! 遇暴不失節, 徇人以至死, 雖今婦人, 有不知
者矣.)[54]

그러나 유교적 사회 질서의 정립을 위한 국가, 사회적인 목적에도 불
구하고 당대 여성들에게 있어 정절 고수의 문제는 실질적으로 그다지
큰 힘을 발휘하지는 못하였다. 비록 당대 사회가 공식으로는 유교적인
입장에서 정절을 여성의 덕목으로 강조하긴 하였으나 실제로 당대의 여
성에게 있어 정절은 권장 사항 정도이지 필수 사항은 아니었던 것으로
보인다. 여성의 재혼이 당대에는 매우 빈번하게 이루어졌다는 사실이
그 증거이다. 당대에는 일반 여성들뿐 아니라 지배계층의 최고통치자
인 황제의 딸들조차도 전혀 거리낌 없이 재혼을 하였는데 당대의 공주
가운데 재가(再嫁)한 사람의 숫자가 25명에 달하였고 세 번 결혼한 공
주도 3명이나 되었다.[55] 이는 곧 당대 여성에게 정절이라는 것이 그다
지 큰 걸림돌이 되지 않았음을 보여주는 증거가 된다.[56] 또한 앞서 거론
한 「임씨전」 역시 당시 사회에 정절을 지키지 않는 여자가 다수였음을
반증하는 예가 될 수 있다. 즉 여우조차도 이토록 정절을 지키는데 사

---

54 沈旣濟, 「任氏傳」.

55 이에 대해서는 董家遵, 「從漢到宋寡婦再嫁習俗考」, 『中國婦女史論集』(臺北: 稻鄉出版社,
1988), pp. 139~64를 참조.

56 『신당서 · 공주전(新唐書 · 公主傳)』에는 선종(宣宗) 때에 이르러 "공주나 현주 가운데 자
식을 두고서 과부가 된 자는 재가할 수 없다(其公主縣主有子而寡, 不得再嫁)"고 새로이 규
정했음을 밝히고 있는데 이는 수절의 윤리를 당 황실에서조차도 지키지 않았기에 강제 조
항을 둔 것으로 보인다.

서안의 화청지에 있는 양귀비 조각상 : 당나라 미인의 풍만한 아름다움을 재현하였다.

람은 더욱 정절을 지켜야 한다는 논리로써 정절을 지키지 않는 당시의
세태를 반면교사하는 것이라 하겠다.

　유교적 윤리 관념과 관련하여 또 하나 특이한 점은 당대의 전적이나
문학작품 내에서 측천무후와 고종, 현종과 양귀비의 결합을 지탄하는
내용을 찾아볼 수가 없다는 점이다. 당대인들은 단지 측천무후 시대의
공포 정치나 현종 말년의 실정을 비판했을 뿐이지 그들을 유교 윤리적
측면에서 패륜이라고 지탄하지는 않았다. 양귀비와 현종의 애정을 그
린 진홍의 「장한가전」에서도 "아름다운 여자를 경계하여 나라가 어지러
워지는 것을 막고 이를 통해 후세의 사람들에게 교훈을 주려고 한다"[57]는

---

57 陳鴻, 「長恨歌傳」. "亦欲懲尤物, 窒亂階, 垂於將來者也."

언급으로 여색에 대한 탐닉을 경계할 뿐이지 현종이 며느리를 취한 것에 대해서는 전혀 주의를 기울이지 않았다. 오히려 「장한가전」에서는 현종과 양귀비의 애정을 문학적 수식을 통해 한 차원 승화시켰다. 현종은 도사(道士)를 불러 양귀비의 혼을 찾아나서는 순애보적인 인물로 묘사되었고 양귀비는 선계(仙界)에 머무는 선녀의 모습으로 그려져서 마치 천상의 우랑(牛郞)과 직녀(織女)의 모습을 연상하게끔 만들었다. 이는 곧 당대인들이 현종과 양귀비의 애정을 단순한 금기 위반에 기반하는 육체적이고 심정적인 차원의 에로티즘에서 죽어서도 서로를 잊지 못하는 종교적 차원의 에로티즘으로 성화(聖化)시킨 것과 다름이 없었다.[58]

지금까지 서술한 바대로 당대 사회는 유교적 질서에 의해 규정된 금기들과 그것들을 위반하도록 충동질하는 도교적 에너지를 모두 가진 사회였음을 알 수 있다. 그리고 그러한 양극단의 힘이 충돌하는 지점에서 금기와 위반의 미학인 에로티즘이 발생한 것이었다. 이러한 당대의 에로티즘은 도교적 문화에서 파생된 인간의 신체에 대한 폭넓은 관심, 남녀의 성에 대한 긍정적 인식과도 관련을 지으며 여태까지와는 다른 시선으로 남녀의 '애정'에 관한 이야기들을 바라보도록 만들었다. 그리하여 에로티즘은 당대 애정류 전기라는 새로운 서사가 형성되는 가장 기본적인 배경이 된 것이었다.[59]

---

58 에로티즘에는 육체에 기반한 에로티즘과 심정적 교감에 기반한 에로티즘이 있다. 또한 신성성을 지닌 에로티즘이 있는데 이 세번째의 에로티즘은 불연속성을 연속성으로 이끌어내는 성스러운 제의적 단계에 속한다. 에로티즘의 세 가지 측면에 대해서는 조르주 바타유, 조한경 옮김, 앞의 책, pp. 15~25를 참조.

59 당대의 모든 애정류 전기 작품에서 에로티즘적 요소가 나타나는 것은 아니다. 그렇지만 당대에 들어와 전대에서는 볼 수 없었던 에로티즘적 요소가 새로이 개입되었다는 것은 당대 애정류 전기의 발생 차원에서 볼 때 매우 중요한 사항이라고 여겨지므로 이 책에서는 중점적으로 이를 다룬 것이다.

3. 기루 문화와 에로티즘

당대 사회의 에로티즘적인 성격과 더불어 당대 애정류 전기 형성의 배경으로 결코 간과할 수 없는 것은 바로 애정에 관한 이야기를 창작하고 돌려가며 읽는 특별한 향유 계층이 등장했다는 점이다. 이들 향유 계층, 즉 사인(士人)[60]으로 불리는 집단은 과거에 급제하였거나 혹은 과거를 준비 중인 젊은 남성들이었다. 사인은 유학적 소양을 갖춘 사람들로서 서로간에 공동체를 형성하였으며 친밀한 유대 관계를 유지하였다. 또한 그들은 함께 모여 서로의 시문(詩文)을 돌려 읽기도 하고 평가도 해주는 자리를 자주 가졌는데 전기 역시 바로 이와 같은 사적인 장소에서 사인들이 즐긴 유희적 문학으로 기능한 것이었다.[61]

다음의 〈표 1〉은 이 책에서 다루는 당대 애정류 전기의 작자들에 대해 일목요연하게 정리해놓은 것인데 이를 통해서 당대 애정류 전기 형성에 미친 사인의 비중을 확연하게 감지할 수가 있다.

〈표 1〉 당대 애정류 전기 작자의 신분

전기 작품	작 자	신분 및 관직
「유선굴(遊仙窟)」	장작(張鷟)	진사(進士) 급제자, 양락위(襄樂尉), 감찰어사(監察御史) 역임
「임씨전(任氏傳)」	심기제(沈旣濟)	추천에 의해 출사(出仕), 좌습유(左拾遺), 예부원외랑(禮部員外郞) 역임

---

60 사인(士人)에 대한 자세한 논의는 이 책의 1부 3장에서 다루었다.

61 孫修暎, 「唐 傳奇의 형성에 관한 연구」(延世大學校 大學院 中語中文學科 碩士論文, 1998), pp. 93~96.

「이혼기(離魂記)」	진현우(陳玄佑)	기록 불명, 편말의 기재에 의해 사인(士人)으로 추정됨
「유씨전(柳氏傳)」	허요좌(許堯佐)	진사(進士) 급제자, 태자교서랑(太子校書郎), 간의대부(諫議大夫) 역임
「이장무전(李章武傳)」	이경량(李景亮)	이인과(理人科) 급제자
「유의전(柳毅傳)」	이조위(李朝威)	기록 불명, 촉왕(蜀王)의 6대손으로 추정됨
「곽소옥전(霍小玉傳)」	장방(蔣防)	추천에 의해 출사(出仕), 한림학사(翰林學士), 중서사인(中書舍人) 역임
「이와전(李娃傳)」	백행간(白行簡)	진사(進士) 급제자, 좌습유(左拾遺), 사문원외랑(司門員外郎) 역임
「장한가전(長恨歌傳)」	진홍(陳鴻)	태상과(太常科) 급제자, 태상박사(太常博士), 우부원외랑(虞部員外郎) 역임
「앵앵전(鶯鶯傳)」	원진(元稹)	명경과(明經科) 급제자, 교서랑(校書郎), 악악절도사(顎岳節度使) 역임
「주진행기(周秦行紀)」	위관(韋瓘)	기록 불명, 이당(李黨) 소속의 사인(士人)으로 추정
「무쌍전(無雙傳)」	설조(薛調)	진사(進士) 급제자, 호부원외랑(戶部員外郎), 가부랑중(駕部郎中) 역임
「양창전(楊娼傳)」	방천리(房千里)	진사(進士) 급제자, 고주자사(高州刺史) 역임
『현괴록 · 최서생(玄怪錄 · 崔書生)』	우승유(牛僧孺)	진사(進士) 급제자, 여주자사(汝州刺史), 태자소사(太子少師) 역임, 우당(牛黨)의 영수(領袖)
『속현괴록 · 정혼점(續玄怪錄 · 定婚店)』	이복언(李復言)	진사(進士) 급제자

『전기(傳奇)』	배형(裵鉶)	고변종사(高騈從事), 성도절도 부사(成都節度副使)
『삼수소독 · 보비연(三 水小牘 · 步飛烟)』	황보매(皇甫枚)	기록 불명, 편말의 기재에 의해 노산현주부(魯山縣主簿)로 추정

　앞의 표에서 보이듯이 당대 애정류 전기의 작자는 모두 사인 신분이 었음을 파악할 수가 있다.[62] 따라서 당대 애정류 전기의 형성 과정에서 사인들의 존재가 결정적인 역할을 하였음은 자명하며 아울러 그들만의 문화와 사유방식이 당대 애정류 전기 속에 투영되었음도 더욱 분명해지 는 것이다.

　그런데 여기에서 좀더 주의를 기울여야 할 문제는 사인들이 모인 사 적인 공간에 대한 것이다. 사인들은 공적인 업무의 자리가 아닌 사적인 자리에 모여서 직접 지은 시문을 돌려 읽거나 전기를 창작하며 자신들 의 문화적 동질성을 확인하곤 하였다. 그러므로 이러한 상황 속에서 그 들에게는 사적인 대화의 공간이자 문화적 동질성을 확인하는 장소가 필 요하였고 기루(妓樓)의 존재는 바로 그러한 공간의 역할을 훌륭히 수 행해낸 것이다.

　당대의 수도인 장안(長安)은 국제도시답게 외국의 문물이 활발히 오 가는 번성함을 자랑하였고 곳곳에는 관공서와 점포, 여관, 기루들이 즐 비하였다. 특히 기루는 장안의 평강리(平康里)를 중심으로 형성되었는 데 이들 기루는 상급의 기녀가 머무는 곳과 하급의 기녀가 머무는 곳으 로 구분되었다. 그 가운데 상급의 기녀들은 어릴 때부터 시를 다루는 문학적 훈련과 대화법을 혹독하게 연마하였으며 음률과 주령(酒令)에

---

62 애정류 전기뿐 아니라 모든 당대 전기의 작자는 사인 신분임을 다시 한 번 밝혀둔다. 이에 대해서는 이 책의 1부 3장에서 논의된 바 있다.

도 뛰어난 소양을 발휘하였다. 이러한 당대의 기녀[63]들은 제한된 사회적 활동을 보장받은 특수한 여성 집단의 성격을 지녔는데 그 당시 기녀와 기루의 모습에 대해서는 손계의 『북리지』에서 찾아볼 수가 있다.

평강리는 북문으로 들어가서 동쪽으로 감아 도는 세 개의 곡으로 여러 기녀들이 모여 사는 곳이다. 기녀 가운데 재능과 용모가 출중한 사람들은 대부분 남곡(南曲), 중곡(中曲)에 있었고 그쪽 곡(曲)을 빙 돌아 있는, 또 하나의 곡에는 천하고 하찮은 기녀들이 살고 있어서 앞서의 두 곡의 기녀들에게 자못 천시를 받았다. 남곡과 중곡의 바로 앞은 십자가(十字街)와 통해 있었는데 벼슬에 갓 등용된 사람들은 이곳에 와서 은밀히 놀고 즐겼다…… 기녀의 어미는 대부분이 가짜 어미이다. 이 역시 기녀 노릇을 하다가 나이를 먹은 사람이 되는 것이었다…… 처음에는 기녀에게 노래를 가르치며 꾸짖었는데 기녀에게는 가혹할 정도였다…… 만일 기녀가 조금이라도 게으름을 부리면, 후박나무 껍질로 잘할 때까지 채찍질하였다. 기녀들은 모두 가짜 어미의 성을 따랐으며 서로 간에 동생, 언니로 불러서 차례를 매기었다.

(平康里. 入北門, 東回三曲, 卽諸妓所居之聚也. 妓中有錚錚者, 多在南曲, 中曲. 其循牆一曲, 卑屑妓所居, 頗爲二曲輕斥之. 其南曲, 中曲門前通十字街, 初登館閣者, 於此竊游焉…… 妓之母, 多假母也. 亦妓之衰退者爲之…… 初教之歌令而責之, 其賦甚急. 微涉退怠, 則鞭朴備至. 皆冒假母姓, 呼以女弟女兄爲之行第.)

앞의 대목은 평강리의 기녀들에 대한 제반사항을 잘 제시해주고 있

---

63 당대의 기녀에 대해서는 董乃斌, 『唐帝國的精神文明』(北京: 中國社會科學出版社, 1996), pp. 321~44에 자세히 언급되어 있다.

다. 이 대목을 통해 볼 때 그들은 어릴 때부터 춤, 음률, 문장 등 기예와 지식을 연마하였고 자신들의 소양에 대한 자부심 또한 대단하였음을 짐작할 수 있다. 따라서 그들은 당연히 젊은 사인들과 교류하였을 뿐 아니라 고관대작들 앞에서도 자존심을 굽히지 않았다.

매번 남쪽 거리의 보당사에서는 법회가 열렸는데 대부분 매달 팔일이었고 기녀들은 서로를 이끌고서 다 같이 설법을 들으러 왔다…… 보당사에는 매달 세 번, 즉 팔일, 십팔일, 이십팔일에 젊은 사인들이 몰려들었으니 이들은 모두 여러 기녀들과 기약을 한 자들이었다.

(每南街保唐寺有講席, 多以月之八日, 相率率廳焉…… 故保唐寺每三八日士子極多, 蓋有期於諸妓也.)

북리의 기녀는 지체 높은 사람이나 일반 사람에게나 태도가 한결같았다. 황금 인장을 단 이품이나 삼품의 벼슬아치를 대해서야 비로소 뵙고 청하는 예의를 갖추었다. 대경조 벼슬만이 북리 기녀의 가마꾼을 막을 수 있어서 간혹 기녀들이 가던 길을 멈추기도 했다.

(北里之妓, 則公卿擧子, 其自在一也. 朝士金章者, 始有參禮. 大京兆但能制其舁夫, 或可駐其去耳.)

앞의 두 대목은 북리의 기녀들이 젊은 사인들과 친밀한 관계를 유지했으며 그만큼 북리 기녀들의 사회적 위상이 높았음을 말해주는 대목이다. 그러므로 기녀와 사인들이 연회를 중심으로 자주 마주하게 되면서 형성된 일종의 문화적 분위기가 당대 문화의 한 부분을 이루는 것은 어쩌면 당연하다.

당대 사인들에게 연회는 매우 큰 비중을 차지하였다. 특히 진사과에 급제한 사인들이 참여해야 하는 공식적인 연회만 해도 40여 차례나 되었는데 그중 곡강연(曲江宴)은 진사과에 급제한 사인들에게 베풀어지는 연회였다.[64] 또한 진사과에 급제한 자들과 시험관들이 모두 모인 사은(謝恩)의 연회도 공식적인 연회의 하나였다. 이러한 사은의 연회를 열 때에는 먼저 시험위원장의 집 근처에 있는 기루를 하나 빌려서 잔치를 열었는데 이렇게 빌린 기루를 그 당시에는 기집원(期集院)으로 불렀다.[65] 한편 과거에 불합격한 사인들을 위한 연회까지도 있었으니 이조(李肇)의 『당국사보(唐國史補)』 권하(卷下)에 따르면 진사과에 떨어진 사인들을 위한 연회의 이름을 '타모소(打毷氉),' 곧 '번뇌를 풀어주는 연회'라 불렀다고 한다.[66] 그밖에도 사인들이 모이는 크고 작은 연회들은 기루를 중심으로 이루어지는 경우가 많아서 아예 이러한 연회를 전문적으로 준비하는 진사단(進士團)이란 영리 집단까지 생겨났을 정도였다. 그러므로 당대의 사인과 기녀들은 서로 밀접한 관계를 유지하지 않을 수가 없었으며 그들 사이의 애정사(愛情事) 또한 연회 문화에서 파생된 것이라 해도 과언이 아닐 것이다.

사인에게 있어 기녀의 존재는 다층적인 의미를 지니고 있었다. 기녀는 사인들에게 있어 문화적 동반자였을 뿐 아니라 연애의 대상이었다. 기녀들은 사인들과 연회석상에서 지적 유희인 주령(酒令)을 즐길 뿐

---

64 왕정보(王定保)의 『당척언(唐摭言)』 권삼(卷三)에 보면 이러한 잔치의 명칭이 열거되어 있다. '춘위연(春闈宴)' '대상식(大相識)' '차상식(次相識)' '소상식(小相識)' '문희(聞喜)' '앵도(櫻桃)' '월등(月燈)' '타구(打毬)' '모란(牡丹)' '간선아(看仙牙)' '관연(關宴)' 등의 잔치가 있었는데 그중 '관연'은 곡강연(曲江宴)이라고도 불리는 것으로 최대 규모의 잔치였다. 이 잔치가 끝난 뒤에야 진사 급제자들은 비로소 그곳을 떠날 수가 있었다고 한다.

65 孫棨, 『北里志·牙娘』.

66 손계의 『북리지·양묘아(楊妙兒)』에서도 "장안에서는 과거에 떨어진 자에게 연회를 베풀어주었는데 이를 일러 번뇌를 푼다는 뜻으로 불렀다(京師以宴下第者, 謂之打毷氉)"는 기록이 있다.

아니라 서로 시를 주고 화답할 정도로 문학적 소양[67]을 갖춘 존재들이었다. 그러므로 사인과 기녀들이 서로 공유된 문화 의식을 형성하고 그 속에서 그들이 서로를 연애 대상으로 삼은 것은 자연스러운 일이라 하겠다. 더군다나 당시 사회는 문벌에 의한 혼인이 보편적이며 남녀간의 자유로운 연애는 용납될 수 없는 상황이었다. 자연히 사인들은 자유로운 연애에 대한 자신들의 욕망을 기녀에게 투사하였으며 이런 상황은 당대 애정류 전기라는 새로운 애정서사의 발생과 친연성을 갖게 되는 것이었다.

　당대 애정류 전기의 주인공들에 대해 고찰해보면 남성 주인공 중 대다수가 사인의 신분으로 그려져 있다. 또한 여주인공의 신분 역시 기녀인 경우가 상당수에 이른다. 예를 들어 「유선굴」「임씨전」「곽소옥전」「이와전」「양창전」 등이 바로 그러한 경우에 해당되는데 이들 작품의 남성 주인공, 즉 황명을 받들고 가던 관리, 아직 출사하지 못한 사인들, 진사과 급제자, 절도사(節度使) 등은 곧 사인 자신의 모습을 반영한 것이라 하겠다. 이와 같은 맥락에서 볼 때 당대 애정류 전기의 형성은 당대 사인의 기루 문화에 대한 경험과 연관된다는 언명이 성립될 수 있다. 아울러 사인이 체험한 기루 문화는 여성과 염정(艶情)에 대한 관심을 수반하니 이로 인해 전대의 지괴(志怪)나 지인(志人)에서는 찾아볼 수 없었던 농밀한 묘사들도 새로이 나타난 것이었다. 그리고 이것은

---

67 기녀들의 시는 당대 이전에도 존재하긴 하였으나 당대만큼 다량의 기녀시가 창작된 시대는 드물었다. 『전당시(全唐詩)』에 수록된 약 4만 9,403수의 시 가운데 기녀가 지은 시로 밝혀진 것은 약 163수나 되었다. 또한 당대의 시 가운데는 기녀를 주제로 한 '증기(贈妓)' '송기(送妓)' '별기(別妓)' '회기(懷妓)' '상기(傷妓)' '도기(悼妓)' 등의 명목이 상당수 보일 뿐 아니라 원진(元稹), 백거이(白居易), 이상은(李商隱)과 같이 기녀와의 화답시를 남긴 작가들도 적지 않았다. 이에 대해서는 諸田龍美, 「中唐における艶詩の流行と女性—元白の艶詩を中心として」, 『中國文學論集』(九州大學中國文學會, 1995, 第24號), pp. 29~46을 참조.

당대만의 독특한 에로티즘적 문화와 함께 기루 문화가 당대 애정류 전기의 형성, 즉 탐미적인 시선으로 여성을 바라보며 남녀의 애정에 대한 본격적 서술을 가능케 한 바탕이 되었다는 의미이기도 하다.

4. 금기를 깬 에로틱한 묘사들

그렇다면 지괴, 지인과 차별되는 당대 애정류 전기의 두드러진 특징은 과연 작품 속에서 어떤 형태로 표현되었는가? 이에 대한 가장 명징한 대답은 당대 애정류 전기의 초기 작품으로 분류되는 장작의 「유선굴」에서 찾아볼 수가 있다. 「유선굴」의 대략적인 내용은 주인공 '나'라는 인물이 지엄한 황명을 받들고 공무수행 차 가던 길[68]에 신선굴(神仙窟)에 이르게 되었고 그곳에서 십낭(十娘)과 오수(五嫂)라는 두 미인을 만나 한바탕 잔치를 벌이며 서로의 정을 나눈다는 이야기이다. 그런데 주인공과 십낭, 오수가 처음 만나는 장면에서부터 헤어지는 과정까지의 묘사들은 그들 사이의 감정의 세밀한 굴곡과 대담하며 에로틱한 성적 표현들로 채워져 있다.

십낭이 웃으면서 말하였다. "이제 농담은 그만두세요! 쌍육국을 가져다 당신과 더불어 술 마시기 내기나 합시다." 이에 나는 "이 몸은 술 마시기 내기는 할 수 없고 낭자와 함께 잠자리 내기를 하려고 하오"라고 대

---

68 Daniel Carey, "Travel and sexual fantasy in the early modern period," *Writing and Fantasy*(New York: Weslley Longman Inc., 1999), pp. 151~65에서는 여행의 과정을 서술한 환상적 서사는 남성의 성적인 욕망을 부추기는 역할을 한다고 언급하였는데 이러한 맥락을 「유선굴」에 적용하면 주인공이 신선굴에서 두 낭자와 벌인 애정 행각은 그가 마침 황명을 수행하던 여정 중이었음에 기인하는 것이라 하겠다.

답하였다. 그러자 십낭이 이렇게 물어보았다. "잠자리 내기란 무엇인지요?" 나는 "십낭이 지게 되면 곧 나와 더불어 하룻밤 지내고 내가 지면 곧 십낭과 더불어 하룻밤 지내는 것입니다"고 말하였다. 십낭이 웃으면서 대답했다. "한인이 나귀 타고 가면 곧 호인이 옆에 걸어가고, 호인이 걸어가면 한인은 나귀 타고 가는 것과 같으니 결국은 모두 다 져도 누구만 좋은 거네요."

(十娘笑曰: "莫相弄! 且取雙六局來, 共少府公賭酒." 僕答曰: "下官不能賭酒, 共娘子賭宿." 十娘問曰: "若爲賭宿?" 余答曰: "十娘輸籌, 則共下官臥一宿, 下官輸籌, 則共十娘一宿." 十娘笑曰: "漢騎驢則胡步行, 胡步行則漢騎驢, 總悉輸他便點.")

남녀간에 오가는 이런 형태의 진한 농담은 이전의 애정서사에서는 시도되지 않았던 부분이다. 농담이 오가는 가운데 주인공과 십낭, 오수, 또 시녀인 계심(桂心)은 웃고 즐기며 한바탕 질펀한 잔치를 벌인다. 그리고 "황제의 지엄한 명을 받들고 서북으로 가던"[69] 관리 신분의 주인공 장작은 이윽고 십낭과 함께 밤을 보내게 된다.

십낭의 능라배자를 느슨히 하고 비단으로 된 잠방이를 풀어헤치고 붉은 적삼을 벗고 초록 버선을 떼어냈다. 꽃 같은 십낭의 모습이 눈앞에 가득하고 향그러운 내음은 코를 찌르는 듯하였다. 마음이 가니 아무도 막는 사람 없었고 정념이 도래하니 스스로도 금할 수 없었다. 십낭의 붉은 잠방이에 손을 집어넣고 비취빛 이불 속에서 서로 다리가 엇갈린다…… 가슴 사이를 어루만지고 넓적다리 위를 쓰다듬으니 한 번 만끽할

---

69 張鷟, 「遊仙窟」. "나는 견농 땅에서부터 황제의 명을 받들어 하원으로 가고 있었다(僕從汧隴, 奉使河源)."

때마다 한 차례 즐거워지고, 한 번 억누를 때마다 한 번씩 마음 상한다…… 조금 후 눈앞에 불똥이 어른거리는 듯하고 귀는 뜨거운 열로 멍멍해지니, 만나기도 어렵고 보기 어려운 경계임을 비로소 알겠구나. 귀중하고도 귀중하다. 잠깐 사이를 두고 수차례 교접을 더하였다.

(然後自十娘施綾帔, 解羅褌, 脫紅衫, 去綠襪. 花容滿目, 香風裂鼻. 心去無人制, 情來不自禁. 挿手紅褌, 交脚翠被…… 拍搦奶房間, 摩挲髀子上, 一噢一意快, 一勒一傷心…… 少時眼花耳熱, 脈脹筋舒, 始知難逢難見, 可貴可重, 俄頃中間, 數迴相接.)

이제 「유선굴」의 주인공은 황제의 명을 받들고 가던 사실은 완전히 잊어버리고 일탈을 만끽하고 있다.[70] 그리고 그러한 일탈은 유학자이자 관료인 자신의 신분적 금기를 뛰어넘는 에로티즘의 경계에 속하며 그 속에서 주인공은 성적인 해방[71]을 느끼면서 오르기orgie와 같은 신화적인 상태에 도달하게 된 것이다.

「유선굴」에서 주인공과 십낭의 정사(情事)는 신체에 대한 파격적이면서도 세밀한 묘사로 이루어졌다. 이는 변려체(駢驪體)라는 화려한

70 何滿子, 『中國愛情與兩性關係』(臺北: 商務印書館), pp. 55~63에서는 신선굴에서 여러 여인들과 노니는 장작의 모습을 그리스 신화의 주신(酒神)에 비유한 바 있다. 또한 「유선굴」의 과감한 성 묘사를 거론하며 중국 색정(色情) 문학의 시조격으로도 취급하였다.

71 당대 사회의 일면에서 보이는 성적(性的)인 해방, 혹은 방종의 상태는 어현기(魚玄機)의 경우에서도 찾아볼 수 있다. 여도사(女道士)인 어현기는 당시의 저명한 사인(士人)인 이영(李郢), 온정균(溫庭筠) 등과 자유분방한 교류를 가졌을 뿐 아니라 그의 시 「이웃 여인에게 보냄(贈隣女)」에서 암시하듯이 동성애적 성향도 지닌 인물이었다. 그는 여도사라는 사제의 직분을 지녔음에도 불구하고 엄숙한 사제의 역할에서 탈피하여 분방한 행동을 하였고 결국에는 자신의 하녀를 치정에 의한 오해로 살인하기까지 하였다. 이러한 어현기의 행동은 그 당시 사회에서도 꽤 논란거리가 되었으며 어현기를 구제하고자 하는 사인들의 상소가 경조부(京兆府)에 쇄도하였다고 한다. 어현기의 치정 살인 사건은 당대 황보매(皇甫枚)의 『삼수소독·녹교(三水小牘·綠翹)』에 수록되어 있다.

서사 기법의 운용과 함께 신체에 대한 탐미적인 시선을 동반하였다. 이러한 신체에 관한 관심과 묘사들은 당대 애정류 전기에서 흔히 발견되는 특징인데 원진의 「앵앵전」에 삽입된 회진시(會眞詩)에서도 역시 비슷한 대목을 찾아볼 수가 있다.

힘없이 느릿느릿 팔을 옮기고,
교태 많아 곧잘 몸을 가리운다.
땀은 흘러 구슬처럼 방울방울,
머리카락 흩어져 푸릇푸릇 초목 돋듯.
바야흐로 천년 상봉 기뻐할 제,
문득 새벽이 다했음을 듣는구나.
(無力傭移腕, 多嬌愛斂躬.
汗流珠點點, 髮亂綠葱葱,
方喜千年會, 俄聞五夜窮.)

「앵앵전」 이외에도 「임씨전」 「곽소옥전」 등의 전기 작품에서 남녀의 결합에 대한 이와 유사한 형태의 묘사들이 나타난다.

촛불을 나란히 켜고 음식을 차려 술잔이 몇 차례 오갔다. 임씨가 화장을 고치고 나오자 그들은 마음껏 즐기며 마셔댔다. 밤이 되어 잠자리에 들었는데 그 아리따운 자태와 보드라운 살결, 노래하듯 웃는 태도 등 모든 거동이 아름다워 거의 이 세상에 있는 사람이 아닌 것 같았다.
(列燭置膳, 擧酒數觴. 任氏更粧而出, 酣飮極歡. 夜入而寢, 其妍姿美質, 歌笑態度, 擧措皆艶, 殆非人世所有.)[72]

조금 있다가 소옥이 들어왔는데 그녀의 언변은 온화하고 말씨 또한 아리따웠다. 비단옷을 벗자 그 자태가 너무도 아름다웠고, 휘장 밑에서 베개를 가까이하자 온갖 환락을 다하게 되었다. 이생은 스스로 무산과 낙포의 환락도 이보다는 못했을 거라고 생각했다.

(須臾, 玉至, 言敍溫和, 辭氣宛媚. 解羅衣之際, 態有餘妍, 低幃暱枕, 極其歡愛. 生自以爲巫山洛浦不過也.)[73]

그런데 이들 당대 애정류 전기의 공통점은 매파의 중매와 부모의 동의 이전에 이미 남녀의 애정 관계가 성립되었다는 것이다. 즉 「앵앵전」의 장생과 앵앵은 매파의 중매와 부모의 허락 이전에 서로 만났고 「임씨전」의 정생과 임씨는 길에서 우연히 만나 애정을 나누게 되었다. 또한 「곽소옥전」의 이생과 소옥도 정식 절차를 거친 결합이 아니었다. 바로 이와 같은 남녀의 야합(野合)은 당대 애정류 전기를 매혹적인 서사로 만드는 역할을 하였을 뿐 아니라 금기를 위반하여 에로티즘의 단계로 가고 싶은 인간의 욕망을 적절하게 충족시켜준 것이었다.

하지만 당대 애정류 전기가 사인들에게 에로티즘에 대한 대리 만족적 기능을 제대로 수행해주기 위해서는 몇 가지 전제조건이 필요했다. 주지하다시피 당대의 사인들은 기본적으로 유교 사상에 바탕을 둔 유학자였다. 그러므로 사인들이 유교적 종법 제도에 합치되지 않는 남녀의 자유연애를 공공연하게 쓰고 읽는다는 것은 제도권에서 배척받을 소지를 갖게 되는 셈이 된다. 이런 상황 속에서 사인들이 자신들의 욕망도 충족시키고 아울러 제도권에서 지탄받지 않을 조건을 만들려면 뭔가 특별한 장치가 필요하였다. 만일 그들이 사회적으로 허용된 서사의 방식을

---

72 沈旣濟, 「任氏傳」.
73 蔣防, 「霍小玉傳」.

이용한다면 금지된 욕망을 마음껏 발산하면서도 지탄의 대상이 되지 않을 것이다. 바로 이 시점에서 사인들은 환상이라는 서사 장치를 이용하였다. 즉 당대 애정류 전기에서 서술하는 애정의 대상을 일반적인 여성이 아니라 신녀나 선녀, 혹은 여우, 원숭이 등으로 설정한다면 그 내용에 아무리 에로틱한 요소가 개입된다 할지라도 비판받을 여지가 없어지기 때문이다.[74] 또한 기녀를 애정의 대상으로 삼는 것 역시 비판과는 상관없는 일이 된다. 기녀와 사인의 연애는 이미 당대의 현실 속에서 엄연히 존재하며 사회적으로도 공인된 사실이었기 때문이다.

이상에서 논의한 바와 같이 당대 애정류 전기는 신화와 지괴, 지인에서 배제된 에로스의 기능을 수반하는 특유의 형식을 형성하였다. 그리고 이러한 당대 애정류 전기 형성에는 유교와 도교의 힘 사이에서 발생한 에로티즘이란 에너지와 함께 사인이라는 새로운 창작의 주체들과 그들이 향유한 기루 문화적 배경이 있었던 것이다.

일찍이 마르쿠제가 환상을 성욕의 도착적 표현이라고 지적하였듯이[75] 에로티즘 또한 일상적인 것에 대한 도착이라 할 수 있을 것이다. 도착은 규칙과 금기들, 현실과 생산적인 모든 것들을 뒤집는다. 뿐만 아니라 인간에게 위반과 일탈을 부추긴다. 이러한 의미에서 본다면 당대 애정류 전기는 위반과 일탈에 대한 당대인의 욕망이 낳은 서사라고 말할 수 있다. 그리고 중국의 여타 왕조와는 차별되는, 당대의 독특한 문화적 특성은 일탈의 조건을 제공해주었던 것이다.

---

74 애정류 전기와 환상의 의미에 대해서는 이 책 4부 1장에서 면밀하게 논의될 것이다.
75 마르쿠제 · 김인환 옮김, 앞의 책, p. 63.

3부 유형과 구조 서술의 논리:
      당대 애정류 전기의 유형과 구조

"당대(唐代) 이전에는 전문적으로 애정에 관해 다룬 서사가 없었으며 당대 전기(傳奇)에 와서야 비로소 남녀의 애정에 주목하게 되었다"는 곽잠일(郭箴一)의 언급은[1] 당대 애정류 전기의 가치를 한마디로 개괄해준다고 말할 수 있다. 곽잠일의 언급이 시사하는 바와 같이 실제로 당대 애정류 전기에는 무수한 남녀의 연애사가 섭렵되어 있다. 또한 그 가운데는 인간과 인간의 연애사뿐 아니라 신녀(神女), 선녀(仙女), 용녀(龍女), 망혼(亡魂), 여우, 원숭이 등과의 연애사까지도 포함되어 있으니 일찍이 송대(宋代)의 유공부(劉公父)는 전기의 이 같은 현상을 가리켜 "소설이 당에 이르게 되면 새와 꽃과 원숭이가 작품 속에 분분하게 넘쳐난다"[2]고 평하였던 것이다.

　그렇다면 당대 애정류 전기에 나타난 풍부한 연애사들은 과연 어떠한 형태로 이루어져 있는 것일까? 그리고 그러한 형태를 이루게끔 만든 데는 어떠한 조건이 개입되었을까?

　이와 같이 생겨나는 연속된 의문을 풀어보기 위하여 3부에서는 크게 세 가지 유형과 두 가지 구조로써 당대 애정류 전기를 분석하고자 한다. 즉 연애의 대상이 누구인가에 따라서 당대 애정류 전기를 인신연애

1　郭箴一, 『中國小說史』(臺北: 商務印書館, 1974).
2　"小說至唐, 鳥花猿子, 紛紛蕩漾," 魯迅, 趙寬熙 譯注, 『中國小說史略』(서울: 살림, 1998), p. 158에서 재인용함.

(人神戀愛) 유형, 이류상애(異類相愛) 유형, 재자가인(才子佳人)의 연애 유형으로 분류한다. 인신연애 유형은 인간인 남성과 신적 존재인 여성 간의 연애이고, 이류상애 유형은 역시 인간인 남성과 인간이 아닌 귀신, 요괴 여성과의 연애이다. 그리고 재자가인 유형은 멋지고 아름다운 인간 남녀간의 연애사이다.

애정류 전기의 서술 방식은 연애 행위의 결과와 밀접한 관련을 지닌다. 즉 연애의 결과에 의해 대단원의 결말 구조와 비극적 결말 구조로 나누어서 엄밀한 논의를 개진할 것이다. 대단원 결말 구조는 남녀 주인공이 행복하게 합치되는 결과를 뜻하고 비극적 결말 구조는 남녀 주인공이 맺어지지 못하는 결말을 의미한다.

또한 이번 장에서는 당대 애정류 전기의 유형과 구조를 고찰하는 방법 가운데 하나로 서구 중세의 애정서사물인 로망스romance[3]와의 비교를 시도할 것이다. 물론 서구의 문화 전통 속에서 생성된 로망스를 전혀 다른 토양에서 자라난 당대의 전기와 비교하는 데는 당연히 무리가 뒤따를 수도 있다.[4] 하지만 이 두 가지 장르[5]가 모두 리얼리즘과는

---

[3] 로망스romance란 원래 라틴어 중심 시대의 방언이었던 '노만스'어로 쓰인 이야기를 일컫는 용어였다. 그러다가 그것은 점차 기사(騎士)들의 무용담이나 귀부인과의 연애담을 다룬 이야기라는 뜻으로 변화되어 12세기에서 15세기까지 전성기를 이루었다. 이 당시 쓰인 대표적 로망스로는 아서 왕과 원탁의 기사들, 또는 샤를마뉴 대왕 등에 관한 이야기가 있는데 서구 문학사에서는 일반적으로 이들 작품이 근대적인 소설noble로 이행하는 전단계에 해당된다고 거론하고 있다. 로망스의 정의에 대해서는 한용환, 『소설학사전』(서울: 고려원, 1992), pp. 127~28을 참조.

[4] 청말(淸末) 서구 소설이 중국에 번역, 소개되는 과정에서 중국의 번역가들은 서구의 로망스가 중국의 당대(唐代) 전기(傳奇)에 해당된다고 여긴 바 있었다. 한편 서구에서도 애드킨스 Curitis p. Adkins의 박사 논문인 *The Supernatural in T'ang Ch'uan-ch'i Tales: An Archetypal View*(Ohio University, Ph. D., 1976)에서 로망스의 원리에 입각하여 당대 전기에 대한 연구를 개진한 바 있었다. 하지만 서구의 문학인 로망스를 문화적 차원이 다른 전기와 완전하게 대입시켜 비교하기에는 당연히 무리가 뒤따른다. 다만 이 책에서 로망스의 원리를 원용한 것은 로망스가 당대 애정류 전기를 분석함에 있어 이론적인 편의를 제공해줄 뿐

대조적인 방향으로 이야기 자체의 이상화를 꾀한다는 점에서 공통성을 지니고 있음은 분명하다.[6] 아울러 노드롭 프라이는 로망스는 전위(轉位)되지 않은 신화와 리얼리즘의 중간적 경향을 지니며[7] 거기에는 인간 내면에 감추어진 원초적인 열정과 욕망이 그려져 있다고 하였는데 이러한 언술 역시 로망스와 당대 애정류 전기가 연결될 수 있는 가능성을 제시하는 것이다.

그런데 로망스는 인간의 원초적인 심리를 대변하는 서사이기에 로망스의 분석 과정에는 자연스럽게 심리학적인 기제가 활용된다. 그리고 심리학적 기제의 사용은 로망스가 지닌 근원적 의미를 한층 새롭게 부각시킬 수 있도록 만드는 것이기도 하다. 따라서 3부에서는 당대 애정류 전기의 유형과 구조를 고찰하기 위해 로망스와의 관련성을 언급하려고 한다. 그뿐 아니라 심리학의 이론, 특히 정신분석학의 이론 역시 원용(援用)할 것인데 이는 당대 애정류 전기 속에 은폐된 함의들과 끝없이 확장되는 알레고리allegory들을 파악하고자 하는 데 그 목적이 있다.

앞으로 전개될 논의를 통해 우리는 당대 애정류 전기가 산출해내는 의미가 환상과 이데올로기와 수많은 교착점을 지녔음을 인식하게 될 것

아니라 전기를 새로운 각도에서 조망할 수 있게 해준다고 판단하였기 때문이다.

5 이 책에서는 당대 전기와 로망스를 특정 시대의 산물이 아니라 시대에 국한되지 않는 하나의 양식으로 간주하여 '장르'적인 개념으로 파악하였다. 이는 전기나 로망스가 근대 소설로 진입하는 전단계이기 때문에 미숙한 허구이거나, 혹은 허구적 관념이 불분명한 서사라는 리얼리즘적 비평 이론에 반대하는 것이기도 하다. 리얼리즘 비평 이론에 따르면 전기나 로망스의 경우는 등장인물이나 제재에 있어서 한결같이 유형화되어 있기 때문에 그들이 제시하는 전망 또한 저급한 수준에 해당된다고 하였다.

6 로망스에 대해서는 Gillian Beer, 문우상 옮김, 『로망스』(서울: 서울대학교 출판부, 1982)를 참조.

7 N. 프라이, 임철규 옮김, 『批評의 解剖』(서울: 한길사, 1993), pp. 260~87.

이다. 아울러 이러한 분석 작업은 당대 애정류 전기에 대한 풍부하고
다양한 차원에서의 해석 과정에 해당된다고 하겠다.

당대 애정류 전기의 유형

애정류 전기는 연애의 대상에 따라 인신연애(人神戀愛) 유형, 이류상애(異類相愛) 유형, 재자가인(才子佳人) 유형으로 나누어진다. 그런데 넓은 의미에서 보았을 때 이들 세 가지 유형은 모두 재주 있는 남성과 아름다운 여성 사이에 성립된 연애의 유형에 포함된다고 말할 수 있다. 이는 비록 각각의 작품이 신녀(神女), 선녀(仙女), 용녀(龍女), 망혼(亡魂), 요괴(妖怪), 기녀, 첩, 규수 등과의 연애를 서로 다르게 서술했더라도 기본적으로 인물의 성격 설정에 있어서는 동일한 양식에 속한다는 점에 기인한다. 이것은 곧 당대 애정류 전기의 등장인물들이 대부분 '실존적 인간'으로서가 아니라 개인적 특질이 제거된 채 묘사된, 단순하고도 유형화된 상태로 나타난다는 의미이기도 하다.

일찍이 노드롭 프라이는 로망스에 개입된 융C. G. Jung적인 힘에 대해 언급한 바 있었는데 그의 이론에 따르면 로망스의 인물들은 인간 경험의 근본적인 충동을 표상하는 것이기에 단순화된 형태로 표현된다고 하였다.[8] 이러한 맥락에 의한다면 당대 애정류 전기의 단순화된 유형적 특성 역시 그 원인을 인간 심리의 원형적 차원에 돌릴 수 있게 된다. 그리고 당대 애정류 전기에서 묘사하는 재주 있는 남성과 아름다운 여성의 형상은 전기의 작자와 독자들의 리비도libido[9]에 의해 창출된 것이라는 언술 또한 가능해진다.

따라서 이 장에서 당대 애정류 전기의 세 가지 유형을 분석하는 데는 당대의 사회, 문화적 상황뿐 아니라 서구의 로망스와의 관련성 및 심리학적 차원에서의 논의 또한 연계될 것이다. 또한 이러한 논의는 당대 애정류 전기의 유형을 고찰하는 과정에 보다 풍부한 의미를 불어넣을 수 있을 것으로 기대된다.

1. 인신연애(人神戀愛) 유형

애정류 전기의 첫번째 유형으로는 인간인 남성과 신적 존재에 속하는 여성 사이에 성립되는 인신연애 유형을 들 수가 있다. 인신연애 유형은 본래 남성 원리와 여성 원리의 결합을 통한 우주적 합일 개념에서 비롯된 것이었다. 그것은 인간에게 있어 신의 영역에 속하는 태고의 아득한 기억이었으며 혼돈 속에서도 조화를 이룬 결합의 원리였다. 그러다가 인간은 우주 합일의 개념을 남성 신과 여성 신의 결합이라는 의인화된 형태로서 관념화했으며, 나아가 제의의 형식을 통해 남녀 신의 결합을 모방하기에 이르렀다.

---

8 N. 프라이, 임철규 옮김, 앞의 책, pp. 260~87.
9 융C. G. Jung이 정의한 리비도libido란 정신, 신체적 에너지의 총체를 말하는 것으로 프로이트가 리비도를 성욕에만 한정시킨 것과는 대비된다. 융은 프로이트의 견해에 반대하여 리비도를 사고, 감정, 감각, 지각, 충동 등의 기본이 되는 에로스의 폭넓은 활동으로 정의한 바 있다. 이에 대해서는 李符永, 『分析心理學』(서울: 一潮閣, 1979), p. 17을 참조.

고대의 제의는 남성 신에게는 여성 신의 역할을 맡은 무(巫)가, 여성 신에게는 남성 신의 역할을 맡은 격(覡)이 헌신하는 형태로 되어 있었다. 이러한 제의의 모습은 고대의 여러 서적에서도 나타나는데 『산해경·대황서경(山海經·大荒西經)』에 따르면 "하후개는 세 명의 빈을 하늘에 바치고 '구변'과 '구가'를 얻어 가지고 내려왔다"[10]는 대목이 있다. 그런데 곽박(郭璞)은 이 대목에 대해 "빈은 여자인데 이것은 미녀를 천제에게 헌납하였다는 말이다"[11]고 주를 달았으니 이는 곧 인신연애의 초기 형태를 시사해주는 것이라고 말할 수 있다. 이러한 인신연애는 여성 사제인 무와 남성 사제인 격이 벌거벗은 모습으로 신에게 자신을 바치는 형태로 진행되었다. 무와 격은 각각의 성별에 따른 신의 역할을 대신하는 존재인 동시에 신에게 바쳐진 제물이었다. 그들은 육신을 드러낸 상태로 신의 현현(顯現)을 기다렸고 제의의 절정에 이르러서는 살해되었다. 그런데 후대로 갈수록 이러한 희생 의식은 무와 격이 성적(性的) 교합을 의미하는 상징적 동작을 시행하는 것으로 바뀌게 되었다. 즉 사(社)에서 드리는 제사에서 신에게 바쳐진 시녀(尸女)가 바로 그러한 경우였는데 시녀란 존재는 성 동작을 모방하여 춤추는 무녀였으며 그의 춤은 우주 합일의 상징적 의미를 지닌 것이었다.[12]

이와 같은 제의적 형식은 후대의 유학자들에게 음란한 모습으로 비추어졌다. 예를 들어 주희(朱熹)는 『초사변증(楚辭辯證)』에서 "초나라 풍속에서는 제사를 올릴 때 여성 사제가 남성 신에게 드리는 노래와 남성 사제가 여성 신에게 드리는 노래가 있었는데 그 가사가 매우 음란하

---

10 『山海經·大荒西經』. "夏后開上三嬪于天, 得「九辨」與「九歌」以下."
11 郭璞 註. "嬪, 婦也, 言獻美女于天帝."
12 이와 관련해서는 金芝鮮, 「魏晋南北朝 志怪의 敍事性 硏究」(高麗大學校 大學院 中語中文學科 博士論文, 2001), pp. 51~52에서 자세히 다루어졌다.

여 이야기할 바가 못 된다"[13]고 단언하기도 하였다. 또한 청대(淸代)의
진본찰(陳本札)은 『굴사정의(屈辭精義)』의 「구가·발명(九歌·發明)」
에서 "'구가'라는 음악은 남성 사제가 부르는 부분도 있고 여성 사제가
부르는 부분도 있으며 그들이 함께 춤추며 노래 부르는 부분도 있고 한
명의 사제가 노래를 부르면 나머지 사제들이 합창하는 부분도 있다"[14]
고 밝힌 바 있다. 따라서 '구가'에서 불리는 음란한 노래와 춤은 인간과
신의 합일을 위한 매개체였음을 알 수 있다. 그리고 그러한 노래와 춤[15]
속에서 인간은 집단 혼음의 상태로 인도되었으니 결국 그들의 모든 성
적인 행위는 신성과의 합일로 이어진 것이었다.

　더욱 후대로 내려오면서 인신연애의 모습은 제의의 형식에서 벗어나
서사의 형식으로 바뀌었는데[16] 『목천자전』과 송옥(宋玉)의 「고당부(高
唐賦)」「신녀부(神女賦)」, 그리고 조식(曹植)의 「낙신부(洛神賦)」 등
은 바로 제의에서 서사로 이행된 인신연애의 모습을 구현한 작품이었
다.[17] 그런데 이들 작품에서도 나타나듯이 인신연애의 모습은 항상 남

---

13 朱熹, 『楚辭辯證』. "楚俗祠祭之歌…… 或以陰巫下陽神, 或以陽主接陰鬼, 則其辭之褻淫荒,
　當有不可道者."
14 陳本札, 『屈辭精義』「九歌·發明」. "按「九歌」之樂, 有男巫歌者, 有女巫歌者, 有巫覡幷舞而
　歌者, 有一巫倡而衆巫和者."
15 金海明, 「'離騷'의 리듬 유형 연구」, 『中國語文學論集』(中國語文學硏究會, 2000. 10, 第15
　號), p. 6에서는 초사(楚辭)는 격렬한 문사와 고무적인 제스처가 수반되었던 창법(唱法)
　이며 당시 초(楚)에서는 무음(巫音)으로 일컬어졌다고 밝힌 바 있다.
16 제의의 형식과 애정 행위 사이의 유사점은 그 모두가 육신을 드러낸다는 데 있다. 엄밀히
　말해 제의는 외적인 폭력이고 애정 행위는 내적인 폭력으로 구별되지만 그것들은 피 흘림
　과 혈액의 집중에 따른 성기의 팽창이라는 결과를 갖는다는 점에서는 동일한 것이다. 그뿐
　아니라 제의와 애정 행위가 모두 욕망하는 대상, 또는 희생물의 옷을 벗기고 장악한다는 점
　은 그들의 유사성을 더욱 분명히 한다. 이와 관련해서는 조르주 바타유, 조한경 옮김, 『에
　로티즘』(서울: 民音社, 1996), pp. 98~100을 참조.
17 葉舒憲, 『高唐神女與維納斯』(北京: 中國社會科學出版社, 1997), pp. 416~17에서는 「고당
　부」 「신녀부」에서 사랑을 나누는 장소로 명칭되는 '운몽지대(雲夢之臺)'와 '운몽지포(雲夢
　之浦)' 등은 고대에 종교 의식을 거행하던 제단이라고 주장하였다. 또한 「낙신부」에서의 낙

174

성이 여신이나 신녀(神女)를 추구하는 과정을 대상으로 삼게 되었으며 여성이 남성 신을 추구하는 과정은 배제되었다. 이는 서사를 장악한 주체가 여성이 아니라 남성이었음에 연유하는 것이었다. 또한 인신연애에서의 남성은 평범한 인간이 아닌 특별한 존재, 즉 대부분의 경우 왕의 신분으로 묘사되었는데 이는 왕이 곧 사제인 제정일치 시대의 모습을 반영한 것이기도 하였다.

남성이 여신, 혹은 신녀를 추구하는 서사의 형태는 위진남북조 시대에 들어와 선녀(仙女)로 그 대상이 변용되기에 이르렀다. '신(神)'에서 '선(仙)'으로의 변화를 초래한 것은 다름 아닌 도교 문화의 힘이었다. '선'의 개념은 '신'보다 뒤늦은 것으로 '신'과 마찬가지로 초월적인 존재를 나타내는 용어이지만 그 의미상에는 약간의 차이가 있다. 우선 '신'의 의미에 대해 언급하자면 단옥재(段玉裁)의 『설문해자주(說文解字注)』에서는 "신이란 천신(天神)으로 만물을 이끌어내는 존재"라고 하였다.[18] 이에 비해 '선'은 "장생을 누리며 소매를 떨쳐 춤추듯이 비상하는 존재"[19]로 풀이되었다. 따라서 신이 절대적인 자연의 원리를 의인화한 것으로 태고 이래로 존재한 관념이라면[20] '선'은 전국(戰國)시대 후기에서 진한(秦漢) 시대를 거치며 발전한 개념이라 할 수 있다. 그리

포(洛浦)는 지모신(地母神)과 고매신(高禖神)에게 춘제(春祭)를 지내던 장소라고 논급한 바 있었다.

18 許愼 撰 · 段玉裁 注, 『說文解字注』(臺北: 黎明文化事業公司, 1974). "神, 天神引出萬物者也."

19 같은 책. "僊, 長生僊去."

20 또한 학의행(郝懿行)은 『이아의소(爾雅義疏)』에서 "신(身), 신(伸), 신(神)은 고대에 서로 가차자(假借字)로 통용되었다(可知身, 伸, 神三字古皆假借通用)"고 주장한 바 있다. 그런데 이에 대해 엽서헌(葉舒憲)은 "신(神)은 몸(身)을 펴서(伸) 출산한다는 뜻이며 이는 곧 생육과 다산의 의미를 상징하는 개념이기에 신(神)은 바로 여성 신을 지칭하는 의미"라고 풀이하였다. 이에 대해서는 葉舒憲, 앞의 책, pp. 86~87을 참조.

고 그것은 본질적으로 '신'의 개념의 연장인 동시에 '신'보다는 훨씬 더 인간성을 부여받은 개념에 속하였다.[21]

위진남북조에 들어와 인신연애의 대상이 선녀로 바뀌었듯이 남성의 신분에도 변화가 일어났다. 이제 남성은 왕의 신분에만 한정된 것이 아니라 도를 연마하는 사람, 혹은 신선의 기질이 내재된 비범한 인물로 확대, 설정되었다. 그리고 인신연애[22] 서사에 있어서의 이 같은 변화는 위진남북조를 관통하여 당대(唐代)에까지도 계승되었다. 따라서 당대의 전기(傳奇) 작품에 이르러서는 거의 선녀에 대해서만 언급하였지 여신이나 신녀에 대해서는 거론하지 않게 된 것이다.[23]

전기에서의 연애는 선녀와 인간 남성 사이에서 이루어졌다. 다만 당대에 들어와서는 선녀의 연장선적인 의미에서 용녀(龍女)의 존재가 부가되었을 뿐이었다. 애정류 전기 가운데 용녀가 부각되는 작품으로는 이조위의 「유의전」과 배형의 『전기』에 수록된 「장무파(張無頗)」와 「소광(蕭曠)」이 있는데 이들 작품에 등장하는 용녀의 모습은 음(陰)의 원리인 물의 이미지image와 접목된다.[24] 「유의전」의 여주인공은 유의가

---

21 王鳳陽, 『古辭辨』(長春: 吉林文史出版社, 1993), pp. 443~44.

22 엄밀히 말하자면 인신연애는 인선연애(人仙戀愛)가 되어야 하나 선(仙) 역시 신(神)의 개념의 연장이라는 점에 착안하여 기존의 용어인 인신연애를 사용하기로 하였다.

23 당대의 전기 가운데 유일하게 '신녀(神女)'라는 명칭을 드러내는 작품으로는 『신녀전(神女傳)』이 있다. 李劍國, 『唐五代志怪傳奇敍錄』(天津: 南開大學出版社, 1993), pp. 1215~216에서는 지금은 산일된 이 작품에 대해 고증의 과정을 거쳤는데 고증의 결과 신녀는 곧 선녀와 다름없음이 밝혀졌다. 이 작품에는 『태평광기(太平廣記)』를 통해 집일된 6개 조항의 고사가 수록되어 있다. 그것들의 제명은 「태진부인(太眞夫人)」 「완약(宛若)」 「강왕묘녀(康王廟女)」 「잠녀(蠶女)」 「자고(紫姑)」 「장녀랑(張女郎)」인데 이들 모두 고대의 제의와 관련된 엄숙한 신녀의 모습이 아닌, 도교와 결합된 선녀의 모습으로 묘사되어 있다. 또한 배형의 『전기』 가운데 「소광」 조항에도 낙포신녀(洛浦神女)의 모습이 등장하지만 소광과 그녀가 도교적인 의미를 지닌 담소를 나눈다는 점에 비추어 볼 때 그녀의 모습은 신녀보다는 이미 선녀에 가깝다고 볼 수 있다.

24 Edward H. Schafer, *The Divine Woman*(Berkeley: University of California Press,

처음 그녀를 보았을 때 마치 양을 치고 있는 듯이 보였다. 유의가 그녀에게 양을 무엇에 쓰려느냐고 묻자 그녀는 자신이 치고 있던 것이 양이 아니라 비구름을 일으키는 우공(雨工)이라고 설명하였다.[25] 또한 「장무파」에서는 장무파가 자신이 지닌 용고(龍膏)를 사용하여 용왕의 딸인 여주인공의 병을 고쳐주고 그녀와 결합하게 된다. 「소광」 역시 남성 주인공인 소광이 낙포용군(洛浦龍君)의 딸을 만나 지금까지 세상에 알려진 용에 대한 지식과 소문들에 대해 서로 담론하는 내용을 서술하고 있다. 이러한 작품들에서는 공통적으로 인간인 남성과 용녀와의 만남이 다루어지는데 여기에서의 용의 등장은 용이 지닌 재생(再生)의 의미와 연관된다. 즉 뱀이나 이무기가 허물을 벗고 승천하면 용이 될 수 있듯이 용은 속세를 탈피하는 존재, 그리고 재생의 도를 체현해낸 존재로 인식되었기에 당대 애정류 전기의 작자들은 용녀와의 결합을 통해 영생의 도를 구현하고자 한 자신들의 욕망을 투사한 것이었다. 그런데 당대 이전에는 용의 존재가 도교의 신선이 부리는 신수(神獸)로서 아직 인간보다 월등한 위상은 아니었다. 그러한 용의 위상이 신격으로 격상하게 된 것은 불교와의 결합 과정을 통해서였으니[26] 즉 당대에 이르러 불교의 용왕, 용궁 관념이 도교에 흡수되면서 용은 의인화되어 신선의 계보상에 편입된 것이었다. 그뿐 아니라 용궁에 대한 개념 역시 중국 전래의 수부(水府) 관념에 용왕이 다스리는 영역이란 관념이 새로이 가

1973)에서는 용녀(龍女)에 대한 중국인들의 관념은 음(陰)과 물의 이미지, 그리고 다산과 재생에 대한 종교적 믿음에 근거한 것이라고 논구한 바 있다.

25 李朝威, 「柳毅傳」. "因復問曰: '吾不知子之牧羊, 何所用哉? 神祇豈宰殺乎?' 女曰: '非羊也, 雨工也.' '何爲雨工?' 曰: '雷霆之類也.'"

26 용의 위상이 도교와 불교의 결합을 통해 격상하게 된 점과 관련해서는 張貞海, 「神仙·道敎 전통 속의 龍의 의미」, 『中國小說論叢』(韓國中國小說學會, 1997), 第6輯, pp. 46~47을 참조.

미되어 신선계의 한 유형으로 자리 잡게 되었는데 용의 위상에 생긴 이 같은 변화들은 당대에 이루어진 도석 융합(道釋融合)의 산물이라 할 수 있겠다.

한편 남성 주인공의 모습 또한 전대에 비해 변화되었다. 그리하여 당대 애정류 전기에서 구현되는 남성 주인공의 특성은 도교와 관련이 있는 비범한 인물에서 과거시험을 준비하는 사인(士人)의 모습으로 바뀌었다. 남성 인물에 대한 변화는 당대 애정류 전기의 작자들이 사인 계층이었음에 연유한다. 사인이 욕망하는 것, 곧 인간으로서의 한계에 대한 극복, 그리고 자유로운 연애에 대한 추구는 인신연애라는 서사 기제를 통해서 발현되어진 것이었으니 작품에 등장하는 사인의 모습은 바로 당대 사인들 자신의 모습에 다름 아니었다.

이 책에서 대상으로 삼는 당대 애정류 전기 가운데 인신연애의 유형에 속하는 것은 총 8편이다. 이들 작품은 모두 선녀, 혹은 용녀와 사인 간의 연애를 다룬 것으로서 크게 세 가지의 세부 유형으로 분류된다.[27]

첫째는, 선녀나 용녀가 속세에 내려와 남성 주인공과 만나는 유형인 '선녀하범(仙女下凡)'의 경우이다.[28] 이 유형에는 「유의전」『현괴록 · 최서생』『전기』의 「봉척(封陟)」「소광」「문소(文簫)」 등이 속한다. 그중 「유의전」은 동정호(洞庭湖) 용왕의 딸이 포악한 남편에게 쫓겨나 속계

---

27 인신연애와 관련된 유형의 분류는 梅新林, 『仙話: 神人之間的魔幻世界』(上海: 上海三聯書店, 1992), pp. 169~76을 참고하였다.

28 중세 서양의 로망스에서 여성 요정과 인간인 남성 사이의 연애는 크게 두 가지의 형태로 나누어진다. 하나는 여성 요정이 지상으로 내려와 인간인 남성과 사랑에 빠지게 되는 것이고 또 하나는 여성 요정이 인간 남성을 데리고 천상의 세계로 떠나는 것이다. 따라서 로망스의 인신연애 형태는 당대 애정류 전기의 선녀하범(仙女下凡)형과 복합형에 비견된다고 말할 수 있겠다. 로망스에 나타난 여성 요정과 인간 남성의 연애 형태에 대해서는 Carolyne Larrington, "The fairy mistress in medieval literary fantasy," *Writing and Fantasy*(New York: Weslley Longman Inc., 1999), pp. 36을 참조.

로 내려왔다가 남성 주인공인 유의와 우연히 만나게 되는 구조로 이루어져 있다. 또한 『현괴록·최서생』과 『전기·봉척』은 선녀가 남성 주인공을 만나려는 목적으로 천상에서부터 직접 찾아오는 경우이다. 그리고 「소광」은 남성 주인공이 유람하던 중 때마침 하강한 선녀를 만난 것이고 「문소」는 잠시 선계에서 지상으로 내려온 선녀 오채란(吳彩鸞)이 문소와 만난 사실 때문에 선계의 기강을 해친 죄로 인간 세상으로 쫓겨 가 부부가 된 경우이다. 이들 유형의 공통점은 남성 주인공이 여주인공과 만나게 된 경위가 남성 주인공 자신의 목적과 선택에 의한 것이 아니라는 점이다. 즉 그들의 조우는 우연히 이루어졌거나 혹은 여주인공의 주도 하에 이루어졌다는 뜻으로서 「유의전」과 「소광」「문소」에서는 우연히 이루어진 만남이었고 「최서생」과 「봉척」은 남성 주인공을 만나려는 목적으로 선녀가 하강한 것이었다. 그런데 선녀가 남성 주인공을 선택하게 된 데는 특별한 이유가 있었으니 「유의전」의 유의는 의기가 넘치는 사람이기 때문이었고 「봉척」은 청년 도사의 후예였으며 「소광」은 도골(道骨)을 갖춘 사람이고 또한 「문소」는 오채란과 전생의 인연이 있었기 때문이었다. 다만 「최서생」에서만은 그다지 특이한 연유가 드러나지 않고 있다.

하지만 선녀(仙女)가 주도적으로 남성을 선택하게 된 것이 선녀 자신의 욕망 때문은 아니었다. 선녀 스스로가 남성 주인공에게 애정을 가졌기 때문이 아니라 선계 차원의 인연이나 남성 주인공에게 내재된 비범한 출신 성분 때문이었다. 이는 선택된 인간, 특별한 인간으로서의 남성 주인공의 특징을 현현하는 것으로서 초기 인신연애 서사에서 나타나는 남성 사제나 왕의 연장선에서 그 성격을 파악할 수 있겠다.

두번째 유형은 남성 주인공이 직접 선계를 방문하게 되고 그곳에서 선녀, 혹은 용녀와의 만남을 갖는 경우이다. 이 경우는 '범남유선(凡男

游仙)'형으로 불리며 「유선굴」 『전기』의 「장무파」가 해당된다. 「유선굴」
은 황제의 명을 받들고 출장 가던 관리가 우연히 십낭(十娘)과 오수(五
嫂)를 만나게 되어 그들과 하룻밤 질탕하게 노는 이야기이다. 이 이야
기의 십낭과 오수는 선녀와 기녀의 모습이 교착된 형상을 하고 있는
데[29] 이는 '범남유선'형에서 구현하고자 하는 바가 수련성선(修練成仙)
이나 득도라는 초기의 목적에서 남성의 성애(性愛) 추구로 바뀌었기
때문이다.

　또한 「장무파」에서 남주인공 장무파는 용녀의 병을 고치기 위해 별세
계(別世界)로 들어간다. 그가 별세계로 진입한 것은 용녀의 의지가 아
니라 자신의 의지에 의해서였다. 용녀 역시 장무파를 만나고 나서 그를
잊지 못하는 인간적 감정을 지닌 존재로 묘사되었는데 이는 전대의 인
신연애 서사에서는 보이지 않았던 것으로 당대 애정류 전기에 인성주의
(人性主義)적인 요소가 결합되어 나타난 현상이라 할 수 있다.

　세번째 유형은 앞의 두 가지 유형이 혼합된 것이다. 위진남북조의 인
신연애 서사에서는 '선녀하범'이나 '범남유선'의 유형에 따른 개별적 분
리가 대체적으로 잘 이루어졌으나 당대의 서사에서는 이 두 가지가 혼
재된 상태를 보이며 서사적으로 다각화되었다.[30] 예를 들어 『전기』의
「배항」에서는 남성 주인공과 여주인공의 만남이 운명적으로 예정되어
있긴 하지만 남성 주인공이 애써서 선녀를 찾으러 나선 것도 아니고 여
주인공이 주도적으로 하강한 것도 아니다. 또한 「유의전」은 기본적으로
는 첫번째 유형에 속하지만 내용이 전개되면서 남성 주인공 유의가 용

---

29 「유선굴」에서 나타나는 선기합류(仙妓合流) 현상에 대해서는 이 책 4부 2장 '1. 선녀와 기
녀의 섹슈얼리티'에서 논의될 것이다.

30 매신림(梅新林)은 인신연애 서사에 있어서 혼합형의 출현이 수 · 당대(隋 · 唐代)에 들어
와 이루어진 것이라고 언급한 바 있다. 이에 대해서는 梅新林, 앞의 책, p. 170을 참조.

궁에 진입하게 되었으니 이것 역시 혼합적인 요소가 가미된 것이었다. 뿐만 아니라 「최서생」도 '선녀하범'의 전형적인 형태로 시작되었으나 결말 부분에 와서는 남성 주인공이 여주인공을 선계까지 배웅하러 가므로 선계로의 진입이 이루어지게 된다. 「문소」 역시 처음의 만남은 잠시 여주인공이 지상에 내려왔기에 이루어진 것이었으나 문소가 여주인공의 뒤를 몰래 밟아 선계로 유입하게 된 과정을 감안한다면 순수한 '선녀하범'형으로 볼 수만은 없다. 따라서 이 같은 혼합적 성질의 세번째 유형은 당대만의 인신연애 서사 유형으로 분류할 수 있다.

지금까지 논의한 인신연애의 서사형을 정리해보면 다음과 같다.

〈표 2〉 인신연애 유형 분류표

전기 작품	선녀하범형	범남유선형	혼합형	결합의 결과
유선굴		○		이별
유의전	○		△	득선(得仙)으로 추정됨
최서생	○		△	득선의 실패
배항			○	득선
장무파		○		득선으로 추정됨
봉척	○			득선의 실패
소광	○			득선으로 추정됨
문소	○		△	득선

* 비고: ○은 해당 항목의 성격에 완전히 일치하는 경우이고 △는 해당 항목의 성격을 부분적으로 포함하는 경우이다.

당대 애정류 전기에서 묘사하는 인신연애의 모습은 이와 같이 다원화되어 있으나 서사 자체가 추구하고자 하는 바는 어쨌든 선녀와의 항구적인 결합이었다. 다만 「최서생」「봉척」 등에서 나타나는 득선에 실패한 모습은 당대에 들어와 인성주의화된 애정류 전기의 성격에 연유한 것일 뿐이다.[31] 이러한 당대 애정류 전기의 인성주의적 특질은 선녀와의 첫 만남이 이루어지는 장소에도 영향을 주었다. 따라서 선녀와 남성 주인공의 조우는 특별한 공간이 아니라 보통의 인간 생활과 관련된 일상적 방식으로 바뀌었는데 예를 들어 유의가 용녀를 만난 장소는 길가였으며 최서생은 자기 집 문 앞을 지나가던 선녀를 만난 것으로 설정되어 있다. 또한 소광은 마침 쉬고 있던 정자에서 용녀와 우연히 마주하게 되었고 문소는 중추절(中秋節)날 사람이 북적거리는 도관(道觀)에서 선녀를 처음 보았다.

한편 남성 주인공의 신분은 앞서도 언급했듯이 당대의 현실을 반영하는 사인의 모습으로 고정되었다. 즉 「유선굴」의 남성 주인공은 황명을 받들고 출장 가던 관리였고 유의와 배항은 과거에 낙방한 사인의 모습으로 묘사되었으며 최서생은 꽃이나 가꾸며 소일하는 서생으로 표현된 것이다. 또한 장무파는 천거 받으러 가던 진사 급제자였고 봉척과 소광, 문소는 아직 벼슬하지 않은 사인의 신분으로 그려져 있다. 그런데 이들은 모두 공통적으로 어딘가를 향한 여정 중에 있었다. 「유선굴」의 남성 주인공은 명을 받들어 하원(河源) 땅으로 가던 중이었고 유의와 배항은 과거에 낙방하는 바람에 여행을 떠나게 된 상황이었다. 그리고 소광은 마침 낙양(洛陽)에서 동쪽으로 유람하던 중이었으며 장무파는 천거를 받으러 가던 중이었고 문소는 하릴없이 이곳저곳을 떠돌고 있었다. 이러한 남성 주인공에 대한 설정은 편력 로망스Quest-Romance의 유형으로도 설명될 수 있다.[32] 편력 로망스란 주인공이 혼란과 무질서

---

31 당대 전기의 인성주의적 일면에 대해서는 鄭在書, 『不死의 신화와 사상』(서울: 민음사, 1994), p. 260에서 이미 정확히 지적한 바 있다.

의 세계 속에서 연속적인 모험을 통해 최종적인 목적을 달성하는 형식인데 노드롭 프라이에 따르면 이것은 리비도를 탐구하는 행위에 해당된다. 이는 곧 욕구에 찬 자아가 자신을 현실의 불안으로부터 해방시키려 하지만 여전히 그 현실에서 벗어나지 못한 상태에서 욕구를 충족시키기 위해 모험하는 행위이다. 더 나아가 이들 남성 주인공이 지닌 행동양식은 융의 개성화(個性化)individuation의 과정으로도 해석할 수 있다.[33] 즉 전기의 남성 주인공들은 여행 과정을 통해 곤란과 위험을 만나 이를 극복하고 최종적으로는 선녀와 결합하여 득도(得道)나 득선(得仙)의 차원으로 올라가는데, 이것은 실재의 세계에서 여행을 떠남으로써 무의식적으로 추구해온 절대적 가치에 다가가는 과정과도 상통하는 것이다.[34] 또한 개성화란 무질서, 무정형(無定型)의 무의식을 의식에 남김 없이 통합하는 것을 의미하는데 융은 무의식의 혼돈 상태를 의식으로 통합하여 완성된 인격을 달성하는 개성화의 과정이 비금속(卑金屬)을 정련하여 순금을 만들어내는 연금술의 과정과 상통한다고 주장하였다. 그러므로 당대 애정류 전기의 남성 주인공들이 종국에는 득선의 경지에 다다르는 것은 불완전한 존재인 그들이 완전한 존재인 신선으로 변하는 과정이라 할 수 있다. 뿐만 아니라 선녀나 용녀와의 결합은 그들에게 완전한 존재 획득을 가능하게 만드는 매개체 역할을 한 것이었다.

---

32 N. 프라이, 임철규 옮김, 앞의 책, p.204.

33 융의 분석심리학 이론에 대해서는 李符永, 앞의 책을 참조하였다.

34 이미 정재서의 『불사(不死)의 신화와 사상』에서는 신선설화의 주인공의 수선(修仙) 과정을 융의 개성화(個性化) 과정으로 보고 논의를 진행한 바 있다. 이와 관련해서는 鄭在書, 앞의 책, pp. 167~69를 참조.

2. 이류상애(異類相愛) 유형

이류상애(異類相愛)란 인간과 인간이 아닌 존재, 즉 이류(異類)와의 애정 행위를 말하는 것으로 신녀(神女)나 선녀(仙女), 용녀(龍女)보다는 하위 개념인 망혼, 요괴(妖怪) 등과의 연애를 지칭하는 개념이다. 일반적으로 이 유형은 인신연애와 마찬가지로 인간인 남성 주인공과 망혼, 또는 요괴인 여주인공 간의 연애 형태로 당대 애정류 전기 속에 설정되는데 그러한 설정의 원인 역시 서사를 장악한 주체가 남성이었다는 사실과 관련이 깊다.

이류와의 연애는 모든 사물의 근원이 기(氣)로 이루어져 있다는 사유에서 비롯된다. 이것은 천지의 실체와 자연계의 만물이 전부 원기(元氣)로 구성되어 있기에 인간이든 망혼이든 요괴이든 간에 근본적으로는 같은 원기로 되어 있고 단지 원기의 배열과 구성에 있어서만 차이가 난다는 것이다. 따라서 망혼이나 요괴의 원기 배열에 있어 변화가 생긴다면 그들은 인간으로 변신할 수 있을 뿐 아니라 인간과의 연애도 가능하다는 논리가 성립된다. 이와 같은 논리는 일찍이 선진(先秦) 시기부터 유행했던 것으로 이른바 기화우주론(氣化宇宙論)이라고 불린다. 기화우주론은 신선가(神仙家)들의 중요한 기초 이론으로 사용되었는데 신선가들은 '기'라는 것은 고정불변의 것이 아니라 유동적인 것이라고 인식하며 이에 근거하여 연단(煉丹), 복기(服氣), 도인(導引) 등의 방술을 운용하였다. 또한 기화우주론은 인간의 죽음도 '기'의 차원에서 해석하였다. 『장자·지북유(莊子·知北遊)』에서는 "인간의 삶은 기가 모인 것이니 기가 모이면 살게 되고 흩어지면 죽게 된다"[35]고 설파하였는데 이것은 인간의 삶과 죽음이 기의 이합집산과 연계된다는 사고라 하겠다.[36] '기'의 차원에 의하면 죽은 인간의 영혼은 양기(陽氣)와 음기(陰氣)로 나누어진다. 그 가운데 양기는 혼(魂)이 되고 음기는 백(魄)이 되는데[37] 혼은 양기이기에 가벼워서 어디든지 자유자재로 이동할 수 있는 것이었다. 그러므로 죽은 인간의 혼을 망혼(亡魂)이라고 부르는 것에는 '망(亡)'이 가진 "달아나다. 도망치다"[38]의 의미와 결부된, 혼의 이동 가능성이 내포되었다고 할 수 있겠다.

이러한 망혼과의 연애는「이장무전」「주진행기」『전기』의「설소」「증계형(曾季衡)」「안준(顔濬)」등의 작품에서 나타난다. 그런데 이들 작품의 가운데서도 특히「주진행기」와「안준」의 경우는 여주인공이 지나간 역사 속에 등장했던 미인으로 설정되어 있다. 즉「주진행기」의 왕소군(王昭君)과「안준」에 등장하는 수 양제(隋煬帝)의 궁녀들은「이장무전」「설소」「증계형」의 여주인공들에 비해 상대적으로 높은 신분을 지닌 여성이었다. 따라서「주진행기」와「안준」에서 나타나는 여주인공의 특성은 인신연애의 여주인공의 위상이 연속적인 차원에서 이류상애 유형에까지 투영된 것이라고 말할 수 있겠다.

한편 망혼과의 연애는 남성 주인공이 여주인공을 망혼이라고 인식한 상태에서 진행된다. 뿐만 아니라 대부분의 경우 그들은 결합하지 못하고 헤어지며[39] 이별에 임박해서 여주인공은 남성 주인공에게 증물(贈

---

35 『莊子・知北遊』. "人之生, 氣之聚也, 聚者爲生, 散者爲死."

36 김선자, 「중국변형신화전설연구」(延世大學校 中語中文學科 大學院 博士論文, 2000), pp. 53~74에는 인간의 죽음과 기(氣)의 관련성에 대해 면밀하게 고찰되어 있다.

37 許愼 撰・段玉裁 注, 앞의 책. "魂, 陽氣也, 魄, 陰氣也."

38 같은 책. "망은 도망간다는 뜻이다. 도망간다는 것은 곧 망이다(亡, 逃也. 逃者, 亡也)."

39 다만「설소」에서만은 남녀 주인공이 결합하게 된다. 하지만 이 경우는 순전히 여주인공의 부활에 기인하는 것이었다. 즉「설소」의 여주인공인 장운용(張雲容)은 일찍이 도에 대해 관심을 가지고 단약(丹藥)을 복용하였고, 또한 남성과의 교합 행위를 통해 재생(再生)하였기에 종국에는 그들이 성공적으로 결합하게 된 것이었다.

物) 행위를 하게 된다. 예를 들어 「이장무전」에서는 남성 주인공에게 말갈보(靺鞨寶)라는 보옥이 주어지고 「설소」에서는 비취 장식을, 「증계형」에서는 무소뿔 꾸미개를 남성 주인공에게 남긴다. 그런데 이러한 증물 의식은 불사(不死), 혹은 재생 의식(再生儀式)과 관계있는 것으로서[40] 옥과 비취는 예로부터 악을 피하고 생명력을 부여해주는 성물(聖物)로 인식되어져 동주(東周) 이후로 귀족들은 옥을 부장품으로 사용했다.[41] 그뿐 아니라 무소뿔은 양(梁)나라 임방(任昉)의 『술이기(述異記)』에 따르면 속세의 먼지를 없애는 작용을 한다고 언급되기도 하였다.[42] 그러므로 망혼의 증물 행위는 실재계에서 이루어지지 못한 결합을 영구적인 차원의 세계로 이끄는 상징 행위로 간주될 수 있을 것이다.[43]

망혼과의 연애는 크게 두 가지 유형으로 나누어진다.[44] 첫번째는, '총묘환우(塚墓幻遇)'형으로 이것은 인간이 우연히 망혼의 거처를 방문하게 되고 그곳에서 망혼과 사랑을 나눈다는 형식이다. 당대 애정류 전기 가운데서 「주진행기」「설소」「안준」이 바로 이 유형에 속한다. 「주진행

---

40 金元東,「中國 中世 仙境說話의 展開(1)」, 『東亞文化』(東亞文化研究所, 1995), 제33집, p. 43에서는 남녀 주인공이 이별의 증물(贈物)을 주고받는 것은 재생(再生)하고자 하는 욕구의 상징이라고 언급하였다.

41 특히 옥이나 비취는 죽은 이의 입에 물리는 매미 모양의 부장용품으로도 사용되었다. 이것은 옥이 지닌 견고함과 생명력을 변태를 거듭하는 매미의 형상에 부합시킨 것으로 죽은 이가 옥으로 된 매미를 지님으로써 재생(再生)할 수 있게 된다는 사유방식이라 할 수 있다.

42 무소뿔에 대해서는 李昉 等 撰, 『太平廣記』(全10冊, 北京: 中華書局, 1994)의 권(卷)403 「보(寶)」의 조항에도 기재되어 있다. 이에 따르면 무소뿔 가운데서도 벽진서(辟塵犀)로 머리빗이나 비녀를 만들면 먼지가 묻어나지 않는다고 하였다.

43 비록 이류상애 유형에서 행해지는 증물 행위는 아니나 「유선굴」에서도 이와 유사한 증물 행위가 나타난다. 「유선굴」에서는 이별에 임박해서 주인공이 십낭(十娘)에게 양주(揚州)의 청동경을 정표로 주는데 이는 거울이 지닌 영속성, 주술성을 문학에 변용시킨 것이었다. 「유선굴」과 거울의 기능에 대해서는 정재서, 『도교와 문학 그리고 상상력』(서울: 푸른숲, 2000), pp. 234~36에 면밀하게 다루어져 있다.

44 이 장에서 분류한 망혼(亡魂)과의 연애에 대한 서사 유형은 顏慧琪 撰, 『六朝志怪小說異類因緣故事研究』(臺北: 文津出版社, 1994), pp. 86~103에서 착안점을 얻은 것이다.

기」에서는 남성 주인공이 길을 잃고 헤매다가 박태후(薄太后)의 무덤 속에서 역사 속의 비빈들을 만나게 되며 「설소」에서는 형벌을 받던 중에 도망가던 설소가 우연히 숨게 된 오래된 전각에서 여주인공을 만난다. 또한 「안준」에서는 남성 주인공이 칠월 보름날 와관각(瓦觀閣)에서 여주인공을 만나서 따라간 곳이 다름 아닌 여주인공이 묻힌 곳으로 설정되어 있다. 이 같은 '총묘환우'의 유형은 무덤이 곧 죽은 이의 집과 다름없다는 고대인의 내세관과 연관된다. 고대인들은 인간이 죽은 후에도 무덤 속에서 생전과 똑같이 먹고 마신다고 믿었기에 죽은 이를 매장할 때에도 무덤 속에 의복, 음식, 생활 기물 등을 부장한 것이다. 「설소」에서도 여주인공 장운용의 무덤에 그릇, 옷, 장신구, 금옥(金玉) 등의 부장품이 있었다는 대목이 있는데[45] 이는 죽음을 삶의 연장선에서 파악하는 고대인의 사유방식을 드러내준다 하겠다.[46]

망혼과의 연애에 대한 두번째 서사 유형은 '망혼입실(亡魂入室)'형이다. 이는 죽은 이가 살아 있는 사람의 공간으로 들어와 서로 사랑을 나누게 된다는 유형으로 「이장무전」「증계형」이 이 유형에 해당한다. 「이장무전」에서는 이장무와 생전에 사통 관계였던 왕씨(王氏)댁 며느리가 이장무와의 정을 못 잊어 잠시 인간 세상으로 찾아오는 것으로 묘사되어 있다. 또 「증계형」에서는 왕사군(王使君)의 죽은 딸이 남성 주인공 증계형을 찾아와 사랑을 나눈다. 이 유형은 첫번째 유형과 비교해보았을 때 여주인공이 적극성을 가지고 남성 주인공과의 애정을 추구한다는

---

45 『傳奇 · 薛昭』. '但一大穴, 多冥器, 服玩, 金玉, 唯取寶器而出.'

46 Mark Phipott, "Haunting the Middle Ages," Ceri Sullivan and Barbara White, *Writing and Fantasy*(New York : Wesley Lomgman, 1999), p. 48에서는 중세 유럽의 '고스트 Ghost'에 대해 분석하면서 죽은 자를 분리된 존재가 아니라 사회를 구성하는 일원으로 간주하였다. 즉 죽은 자는 인간의 일상생활에서의 실존적 존재라는 것으로 이러한 관점은 당대 전기의 망혼 개념과도 연관되는 바이다.

점이 두드러진다. 특히 두번째 유형에서는 여주인공의 정욕이 부각되는데 이는 봉건 사회에서 여성의 성욕이 발현되지 못하는 부분을 서사를 통해 보충하고자 한 의도로도 풀이된다.[47]

지금까지 고찰한 망혼과의 연애를 도표로 정리하면 다음과 같다.

〈표 3〉 망혼과의 연애 분류표

전기 작품	연애 대상	연애 유형	연애의 결과	증물 행위
이장무전	왕씨댁 며느리	망혼입실형	이별	○
주진행기	역사 속의 비빈(妃嬪)들	총묘환우형	이별	△
설 소	당 왕조의 궁녀	총묘환우형	결합	△
증계형	왕사군의 딸	망혼입실형	이별	○
안 준	역사 속의 비빈들	총묘환우형	이별	○

* 비고: ○는 해당 항목의 성격에 완전히 합치되는 것이고 △는 해당 항목의 성격을 부분적으로 반영하는 것이다.

이상에서 나타나는 바와 같이 망혼과의 연애는 대부분 이별로 귀결되었다. 다만 「설소」에서만은 망혼이 남성과의 교접을 통해 정기(精氣)를 얻어서 다시 부활하였기에 예외적인 경우가 되었을 뿐이다. 망혼과의 연애는 인신연애의 연장선에 있지만 확실히 인신연애에서보다는 여주인공의 위상이 하락되었다. 하지만 망혼은 여주인공으로서 요괴(妖怪)보다는 상급에 속하는 위상이었다.

당대 애정류 전기에서 요괴와의 연애를 서술한 것으로는 「임씨전」

---

47 顏慧琪 撰, 앞의 책, p. 124.

「손각」「요곤」 등이 있다. 그 가운데 「임씨전」과 「요곤」은 남성 주인공과 여우가 변신한 여성과의 애정 이야기이고 「손각」은 원숭이가 변한 여성[48]과의 애정을 서술한 것이다. 이와 같이 여우나 원숭이가 인간의 모습으로 변화되는 것 또한 앞서 언급한 '기화우주론'과 접목된다. 즉 여우나 원숭이가 오래 묵어 자신의 기를 연마하면 인간이 될 수 있을 뿐 아니라 인간과의 교합 또한 가능해진다는 것이다. 또한 이 같은 사유방식은 『포박자(抱朴子)』에서 언급하는 "만물의 오래된 것들은 그 정령이 모두 사람의 모습을 빌려서 나타날 수 있으며 이로써 사람의 눈을 현혹시킨다"[49]와도 통하는 것으로 요괴와 인간과의 연애를 설명해주는 논리로 작용된다.

변신한 여우나 원숭이를 뜻하는 '요(妖)'는 옛날에는 '요(祆)'로 쓰였다. 이는 '정상적이지 않은 험상궂은 얼굴'을 묘사하는 개념으로서 『좌전·선공(左傳·宣公)』 15년 조항에 기록되어 있는 "하늘의 때가 뒤집혀지면 재(災)가 되고, 땅의 물상이 뒤집혀지면 요(妖)가 된다"[50]는 언

---

48 당대의 작품 가운데서 원숭이에 관한 전기 작품으로는 「보강총백원전(補江總白猿傳)」이 있는데 이 작품에서는 원숭이가 남성으로 설정되어 있다. 한편 원숭이가 여성으로 설정된 경우는 당초(唐初)의 지괴(志怪)인 유씨(劉氏)의 「원부전(猿婦傳)」과 당말(唐末) 이은(李隱)의 『소상록(瀟湘錄)』에 수록된 「초봉(焦封)」의 고사가 있는데 이들 두 작품의 마지막에는 모두 원숭이로 변한 여인이 자신의 옷을 찢어버리고 다시 본모습으로 변하게 된다. 이처럼 당대에는 원숭이와 인간의 교합을 다룬 이야기들이 존재하였는데 이는 원숭이가 인간과 근원적으로 소통하고 있다는 믿음에 근거하는 것이었다. 즉 고대 중국인들은 원숭이의 울음소리가 인간의 감정과 교류된다고 믿었다. 예를 들어 전기와 동시대의 문학인 당시(唐詩)에서는 원숭이의 울음소리에 작가의 감정을 기탁한 사례가 빈번히 나타나는 것을 그 증거로 들 수 있다. 이백(李白)의 「아침에 백제성을 떠나며(早發白帝城)」에서의 "양쪽 절벽의 원숭이 울음소리 끊이지 않고(兩岸猿聲啼不盡)"라는 구절과 두보(杜甫)의 「높은 곳에 올라(登高)」에서의 "세찬 바람, 하늘은 드높고, 원숭이 소리 구슬픈데(風急天高猿嘯哀)"라는 구절 등은 모두 작가의 감정을 원숭이 울음소리를 통해 표현하고자 한 사례로 원숭이와 인간의 소통을 암시하고 있다.

49 『抱朴子·登涉』. "萬物之老者, 其精悉能假托人形, 以眩惑人目."

급과 관련된다. 그러므로 이를 통해 볼 때 '요'의 의미는 '모든 정상적이지 않은 현상, 이를테면 기형으로 생긴 동물이나 천재지변까지 포함한 일체의 것들'을 뜻한다고 말할 수 있겠다.[51] 또한 '요'에는 '믿기지 않을 정도로 아름다운 여성의 모습'을 뜻하는 개념도 포함되었는데 이는 『설문해자주(說文解字注)』에서 "요는 아름답다는 뜻이다. 여자의 웃는 모습을 말한다"[52]고 풀이한 것과도 상통한다. 예를 들어「임씨전」의 첫머리에 나오는 "임씨는 여자 요괴이다"[53]는 부분은 바로 '요'의 함의에 여성의 미색을 포함하였다는 증거가 된다.「요곤」도 여우인 여주인공과 인간의 애정을 그린 작품인데 여기에서의 여주인공의 이름은 요도(夭桃)이다. 그런데 요도의 '夭'는 '妖'와 동음이의어이고 '도(桃)' 역시 『시경・국풍(詩經・國風)』의「주남(周南)」에 수록된「도요(桃夭)」장(章)[54]과 관련되는 글자로 모두 여주인공의 아름다움을 의미하는 개념이다. 그러므로「요곤」의 여주인공 역시 아름다운 모습의 요괴임을 그 이름에서부터 짐작할 수 있는 것이다.

　　요괴와 인간 남성의 연애에서 여주인공의 미색은 필수적인 요소로 작용한다.「임씨전」에서 임씨는 첫 만남에서부터 남성 주인공을 미색으로 유혹한다.「요곤」의 여주인공 요도 역시 스스로 남성 주인공에게 찾아온 경우로 남성 주인공은 요도의 미모와 글재주를 보고 그녀를 마음에 두게 되었다. 여주인공의 미모와 관련된 상황은「손각」에서도 마찬가지이다. 남성 주인공 손각은 원씨(袁氏) 낭자를 처음 보고 그 미태에 홀

---

50 『左傳・宣公』15年. "天反時爲災, 地反物爲妖."

51 王鳳陽, 『古辭辨』(長春: 吉林文史出版社, 1993), p. 445.

52 許愼 撰・段玉裁 注, 앞의 책. "妖, 巧也, 女子笑貌."

53 沈旣濟,「任氏傳」. "任氏, 女妖也."

54 『詩經・國風』「周南・桃夭」. "복숭아나무의 젊고 싱싱함이여, 그 꽃은 화사하고 무성하여라(桃之夭夭, 灼灼其花)."

리게 되어 청혼하였으니 「임씨전」「요도」「손각」의 여주인공은 모두 유혹자의 형상으로 설정된 것이었다. 그런데 여우나 원숭이가 유혹적인 모습으로 나타나 남성과의 교접을 원하는 것은 '채보술(採補術)'적인 사유방식에 근간한다. '채보술'이란 방중술(房中術)과 관련되는 것으로 '채음보양(採陰補陽)'의 논리인데 이것은 남성이 여성의 음기를 빼앗아 자신의 양기를 보충한다는 의미이다. 따라서 만약 여성이 남성과의 교접을 통해 양기를 보충하려고 한다면 남성의 '채음보양'에 결정적인 방해가 되는 일이었다. 이런 경우 남성은 정기를 여성에게 빼앗기게 되어서 마치 넋이 나간 모습으로 변해버리게 된다. 그 예로 「손각」에서는 남성 주인공의 사촌형이 찾아와서 남성 주인공이 결혼한 후에 신색이 형편없어졌다고 말하는 대목이 있다.

밤이 깊어 잠자리에 들려고 하자 장생은 손각의 손을 꼭 잡고 비밀리에 이렇게 말하였다. "내가 일찍이 도문(道門)에서 배운 바가 있어서 하는 말일세. 동생의 얼굴색과 말소리를 들어보니 요사스런 기운이 자못 짙다네. 특별히 어떤 것을 만나지는 않았는가? 큰일이든 작은 일이든 간에 반드시 내게 말해주게. 그렇지 않으면 반드시 화를 당하게 될 걸세." 손각이 말하였다. "아직 아무것도 만난 게 없는데요." 그러자 장생이 탄식하며 이렇게 말하였다. "무릇 사람은 하늘에서 양기를 품부 받고 요괴는 음기를 받는다네…… 그런데 조금 전에 자네의 신색을 보았더니 음이 양의 자리를 빼앗아서 사악한 기운이 오장육부를 막고 있으며…… 뼈는 곧 흙으로 변하려 하고 얼굴에는 윤기와 혈색이 없으니 이는 필히 요괴에게 녹임을 당하고 있는 것인데 어찌 자꾸 숨기고 그 연유를 말하려 하지 않는가?" 그러자 손각은 크게 놀라며 아내를 맞이하게 된 경위를 이야기하였다.

(及夜半將寢, 張生握恪手, 密謂之曰: "愚兄于道門曾有所授, 適觀第詞色, 妖氣頗濃, 未審別有何所遇? 事之巨細, 必愿見陳, 不然者, 當受禍耳." 恪曰: "未嘗有所遇也." 張生又曰: "夫人稟陽精, 妖受陰氣…… 向觀第神采, 陰奪陽位, 邪干正腑…… 骨將化土, 顏非渥丹, 必爲怪異所鋤, 何堅隱而不剖其由也?" 恪方驚悟, 遂陳取納之因.)[55]

이렇듯 요괴와 교접한 남성은 요괴에게 양기를 빼앗겨서 '채음보양'의 성과는커녕 결국에는 죽음에 이르게 되는 것이었다. 반면 요괴는 남성의 양기를 얻어내어 자신에게 이롭게 하니 요괴가 유혹적인 모습으로 남성에게 먼저 접근하는 이유는 바로 여기에 있는 것이다. 따라서 이류상애 유형에서 요괴와 남성과의 연애는 끝내 실패로 종결되어진다. 그리고 그들의 실패는 요괴에게 양기를 빼앗기지 않고 '채음보양'의 성과를 거두려는 남성의 심리와 교묘히 접목된다고 할 수 있겠다.

다음의 표는 이 장에서 다룬 요괴와 인간의 연애를 정리한 것인데 이를 통해 당대 애정류 전기에서 요괴와의 연애가 지니는 의미지향이 확연히 드러난다.

〈표 4〉 요괴와의 연애 분류표

전기 작품	연애 대상	여주인공의 유혹 여부	본모습으로의 환원 여부	연애의 결과
임씨전	여 우	○	○	이별
손 각	원숭이	○	○	이별
요 곤	여 우	○	○	이별

* 비고: ○는 해당 항목의 성격에 완전히 합치되는 것이다.

표에서 보듯이 요괴와의 연애는 여주인공의 유혹으로부터 시작되었
으나 종국에는 여주인공이 인간이 아님이 드러났으며 아울러 남성 주인
공과도 결합되지 못하였다. 이러한 요괴의 설정은 앞서의 망혼과 마찬
가지로 여성 존재의 가치 하락을 나타내는 것이다. 즉 인신연애의 형태
에서 이류상애의 형태로 바뀌어가는 현상은 여성 숭배적인 신화적 사유
방식이 퇴색되어감을 의미한다. 또한 망혼이나 요괴와 같은 이류(異
類)들이 인간과 동일한 감정, 특히 정욕을 지닌 존재라는 사실은 인신
연애에서보다 더욱 분명하게 드러났는데 이는 당대 전기에서 전반적으
로 강조되는 인성의 개입에 그 이유를 돌릴 수 있다.

　이들 이류상애 유형에서 공통적으로 다루는 개념은 '변형'이었다. 그
리고 '변형'이 '정(正)'의 영역이 아니라 '변(變)'의 영역에 속한다는
점은 '기(奇)'를 추구하는 전기의 서사적 특질과도 연관된다. 그러므로
이러한 의미 차원에서 볼 때 이류상애 유형은 오히려 인신연애 유형보
다 훨씬 더 전기의 특질을 제대로 구현해냈다고 할 수 있을 것이다.

3. 재자가인(才子佳人) 유형

　일찍이 호응린은 『소실산방필총』에서 "전기(傳奇)에는 「비연(飛燕)」
「태진(太眞)」「최앵(崔鶯)」「곽옥(霍玉)」등의 작품이 속한다"[56]고 서
술한 바 있었는데 이는 전기의 요체를 재자가인(才子佳人)의 애정 이
야기로 파악한 견해였다. 실제로 호응린이 거론한 개별 작품은 모두 남

---

55 『傳奇 · 孫恪』.
56 胡應麟, 『少室山房筆叢 · 九流緖論 下』. "一曰傳奇, 「飛燕」, 「太眞」, 「崔鶯」, 「霍玉」之類是
　也."

녀의 애정과 관련된 이야기로 「비연」은 조비연(趙飛燕) 자매와 한 성제(漢 成帝)의 사랑 놀음을 그린 「조비연외전(趙飛燕外傳)」이고 「태진」은 양귀비와 현종을 주인공으로 한 「양태진외전(楊太眞外傳)」이다. 또한 「최앵」은 원진의 「앵앵전」이며 「곽옥」은 장방의 「곽소옥전」을 가리키는 말이다. 그러므로 이에 근거할 때 호응린이 지적한 '전기'란 곧 당대 애정류 전기 중에서도 재자가인류의 작품을 지칭한다는 언술이 성립되는 것이다.

재자가인 유형은 당대 애정류 전기 가운데서 인신연애나 이류상애와는 구별되는 유형이다. 이 유형에서 연애의 대상은 선녀(仙女)나 망혼(亡魂), 요괴(妖怪)가 아닌 인간인 남성과 인간인 여성으로 설정된다. 따라서 이것은 앞서의 두 유형에 비해 상당히 현실화된 경우에 속하는 것이고 이들의 연애에는 당연히 현실의 논리가 개입된다.

이 장에서 다루어지는 재자가인 유형은 「이혼기」 「유씨전」 「곽소옥전」 「이와전」 「장한가전」 「앵앵전」 「무쌍전」 「양창전」 『현괴록·정혼점』 『전기·정덕린』 『삼수소독·보비연』 등의 총 11개 작품이다. 이들 작품은 모두 현실 세계의 남녀가 주인공이지만 단지 「이혼기」와 「장한가전」 「정덕린」에 있어서만은 약간 예외적인 상황이 개입된다. 즉 「이혼기」는 비록 재자가인의 연애담이긴 하나 여주인공의 혼(魂)과 연애한다는 점에서 이례적이다. 그러나 여주인공이 망혼이 아님은 분명하고 또한 작품의 후반부에서 여주인공의 혼과 백(魄)이 합쳐지게 되었기에 이 작품은 이류상애가 아닌 재자가인 유형으로 분류하였다. 그리고 「장한가전」은 현종과 양귀비의 애정을 다루었으나 일반적인 재자가인 유형에 비교해볼 때 그들이 특수한 계층의 신분이며 양귀비가 이미 죽은 시점에서 현종이 그녀를 못 잊어한다는 점에서 차이가 난다. 그러나 이 이야기는 현종이 양귀비와의 결합을 통해 득선(得仙)을 하게 되는 구조

는 결코 아니기 때문에 「장한가전」에서 양귀비의 모습이 마치 천상의
선녀처럼 묘사되었다고 하더라도 인신연애 유형에 속하지는 못한다.
따라서 이 장에서는 「장한가전」을 재자와 가인의 범주가 확대되어 황제
(皇帝)와 후비(后妃)로 변용 설정된 유형으로 간주하여 재자가인에 속
하게 하였다. 또한 「정덕린」의 경우는 여주인공 위씨(韋氏) 낭자가 물
에 빠져 죽었다 살아난 상황이지만 그들의 연애가 성립된 상황이 위씨
낭자가 망혼인 상태가 아니기 때문에 이 또한 재자가인 유형으로 포함
시킬 수 있었다.

　이 유형에 속하는 남성 주인공은 대부분 뛰어난 재주와 인품을 갖춘
것으로 묘사되어 있다. 따라서 그들의 재자(才子)다운 풍모는 미모를
갖춘 여주인공과의 만남을 필연적으로 만든다. 예를 들어 「이혼기」의
남성 주인공인 왕주(王宙)는 어려서부터 총명하고 잘생긴 외모의 소유
자였으며 여주인공인 천낭(倩娘) 또한 용모가 단정하고 무리 중에서
뛰어나게 어여뻤다. 그러므로 이 같은 상황 속에서 그들이 서로 남몰래
사모하는 사이가 된 것은 자연스러운 일이었다.[57] 남녀 주인공에 대한
이러한 설정 방식은 「유씨전」에서도 마찬가지로 적용된다. 유씨는 미인
일 뿐 아니라 언변에도 뛰어나고 노래도 잘 부르는 여성이었다. 유씨는
일찍부터 빈한하지만 명성 있는 시인인 한익(韓翊)을 마음에 두었는데
「유씨전」에서는 그들의 결합에 대해 다음과 같이 표현하였다.

　한익은 유씨의 미색을 좋아하고 유씨는 한익의 재능을 사모하다가 두

---

57 陳玄佑, 「離魂記」. "천낭은 그 단정하고도 아리따운 모습이 무리 중에서도 빼어났고, 왕주
　는 어려서부터 총명하고 아름다운 용모와 자태를 갖추고 있었다…… 왕주와 천낭은 항상
　자나 깨나 서로를 생각하였다(倩娘, 端妍絶倫…… 王宙, 幼聰悟, 美容範…… 宙與倩娘常
　私感想於寤寐)."

사람의 마음이 각각 소원을 이루었으니 그 기쁨이란 가히 알 만한 것이었다.

(翊仰柳氏之色, 柳氏慕翊之才, 兩情皆獲, 喜可知也.)[58]

남성 주인공은 여성 주인공의 미모를 중시하고 여성 주인공은 남성 주인공의 재주를 가치판단의 기준으로 삼는다. 그래서 「곽소옥전」에서도 이생(李生)은 소옥(小玉)에게 "낭자께서는 재능을 좋아하시고 이 못난 사람은 미모를 중히 여기오니 둘이 서로 잘 어울리면 재능과 미모를 겸비하게 됩니다"[59]고 말하였던 것이다.

재자가인들은 만나자마자 곧바로 사랑에 빠지게 된다. 그러고는 곧 자신의 속마음을 상대방에게 노출시킨다.[60] 이러한 그들의 행태는 재자가인이 지닌 근본적인 고독감에서 연유하는 것으로[61] 그들은 상대방에게 보내는 시(詩)나 사(詞), 또는 서간문 등의 형식으로 자신들의 고독감을 해소하고 감정적인 공유를 확인하고자 한다. 그 예로 「보비연」에서는 남성 주인공 조상(趙象)이 여주인공 비연(飛烟)의 모습을 보고 자신의 감정을 담은 시구를 아래와 같이 적어 보낸다.

절세의 미모를 한번 본 뒤,
세속의 이 내 마음 스스로를 책망할 뿐.

---

58 許堯佐, 「柳氏傳」.
59 蔣防, 「霍小玉傳」. "小娘子愛才, 鄙夫重色. 兩好相映, 才貌相兼."
60 「앵앵전」은 이러한 재자가인의 상황에 대한 예외적인 경우라 하겠다. 그러나 우여곡절 끝에 결국 앵앵이 장생(張生)을 찾아가게 되니 「앵앵전」 역시 넓은 의미에서는 재자가인 유형에 포함되는 것이다.
61 재자가인 유형의 인물 특질에 대한 분석은 박희병, 『韓國傳奇小說의 美學』(서울: 돌베개, 1997), pp. 36~55를 참조하였다.

부디 소사 따라 (남편에게) 날아가지 말고,

아란을 배워 (내게) 내려오시구려.

(一覩傾城貌, 塵心只自猜.

不隨蕭史去, 擬學阿蘭來.)

이것을 받아 든 비연도 조상에게 화답시 한 수를 전한다.

푸른 눈썹 찌푸려져 예쁜 얼굴 지니지 못함은,

오로지 (낭군의) 그윽한 마음이 시 속에 있기 때문.

낭군의 마음은 (사마상여의) 연정처럼 애처로운데,

끝없는 이 내 정은 누구에게 빠졌는가.

(綠慘雙娥不自持, 只緣幽恨在新詩.

郎心應似琴心怨, 脈脈春情更泥誰.)[62]

그들은 밀회에 앞서 수차례에 걸쳐 시와 서간을 왕래하는데 이러한 시, 사, 서간문은 재자가인의 세밀한 감정을 대신 표현해주는 역할을 한다. 뿐만 아니라 재자가인들은 풍부한 감성을 지니고 있어서 종종 비탄과 탄식을 잘하고 눈물을 흔하게 흘리는 모습을 보이는데 이 같은 모습은 비단 여성 주인공에게만 한정된 것은 아니었다.

가) 허요좌, 「유씨전」

수레 소리 덜컹거리며 눈에서 그 모습이 보이지 않게 되자 (한익은) 넋을 잃고 일어나는 먼지 속에 서 있었다. 그는 몹시 복받치는 감정을 이

---

62 皇甫枚, 『三水小牘·步飛烟』.

겨내지 못하였다.

　(香車轔轔, 目斷意迷, 失於驚塵. 翊大不勝情.)

　나) 장방, 「곽소옥전」

　이생은 부끄럽기도 하고 느끼는 바도 있어서 자신도 모르는 사이에 눈물이 주르르 흘렀다.

　(生且媿且感, 不覺涕流.)

　다) 설조, 「무쌍전」

　선객은 통곡을 하고 울면서 이렇게 탄식하였다. "……이제는 (무쌍이) 죽고 말았으니 이 일을 어떻게 하나." 그는 흐느끼면서 스스로를 억제하지 못할 정도로 울었다.

　(仙客號哭, 乃歎曰: "……今死矣! 爲之奈何!" 流涕欷歔, 不能自己.)

　앞의 가), 나), 다)에서 보듯이 당대 애정류 전기의 남성 주인공은 자신의 감정을 억제하지 못한다. 그들이 나타내는 것은 사물의 이치를 따지는 이성이나 강렬한 의지가 아니라 감상에 가까운 심성이다. 또한 그들이 지닌 풍부한 감성은 때로는 그들을 정에 치우치게 해서 충동적으로 전통 예교를 범하게도 만든다. 이것은 규범에 의한 혼인과 자유로운 연애에 대한 욕망 사이에서 흔히 일어나는 상황으로 「이혼기」의 천낭이 집을 뛰쳐나와 왕주를 뒤따른 것, 「앵앵전」의 앵앵이 스스로 장생을 찾아와 하룻밤을 보낸 것 등에서 나타나는 공통점이다. 특히 재자가인이 지닌 전통 예교에 대한 반항은 여성 주인공들에게서 더욱 분명하게 두드러지는데 이것을 뒤집어 말하자면 여성 주인공들은 전통 예교에 의해 더욱 쉽게 상처받는다는 논리 또한 성립되는 것이다. 따라서 「곽소옥전」의 소옥은 사랑하던 남성이 명문가의 여성과 혼인하게 되어 자신을 버리자 슬픔을 이기지 못하여 죽게 되었으며 「앵앵전」의 앵앵은 전통 예교 속에서 자신이 결국 피해자가 될 것을 알고 장생을 적극적으로 붙잡지 않았던 것이다.

재자와 가인의 애정은 서로에게 있어 너무도 독점적이어서 그들 사이에 제3자가 끼어들 여지는 거의 없다. 이러한 그들의 애정 형태는 분석 심리학의 차원에서 볼 때 남녀가 서로 상대방에게 아니마anima, 혹은 아니무스animus로 작용하기 때문이다.[63] 아니마란 남성 개체 안에 있는 여성성을 말하는 것이고 아니무스는 여성의 무의식 안에 내재된 남성성을 뜻하는 개념이다. 재자와 가인이 처음 보는 순간부터 사랑에 빠지게 되고 그 사랑을 유지하게 되는 이유는 바로 상대방이 자신의 아니마, 혹은 아니무스가 되기 때문이다.

남성 혹은 여성은 자신의 아니마와 아니무스가 투영된 대상을 끊임없이 갈구한다. 그리고 자신의 아니마, 또는 아니무스에 일치된 대상을 찾는 순간에 완전성을 느끼게 되는 것이다. 따라서 재자와 가인은 서로에게 있어 인격의 완전성을 보장해주는 약속된 화신(化身)이 될 뿐 아니라 불완전한 세계 속에서 찾아낸 귀한 존재가 되는 것이다.

하지만 아니마와 아니무스는 늘 긍정적인 존재로만 다가오는 것은 아니다. 아니마는 아름다운 젊은 처녀, 여신 등으로도 나타나지만 때로는 창녀, 사나운 여자, 동물 등으로 나타나기도 한다. 아니무스 또한 멋진 남성의 모습으로 현현되는 동시에 동물, 혹은 무기, 남성의 성기와 같은 모습을 지니고 있다. 따라서 이러한 아니마와 아니무스의 이중성은 상대방에게 그, 또는 그녀를 이상화된 모습이 아니라 유혹자의 모습으

---

63 아니마anima, 혹은 아니무스animus에 대해서는 융 외, 『융 심리학 해설』(서울: 신영사, 1989), pp. 273~83을 참조하였다.

로 보이게끔 만든다.

재자가인 유형에서는 아니마와 아니무스가 대체적으로 긍정적인 경향으로 표현되지만 간혹 부정적인 경향의 유혹자로 상대를 규정하기도 한다. 예를 들어 「앵앵전」의 여주인공인 앵앵의 경우가 바로 그러한데 남성 주인공 장생은 처음에 그녀를 전심을 다해 사랑했지만 나중에는 그녀가 우물(尤物), 즉 유혹자였다고 판단한다. 이 같은 상황은 비록 재자가인 유형은 아니지만 『전기』의 「노함(盧涵)」과 같은 작품에서도 발견된다. 「노함」의 남성 주인공은 어떤 미인에게 혹하여 함께 술을 마시다가 그 미인이 요괴임을 깨닫고는 한걸음에 도망친다. 이는 곧 남성 주인공이 미인을 자신의 아니마인 줄 알았다가 다음 순간에 이상적인 아니마가 아니라 그 모습 뒤에 은폐되어 있던 파멸적인 존재임을 깨달았기 때문이었다.

융은 이러한 남성의 심리를 아니마가 자신의 어머니와 동일시되는 순간에 일어나는 현상이라고 언급하였다. 즉 남성의 무의식에 존재한 이상화된 이성의 모습이 투영되는 순간 그것이 자신의 어머니와 동일시됨으로써 당황하게 되고 그러한 모습을 애써 묵살하는 과정에서 선한 아니마의 모습이 악한 아니마의 모습으로 변화한다는 것이다.

어쨌든 지금까지 서술한 재자가인의 연애형은 당대 애정류 전기의 한 유형으로 그 위상을 차지하고 있다. 다음의 〈표 5〉는 재자가인 연애형을 일목요연하게 정리한 것인데 이를 통해 재자가인 유형을 보다 선명하게 파악할 수 있다.

<표 5> 재자가인의 연애 분류표

전기 작품	남주인공의 신분	여주인공의 신분	첫 만남에서의 감정 교류	연애의 결과
이혼기	몰락 가문의 자제	혼(魂)이 분리된 규수	○	결 합
유씨전	벼슬 없는 시인	첩	○	결 합
곽소옥전	진사	기녀	○	죽 음
이와전	수재(秀才) 시험 응시자	기녀	○	결 합
장한가전	황제	후비	○	죽음, 내세를 기약함
앵앵전	급제 못 한 사인(士人)	규수	△	이 별
무쌍전	특별한 명시 없음	규수, 후에 궁녀가 됨	○	결 합
양창전	절도사	기녀	○	죽 음
정혼점	상주참군 (相州參軍)	규수	×	결 합
정덕린	상담현위 (湘潭縣尉)	규수	○	결 합
보비연	명망 있는 집 자제	첩	○	죽 음

* 비고: ○는 해당 항목의 성격에 완전히 합치되는 것이고 △는 해당 항목의 성격을 부분적으로 반영하는 것이다. 그리고 ×는 해당 항목과 일치되지 않는 경우이다.

앞의 당대 애정류 전기 작품 가운데 「정혼점」의 경우만 남녀 주인공이 첫 만남에서 특별한 감정 교류가 없었는데 이것은 남녀 주인공의 첫 만남이 여주인공이 어린아이였을 때 이루어졌기 때문이다. 그러나 남녀 주인공이 결국에는 정해진 운명에 따라 성혼하고 그들이 재자와 가인으로서 살아가는 모습을 감안한다면 「정혼점」의 경우도 재자가인류의 규정과 괴리되지는 않는다고 판단된다.

종합해서 정리하자면 당대 애정류 전기의 재자가인 유형은 인신연애나 이류상애 유형에 비해 훨씬 더 현실에 가까워졌다. 아니 오히려 현실 그 자체를 묘사한 것과 다름이 없었다.[64] 따라서 재자가인 유형이 반영하는 풍부한 현실성은 후대의 평론가들에 의해 당대 애정류 전기의 정수로 꼽히게 되었던 것이다. 그러므로 이들 작품들이 후대의 희곡으로 변용, 발전되었을 뿐 아니라 특히 명·청대(明·淸代) 재자가인 소설의 원류가 되었던 점은 바로 재자가인 유형이 지닌 현실성에 기인한 것이라 하겠다.

---

64 재자가인 유형이 '실존적 존재'의 사랑, 즉 주변에서 보고 들을 수 있는 이야기를 다루었다는 점과 마찬가지로 인신연애와 이류상애 역시 '현실'과 깊은 연관성을 지닌다. 즉 현실에서 불가능한 사랑은 인신연애, 이류상애의 유형을 빌려 표현된 것이다. 그뿐 아니라 이러한 유형의 연애가 성취되는 순간에 오히려 '이별'이 발생하는 것은 바로 '분리'를 통해 리얼리티를 회복하는 것을 의미한다. 특히 이류상애 유형에서 흔히 나타나는 이 같은 현상은 이류상애가 인신연애에 비해 현실성에 더욱 근접하기 때문이다.

| 2장 |
당대 애정류 전기의 구조

애정류 전기는 남녀 주인공의 결합 여부에 따라 크게 두 가지 구조로 나누어진다. 첫번째는, 남녀 주인공의 성공적인 결합을 골자로 하는 해피엔딩 식의 결말 구조이고, 두번째는, 남녀 주인공이 결합하지 못하고 죽거나 이별하게 되는 비극적인 결말 구조이다. 당대 애정류 전기에 있어서 이들 두 가지의 구조는 중국 전통의 심미의식인 '중(中)'과 '화(和)'의 구현에 바탕하고 있다. 이것은 '예교(禮敎)'라는 윤리의식을 통해 '과유불급(過猶不及)'의 상태, 즉 감정상 지나침도 모자람도 없는 차원을 견지하는 미의식으로 극단적인 기쁨과 슬픔을 모두 배제하는 것을 말한다. 또한 당대 애정류 전기의 구조는 앞서 논급한 당대 애정류 전기의 세 가지 유형과도 유기적으로 연계된다. 곧 당대 애정류 전기에서 서술된 연애의 목적이 무엇인가에 따라 그것이 해피엔딩 식의 구조가 되기도 하고 비극적인 구조가 되기도 하는 것이다.

당대 애정류 전기의 두 가지 구조에 대해 상세히 알아보자.

1. 대단원 결말 구조

대단원 결말 구조는 작품이 해피엔딩 식으로 종결되는 구조로 희극적 결말 구조라고도 불린다. 하지만 '희극'이라는 용어는 아리스토텔레스의 『시학 *Poetics*』이후 정립된 서양의 극 이론 전통에 입각한 것으로 그 속에는 행복한 종결이라는 의미 이외에도 유머나 우스꽝스러움에 대한 개념 또한 포함되어 있다.[65] 뿐만 아니라 희극의 주인공을 비극의 주인공보다 뛰어나지 못한 하위 모방적 존재로 규정하는 노드롭 프라이의 언급[66]에 비추어 보았을 때 '희극적 결말 구조'로서 애정류 전기를 분석하기에는 당연히 무리가 뒤따른다. 따라서 서양 전통에 입각한 희극적이라는 용어에는 애정류 전기와는 성격상 걸맞지 않은 부분이 존재하므로 이 장에서는 '대단원'이라는 중국식 용어를 차용하였다.

대단원이란 작품의 마지막에 이르러 모든 모순이 해결되어 남녀 주인공이 영원한 행복을 영위하게끔 되는 구조이다.[67] 사전적 의미에서의 대단원은 '모두 크게 기뻐함(皆大歡喜),' 즉 전 가족의 단란함과 화목함을 뜻하는 말이기도 한데 이것은 대단원 구조를 지닌 당대 애정류 전기가 남녀 주인공의 행복한 결합과 목적의 성취로 결말지어지는 것과도 상통한다.

이 책에서 다루는 당대 애정류 전기 가운데 대단원의 결말 구조를 지닌 것은 「이혼기」「유씨전」「유의전」「이와전」「무쌍전」『속현괴록 · 정혼점』『전기』의 「정덕린」「설소」「배항」「장무파」「소광」「문소」등의 총

---

65 Aristotle · Gerald F. Else, *Poetics*(Michigan University Press, 1967), p. 23.
66 N. 프라이, 임철규 옮김, 앞의 책, pp. 64~78.
67 李春林, 『大團圓』(北京: 國際文化出版公司, 1988).

12편으로 이들 작품 모두 연애의 결과로서 남녀 주인공의 성공적인 결합을 공통점으로 한다. 다만 「소광」에서만은 남녀 주인공의 결합이 제시되어 있지 않다. 이는 「소광」의 내용 전개에 있어서 남녀 주인공의 연애를 중심으로 한 것이 아니라 남녀 주인공의 만남 속에서 전개되는 용에 관한 담론을 중심 내용으로 삼았기 때문이다. 그러나 「소광」 역시 '인간인 남성과 용녀와의 기이한 만남'을 다루고 있을 뿐 아니라 종국에는 남성 주인공이 용녀와의 만남을 계기로 수도(修道), 득선(得仙)하게 되므로 넓은 의미에서 보았을 때 대단원 구조에 괴리되는 것은 아니다.

다음의 표는 대단원 구조에 해당되는 당대 애정류 전기를 정리한 것으로 작품의 순서는 유형 분류에서 다루어진 순서에 따랐다.

〈표 6〉 대단원의 구조로 된 애정류 전기

전기 작품	유형의 분류	남녀의 결합 여부	소속 유형당 대단원 구조 비율
유의전	인신연애	○	
배항	인신연애	○	
장무파	인신연애	○	
소광	인신연애	△	
문소	인신연애	○	약 6할
설소	이류상애	○	약 1할
이혼기	재자가인	○	
유씨전	재자가인	○	
이와전	재자가인	○	
무쌍전	재자가인	○	
정혼점	재자가인	○	
정덕린	재자가인	○	약 5할

* 비고: ○는 해당 항목의 성격에 완전히 합치되는 것이고 △는 해당 항목의 성격을 부분적으로 반영하는 것이다.

〈그림 1〉각 유형과 결말의 상관관계 그래프

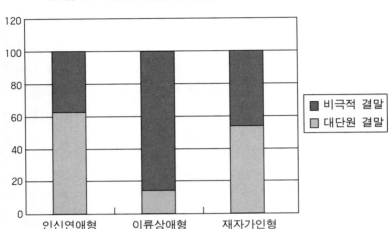

앞에서 나타나는 바와 같이 대단원 구조는 인신연애 유형에서 가장 높은 점유율을 나타내고 있다. 그 다음으로는 재자가인 유형이며 이류 상애 유형에서는 현저히 낮은 수치를 기록한다. 특히 인신연애 유형의 경우는 이 책에서 다루고 있는 총 8편 가운데 대단원 구조에 해당하지 않는 3편의 작품이 선기합류(仙妓合流)적 경향을 지닌 작품이거나 혹은 인성주의와 결합된 내용임을 감안했을 때 거의 대부분이 대단원의 결말로 끝맺어진다고 보아도 과언이 아니다. 그런데 인신연애 유형과 대단원 구조 사이에 존재하는 밀접한 연관성은 바로 인신연애 유형의 서술 목적과 관련이 깊다고 볼 수 있다. 인신연애 유형이 지닌 상징적 의미는 신녀(神女), 선녀(仙女), 용녀(龍女)와 같은 초월적 존재와의 결합을 통해 자신의 완전성, 곧 득선을 획득하고자 하는 것이기에 이 유형의 서술 목적은 초월적 존재와의 교합을 통해 음양합일이라는 신화적 사유를 회복하고자 하는 것이다.

이러한 음양합일적인 사유방식은 인신연애 유형의 결말 부분에서 가장 선명하게 드러난다. 예를 들어 '어디로 갔는지 모른다(不知所終)' '그 후로 그를 만난 사람은 아무도 없었다(後世人莫有遇者)' 등의 서술 양식은 인신연애 유형이 단순한 남녀의 만남만을 서술한 것이 아니라 보다 심오한 신화적 차원의 사유방식을 계승한 것임을 증명하는 것이다.

다음은 대단원 결말 구조를 지닌 인신연애 유형의 결미 부분을 나열한 것이다.

　가) 이조위, 「유의전」
　이런 일이 있은 후 유의의 소식은 영영 끊어졌다.
　(自是已後, 遂絶影響.)

　나) 배형, 『전기·배항』
　그 후로 배항을 만났다는 사람은 아무도 없었다.
　(後世人莫有遇者.)

　다) 배형, 『전기·장무파』
　나중에 장무파는 어떤 사람에게 의심을 받자 다른 곳으로 떠났는데 어디로 갔는지 아무도 모른다고 했다.
　(後無頗稍畏人疑訝, 于是去之, 不知所適.)

라) 배형, 『전기 · 소광』

지금은 세상을 피해가서 다시는 만날 수 없게 되었다.

(今遁世不復見焉.)

마) 배형, 『전기 · 문소』

그 후로 다시는 그들 두 사람을 보지 못했다.

(後竟不復見二人.)

　가)에서 마)에 이르는 결미 부분은 인신연애의 과정을 거친 남성 주인공의 마지막 모습을 서술한 것이다. 그들은 이미 인신연애를 통해 득선이라는 목적을 달성했기에 그들의 최후에 대한 묘사가 결코 삶의 종결로 그려지지 않았다. 이러한 결미 부분의 서술 특성은 신선설화(神仙說話)의 전통을 계승한 것으로 신선설화에서는 항상 신선의 마지막 행방을 묘사함에 있어 속인(俗人)과는 다른, 삶의 지속적인 형태로 표현되어진다. 예를 들어 천선(天仙)이 되어 승천했다거나, 지선(地仙)이 되어 명산에 들어갔다든가, 혹은 시해선(尸解仙)이 되어 죽었다가 다시 출현했다든가 아니면 아무도 간 곳을 모른다든가 하는 식의 표현이 그것들이다.[68] 따라서 앞의 논증들을 종합해보자면 인신연애 유형은 태생적으로 대단원의 결말 구조를 지향하게 된다. 그리고 대단원의 결말 구조는 인신연애 유형의 전기 작품이 의도한 목적의식을 달성하게끔 해주는 것이다.

　이에 비해 이류상애 유형에 있어서는 단지 「설소」한 편만이 대단원 결말 구조로 종결되었다. 그런데 이 작품이 이류상애 유형 가운데 이례

---

[68] 신선설화의 결미의 의의에 대해서는 鄭在書, 앞의 책, p. 147을 참조.

적으로 대단원 구조를 이룬 것은 순전히 여주인공의 부활에 기인하는 것이었다. 즉 「설소」의 여주인공인 장운용(張雲容)은 일찍이 도에 대해 관심을 가졌으며 신천사(申天師)의 충고에 의해 죽기 전에 단약(丹藥)을 복용한 사실이 있었다. 또한 장운용은 설소라는 남성과의 교합 행위를 재생(再生)의 방편으로 삼았기에 종국에는 그들이 성공적으로 결합하게 된 것이었다. 그러므로 「설소」에서 구현된 대단원 구조는 이류상애 유형의 예외라고 볼 수 있겠다. 이는 곧 「설소」의 작자 의식이 여타의 이류상애 유형 전기를 쓴 작자들의 창작 의식과 차별성을 가졌기 때문이다. 즉 여타의 이류상애 유형이 양기를 되려 흡취하여 궁극적으로는 남성 주인공에게 해를 끼치게 되는 여주인공과의 결합을 지양하는 성격을 지녔다면 「설소」에서는 신천사의 예언에 따라 이루어진 남녀 간의 기이한 만남을 서술의 중심에 두었기 때문이었다. 그러므로 망혼(亡魂)이었던 장운용이 설소와의 교합 행위를 통해 부활한 것은 작자가 지향하는 남녀의 만남이라는 창작 의도와 어긋나지 않았던 것이다.

한편 재자가인 유형에 있어서는 총 11편 가운데 6편이 대단원 구조로 되어 있다. 이 경우에서 작품이 대단원으로 종결되는가 비극으로 종결되는가의 여부는 개별 작품마다 논리가 다르게 적용된다. 우선 당대 애정류 전기 가운데 당대 애정류 전기의 작자, 곧 사인(士人)들이 자신들의 유교적 윤리관을 전기 작품 속에 반영시키려는 의도가 짙은 작품은 대부분 대단원의 결말 구조를 이룬다.

대단원의 결말 구조는 중국 전통의 사유 체계 속에서 천(天)과 인(人)의 질서 구현과 근본적으로 동일시된다.[69] 이는 순환적인 우주관과 인생관을 상징하는 것으로서 일체의 갈등이 해소되어 지나침도 모자람

---

69 대단원 천인합일(天人合一)적 결말 구조에 대해서는 李春林. 앞의 책, pp. 1~86을 참조.

도 없는 평정한 상태에 이르는 것을 뜻한다. 따라서 대단원 구조의 기저에는 '화(和)'를 중시하는 중국 전통의 사유방식이 흐르는 것이다. 그리고 이러한 '화'를 유지하기 위한 장치로 예교(禮敎)가 필요한 것이니 예교에 합치된다면 곧 대단원을 이룰 수 있게 되는 것이다. 재자가인 유형의 작품 가운데 「유씨전」과 「이와전」은 '화'를 지향하는 대단원 결말 구조의 대표적인 예가 된다. 「유씨전」에서는 여주인공 유씨의 절의와 협사(俠士) 허준(許俊)의 의기로 인해 헤어졌던 남녀가 만나는 대단원으로 종결되었다. 또한 「이와전」에서는 지난날의 잘못을 뉘우치고 개과천선한 여주인공 이와의 정절 때문에 대단원의 결말을 맞이할 수 있게 된 것이었다. 따라서 「유씨전」과 「이와전」에서의 갈등 구조는 종국에는 '화'라는 큰 목적 속에서 모두 융해되고 다만 유씨와 이와가 행한 예교만이 남게 된다.

한편 왕국유(王國維)는 「홍루몽평론(紅樓夢評論)」에서 대단원의 결말 구조를 중국인의 민족성과 결부하여 언급하였는데 그의 주장에 따르면 중국의 서사문학이 대단원을 이룰 수밖에 없는 이유는 다음과 같다.

중국 사람의 정신은 세속적이고 낙천적이다. 그러므로 그 정신을 대표하는 희곡과 소설이 낙천적 색채를 지니지 않은 것이 없으니, 처음에는 슬펐다가도 나중에는 기쁘게 되고, 처음에 헤어졌던 사람이 나중에 합치게 되며, 처음에는 곤궁했다가도 종국에는 형통하는데 이것이 아니고서는 읽는 것에 염증 난 마음을 만족시켜주기가 어렵다.

(吾國人之精神, 世間的也, 樂天的也. 故代表其精神之戲曲小說, 無往而不著此樂天色彩, 始於悲者終於歡, 始於離者終於合, 始於困者終於亨, 非是而欲饜閱者之心難矣.)[70]

왕국유의 언술에 의하면 중국인은 천성적으로 낙천적인 성격을 가졌기에 중국의 희곡과 소설 또한 비극보다는 대단원의 결말을 선호하는 성향을 나타나게 되었다는 것이다.[71] 그러므로 이러한 맥락에 따르면 당대 애정류 전기에서 대상으로 삼는 재자가인의 애정 또한 비극보다는 대단원의 결말 구조로 서술되는 성향을 갖는다는 언명이 성립한다. 더군다나 '기(奇)'를 추구한 당나라 사람들의 심리와 관련했을 때 '기이한 만남과 결합'에 대한 이야기는 필연적으로 대단원의 결말 구조를 향하게 된다. '기'를 통한 오락적 효과에 대해서는 이미 당대의 작품인 『대당전재(大唐傳載)』의 서문과 『독이지(獨異志)』의 서문에서도 언급된 바가 있었다. 『대당전재』에서는 "비록 소소한 이야깃거리이지만 간혹 볼 만한 것도 있으니, 두루 살펴보며 입을 벌름거리고 웃어대면 될 뿐이다"[72]라 하였으며 『독이지』에서는 "(이 책이) 넓게 전해지기를 원하며, (그것을 읽는 사람의) 얼굴이 웃음으로 활짝 펴지기를 바란다"[73]고 하였던 것이다. 따라서 '재자와 가인의 기이한 만남과 결합'은 전기가 구현하고자 하는 '기'를 통한 오락적 효과에도 부합될 뿐 아니라 낙천적인 결말을 선호하는 중국 전통의 의식 체계와도 이어진다. 그런 의미에서 본다면 「이혼기」「무쌍전」「정혼점」「정덕린」 등의 작품에서 표현한

---

70 王國維, 「紅樓夢評論」, 『王國維先生三種』(臺北, 育民出版社, 1970).

71 비극보다는 대단원 결말을 선호하는 형식은 송대(宋代) 이후의 화본소설(話本小說)에서 더욱 분명하게 드러난다. 당대(唐代)의 전기(傳奇)에 비해서 후대의 화본이 대단원을 선호하게 된 이유는 화본의 향유층이 전기의 향유층보다 훨씬 민중 지향적이기 때문이었다. 즉 특정한 사인(士人) 계층의 향유물이었던 전기에는 오락적인 효과 이외에도 수많은 이데올로기의 의미망이 교착되어 있다. 하지만 화본은 이데올로기를 구현하는 쪽보다는 오락적인 효과 쪽에 좀더 치중하였기에 민중적 정서에 기반한 대단원의 결말이 더욱 자연스럽게 이루어진 것이었다.

72 撰者未詳, 『大唐傳載·序』. "雖小說或有可觀, 覽之而噱而笑焉."

73 李冗, 『獨異志』. "顧傳博達, 所貴解顏耳."

남녀의 초현실적인 만남의 세계가 행복한 결말을 이루는 것은 당연한
결과가 되는 것이다.

2. 비극적 결말 구조

　일찍이 루쉰이 "비극이란 인생의 가치 있는 것들을 파괴시켜서 인간
에게 보여주는 것이다"[74]고 정의 내렸음에도 불구하고 '비극'이란 개념
은 중국 전통의 개념은 아니었다. 역사 이래로 중국에는 '비극'이 아니
라 단지 '슬픔(悲)'에 대한 개념만이 존재하였는데 『귀곡자・본경음부
(鬼谷子・本經陰符)』의 "음률이 조화롭지 못하면 슬픈 느낌도 없게 된
다"[75]는 대목과 『회남자・제곡훈(淮南子・齊谷訓)』에 기재된 "현으로만
연주해서는 슬픈 느낌이 들지 못한다"[76]는 언급에서 보이듯이 '슬픔'은
칠정(七情)에 속하는 감정의 한 형태를 의미하는 것일 뿐이었다. 따라
서 중국 문학에서의 비극은 서양 문학에서 말하는 비극과는 본질적으로
다른 특성을 지니고 있다.
　서양의 비극에 대해 가장 먼저 이론을 정립한 아리스토텔레스의 『시
학』에서는 비극이란 고귀하고 완결된 행동의 모방이며, 예술적으로도
고양된 언어를 사용하고, 연민과 공포의 감정을 자아내는 사건들의 재
현을 통하여 카타르시스를 성취하도록 만든다고 언급하였다.[77] 또한 그
의 주장에 따르면 비극은 반전reversal, 발견recognition, 수난suffering

---

74 魯迅, 『魯迅全集 1』(北京: 人民文學出版社, 1981). "悲劇將人生的有價值的東西毁減給人看."
75 『鬼谷子・本經陰符』第7篇. "故音不和則不悲."
76 『淮南子・齊俗訓』. "徒弦則不能悲."
77 Aristotle・Gerald F. Else, 앞의 책, p. 25.

등의 요소를 갖춘 복합적인 플롯을 형성해야만 단순한 플롯의 비극보다 훨씬 차원이 높은 비극이 될 수 있다고 하였다. 이러한 비극에 대한 개념은 아리스토텔레스 이후 계속 발전되어서 비장미와 숭고미를 위주로 하는 서양 비극의 이론으로 정립되었다. 그런데 이에 비해 중국의 비극은 극단적이지 않은 상태를 추구하고 만물이 평정과 조화를 찾는 '중화미(中和美)'의 구현을 위주로 한다.[78] 중화란 중국 전통 사상을 대표하는 기본 정신으로 중용(中庸)과 일맥상통하는 개념인데 이에 대해 송대(宋代)의 주희는 다음과 같은 규정을 내린 바가 있었다.

> 유씨는 이렇게 말하였다. '성정으로써 말하면 중화라 하고, 덕행으로써 말하면 중용이라고 하는 것이다.' 그러니 중용의 중은 사실은 중화라는 뜻을 겸한 것이다.
> (游氏曰: "以性情言之, 則曰中和, 以德行言之, 則曰中庸是也." 然中庸之中, 實兼中和之義.)[79]

주희가 정리한 중용의 도에 대해 일찍이 공자는 '과유불급(過猶不及)'으로 개괄한 바 있었듯이 이는 지나친 슬픔이나 지나친 기쁨을 모두 경원하는 차원인 것이었다. 따라서 중국의 비극이 지향하는 중화미는 서구의 비극 개념과는 성격상 판이하게 다르며 오히려 앞서 설명한 대단원의 결말 구조에서 추구했던 천인합일(天人合一)의 '화(和)'와 '예교(禮敎)'의 구현과 기본적으로 궤를 같이한다고 볼 수 있다.

이 장에서 비극적 결말 구조로 포함시킨 작품은 총 15편으로 「유선

---

[78] 중국의 비극 미학인 중화미(中和美)에 대해서는 宋眞榮, 『『紅樓夢』의 悲劇性 硏究』(梨花女子大學校 中語中文學科 碩士論文, 1992), pp. 22~27을 참조하였다.

[79] 朱熹, 『中庸章句』.

굴」「임씨전」「이장무전」「곽소옥전」「장한가전」「앵앵전」「주진행기」
「양창전」『현괴록·최서생』, 『전기』의 「손각」「봉척」「증계형」「요곤」
「안준」, 『삼수소독·보비연』이 해당된다. 그 가운데서도 특히 「곽소옥
전」과 「장한가전」「앵앵전」과 같은 작품은 극단적인 슬픔을 배제하는
중화미의 구현과 합치되는 특성을 나타낸다. 「곽소옥전」의 경우는 곽소
옥이 죽은 후 자신을 배신한 이생(李生)에게 잠시 나타나 "모욕을 당했
으면서도 이렇게 전송해주시다니 아직도 남은 정은 있었군요. 저 세상
에 있어도 어찌 감탄하지 않았겠어요"[80]라고 말하는 장면이 있다. 서양
의 비극 이론에 비추어 보았을 때 이런 장면은 「곽소옥전」이 주인공들
의 철저한 파멸로 묘사되는 데 오히려 군더더기가 되는 요소에 불과하
다. 즉 이것은 이생에 대한 곽소옥의 원한에 일관성을 지니지 못하게
할 뿐 아니라 비극으로서의 「곽소옥전」의 가치에도 손상을 미치는 부분
으로 평가될 수가 있다. 그러나 중국 전통의 중화미에 의거한다면 죽은
소옥의 등장은 극단적인 '슬픔'을 견제하는 하나의 장치가 되고 있다.
다시 말해 소옥이 잠시 등장하여 배신한 이생에게 전하는 말은 '슬픔'
의 정서로 치닫는 것을 막고 '슬픔' 가운데 있으면서도 중용의 도를 유
지하게끔 만드는 것이니 이는 '슬퍼하나 감정을 상하지 않는다(哀而不
傷)'의 정서와도 상통하는 것이 된다.

　「곽소옥전」에서와 같은 중화미의 미학은 「앵앵전」에서도 동일하게 구
현된다. 앵앵과 장생이 이별하는 과정은 뭔가 석연치 않으며 흐지부지
한 구성으로 이루어진 듯한 인상이 있는데 이것 역시 중국 전통의 중화
미에 의한 배치인 것이다. 곧 그들이 서로를 생각하면서도 둘 다 적극
적으로 혼인을 추진하지 않은 점, 그리고 작품의 마지막에서 앵앵 역시

---

80 蔣防, 「霍小玉傳」. "媿君相送, 尙有餘情. 幽冥之中, 能不感歎."

다른 남성과 혼인하고 장생과의 재회를 거절한 점 등은 「앵앵전」이 사랑하는 남녀의 불가항력적인 이별로 묘사되는 데 장애 요소로 개입한다. 이것은 일견 보기에는 완전한 구조를 이루지 못한 비극으로 간주될 수도 있으나 중화미적인 시각에 의한다면 작품이 지나친 슬픔으로 일관되지 않게 만드는 미학적 장치가 된다. 또한 「장한가전」에서 설정된 현종과 양귀비의 내세에 대한 기약 역시 중화미의 구현에서 해석될 수 있다. 이는 곧 양귀비의 죽음으로 인해 그들이 영원히 이별하게 되는 것이 아니라 또 다른 차원에서의 만남을 약속하게 되는 것으로 「장한가전」이 중화미를 갖춘 비극이 될 수 있도록 만든다. 이러한 중국적인 비극의 미학은 서구의 리얼리즘적 서사관에 비추어 보았을 때 긍정적으로 받아들여지기가 어렵다. 더군다나 아리스토텔레스 이후 지속된, 잘 짜인 플롯에 대한 믿음은 하나의 작품이 완전한 형태를 지니기 위해서는 반드시 '처음beginning'과 '중간middle'과 '끝end'이 있어야만 하고 이 세 가지 요소는 우연성의 개입에 의해 방해받아서는 안 된다는[81] 견해로 일관되어왔다. 그러므로 당대 애정류 전기에서 이루어지는 비극적 결말 구조는 서구적 리얼리즘의 전통에 의할 때 동양 서사가 가진 태생적인 한계로 보이거나, 아니면 미개한 상태의 것으로 보일 수밖에 없게 된다.[82] 하지만 동양적 전통의 맥락에서 파악한다면 당대 애정류 전기에서 나타나는 일체의 모호한 설정과 처음, 중간, 끝이 분명치 않은 구도는 모두 동양의 순환적론인 사유방식과 중화미라는 미학의 차원에서 설명될 수가 있는 것이다.

---

81 Aristotle · Gerald F. Else, 앞의 책, p. 30.
82 이와 관련한 서구 학자의 논의로는 John L. Bishop, "Some Limitations of Chinese Fictiom," *Studies in Chinese Lirerature*(Cambridge: Harvard-Yenching Institute, 1965), pp. 237~45를 거론할 수 있다.

<표 7> 비극적 결말 구조로 된 당대 애정류 전기

전기 작품	유형의 분류	남녀의 결합 여부	소속 유형당 비극적 결말의 비율
유선굴	인신연애	×	
최서생	인신연애	×	
봉척	인신연애	×	약 3할
이장무전	이류상애	△	
주진행기	이류상애	×	
증계형	이류상애	×	
안준	이류상애	×	
임씨전	이류상애	×	
손각	이류상애	×	×
요곤	이류상애	×	약 8할
곽소옥전	재자가인	×	
장한가전	재자가인	×	
앵앵전	재자가인	×	
양창전	재자가인	×	
보비연	재자가인	×	약 4할

* 비고: ×는 해당 항목의 성격에 완전히 합치되는 것이고 △는 해당 항목의 성격을 부분적으로 반영하는 것이다.

다시 당대 애정류 전기 작품 자체로 돌아가서, 이 장에서 다루는 총 15개의 당대 애정류 전기 작품은 각각의 작품 속에 이미 비극으로 설정될 수밖에 없는 이유를 내재하고 있다.[83] 그것은 각각의 작품을 서술한 창작 의도와도 연계되는 것인데 그 의도를 규명하기 위해 우선 〈표 7〉

---

[83] 당대(唐代) 애정류 전기의 비극성에 대해서는 金洛喆,「唐 傳奇 愛情小說의 構造 硏究」(成均館大學校 大學院 中語中文學科 博士論文, 1997)를 참조.

을 작성하였다.

　표에서 나타나듯이 비극적 결말 구조의 작품 가운데 이류상애 유형이 점하는 비율은 약 8할로 가장 높으며 재자가인 유형은 약 4할로 그 다음이고 인신연애의 경우가 약 3할로 가장 낮은 수치를 기록하였다. 인신연애 유형은 작품의 창작 의도상 본질적으로 대단원의 결말 구조를 지향하게 된다고 하였다. 그러나 「유선굴」과 「최서생」 「봉척」에서는 남녀 주인공이 결합되지 못하는 것으로 종결되는데 그것은 이들 세 작품이 여타의 인신연애 유형과 비교했을 때 좀더 다른 차원에서의 논의를 필요로 하기 때문이다. 「유선굴」의 경우는 정통적인 인신연애 서사라기보다는 선기합류(仙妓合流)적 경향을 지니는 작품이다. 이는 곧 「유선굴」에서 연애의 대상이 되는 선녀는 이미 기녀의 모습에 더 가깝게 나타났다는 뜻으로 남성 주인공이 여주인공을 통해 득선(得仙)이라는 목적을 이루는 것과는 관계가 없다. 뿐만 아니라 여주인공이 지닌 기녀에 가까운 속성은 여주인공과의 연애 행위가 곧 궁극적인 이상 획득과 동일시된다는 상징적 의미를 그다지 크게 작동시키지 못하였다. 따라서 이제 「유선굴」의 여주인공은 잠시 놀고 헤어지는 것이 목적인 기녀와도 같은 존재가 되었기에 그들의 연애를 대단원으로 이끌어 갈 필요성은 상실된 것이다. 이에 비해 「최서생」과 「봉척」의 경우는 당대 전기에 전반적으로 개입되는 인성화(人性化)에 따른 현상으로 분석될 수 있다. 이것은 인신연애를 통한 득선이 실패로 돌아갈 수도 있다는 것으로 전대의 인신연애 서사에서는 거의 나타나지 않는 현상이다. 특히 「봉척」에서는 남성 주인공이 상대가 선녀인 줄 뻔히 알고 있으면서도 선녀의 구애를 거절하고 유교 경전만 파고드는 것으로 묘사되어 있는데 이러한 서사 형태의 설정은 인신연애 자체를 성스러운 제의의 차원에서 완전히 벗어나게 하여 이제는 가볍게 웃고 넘길 수 있는 단순한 이야깃거리로 변화시킨 것이었다.

한편 이류상애에 있어서는 이 유형의 약 8할이 비극적 결말 구조로 되어 있다. 그중 망혼(亡魂)과의 연애 유형 가운데 「이장무전」의 경우는 남녀 주인공이 나눈 생전의 사랑이 여주인공이 망혼이 된 이후에도 재현되었기에 이 장에서 설정한 비극적 결말 구조의 의미에 완전히 부합되지는 않는다. 하지만 「이장무전」의 남성 주인공이 망혼이 된 여주인공과 사랑을 나눈 것은 잠시 동안에 불과하며 그들이 최종적으로 결합하게 된 것은 아니었기에 이 작품의 마지막이 비극적 결말 구조와 결코 어긋나지는 않는 것으로 보인다.

망혼과의 연애가 비극으로 끝날 수밖에 없는 이유는 망혼과 인간은 이미 차원을 달리하는 세계에 살고 있다는 사고방식 때문이었다. 그래서 「이장무전」에 삽입된 시에서는 그들이 유명(幽冥)이 다른 처지임을 계속 언급한 것이었고[84] 「증계형」에서도 삶과 죽음의 세계가 다름을 강조한 것이었다.[85] 또한 「주진행기」[86]와 「안준」[87]에서는 날이 밝아오자 남녀 주인공은 이별할 수밖에 없었던 것이었다. 그뿐 아니라 채보술(採補術)의 관점에서 볼 때 인간과 망혼과의 교합은 인간, 즉 남성에게 해를 끼칠 수밖에 없었다. 이것은 비단 망혼과의 교합에서만 아니라 요괴(妖

---

84 李景亮, 「李章武傳」. "이별이라도 유명부터 달리하는 이별이니, 어찌 다시 만날 기쁜 날이 있을소냐(分從幽冥隔, 豈謂有佳期)." "그 옛날 헤어질 땐 다시 만날 날을 생각했지만, 이제 이별하면 이 세상 끝나도록 만나지 못하네(昔辭懷後會, 今別便終天)."

85 裴鉶, 『傳奇·曾季衡』. "당신이 저 어두운 저승을 생각하시는 것이 깊고 정 또한 간절함에 감격했습니다. 그래서 삶과 죽음의 세계가 다르긴 하지만 이렇게 만나보기를 자못 생각했습니다(感君思深杳冥, 情激幽壤, 所以不問存歿, 頗思神會)."

86 韋瓘, 「周秦行紀」. "날이 밝자 시녀가 일어나기를 고하러 왔다…… 태후가 말하길 '여기는 당신이 머무를 수 있는 곳이 못 되오니 어서 빨리 돌아가세요'라고 하였다(會將旦, 侍人告起…… 太后曰: '此非郎君久留地,' 宜亟還)."

87 裴鉶, 『傳奇·顏濬』. "날이 밝아 일어나려 하자…… 그들은 흐느끼면서 헤어졌다(欲曙而起…… 鳴咽而別)."

218

怪)와의 관계에서도 마찬가지로 적용된다. 따라서 남성의 입장에서 보았을 때 망혼이나 요괴와의 연애는 남성 자신의 이익을 위해서라도 필연적으로 이별할 수밖에 없게 된다. 뿐만 아니라 연애 행위 자체에 있어서도 남성 주인공은 잠시 그들에 대한 욕망을 품은 후에 '이 여자는 사람이 아니었다. 그래서 오래도록 행복하게 살지는 못하였다'는 식으로 회피하였는데 이것 또한 이류상애가 비극적 결말을 이루게 된 원인으로 작용한다.

가) 심기제, 「임씨전」

마침 푸른 개가 풀 속에서 뛰어나왔다. 정생이 보니 임씨가 별안간 땅위에 떨어지면서 본래의 모습으로 변해서 남쪽으로 달아나는 것이었다…… 임씨는 좀더 달아나다가 결국은 개에게 물려서 죽고 말았다.

(蒼犬騰出於草間. 鄭子見任氏欻然墜於地, 復本形而南馳…… 里餘, 爲犬所獲.)

나) 배형, 『전기·손각』

원씨는 손각에게 "잘 있어요, 잘 있어요, 당신과는 영원히 이별해야 돼요"라고 하더니 옷을 찢어버리고 늙은 원숭이로 변하여 짖어대던 원숭이들을 따라서 나무 위로 뛰어가버렸다.

(語孫恪曰: "好住! 好住! 吾當永訣矣!"遂裂衣化爲老猿, 追嘯者躍樹而去.)

다) 배형, 『전기·요곤』

그 개는 객사로 들어가더니 요도를 보고는 노한 눈을 하며 쇠사슬을 당겨서 섬돌 위로 뛰어오르려고 하였다. 요도 역시 여우로 변하더니 그 개의 등 위로 올라가서 개의 눈알을 후벼 팠다…… 요곤은 몹시 놀라서 그들을 쫓아갔으나…… 여우는 어디로 갔는지 알 수가 없었다.

(入館, 犬見天桃, 怒目掣鎖, 躡步上階. 天桃亦化爲狐, 跳上犬背, 抉其目…… 坤大駭逐之…… 狐卽不知所之.)

가), 나), 다)의 마지막에 여성 주인공이 본래의 모습으로 돌아가는 장면은 그들이 근본적으로 사람이 아닌 이류(異類)이기 때문에 남성 주인공과 결합될 수 없다는 근거를 뒷받침해주는 것이다. 또한 이들 사람이 아닌 존재들이 모두 남성 주인공과의 첫 만남에서 유혹적인 모습으로 묘사되어 있음을 상기할 때 이류상애 유형에 내재한 상반된 심리를 유추해낼 수가 있다. 즉 당대 애정류 전기의 작자들은 유혹적인 여성에 대해 매력을 느끼면서도 한편으로는 그들을 본래의 모습으로 환원시켜버렸으니, 이는 당대 애정류 전기의 작자가 지닌 관념상 유혹적인 모습을 한 여주인공이 남성 주인공과 결합하여 행복하게 사는 것을 용납할 수 없었던 것이기도 하다. 따라서 이류상애 유형의 서술 의도는 단지 이류와의 기이한 이야기를 보여주는 데 있을 뿐이지 인신연애에서처럼 여성을 통한 궁극적 이상의 추구가 아님을 여기에서 인지하게 된다.

이 장에서 다루는 이류상애 유형 가운데 예외적으로 「설소」만은 대단원의 결말 구조를 이룬다. 그러나 이 작품에서 장운용은 재생하여 설소와 행복한 삶을 누리게 되었지만 장운용과 같이 있던 다른 망혼들은 아무도 재생하지 못하였던 점을 상기해야 한다. 그러므로 이류상애 유형 가운데 「설소」가 유일하게 비극적 결말이 되지 않은 점은 여주인공 장운용의 단약 복용과 설소와의 교접 행위를 통한 재생과 관련된 도교적 전통의 맥락 속에서 파악해야 할 것이다.

한편 재자가인 유형 가운데서는 「곽소옥전」 「장한가전」 「앵앵전」 「양창전」 「보비연」이 비극적 결말로 설정되어 있다. 그런데 이들 작품 가운데 「양창전」을 제외한 4편은 모두 예교에 합치되지 않은 남녀의 결합으로 인해 비극적 결말을 맞게 된 경우이다. 유교적 윤리 관념에 입각했을 때 남녀의 결합은 항상 "정에서 나오지만 예의에서 그치는"[88] 차원을 견지해야만 되었다. 만일 남녀의 결합이 예의로써 맺음되지 않는다면 그것은 애정의 도피(私奔)가 되는 것이었다. 앞의 4편 중에서도 특히 「앵앵전」과 「보비연」은 애정 도피의 내용을 담고 있는데 이들 작품이 비극으로 끝날 수밖에 없었던 이유는 애정의 도피를 허용할 수 없는 당대 애정류 전기의 작자 의식에서 찾을 수 있다. 즉 유교적 소양을 갖춘 사인(士人)에게 있어서 앵앵과 보비연이 행한 규범을 벗어난 사랑은 기이한 이야깃거리에는 속할지언정 결코 대단원의 결말 구조로 이루어질 수는 없는 일이었다. 실제로 「앵앵전」과 「보비연」의 결미에 부가된 의론문(議論文)에서도 여주인공인 앵앵과 보비연이 예교에 합치되지 않은 일을 했음을 비판하고 있는데[89] 이는 「앵앵전」과 「보비연」의 비극적 결말 구조에 당위성을 부여하는 것이다.

「곽소옥전」의 경우는 약간 성격이 다르다. 곽소옥은 출신이 기녀이기 때문에 곽소옥과 이생(李生)의 관계는 애정의 도피로 설정될 수는 없다. 하지만 곽소옥은 이생에게 자신과의 해로를 약속받고 그 약속을 지키지 않게 된 이생을 원망하다가 죽는다. 이러한 곽소옥의 태도, 즉 남성을 구속하는 태도는 역시 같은 기녀 출신인 이와(李娃)의 태도와 판이하게 다르다. 이와가 남성 주인공을 헌신적으로 뒷바라지하여 성공

---

88 『毛詩·序』. "發乎情, 而止乎禮義."
89 「앵앵전」과 「보비연」의 의론문과 관련해서는 이 책의 4부 2장의 '2. 남성 작자와 이데올로기'에서 다시 다루어진다.

시킨 후 오히려 자신은 그의 곁을 떠나려 했던 것에 비해 곽소옥은 이생에게 자신의 욕망을 계속 관철시키려고 하였다. 따라서 곽소옥의 태도는 곧 여성이 직접적으로 자신의 욕망을 드러내는 것이었으며 "정에서 나오지만 예의에서 그친다"는 예교의 개념에 합치되는 일이 아니었다. 그러므로 「곽소옥전」의 작자는 곽소옥의 종말에 대해 동정적인 시선을 보내긴 했어도 소옥과 이생을 맺어지게 할 수는 없었던 것이다.

심리학적 측면에서 볼 때 소옥은 항상 버림받을지도 모른다는 강박관념에 사로잡혀 있었다. 이 같은 소옥의 강박관념은 곽왕(霍王)의 애첩이었던 자신의 어머니의 모습에서 비롯된 것이다. 소옥의 어머니는 왕이 죽자 소옥과 함께 다른 형제들로부터 쫓겨나게 되었고 이러한 버림받음의 과정 속에서 소옥은 자신을 어머니와 동일시[90]하며 버림받음에 대한 강박관념을 내재화하였다. 따라서 소옥의 버림받고 싶지 않은 심리는 이생에 대한 집착으로 바뀌었다.

소옥은 자신의 신분이 기녀인 것과는 상관없이 이생이 언약한 애정만을 온전히 믿었다. 소옥이 이생에게 지니는 이 같은 감정은 자신과 타인을 구별하지 못하는 감정이었으니 이는 일종의 나르시스적 충만함이었으며 자기애에 가까운 감정이라고 할 수 있다.[91] 그래서 소옥은 이생에게 강력한 에로스적 충동을 형성하였으며 그러한 소옥의 에로스는 종국에 이생을 파멸시키고자 하는 죽음의 본능인 타나토스tanatos로 전환된 것이었다.[92] 소옥의 타나토스적 심리는 그녀가 죽어가면서 이생에게 남긴 말에서 더욱 선명히 드러난다.

---

90 '동일시'의 정신분석학적 의미에 대해서는 캘빈 S. 홀, 백상창 옮김, 『프로이드 심리학』(서울: 文藝出版社, 1996), pp. 112~19를 참조.

91 곽소옥이 이생에게 보이는 애정과 집착에 대해서는 줄리아 크리스테바Julia Cristeva, 「로미오와 줄리엣 또는 규범을 벗어난 사랑」『세계의 문학』(서울: 민음사, 2001), 겨울, 102호, pp. 113~42에 적용된 논리를 차용한 것이다.

"이군이여! 이군이여! 이제 영원한 이별이에요. 내가 죽은 후에도 반드시 원귀가 되어서 당신의 부인과 첩들을 한시도 편안하게 두지 않을 거요."

("李君, 李君, 今當永訣! 我死之後, 必爲厲鬼, 使君妻妾, 終日不安.")[93]

소옥의 저주 때문이었을까? 이생 역시 소옥이 세상을 떠난 뒤 자신의 부인에게 의처증 증세를 보였을 뿐 아니라 이후로 만나는 여자들을 모두 심하게 학대하였다.[94]

이생이 외출할 때에는 목욕하는 큰 통을 영십일낭(營十一娘)이 누워 있는 침대 위에 덮어씌우고 그 둘레는 봉해서 표식을 했으며 집으로 돌아와서는 반드시 자세히 살펴본 후에야 비로소 그것을 열었다.

(出則以浴斛覆營於牀, 週迴封署, 歸必詳視, 然後乃開.)[95]

이와 같이 이생이 사디즘sadism적으로 변화된 것은 소옥으로 인한 죄책감을 상쇄시키기 위하여 자아의 방어기제가 작동한 것으로 풀이할 수 있다. 이는 곧 이생이 이드Id와 초자아Super Ego 간의 괴리 때문에 일어나는 엄청난 압력과 가책에 따른 불안을 자기 자신에게 돌리지 않

---

92 에로스eros와 타나토스tanatos에 대해서는 프로이트, 박찬부 옮김, 『쾌락원칙을 넘어서』(서울: 열린책들, 1997), pp. 48~49를 참조.

93 蔣防,「霍小玉傳」.

94 이생의 성 학대증적이면서도 가학증적인 증세에 대해서는 全寅初, 『唐代小說硏究』(서울: 연세대학교 출판부, 2000), p. 213에서도 다루어진 바 있다.

95 蔣防,「霍小玉傳」.

고 타인, 즉 자신의 부인이나 첩들에게 돌리는 행위이다. 따라서 이생의 사디즘은 자신의 불안을 해소시키기 위한 투사(投射)[96]의 일종으로 해석할 수 있는 것이다.

다시 재자가인 유형의 당대 애정류 전기로 돌아와 볼 때 예교에 합치되지 않는 남녀의 애정은 거의 대부분 비극적 결말로 끝을 맺었다. 앞에서 열거한 작품들 이외에도 「장한가전」 또한 비극적 결말 구조로 되어 있는데 그 이유는 현종과 양귀비가 사분의 관계여서가 아니라 현종이 여색(女色)에 탐닉하여 나라를 망쳤기 때문이었다. 그러므로 이것 역시 "정에서 시작해서 예의에서 그친다"는 유교 윤리와 괴리되기에 행복한 종결을 이룰 수 없는 상황이었다. 이에 비해 「양창전」의 경우는 목숨을 다해 절의를 지킨 기녀를 묘사한 것이다. 더군다나 여주인공 양창은 곽소옥처럼 지속적인 애정을 요구하지도 않았고 남성 주인공이 죽자 스스로 목숨을 끊기까지 하였다. 따라서 양창의 비극적인 죽음은 그 자체만으로도 충분히 "정에서 시작해서 예의에서 그친다"는 예교의 정신에 부합된다. 그러므로 「양창전」의 작자는 어차피 기녀인 양창과 이미 결혼한 처지인 남성 주인공의 결합 가능성은 거의 없다는 전제 하에 양창의 비극적인 죽음을 의도적으로 부각시킨 것이었다.

이상의 논의에서와 같이 인신연애, 이류상애, 재자가인의 유형은 각각에 개입된 사회문화적 논리에 따라 대단원의 결말 구조를 이루기도 하고, 비극적인 결말 구조로 끝나기도 하였다. 또한 개별 작품에 투영된 당대 애정류 전기 작가의 창작 의도는 전기 자체를 이끄는 리비도로 작용하였기에 전기 작가가 목적하는 바가 무엇인가에 따라 당대 애정류

---

96 캘빈 S. 홀, 백상창 옮김, 앞의 책, pp. 133~37.

전기는 그 유형과 구조를 달리하게 되었음도 파악할 수 있었다.

당대 애정류 전기는 지배 계급의 이상이 투영된 서사이다. 아울러 그것은 인간의 욕구 충족의 꿈을 서술한 것이기에[97] 끝없는 알레고리를 생성시킬 수 있는 것이기도 하다. 따라서 당대 애정류 전기의 유형과 구조가 지니는 풍부한 알레고리들은 무수한 새로운 의미를 산출하게 된다. 그리고 이에 따라 무한한 해석이 가능해진다고 할 수 있겠다.

---

97 노드롭 프라이는 로망스가 인간의 욕구 충족의 꿈과 관련된다고 말한 바 있다. 이 장에서는 노드롭 프라이의 이 같은 언술을 애정류 전기의 해석에 차용한 것이다. 노드롭 프라이의 언급에 대해서는 N. 프라이, 임철규 옮김, 앞의 책, p. 260을 참조.

4부 환상·욕망·이데올로기의 층위들:
    당대 애정류 전기의 의미 지향

당대(唐代) 애정류 전기는 자체 내에 무수한 코드code를 지니고 있다. 그것은 당나라의 시대 특성과 결부되어 또 다른 의미들을 파생해내기도 하고 의미들끼리의 충돌을 일으키기도 한다. 또한 그러한 의미들은 충돌과 조화 속에서 당대의 서사문학이자 당대 문화의 담지체인 애정류 전기를 완성시키는 역할을 담당한다. 따라서 당대 애정류 전기에 대한 독해는 단선적으로 이해될 수 없는 문제다. 즉 당대 애정류 전기의 의미가 지향하는 지점을 파악하기 위해서는 보다 다각적인 관점과 방법론의 운용이 필요하고 이러한 작업을 거쳐야만 당대 애정류 전기에 내재되었거나 잠재된 채 존재하는 의미의 공간을 장악하게 되는 것이다.

　이에 4부에서는 당대 애정류 전기의 의미 지향을 분석해내기 위해 두 가지 각도에서 고찰하였다. 첫째는, 당대 애정류 전기의 환상성이다. 중국 전통 서사에서 환상성이 차지하는 기능은 역사성만큼이나 비중이 크다. 그것은 당대 애정류 전기라는 서사를 가능하게 만드는 힘이며 당대 애정류 전기가 몸담은 현실의 이데올로기를 굴절시키는 장치이기도 하다. 또한 환상성은 당대 애정류 전기의 작자인 사인(士人)이 지니는 욕망의 투영이고 신화 이래로 집적되어온 문화적 에너지이기도 하다. 그와 동시에 환상성은 여성이라는 존재와 근원적으로 관련을 맺는다. 여성은 당대 애정류 전기라는 서사를 완전하게 만드는 구성 요소이자 남성 주인공들의 욕망의 대상으로 자리한다. 뿐만 아니라 여성은 지배 질서에 대한 타자(他者)라는 점에서 환상성과 함께 남성 서사의 틀에 편입되지 못한다. 그러므로 이런 맥락에서 볼 때 여성과 욕망에 대한 고찰은 당대 애정류 전기의 의미 층위를 도출해내기 위한 두번째의 연구 과제가 되는 것이다. 즉 남성 작자에 의해 기술된 당대 애정류 전기에 여성의 섹슈얼리티sexuallity가 어떠한 방식으로 표현되었고 정립되었는지를 알아보는 것은 바로 당대 애정류 전기의 진정한 문학적 의의와 문화적 위상을 탐색하는 것이기 때문이다.

환상과 애정류 전기

환상이란 무엇인가? 그것은 정상이 아닌 것이며 객관적이고 현실적인 논리에 속하지 않는 것이다. 또한 그것은 역사적 발전 법칙에 위배되는 차원의 것이고 중심의 정치성과는 거리가 먼 것이기도 하다. 지배이데올로기의 시각에서 볼 때 환상적인 것들은 현실을 전복시키려는 도전으로 존재한다. 그것들은 사회적 규범과 질서에 대해 늘 틈새를 만들고 싶어하며 엄연한 현실적 가치들에 균열을 내고자 한다. 그래서 환상은 지금껏 긍정적이기보다는 부정적인 것으로 인식되었으며, 일차적이기보다는 부차적이고, 주체적인 남성성을 지닌 것이기보다는 타자인여성성과 관련된다고 평가받아온 것이었다.

하지만 이제 이와 같은 인식들은 급변하기 시작하였다. 우선 기존의 리얼리즘적 인식론에 대한 회의로 인해 환상은 리얼리즘의 대안적 가치로 인지되기 시작하였다. 뿐만 아니라 현대의 사이버cyber 문화는 인간의 욕망을 대변해주는 환상의 기능을 적극적으로 전유(專有)하여 자본주의적 질서 속에 환상을 편입시켰으니 더 이상 환상은 주변적인 것,

부차적인 것의 차원에 머물 수 없게 되었다. 이런 흐름 속에서 환상성은 새롭게 조명 받게 되었으며 환상성과 환상적인 모든 것들에 대한 면밀한 탐구가 요청되기에 이른 것이다.

따라서 이 장에서는 이 같은 저간의 인식을 토대로 하여 당대(唐代)의 애정류 전기 속에 투영된 동아시아 환상성의 의미와 형태에 대해 탐색하고자 한다. 비록 최근 야기된 환상성에 대한 주목이 서구인들의 자발적 문화 비판의 일환으로 발생한 것이나, 환상이란 본래 이성보다는 감성의 논리 속에서 생성된 것이고 현실과 상충적이기보다는 현실과 상보적인 것이기에 자연히 동양의 전통문화와 더욱 친연성을 지니게 된다. 그러므로 당대 애정류 전기의 환상성에 대한 고찰은 동아시아적 가치에 대한 인식의 전환과도 맥을 같이한다고 할 수 있다. 아울러 이러한 고찰은 결국 당대 애정류 전기가 담지하는 문학적 의미를 보다 넓은 차원의 영역으로 확대시키는 것과 궤를 같이할 것이다.

1. 환상의 의미와 기능

중국의 전통 서사에서 환상은[1] 거짓이 아닌 나름의 진실을 확보한 것으로 여겨져 왔다. 비록 "공자께서는 괴상하고 신비스런 일들에 대해 말씀하지 않으셨다"[2]는 유교적 언술에 의해 환상성이 이단시되었음에도 불구하고 환상에 관한 논의들은 계속적으로 진행되어왔다.

위진남북조 혹은 그 이전의 신비주의적 성향의 학자들은 환상이란 입

---

1 이 장에서의 논의는 鄭在書, 「중국 환상문학의 역사와 이론—최근 판타지 소설의 흥기와 관련하여」, 『中國語文學誌』(中國語文學會, 2000), 第8輯에서 고찰된 결과에 힘입은 바가 크다.
2 『論語・述而』. "子不語怪力亂神."

증될 수 있는 지식이지만 인간의 능력 부족으로 인해 입증이 어려운 것임을 주장한 바 있었다. 이러한 관점은 유흠(劉歆), 곽박(郭璞), 갈홍(葛洪) 등에게서 제기된 이른바 환기론(幻奇論)으로 이는 환상과 현실을 같은 차원의 것으로 간주하는 견해이다. 특히 그들은 중국 소설의 시초로 일컬어지는 『산해경(山海經)』에 기재된 기이한 이야기들을 어떻게 해석해야 하는가에 관심을 갖고 논견을 개진하였는데 그중 유흠은 「산해경 표문을 임금에게 올림(上山海經表)」에서 다음과 같은 의견을 제시하였다.

효무 황제 때 어떤 사람이 기이한 새를 바쳤는데 온갖 것을 먹여 보아도 먹으려 하지 않았습니다. 동방삭이 이를 보고 그 새의 이름을 말하고 또한 그 새가 먹어야 할 것이 무엇인지를 말하자 과연 그의 말과 같이 되었습니다. 동방삭에게 어떻게 그것을 알았느냐고 물어보니까 『산해경』에 나온 말이라고 하였습니다.

(孝武皇帝時, 嘗有獻異鳥者, 食之百物, 所不肯食. 東方朔見之, 言其鳥名, 又言其所堂食, 如朔言. 問朔何以知之, 卽山海經所出也.)[3]

유흠에 따르면 『산해경』에 기록된 기이한 이야기들은 동방삭에 의해 실제로 증명이 되었기에 아무런 근거도 없는 허황된 이야기는 아니라고 하였다. 또한 그는 『산해경』에 실린 글들은 옛 성현들이 사람의 발길이 닿지 않던 곳을 직접 찾아가서 확인하고 기록한 것이기에 명백한 신빙성이 있다고도 부언했는데[4] 이는 환상과 현실을 분리시키지 않고 총체

---

3 이 장에서 논의하는 환기론(幻奇論)에 대한 개념 및 환기론을 주장하는 전대 학자들의 견해에 대한 우리말 인용은 方正耀, 郭豫適 監修, 洪尙勳 譯, 『中國小說批評史略』(서울: 乙酉文化史, 1994)에 수록된 것을 따랐다.

적인 차원에서 파악하는 논리라고 규정할 수 있다. 이러한 그의 견해는 곽박에게서도 동일한 방식으로 확인된다. 곽박은 사람들이 『산해경』에 실린 사물들을 기이하다고 여기는 것은 모두 인간의 생각을 거쳐서 그 것이 기이하게 느껴진 것이지 그 사물 자체가 기이한 것은 결코 아니라 는 점을 제기하였다. 또한 그는 사물들에 대해 기이하게 느끼는 것이 인간의 인식에 한계가 있기 때문이라고 하며 「산해경 주석 서문(注山海 經敍)」에서 다음과 같이 주장하였다.

『산해경』을 읽은 세상 사람이면 누구든지 그 책이 황당무계하며 기괴 하고 유별난 말이 많기 때문에 의혹을 품지 않는 이가 없다. 나는 이 점 에 대해 한번 논의해보고자 한다. 장자는 이런 말을 한 적이 있다. "사람 이 아는 것은 그가 알지 못하는 것에 미치지 못한다"고…… 세상의 소위 이상하다는 것도 그것이 진짜 이상한지 알 수 없고, 소위 이상하지 않다 는 것도 그것이 진짜 이상하지 않은지를 알지 못한다. 왜냐하면 사물은 그 자체가 이상한 것이 아니고 나의 생각을 거쳐야 이상해지는 것이기에 이상함은 결국 나에게 있는 것이지 사물이 이상한 것은 아니기 때문이다.
(世之覽山海經者，皆以其閎誕迂誇，多奇怪俶儻之言，莫不疑焉．嘗試論 之曰：莊生有云："人之所知，莫若其所不知."……世之所謂異，未知其所 以異，世之所謂不異，未知其所以不異．何者？物不自異，待我而後異，異 果在我，非物異也.)

---

4 劉歆，「上山海經表」．"사방 제후의 우두머리들이 이 일을 도와 온갖 지역에 두루 퍼져 사람 의 발자취가 잘 닿지 않던 곳과 배나 수레가 잘 가지 않던 곳에까지 이르렀습니다…… 모두 가 성현이 남기신 일이며 옛 글이 뚜렷이 밝히고 있는 것이니 그 사실들에는 명백한 신빙성 이 있습니다(四嶽佐之，以周四方，逮人跡之所希至，乃舟輿之所罕到……皆聖賢之遺事，古文 之著明者也．其事質明有信)．" 이 책에서 인용한 『산해경』의 원문과 우리말 해석은 鄭在書 譯 註，『山海經』(서울：民音社，1993)을 따랐다.

환상적인 것들에 대한 곽박의 사유방식 역시 환상을 나름의 진리 체계로 인정하는 것이다. 이러한 곽박의 사유방식은 지괴(志怪)의 창작에 촉매 작용을 일으켰는데 그의 관점을 계승한 갈홍 역시 지괴인 『포박자』 『신선전』 등의 작품에서 신선에 관한 환상적 사적(事跡)들이 거짓이 아닌 진실의 기록임을 이렇게 밝히고 있다.

신선은 매우 은밀하게 살고 있고 세속의 풍속과도 다르게 살고 있으니 세상 사람들이 들은 것은 오히려 천분의 일에도 못 미칠 것이다.
(然神仙幽隱, 與世異流, 世之所聞者, 猶千不得一者也.)[5]

갈홍은 앞서 언급한 유향, 곽박의 사유방식과 마찬가지로 신선이 증명 가능한 존재임을 역설하였다. 다만 세상 사람들의 식견이 신선의 실체를 알기에는 너무나도 모자라서 그들을 제대로 증명해내지 못한 것이지 존재하지 않는 일을 거짓으로 꾸며낸 것은 아니라는 것이다. 따라서 이러한 환기론의 초기 주장들은 세계를 환상과 현실이 교착된 상태로 파악하는 방식이자 환상의 차원을 해석하려면 현실 논리와는 좀더 다른 수준의 논리로 풀이해야 한다는 입장으로 귀결된다.

현실과 환상의 관계를 해석하는 환기론의 또 다른 입장은 송대(宋代) 홍매(洪邁)에 의해 제기된다. 홍매는 환상을 증명 가능한 진리로 인식하지 않고 허구로 상정하면서 그 허구적 가치들이 지니는 의미에 대해 다음과 같이 평가하였다.

---

5 葛洪, 『神仙傳 · 自序』.

간보의 『수신기』나 기장공의 『현괴록』, 그리고 곡신자의 『박이지』『하동기』『선실지』『계신록』 등은 모두 그 속에 작가의 뜻이 깃들어 있지 않을 수가 없다.

(干寶之搜神, 奇章公之玄怪, 谷神子之博異河東之記宣宗之志稽神之錄, 皆不能無寓言於其間.)[6]

그는 『수신기』『현괴록』 등의 지괴, 전기 작품들에서 나타난 환상에 대해서는 "패관이나 소설가의 말을 꼭 신뢰할 필요가 없는 것은 당연하다"[7]고 단언하면서도 허구 속에 우의(寓意), 즉 알레고리가 깃들어 있음을 긍정하였다. 이는 환상을 환상 그 자체의 존재의미로 보는 초기 환기론의 논리와는 약간 차별성을 지닌다. 곧 환상이란 현실로는 담아낼 수 없는 것들을 우회하여 풀어내주는 또 다른 차원의 장치로서 환상이 현실적 억압을 해소하는 기제로 기능할 수 있음을 강조한 것이라 하겠다.

환상에 대한 이와 같은 논의들은 이후 명대(明代)에 이르러 허실론(虛實論)으로 발전하였다. 허실론은 진(眞)과 환(幻), 진(眞)과 가(假), 정(正)과 기(奇)의 관계를 다각적인 차원에서 분석하는 것으로 이는 그 당시 『서유기(西游記)』를 위시한 신마소설(神魔小說)이 크게 흥성한 문학사적 배경과도 무관하지 않다. 그래서 명대의 학자인 원우령(袁于令)은 『서유기』의 환상성을 평가하는 가운데 '극도의 허구'만이 '가장 진실한 이치'를 담을 수 있음을 다음과 같이 논급하였다.

문장이 허구적이 아니면 문장이 아니고, 허구는 근거가 없으면 허구가 아니다. 그러므로 세상에서 가장 허구적인 사건이야말로 실제로는 가장

---

6 洪邁, 『夷堅乙志 · 序』.
7 같은 책. "稗官小說家言不必信, 固也."

236

진실한 사건이며, 가장 허구적인 이치야말로 가장 진실한 이치인 것이다. 따라서 진실한 이야기를 하는 것은 허구적인 이야기를 한 것만 못하고, 부처에 대해 이야기하는 것은 마귀에 대해 이야기하는 것만 못하다.

(文不幻不文, 幻不極不幻. 是知天下極幻之事, 乃極眞之事. 極幻之理, 乃極眞之理. 故言眞不如言幻, 言佛不如言魔.)[8]

환상 자체가 이미 진실한 이치를 담지한다는 원우령의 논리는 전대 환기론에서 환상을 입증 가능한 진실로 간주했던 사고방식과도 일맥상통한다. 곧 그것은 환상이 현실의 어떤 논리를 대변해주기 위해 존재하는 것이 아니라 그 자체로 이미 존재의미를 갖는다는 유향, 곽박, 갈홍 등의 사유와도 연결되는 것이다.

반면에 동시대의 사조제(謝肇淛)는 원우령의 취지와는 달리 환상을 허구로, 현실을 진실의 차원에서 파악하였다. 또한 그는 환상이 비록 진실은 아니지만 그 속에도 지극한 이치가 담겨 있다[9]고 평가하며 허구와 사실을 반씩 섞어야 비로소 즐거움이 지극한 글이 될 수 있음[10]을 역설하였다. 사조제의 이러한 주장은 환상이 사실이 아님을 일단 인정하면서도 환상이 지니는 현실적인 효용을 긍정하는 입장이다. 따라서 그의 주장은 환상의 효용성을 부각시켰다는 측면에서 환상이 지닌 알레고리를 강조한 홍매의 이론과 유사하다고 볼 수 있겠다.

---

8 袁于令, 『西游記‧題辭』.

9 謝肇淛, 『五雜組』, 卷15 「事部」. "소설이나 통속적인 책들은…… 비록 매우 환상적이어서 타당성은 없지만 그래도 거기에는 지극한 이치가 담겨 있다(小說野俚諸書…… 雖極幻無當, 然亦有至理存焉)."

10 같은 책, 같은 곳. "무릇 소설이나 잡극, 희문을 지을 때에도 모름지기 허구와 사실을 반씩 섞어야 비로소 즐거움이 지극한 글이 될 수 있다(凡爲小說及雜劇戲文, 須是虛實相半, 方爲游戲三昧之筆)."

요컨대 환기론과 허실론에 대한 학자들의 주장은 크게 두 가지의 경향으로 정리된다. 첫번째는, 환상을 그 자체의 존재적 의미로 긍정하는 것으로 이것은 유향, 곽박, 갈홍, 원우령 등의 주장에서와 같이 불가해한 세계에 대해 진실을 부여하는 측면과 연관된다. 두번째는, 홍매와 사조제의 주장에서와 같이 환상을 효용론적 차원에서 파악하는 것으로 환상이 비록 진실이 아니더라도 현실에 대한 알레고리의 기능을 담당하기에 충분히 가치 있는 것으로 상정하는 태도이다. 환상에 대한 이 두 가지 경향은 중국 전통의 환상서사를 관통하는 양단의 관점으로 존재하며 상호간에 끊임없는 넘나듦을 유지하여왔다. 그리고 이 장에서 분석하고자 하는 당대 애정류 전기의 환상성 역시 이들 관점 사이에 존재하는 무수한 문화적 입장들 속에서 파악 가능한 것이라고 말할 수 있겠다.

한편 환상[11]에 대한 서구의 이론은 계몽주의적 세계관이 심각한 도전을 받으면서 야기된 리얼리즘에 대한 회의로부터 출발하였다. 김욱동은 「환상적 상상력과 소설」[12]이라는 글에서 소설이란 환상과 사실이라는 두 개의 바퀴로 굴러가는 수레와 같다고 언급하며 계몽주의의 세계관이 지배하는 상황 속에서 환상성은 서자 취급을 받았으며 리얼리즘은 걸맞지 않게 융숭한 대접을 받아왔음을 지적하였다. 그의 논리에 따르면 환상성이 정당한 대접을 받지 못한 이유는 그것이 계몽주의의 세계관뿐 아니라 지배 문화 자체에 저항하는 성격을 지니고 있기 때문이라는 것이다. 즉 환상성은 '부재의 문학,' 혹은 '결핍의 문학'이라는 형태로 나타나서 지배 문화에게 '타자로서의 자신'을 끊임없이 드러내고 도

---

11 '환상The fantastic'의 어원은 라틴어 'Phantasticus'에서 유래된 것으로 이것은 그리스어 'Phantazein'에서 파생되어 나온 것이다. 그런데 'Phantazein'은 '눈에 보이게 하다,' 혹은 '보여주다'라는 의미를 가지고 있으므로 서구 문화에서 말하는 '환상'이란 곧 단순히 눈에 보이는 것뿐 아니라 눈에 보이지 않는 것도 가시화한다는 차원에서 파악할 수 있다.

12 김욱동, 「환상적 상상력과 소설」, 『상상』(1996, 가을), 통권 13호.

전한다는 것이다. 지배 문화에 대한 도전이라는 점에서 김욱동이 제기한 환상성은 프라이가 로망스에 대해 규정한 다음의 언급과도 매우 닮아 있다.

어느 시대이든 간에 사회적으로나 지적으로나 지배 계급에 속한 자들은 그들의 이상을 어떤 로망스의 형식으로 투영시키려는 경향을 갖고 있다…… 이것이 중세의 기사 이야기, 르네상스의 귀족의 로망스, 19세기 이래 부르주아의 로망스, 그리고 현대 러시아의 혁명의 로망스가 갖는 일반적인 성격이다. 그러나 역시 로망스에는 그 여러 가지 구체적인 모습에도 결코 만족하지 않는 순전히 '프롤레타리아'적인 요소가 있으며 사실 여러 가지 구체적인 모습을 띠고 로망스가 나타나는 그 자체야말로 사회에 어떤 큰 변화가 일어난다 할지라도, 그것은 변함없이 굶주림에 차 있는 모습과 새로운 희망에 살찌고 있는 욕망을 찾는 모습으로 나타날 것을 보여준다.[13]

프라이의 논리대로 로망스는 지배 계급의 이상을 투영시키는 그 순간에도 늘 굶주린 '프롤레타리아'처럼 반항적이고 도전적이다.[14] 그것은 환상을 다룬 문학들이 계몽주의와 리얼리즘이 지배하는 사회에서는 충

---

13 N. 프라이, 임철규 옮김, 『批評의 解剖』(서울: 한길사, 1993), p. 260.
14 로망스가 지배 계급의 이상을 투영시키는 동시에 프롤레타리아적이라는 의미는 Mark Phipott, "Haunting the Middle Ages," Ceri Sullivan and Barbara White, *Writing and Fantasy*(New York: Wesley Lomgman, 1999), p. 57에서 환상을 다룬 로망스의 특성을 지적할 때 다음과 같이 언급되었다. "환상은 일상적 존재의 이데올로기적 패턴을 재분류하는 동시에 그들의 차이에 의해 일상적 존재들을 시험하고 도전하게 만든다." 여기에서 '일상적 존재의 이데올로기적 패턴을 재분류'한다는 것은 곧 이데올로기를 공고히 함을 의미하고 '시험하고 도전하게 만든다'는 것은 이데올로기에 대해 항상 저항적인 성격을 지닌다는 것이다.

족될 수 없는 욕망을 담지하는 것과 동일한 차원에서 해석된다. 따라서 환상과 환상문학에 대한 탐구는 근대소설인 노블noble이 아닌 로망스와 훨씬 더 친연성을 형성하게 되며 환상성에 대한 주목은 계몽주의 이전의 인식론적 가치체계로 환원하고자 하는 경향과 연결되는 것이다.

　환상성의 저항 문화적 성격은 일찍이 프로이트 역시 지적한 바 있다. 그는 「기괴성The Uncanny」이라는 논문에서 기괴한 것이 두려움과 공포를 자아내는 어떤 것과 연관되어 있고 그것은 무의식적 욕망을 다른 사람에게 투사하는 결과를 가져온다고 하였다. 또한 프로이트는 기괴한 것을 다루는 환상문학은 지배 문화가 감추고 싶어하는 것을 들추어냄으로써 전복적인 역할을 하기에 환상문학은 문화적 금기와 아주 깊은 관련을 맺고 있다고 하였다. 환상성에 대한 프로이트의 관점은 토도로프Tzvetan Todorov에 의해 『환상적인 것: 문학 장르에 대한 구조적 접근』[15]이라는 논제 하에 구조주의적으로 접근된다.[16] 토도로프는 환상을 사회적이고 개인적인 검열과 맞서 싸우는 전복적인 장치로 파악하였다. 다시 말해 환상은 기존의 법과 질서를 위배하기 위해 존재하는 것으로 이것은 초자연적mravellous인 것과 기괴한uncanny것으로 구성된다. 토도로프에 의하면 스토리가 신속하게 진행되기 위해서는 법을 위배하는 현상이 있어야만 하고 이러한 법의 위배를 위해서는 초자연적인 힘이 개입되어야 한다는 것이다. 그리고 바로 이 시점에서 환상성의 가치를 더욱 부각시키게 되는 것이다.

　환상성은 다시 톨킨J. R. R. Tolkien에 의해 2차 세계가 독자에게

---

15 이 책의 원제목은 Tzvetan Todorov, *The Fantastic: A Structual Approach to a Literary Genre*(Itahaca: Cornell University Press, 1975)이고 국내에는 이기우 옮김, 『덧없는 행복—루소론, 환상문학 서설』(서울: 한국문학사, 1996)로 번역, 소개되었다.
16 이하 전개될 서구의 환상문학 이론에 대한 논의는 임옥희, 「환상, 그 위반의 시학」, 『여성이론』(여성문화이론연구소, 2000), 제2호를 참조하였다.

'압도적으로 기이한 느낌arresting strangeness'을 전달함으로써 독자가 1차 세계를 새롭게 해석하도록 만드는 힘으로 작용한다. 그는 환상의 이면에는 인간의 목적 및 정신 작용과는 분리된 리얼한 의지와 힘이 존재하며 이로 인해 무의식적인 소망이 드러나게 된다고 주장하였는데 이 것은 앞서 설명한 원우령의 허실론과도 연관된다. 즉 원우령은 '극도의 환상'을 가장 진실한 것으로 긍정하면서 『서유기』에서와 같이 소설적 세계 자체가 온전히 환상으로 처리된 것이야말로 나름의 내적인 리얼리티를 훌륭히 담지하는 것이라고 말하였다. 그러므로 이러한 원우령의 주장은 톨킨의 작품인 『반지의 제왕 The Lord of the Rings』에서 창조된 완벽한 2차 세계의 환상적인 창조와도 궤를 같이하는 것으로 파악할 수 있다.

또한 로즈마리 잭슨Rosemary Jackson은 환상문학을 하나의 장르로서 규정하며 환상을 하나의 전복적인 형태로 상정하였다. 아울러 그는 익숙한 것들을 낯설게 느껴지게 만드는 장치가 환상이라고 하였다. 따라서 환상은 보이지 않는 것을 보이게 만들기 때문에 보는 것과 현실 자체를 등치시킨 플라톤, 헤겔 이래의 형이상학을 전복시키는 역할을 하는 것이다. 로즈마리 잭슨은 보이지 않는 것, 그리고 부재하는 것을 지적하는 환상의 문화에 대해 다음과 같이 설명하였다.

욕망의 문학, 그것은 부재와 상실로서 경험되는 것이 무엇인지를 탐구한다. 환상은 욕망을 두 가지 방식으로 표현한다. 환상은 욕망을 드러내거나 보여줌으로써 욕망에 대하여 이야기한다. 또한 욕망이 문화적 질서와 지속성을 교란시킬 때, 환상은 그러한 욕망을 배출한다. 많은 경우에 환상문학은 두 기능을 동시에 수행한다. 욕망은 '이야기됨'으로써 '배출' 되고 따라서 작가와 독자가 그 욕망을 대리적으로 경험할 수 있기 때문이다. 이런 방식으로 환상은 문화적 질서의 근본 토대를 지적하거나 제안한다. 환상문학은 잠시 동안이나마 무질서와 무법을 향해, 법과 지배적 가치체계의 바깥에 놓여 있는 것들을 향해 열려 있기 때문이다. 환상은 언급되지도 않은 문화, 보이지도 않던 문화를 추적한다. 즉 침묵하고 있던 문화, 보이지 않게 만든 문화, 가려졌던 문화, '부재'하게 만든 문화를 추적한다.[17]

로즈마리 잭슨의 지적은 중국의 서사인 애정류 전기를 분석하는 데도 유용하게 이용될 수가 있다. 즉 현실에서는 불가능한 불사(不死)에의 추구와 자유로운 연애에 대한 욕망은 환상을 통해 '이야기됨'으로써 '해소'가 이루어지고 작자와 독자는 그러한 욕망을 대리적으로 경험하게 된다는 점에서 잭슨의 지적은 동일하게 적용되는 것이다.

톨킨이나 로즈마리 잭슨이 환상을 하나의 장르로 규정한 것에 비해 캐스린 흄Kathryn Hume은 환상 자체를 문학 구성의 핵심 요소로 정의하였다. 캐스린 흄에 따르면 환상은 미메시스mimesis와 함께 문학을 이루는 양대 축이며 충동이 된다. 즉 그는 "문학은 두 가지 충동의 산물이다…… 대상을 묘사하고 싶은 욕망인 미메시스, 주어진 것을 변경하고 현실을 변형시키고 싶은 욕망인 환상이 바로 그것이다"고 규정하였다. 뿐만 아니라 캐스린 흄은 그의 저서 『환상과 미메시스』[18]에서 환상의 영역에는 신비한 현상을 '현실'로 간주하는 이야기들이 포함된다고 지적하였는데 이러한 주장 또한 중국의 환기론에서 제기된 환상의 입증 가능성과도 상통하는 것으로 인지할 수 있다.

---

17 캐스린 흄 지음 · 한창엽 옮김, 『환상과 미메시스』(서울: 푸른나무, 2000), p. 51에서 재인용함.

18 같은 책, p. 57.

캐스린 흄이 정의한 환상의 또 다른 기능으로 간과할 수 없는 것은 환상의 유토피아적 역할이다. 환상의 유토피아로서의 기능에 대해서는 이미 프레드릭 제임슨Fredric Jameson에 의해 "유토피아적 기능이 없는 환상은 없다"고 언명되었던 바와 같이 그것은 환상을 설명하는 중대한 요소로 작용한다. 아울러 극단적이고 하위적인 가치의 측면에서 환상을 유토피아와 연계시키는 개념은 환상을 현실 도피를 만연시키는 사회적 질병으로 규정하는 개념과도 부분적으로 관련된다. 캐스린 흄은 환상문학의 이 같은 성격을 도피문학이라는 차원에서 다루었는데 환상의 도피문학적인 기능은 긍정과 부정의 두 가지 측면을 동시에 지니고 있다. 즉 그것은 리얼리티로부터의 일탈이라는 활기찬 효용을 가져와서 보다 폭넓은 범위의 가치체계를 그려내게 하는 긍정적인 효과로도 작용할 뿐 아니라 독자로 하여금 아무런 가치판단을 하지 못하게 만들어 맹목적이고 수동적인 즐거움만을 제공하는 부정적인 효과로도 작용한다. 하지만 그럼에도 불구하고 도피문학으로서의 환상은 분명히 대중적인 매력을 갖추고 있기에 이것을 환상의 부정적이고 하위적인 가치 개념으로 무조건 폄하할 수는 없는 것이다.

지금까지 이 장에서는 중국과 서구에서 논의된 환상성의 의미와 기능에 대해 살펴보았다. 그런데 여기에서 결코 누락시킬 수 없는 것은 이러한 환상에 관한 논의들이 항상 '현실'과 짝패를 이룬 상황 속에서 형성된다는 것이다. 이는 곧 당대(當代)의 현실이 무엇인가에 따라서 그 시대의 환상이 지닌 형태도 결정된다는 것이며 환상이란 고정불변의 것이 아니라 자체 유동적인 성격을 근본적으로 내포한다는 의미이다. 그러므로 다음에서 전개될 당대 애정류 전기의 환상성에 대한 고찰 역시 당(唐) 왕조라는 시대적 리얼리티와의 연관 속에서 탐구될 것이다. 그

리고 그것은 현실과 환상 사이에서 교착되는 문화적 가치들을 당대 애
정류 전기라는 문학 양식을 통해 체현해내는 것이라고 바꾸어 말할 수
있다.

2. 애정류 전기의 환상 장치

중국의 전통 서사에 환상적인 요소가 등장하게 된 것은 도교와 불교
가 창출해낸 문화적 의미와 깊은 관련을 갖는다. 도교와 불교는 이성
중심적인 유교와는 차별되는 차원에서 중국인들의 사고를 구성하는 중
대한 요소로 작용하였다. 그중 도교는 중국 전래의 무속 관념이 종교화
된 것으로 『산해경』을 비롯한 신화 및 『초사(楚辭)』, 지괴서(志怪書)
로 이어지는 상상력의 원천으로 기능하였으며 이 장에서 논의의 대상으
로 삼는 당대(唐代) 애정류 전기의 환상성 형성에도 직접적인 영향을
미쳤다. 또한 전한대(前漢代)에 중국에 전래된 불교는 윤회사상으로
대표되는 체계화된 사후 세계관과 불교의 전입과 함께 유입된 무수한
불경 고사들의 대두로 중국 서사의 환상성을 더욱 풍부하게 만들었다.
비록 서구 학자인 빅터 메어에 의해 "불교가 중국에 진입하기 이전 중
국에서는 의식적으로 창작된 소설이나 희곡 서사의 전통이 없었다. 중
국의 소설이나 희곡은 불교의 공연 예술에서 유래되었다"는 식의 극단
론이 제기된 바도 있었으나[19] 그의 주장에는 인도를 근원으로 하는 서
구에 의한 문화 충격impact과 이를 수용하는 동양의 반응response이
라는 도식을 관철시키기 위한 혐의가 농도 짙게 깔려 있기에 빅터 메어

---

19 Victor H. Mair, "The Narrative Revolution in Chinese Literature: Ontological Presuppositions,"
Chinese Literature, 1983, Vol. 5, no. 1-2, p. 23.

의 관점에 전적으로 의지하여 중국 서사의 환상성을 규명한다는 것은 매우 무책임한 일이 된다. 하지만 그의 의도와는 별도로 불교가 중국 서사의 환상성 형성에 일조하였음은 분명하고 특히 당대에 이르러서는 도교와 불교가 융합되는 현상 속에서 당대 전기의 상상 세계를 구성하는 데 영향을 끼쳤음은 명백한 사실이다.

이미 언급했듯이 당대의 전기는 작자인 사인(士人)의 욕망과 현실 사이의 괴리에서 창출된 서사라고 하였다. 특히 사인 집단은 유교적 소양을 바탕으로 형성된 집단이며 자신들이 직접 유교 이데올로기를 구현해내야 하기 때문에 그들의 인간적인 욕망은 도교와 불교의 방식을 차용한 환상의 형태로 표출될 수밖에 없었다. 곧 불사(不死)의 존재인 신선과 신선 세계에 대한 추구, 예교에 구애받지 않은 자유로운 연애, 문인(文人)으로서의 실제적 한계를 뛰어넘어 행동으로 보여주는 협(俠)에 대한 선망 등은 사인들의 서사물인 전기 속에서 환상이라는 외피를 뒤집어쓴 채 표출된 것이었다. 그 가운데 이번 장에서 특별히 주목하는 당대 애정류 전기의 경우는 환상의 문제가 크게 두 가지 측면의 해석 층위로 풀이될 가능성을 지니는데 그 첫번째는, 환상을 사인이 직면한 유교적 현실과의 알레고리로 풀이하는 것이고, 두번째는, 환상을 인간 본연으로서의 사인의 욕망과 심리 그 자체로 이해하는 것이다. 이 두 가지의 해석 방식은 앞서 설명한 환기(幻奇)와 허실(虛實) 이론 가운데 홍매, 사조제의 주장 및 유흠, 곽박, 갈홍, 원우령의 논지와 같은 맥락에서 파악할 수 있다. 또한 이것들은 루샤오펑이 『역사에서 허구로 From Historicity to Fictionality』에서 당대 전기를 읽는 방식으로 제기한 역사적 독서 양식, 알레고리적 독서 양식, 환상적 독서 양식 중, 후자 두 가지와도 일치된다.[20]

정신분석학적 각도에서 볼 때 당대 애정류 전기의 환상성에 대한 알레고리적 독서 양식은 좌절된 욕망과 본능적 충동을 만족시키고자 하는 시도라 할 수 있다. 이는 억압된 무의식을 의식 차원으로 불러들여 환상이라는 서사 기법을 통해 보상시키는 것으로 프로이트와 융이 모두 일치된 견해를 보이는 환상의 기본적 정의에 근거하는 것이다.[21] 예컨대 사인 신분인 작자의 욕망과 본능은 유교 사회에서 결코 함부로 표출될 수 없는 성질의 것이며 그러한 상황 속에서 그들의 욕망과 본능은 좌절된 채 무의식의 한 부분으로 억압되어 있다. 하지만 당대 애정류 전기라는 사회적으로 공인된 서사 방식에 기댄다면 그들의 억압된 심리는 자연스럽게 분출될 수가 있게 된다. 따라서 당대 애정류 전기에 나타난 환상적 이야기들은 사인들의 억눌린 본능을 보상해주는 보상기제로서 기능하게 되며 더 나아가 당대 애정류 전기의 환상적 이야기들에는 사인 집단이 지닌 현실에 대한 풍자와 우의가 깃들어 있는 것이다. 이러한 환상 설정의 방식이 가장 잘 드러난 작품 중 하나로는 심기제의 「임씨전」을 거론할 수가 있다. 「임씨전」은 여우인 임씨가 정절을 지켜 남성 주인공 정생(鄭生)을 내조하였으나 끝내 사나운 개에게 쫓겨 여우의 모습으로 되돌아간 상태에서 물려 죽게 된다는 이야기이다. 이 이야기의 편말(篇末)에 부가된 의론문(議論文)에서 작자 심기제는 정절을 지키지 않는 여성들의 행태에 대해 개탄을 금치 못하며 인간이 아닌 임씨조차도 정절을 지키고 여인의 도리를 다함을 빗대어서 당시의 세태를 풍자하였다. 그런데 「임씨전」의 구조를 자세히 살펴보면 몇 가지 특이한 점을 발견할 수가 있다. 우선 여주인공인 임씨의 '임(任)'은 '어질 인(仁)'과 함께 '사람 인(人)'을 공통의 부수로 지니는 글자이다. 이

---

20 루샤오펑, 조미원·박계화·손수영 옮김, 『역사에서 허구로: 중국의 서사학』(서울: 도서 출판 길, 2001), pp. 154~204.

21 융 외, 『융 심리학 해설』(서울: 신영사, 1989), pp. 173~74.

는 작자 심기제가 문자의 통용(通用)과 가차(假借)의 원리를 원용하여 여주인공의 성씨를 '임씨(任氏)'로 설정한 것으로 여우인 임씨가 인간의 모습을 하였을 뿐 아니라 인간의 덕성을 갖추었다는 사실을 암묵적으로 지시한다. 하지만 사실 임씨는 인간이 아니라 여우이기에 「임씨전」은 결국 '인간으로 둔갑한 여우에 대한 환상적인 이야기'와 '인간 현실에 대한 이야기'라는 층위가 결합된 양식을 나타낸다. 이와 유사한 경우는 배형의 『전기 · 손각』의 여주인공의 성이 원씨(袁氏)인 것에서도 발견된다. 원씨는 실은 원숭이가 변신한 여인이기에 '원(袁)'을 '원(猿)'에 대한 통가자(通假字)로 써서 여주인공의 실체를 우회적으로 암시하였다. 또한 동일한 『전기』에 수록된 「요곤(姚坤)」에서도 역시 여우가 둔갑한 여주인공의 이름이 '요도(夭桃)'로 설정되어 있는데 이 또한 '요괴(妖怪)'의 '요(妖)'와 '요도(夭桃)'의 '요(夭)'가 같은 음을 지닌 글자이기에 그 의미도 유사한 것을 담아낸다는 사유방식의 연장으로 볼 수 있다.

다시 「임씨전」으로 돌아가서 임씨가 남성에게 보였던 태도를 살펴보면 모순된 점을 발견하게 된다. 즉 임씨의 태도는 유혹자의 모습과 죽음을 불사하고 정절을 지키는 요조숙녀 사이에서 오가고 있는데 이것은 유혹자 자질을 지녔긴 하나 한 남성에게만 변함없이 도리를 다하는 것을 원하는 남성 작자의 두 가지 요구가 임씨라는 상상적 존재를 통해 구현되고 있는 것이다. 처음 임씨가 남성 주인공 정생을 만났을 때, 임씨는 남성 주인공의 희롱과 유혹을 즐기는 대담한 모습으로 다음과 같이 묘사되어 있다.

그때 마침 길을 걷던 세 여자와 마주쳤는데 그 가운데 흰 옷을 입은 여자가 매우 아름다웠다…… 정생이 "이렇게 아름다우신 분이 걸어서 가

시다니 어떻게 된 일입니까?"고 농을 거니 흰 옷 입은 여자는 "태워주는 사람이 없으니 별수 있나요?" 하면서 미소를 지었다…… 함께 가던 여자들도 앞 다투어 정생을 유혹하여 얼마 안 가 벌써 허물없는 사이가 되어버렸다.

(偶値三婦人行於道中, 中有白衣者, 容色姝麗…… 鄭子戲之日: "美艶若此, 而徒行, 何也?" 白衣笑日: "有乘不解相假, 不徒行何爲?"…… 同行者更相眩誘, 稍已狎暱.)[22]

하지만 정생과 결합한 뒤 임씨의 태도는 사뭇 달라진다. 임씨는 자신의 미색을 탐하는 위음(韋崟)에게 정생에 대한 정절을 지키고 오히려 위음조차도 임씨의 정절에 감격하게 만드는 모습으로 그려진다.

위음이 임씨를 끌어내어 밝은 곳에서 바라보니 듣던 것보다도 훨씬 아름다웠다. 위음은 좋아서 미친 듯이 그녀를 끌어안고 욕을 보이려 했으나 임씨는 말을 듣지 않았다…… 임씨는 길게 탄식하며 이렇게 말하였다. "정생은 6척이나 되는 몸을 가졌으면서도 부인 하나 거느리지 못하고 있으니 그 어찌 대장부라 하겠어요. 그렇지만 위공께선 젊어서부터 호사하셨기에 어여쁜 여자도 많이 얻으셨고 저와 비견할 만한 여자는 얼마든지 있잖아요…… 풍부하게 가졌으면서도 다른 사람의 부족한 것을 빼앗는 것은 차마 하지 못할 일이 아닌가요?……" 이 말을 듣고 위음은 당장 임씨를 놓아주고 옷자락을 여미면서 "다시는 이런 짓을 안 하리다" 하고 사죄했다.

(崟別出就明而觀之, 殆過於所傳矣. 崟愛之發狂, 乃擁而凌之, 不服……

---

22 沈旣濟, 「任氏傳」.

任氏長歎息曰: "鄭生有六尺之軀, 而不能庇一婦人, 豈丈夫哉! 且公少豪
侈, 多獲佳麗, 遇某之比者衆矣…… 忍以有餘之心, 而奪人之不足
乎!……" 聞其言, 遽置之. 斂衽而謝曰: "不敢.")[23]

　　임씨의 양면적인 모습은 남성으로서의 사인이 바라는 여성의 외적 아
름다움과 유교 이데올로기의 구현자로서의 사인이 추구하는 여성의 덕
목을 모두 갖춘 존재로 표현되어 있다. 따라서 여우가 둔갑한 여인과의
환상적인 연애를 그린 「임씨전」은 여성에 대한 사인의 욕망을 도덕성의
구현이라는 안전한 장치를 통해 배출시키는 서사가 되는 것이다.[24]
　　여성에 대한 억눌린 욕망의 발산이라는 점과 함께 「임씨전」의 환상은
당 왕조의 정치와 관련된 알레고리로도 분석될 수가 있다.[25] 「임씨전」의
말미에서도 드러나듯이 작자 심기제는 때마침 정치적 사건에 연루되어
동남 지방으로 좌천되어 가던 중이었다.[26] 중국 학자 주소량(周紹良)의
『당전기전증(唐傳奇箋證)』에 수록된 「임씨전전증(任氏傳箋證)」에서는[27]

---

23 같은 글.
24 「임씨전」 이외에도 이 책에서 대상으로 하는 인신연애와 이류상애 주제의 환상적 이야기
　　들은 모두 여성과의 자유로운 연애를 갈구하는 사인(士人) 욕망의 알레고리로 보아도 무방
　　하다.
25 애정류 전기의 환상을 정치적 알레고리로 읽는 것과 마찬가지로 서양의 로망스에 개입된
　　환상적 장치 역시 중세 봉건제도 하에서의 정치 및 경제의 중심 이데올로기를 지칭하는 것
　　으로 읽혀질 수 있다. 따라서 인간은 환상의 세계에서조차도 사회적이고도 역사적인 동물
　　로 존재하는 것이라는 가설이 성립하게 된다. 중세 서양의 로망스와 환상의 정치학에 대해
　　서는 Carolyne Larrington, "The fairy mistress in medieval literary fantasy," *Writing
　　and Fantasy*(New York: Weslley Longman Inc., 1999), pp. 32～47을 참조.
26 沈旣濟, 「任氏傳」. "건중 2년, 나 심기제는 좌습유로 있다가 금오벼슬에 올랐다. 장군 배
　　기, 경조소윤 손성, 호부랑중 최수, 우습유 육순 등은 모두 동남 지방으로 좌천되어 진 땅
　　으로부터 오 땅으로 가게 되어서 수로와 육로를 함께 갔다. 이때 전에 습유를 지냈던 주방
　　도 마침 여행을 하다가 동행이 되었다(建中二年, 旣濟自左拾遺於金吳. 將軍裴冀,　京兆少尹
　　孫成, 戶部郎中崔需, 右拾遺陸淳皆適居東南, 自秦徂吳, 水陸同道. 時前拾遺朱放因旅遊而隨
　　焉)."

심기제와 그의 동료들이 귀양하게 된 경위에 대해 자세히 고증한 바 있는데 이에 따르면 심기제 등은 덕종(德宗) 건중(建中) 2년(781년)에 양염(楊炎) 일파가 실각하게 되자[28] 그 여파로 인해 모두 정치적인 타격을 입게 되었다.[29] 그런 상황 속에서 심기제 일행이 듣게 된 임씨의 이야기는 그들에게 충분한 공감을 일으켰다. 즉 그들에게는 임씨가 정생의 실수로 사냥개에게 물려 죽은 것과 자신들의 충정을 구분 못 하는 황제로 인해 폄적된 상황이 교차되었던 것이다. 따라서 심기제는 편말의 의론문에서 정생이 둔감한 사람이어서 임씨의 외모만을 완상하고 그 성정을 헤아리지 않았음을[30] 안타까워하며 임씨의 죽음에 대해 동정을 아끼지 않았던 것이다. 또한 심기제는 임씨가 죽은 곳을 마외(馬嵬)로 설정하였는데 이 장소는 현종의 비(妃)인 양귀비가 처형된 곳이기도 하다. 게다가 양귀비가 활동했던 시대와 「임씨전」의 이야기가 전개되는 시점은 모두 '천보(天寶)'[31] 무렵으로 되어 있다. 그러므로 작자는 임씨의 죽음을 현종의 실정으로 인해 희생된 양귀비와 등치시켜놓고 여

---

27 周紹良, 『唐傳奇箋證』(北京: 人民文學出版社, 2000), pp. 94~118.

28 사마광(司馬光)의 『자치통감(資治通鑑)』권(卷)227의 「당기(唐紀)43」에는 양염(楊炎)에 대해 다음과 같은 내용이 기재되어 있다. "12월 을미일에 양염은 좌복야에서 애주사마로 폄적되어 애주에 백리 정도 못 미쳤을 때 교살당하였다(冬十月乙未, 炎自左僕射貶崖州司馬, 未至崖州百里, 縊殺之)."

29 심기제(沈旣濟)는 심전사(沈傳師)의 부친으로 『구당서(舊唐書)』와 『신당서(新唐書)』의 열전(列傳) 중 「심전사전(沈傳師傳)」에서는 심기제의 사적에 대해 다음과 같이 언급하고 있다. "양염이 죄를 짓자 심기제도 처주의 사호참군으로 폄적되었다(炎得罪, 旣濟貶處州司戶參軍)."

30 沈旣濟, 「任氏傳」. "애석한 것은 정생이 면밀한 사람이 아니었기에 다만 임씨의 미색만을 좋아했을 뿐 그녀의 성정을 알아보려고 하지 않았다(惜鄭生非精人, 徒悅其色而不懲其情性)."

31 「임씨전」에는 다음과 같은 기술로 정생과 임씨의 이야기를 풀어가고 있다. "천보 9년 6월, 위음과 정생은 함께 장안의 거리를 걷고 있었다(天寶九年夏六月, 崟與鄭子偕行於長安陌中)."

기에서 더 나아가 황제에게 버림받은 자신의 신세를 같은 선상에서 인지한 것이었다. 이러한 작자의 인식을 도식화하면 다음과 같이 정리할 수 있다.

양귀비—현종—마외에서 처형당함
임씨—정생—마외에서 개에게 물려 죽음
심기제—덕종—황제의 몰이해로 좌천당함

「임씨전」에서 여우인 임씨를 통해 배치된 환상은 심기제의 정치적 불우함을 기탁하기 위한 알레고리 역할을 하였다. 즉 정생과 임씨와의 애정 관계는 자신과 덕종 황제의 관계에 조응하는 알레고리로 작용한 것이며 이는 황제와 신하 간의 관계를 이성간의 애정 관계로 비유하는 중국의 전통적인 서사 기법과도 연관되는 것이다.

당대 애정류 전기의 환상적 세계에 알레고리가 개입된 형태는 「임씨전」의 경우 이외에도 '적선(謫仙),' 즉 귀양 온 신선이라는 모티프로 당대 애정류 전기 전반에 걸쳐 나타난다. 적선의 모티프는 대부분 주인공 자신이 신선의 혈통을 지녔음을 인식하지 못한 채 있다가 선녀의 구애, 혹은 신선 세계로의 진입 등을 통해 자신의 신분을 깨닫는 형태로 되어 있다. 예를 들어 『전기』에 수록된 「배항」「봉척」「소광」「문소」 등의 작품에서는 적선 모티프가 동일하게 등장한다. 그런데 이들 작품의 공통점은 남성 주인공이 모두 과거에 낙방하였거나 벼슬하지 못한 사인 신분으로 설정되어 있다는 점이다. 이러한 점과 관련하여 타이완의 이풍무(李豐楙)는 당대 애정류 전기에 광범위하게 나타나는 적선 모티프의 원인은 당대의 과거제와 이를 통한 관직의 획득과 관련을 가진다고 지적하였다.[32] 이는 곧 과거시험, 임관과 관련하여 사인이 받는 현실적 압

박 속에서 사인은 자신을 신선이라는 존재와 일치시키는 것이라고 할 수 있다. 특히 과거에 낙방한 사인이 자기 자신을 귀양 온 신선으로 비유하는 것은 지금은 비록 낙방하여 불우한 처지이나 본래는 신선의 자질을 가지고 있기에 언젠가는 반드시 선향(仙鄕)으로 복귀하게 된다는 의미로 여기에서 말하는 선향으로의 복귀란 과거 급제를 통한 고위관직의 획득이라는 알레고리로 읽혀지게 되는 것이다. 실제로 당대의 전적(典籍)에서는 과거 급제와 신선계를 연관시킨 표현을 어렵지 않게 찾을 수 있다. 『전당시(全唐詩)』권(卷)586에 수록된 유창(劉滄)의 「과거 합격자 명단을 보며(看牓目)」에서는 "여러 신선들의 명단이 상청에서부터 내려오네"[33]라는 구절이 있는데 이는 과거 급제자를 신선으로 비유한 경우라 하겠다. 또한 같은 책의 권303에 기재된 유상(劉商)의 「낙방하여 강남으로 돌아가는 수재를 전송하던 일을 고소성에서 회고하다(姑蘇懷古送秀才下第歸江南)」에서는 과거 급제자를 "신선으로 승천한 사람(昇仙人)"이라고 불렀으며 이밖에도 조정의 중요 관직에 임관된 것을 일러 득선(得仙), 승선(昇仙), 등선(登仙)으로 표현하고 좌천된 것을 적선으로 지칭한 경우는 무수히 많다.

이와 같은 적선 모티프는 당대 애정류 전기에서 과거에 낙방한 남성 주인공이 종국에는 득선을 이룰 수밖에 없게 된 원인으로 작용한다. 그 증거로 「배항」에서 배항에게 백 일 동안 약을 빻도록 시킨 노파가 운영(雲英)과 결합한 배항에게 다음과 같이 말하는 대목을 제시할 수 있다. "배랑은 본래 청령 배진인의 자손이어서 그 운명이 신선이 되게끔 정해져 있었소. 그러니 이 늙은이에게 감사할 필요는 없소."[34] 또한 「봉척」

---

32 李豊楙, 『誤入與謫降: 六朝隋唐道敎文學論集』(臺北: 學生書局, 1996), p. 283.

33 『全唐詩』 卷586 劉滄, 「看牓目」. "列仙名目上淸來."

34 裴鉶, 『傳奇 · 裴航』. "裴郎自是淸靈裴眞人子孫, 業當出世, 不足深愧老嫗也."

에서는 경전 읽는 것 외에는 아무것도 모르는 서생 봉척에게 선녀가 구애를 거듭하다가 끝내 이렇게 말한다. "내가 이렇게 간절한 것은 이 사람이 청우도사의 후예이기 때문이다. 지금 한 번을 놓치면 공허하게 육백 년을 기다려야 하니 이 어찌 작은 일이겠느냐?"[35] 그뿐 아니라 용녀(龍女)를 우연히 만나 용에 관한 담론을 주고받은 「소광」의 주인공은 용녀에게 자신의 비범한 골상과 자질에 대한 계시를 받고[36] 높은 산을 유람하다가 결국 승천을 이룬다. 아울러 「문소」에서도 남성 주인공 문소에게 선녀인 오채란은 자신과 문소가 이미 여러 번 만난 사이였음을 밝히고[37] 그들의 만남은 결국 두 사람의 승천으로 이끌어진다.

그런데 이와 같은 적선 모티프는 그 당시 유행하던 정명설(定命說)의 영향으로 파생된 것으로 정명설이란 중국 전래의 도교적인 천명관(天命觀)과 불교의 인연관, 내세관 등이 결합되어 만들어진 사조이다. 또한 정명설은 『태평광기』에 15권에 달하는 「정수(定數)」라는 항목으로 수록되었으며 그 내용에는 한유(韓愈)와 유종원(柳宗元), 유우석(劉禹錫) 등이 천명에 대해 논한 대목뿐 아니라 당대 애정류 전기 중 예정된 운명에 따른 혼인을 제재로 한 『속현괴록 · 정혼점』[38]과 『전기 · 정덕린』[39]의 고사가 기재되어 있다. 따라서 앞에서 논의한 작품들의 남성 주인공이 득선하게 된 연유는 근원적으로 그들이 이미 신선이 되도

---

35 裵鉶, 『傳奇 · 封陟』. "我所以懇懇者, 爲是靑牛道士之苗裔. 況此時一失, 又須曠居六百年, 不是細事."

36 裵鉶, 『傳奇 · 蕭曠』. "당신은 특이한 골상을 가지고 계시니 마땅히 세속을 떠나시겠군요. 담백한 음식을 먹고 속된 것을 멀리하여 맑은 마음으로 진심을 기르세요. 저도 보이지 않는 곳에서 돕겠어요(君有奇骨異相, 當出世, 但淡味薄俗, 淸襟養眞, 妾當爲陰助)."

37 裵鉶, 『傳奇 · 文簫』. "저는 당신과 여러 번 결합되지 못했어도 그 정을 잊은 적이 없었는데 이제 바로 이같이 만나게 되었군요(吾與子數未合而情之不忘, 乃得如是也)."

38 『太平廣記』 卷159 「定數14 · 婚姻」.

39 같은 책 卷152 「定數7」.

록 예정되어 있었다는 정명설에 근거한다고 볼 수 있다.

한편 당대 애정류 전기의 환상적 이야기들을 알레고리로 해석하는 것 이외에 또 다른 해석의 가능성은 환상을 환상 자체로 간주하는 방법이다. 이것은 환상이 현실의 어떤 현상을 지칭하는 것이 아니라 현실의 연장선에 존재하는 것이라는 중국의 초기 환기론자들의 이론과 상통한다. 즉 환상이 허구로 구성된 세계이기에 거짓의 차원에 속한다고 보는 것이 아니라 인간의 인식 여하에 따라서 얼마든지 설명과 이해가 가능한 세계로 보는 것이다. 분석심리학적 각도에서 볼 때 이러한 환상의 개념은 융의 주장과도 궤를 같이한다. 융은 환상을 좌절된 본능적 충동을 만족시키고자 하는 기능으로 상정하는 프로이트의 이론에서 한 걸음 더 나아가서 본능 충동의 시도 이상의 것으로 규정하였다. 따라서 융의 관점에 의하면 환상이란 인간의 원시적 충동과 연관되며 본능적 리비도가 태고의 유형을 표현하려는 기획이라는 것이다.[40] 또한 융의 환상은 어떤 것에 대한 합리적 개념을 뛰어넘는 것으로서 인간의 욕망을 그대로, 혹은 약간 새로운 형태로 표현하는 것이 된다. 이것은 알레고리적 차원의 환상이 어떤 현실의 내용을 알리거나 이미 알려진 내용을 다시 나타내고자 하는 목적으로 기능하는 것과는 차이가 있다. 뿐만 아니라 융의 환상은 현실의 논리로는 설명될 수 없는 그 자체의 언어와 법칙을 지니고 있기에 무의식적 욕망에 주목하는 라캉의 이론과도 연결된다. 라캉은 "무의식은 언어처럼 구조화되어 있다"고 말하였는데 바꾸어 말하자면 이 말은 '환상은 언어처럼 구조화되어 있는 무의식의 표현'[41]인 것이고 이 같은 맥락에 의할 때 전기는 언어처럼 구조화되어 있는 환상을 담아내는 서사가 되는 것이다. 이러한 환상의 개념을 당대 애정류

---

40 융의 환상 이론에 대해서는 융 외, 앞의 책, pp. 173~74를 참조.
41 자크 라캉, 권택영 엮음, 『욕망이론』(서울: 文藝出版社, 2000), p. 14.

전기의 해석에 적용시키면 인신연애 및 이류상애를 추구하는 사인의 심리와 밀접한 관련을 가지고 있음을 금방 알아챌 수 있다. 인신연애와 이류상애는 당대의 현실에서 불가능한 자유로운 연애의 욕망을 분출시키는 알레고리적 의미로도 읽을 수 있지만 그것들 자체를 무의식적으로 추구한 사인의 본능적 욕구로도 읽혀질 수 있다. 즉 사인들은 인신연애라는 서사를 통해 그것의 원래적 의미인 인간과 세계와의 합일을 무의식적으로 표현하였고, 이류상애를 통해 삶과 죽음의 세계를 공유하고자 했으며, 여우나 원숭이를 토템totem으로 숭배하던 태고의 심리를 재현한 것이다. 그런 의미에서 볼 때 신녀, 선녀, 용녀와의 만남의 과정은 인간 본연의 태고 유형을 완전히 실천하고자 하는 개성화individuation의 과정으로 풀이된다. 또한 망혼과의 연애는 삶과 죽음의 세계의 감성이 서로 교통되던 시절의 흔적을 다시 회복하고자 하는 무의식의 발현이 되며, 여우나 원숭이가 둔갑한 요괴와의 연애는 동물성을 비천한 것으로 보지 않고 오히려 숭배의 대상으로 보거나 인간과 결합된 유형으로 존재하던 원시의 사유로 복귀하려는 시도가 된다.[42]

그런데 여기에서 중요한 점은 당대 애정류 전기에서 환상적인 연애의 대상으로 상정되는 존재들은 왜 여성이라는 성별에 고착되었는가의 문

---

[42] 고대 중국의 동물 변형 신화에서는 동물성을 신성함, 강함의 이미지로 상정하는데 이것은 마르크스에 의해 동물 숭배가 종교의 가장 저급한 형태로 규정지어진 것과는 상반되는 입장이다. 따라서 고대 중국의 신화서인 『산해경(山海經)』에 자주 등장하는 동물과 인간의 하이브리드hybrid 형상은 일종의 영원한 존재로서의 인간과 동물의 신비스런 동화를 의미하는 것이 된다. 아울러 『산해경』에서는 애정류 전기에 흔히 등장하는 여우나 원숭이가 토템으로 숭배되던 시절의 원형을 발견할 수 있는데 「중산경(中山經)」에 등장하는 견야낭(犭也狼), 「해외서경(海外西經)」의 승황(乘黃), 「해외동경(海外東經)」의 청구(靑丘), 구미호(九尾狐) 등은 여우 토템의 흔적으로 추정되어지고 「서산경(西山經)」의 주염(朱厭)은 원숭이 토템과 관련된 것으로 여겨진다. 중국의 동물 변형 신화에 대해서는 김선자, 「중국변형신화전설연구」(延世大學校 中語中文學科 大學院 博士論文, 2000), pp. 103~09를 참조하였고 『산해경』과 관련해서는 鄭在書 譯註, 『山海經』(서울: 民音社, 1993)을 근거로 하였다.

제이다. 특히 유혹하는 존재로 설정된 요괴의 경우, 당대 이전의 작품에서 남성의 모습을 한 여우나 원숭이가 등장한 바도 있으나[43] 당대를 전후하여 여성 여우,[44] 원숭이의 형상이 급격히 증가한다. 더군다나 이들과 남성의 결합은 대부분 이별로 끝나고 마지막에는 여우, 혹은 원숭이였던 여성의 본래 모습만 남겨진다는 사실은 더욱 의미심장하다. 이러한 요괴의 성별이 여성으로 한정되는 경향은 여성의 존재를 유혹자로 상정하는 사고 체계와 관련된다. 여성이 유혹자로서 자신의 성(性)을 강하게 드러내는 모습은 남성에게 있어 이중적인 의미를 지닌다. 곧 그것은 매혹과 위험을 동시에 지니는 의미이기에 남성의 질서 속에 자연스럽게 자리할 수가 없는 것이다. 따라서 요괴는 남성의 질서 바깥에 자리하는 타자로 존재하게 되며 중심의 서사가 아닌 환상의 서사로 처리되어야 하기에 여성과 필연적으로 연관될 수밖에 없다. 이는 곧 환상적인 것을 여성적인 것과 등치시키는 사유방식으로 사이드E. Said가

---

43 예를 들어 『수신후기(搜神後記)』권(卷)9의 「고총노호(古冢老狐)」와 『재해기(齊諧記)』의 「여사(呂思)」, 『유명록(幽明錄)』의 「대묘(戴眇)」에서는 남성인 여우가 여성을 유혹하는 방식으로 설정되어 있다. 또한 원숭이의 경우에 있어서도 『수신후기』권9의 「후사궁녀(猴私宮女)」와 『박물지(博物志)』권3의 「후확(猴攫)」, 그리고 당대(唐代) 전기 가운데 「보강총백원전(補江總白猿傳)」에서는 남성인 원숭이가 여성을 유혹하거나 탈취해 가는 형식으로 되어 있다.

44 『설문해자(說文解字)』에서는 여우에 대해 "여우는 요사스런 짐승으로 귀신이 그것을 타고 다닌다(狐, 妖獸也, 鬼所乘之)"라고 풀이하였는데 여기에는 아직 여우를 여성으로 간주하는 인식은 개입되지 않은 것으로 여겨진다. 하지만 한대 말(漢代 末)에 "천년 묵은 여우는 미래를 예지할 수 있으며, 천년 묵은 이리는 아름다운 여인으로 변화한다(千世之狐, 豫知將來, 千世之狸, 變爲好女)"는 기록이 있음을 볼 때 여우를 여성으로 등치시키는 사고방식이 서서히 생성되고 있음을 추론할 수 있다. 또한 진대(晉代)의 『현중기(玄中記)』에는 "여우가 50세가 되면 여인으로 변화할 수 있고 100세가 되면 미녀가 되거나 신통한 무당이 될 수도 있다. 또는 남자가 되어 여인과 교접하기도 한다(狐, 五十歲能變化爲婦人, 百歲爲美女, 爲神巫, 或爲丈夫, 與女人交接)"는 언급이 있고 16국(國) 시대인 후진(後秦) 때 쓰인 『명산기(名山記)』에서는 "여우란 오랜 옛날의 음란한 여인을 말한다(狐者, 先古之淫婦也)"는 대목이 있는데 이는 여우가 점차 여성화되는 과정을 보여주는 것이라 하겠다.

말한 "여성은 남성적인 권력의 환상에 의해 만들어진 생물"[45]이라는 언명과도 일맥상통하는 것이다. 이와 같이 여성과 환상을 주변적인 것으로 보는 견해는 『당국사보(唐國史補)』를 저술한 이조(李肇)에게서도 엿볼 수 있다.

나는 응보를 이야기한 것, 귀신과 영혼에 대해 말한 것, 꿈과 예언을 입증한 것, 여인과의 염정에 관련된 제재를 묘사한 것들은 완전히 제외했다. 그러나 나는 사실을 기록하고 사물의 원리를 탐구하고 의혹을 분변하며, 또 훈계와 경고를 제시하고 풍습과 민속을 수집하며 토론과 오락을 위한 재료를 제공한 것들은 서술하였다.

(言應報, 敍鬼神, 征夢卜, 近帷薄, 悉去之. 紀事實, 探物理, 辨疑惑, 示勸戒, 采風俗, 助談笑, 則書之.)[46]

『당국사보』에서 이조는 현실적이고도 진지한 서사만을 선정의 대상으로 삼았는데 여기에서 언급되는 응보, 귀신과 영혼, 꿈과 예언, 여인과의 염정 등은 진정한 서사의 범위에 들지 못하였다. 그것들은 사실, 사물의 원리, 의혹의 분변, 훈계와 경고 등으로 열거되는 현실과 남성의 논리 바깥을 유랑하는 타자였으며 결국 환상의 영역에 속하게 된 것이었다.[47]

---

45 에드워드 사이드, 박홍규 옮김, 『오리엔탈리즘』(서울: 교보문고, 1995), p. 338.

46 李肇, 『唐國史補』.

47 서사에서의 환상과 여성이 인접성을 지니는 것은 '불가해성, 일시성, 비명명성(非命名性)'을 특징으로 하는 환상과 '신화적 지시 대상, 무시간적 존재, 비사회적 존재' 등으로 규정되는 여성성이 같은 맥락에 위치하기 때문이다. 이에 대해서는 이승수, 「서사에서 환상과 여성의 인접성과 그 의미」, 『한국고전여성문학연구』(한국고전여성문학회, 2001), 제2집, pp. 148~58을 참조.

다시 당대 애정류 전기를 읽는 환상의 기능으로 돌아와 볼 때 태초의 원형을 회복하고자 하는 욕망의 형태는 당대 애정류 전기의 시공간 의식에서도 발견된다. 당대 애정류 전기에서 묘사된 시공간은 현실의 시공간이 아닌 초역사성의 시공간으로 설정되어 있다. 따라서 그것은 현실적인 시공간 법칙의 논리를 따르지 않는 것이며 태초의 근원으로 돌아가고자 하는 시간과 공간이 되는 것이다.

그 가운데 시간성의 문제에 대해 논의해보자면, 인신연애나 이류상애 등의 환상적 이야기에 개입된 시간은 엘리아데Mircea Eliade가 언급한 태초ab orgine, 그 옛날in illo tempore의 성스러운 시간을 지칭하는 것이 된다. 즉 그것은 순환적이면서도 가역(可逆)적이고 재생 가능한 시간이자[48] 현실 논리의 바깥에 존재하는 환상적인 시간이다. 예컨대 「유의전」의 남성 주인공인 유의는 용녀와 결혼한 뒤 세월이 흘러감에도 불구하고 전혀 늙지 않는 것으로 되어 있다. 또한 「설소」의 남성 주인공인 설소는 여주인공 장운용과 결합한 뒤 얼굴과 머리카락이 전혀 늙지 않게 되었으며 특히 장운용의 경우는 단약을 복용한 덕택에 죽음에서 삶으로 시간을 회귀하였다. 아울러 「배항」의 남성 주인공은 선녀 운영과 맺어진 덕택에 득선하여 젊은 모습 그대로 영생을 누리게 되었고 「문소」에서는 문소와 오채란 부부가 남긴 선약(仙藥)을 삼킨 노인이 소년의 모습으로 변하였다고 하였다. 그뿐 아니라 「주진행기」와 「안준」에서는 오래된 역사 속의 미인들이 환생하여 주인공과 하룻밤을 즐겼으며 「정덕린」의 여주인공 왕씨 낭자와 「봉척」에서 선녀의 구애를 거절한 남성 주인공은 죽었다가 살아났으니 이러한 예들에서 나타나는 시간은 역사의 흐름을 거스른 경우라 할 수 있다. 따라서 이 같은 시간의 비논리

---

[48] 미르치아 엘리아데, 李東夏 옮김, 『聖과 俗』(서울: 학민사, 1983), p. 62.

성은 환상의 영역에서만 가능한 것이며 근원적인 시간으로 복귀하고자 하는 인간 욕망의 시도이기도 하다.

또한 신화적 사유 체계의 관점에서 분석했을 때 환상의 세계에서 이루어지는 시간은 근본적으로 달의 주기와 관련을 맺고 있음을 인지할 수 있다. 즉 이것은 달의 차고 이지러짐 가운데서 끊임없는 재생이 반복되듯이 시간의 흐름은 연속되는 순환의 고리 속에 있기 때문에 처음은 끝을 반향하고 끝은 처음을 반향하게 된다는 것이다.[49] 그러므로 이러한 순환적 시간관은 서구 기독교의 직선적 시간관과는 상치됨과 동시에 주기적인 반복을 통하여 아무리 먼 과거라도 현재로 재현해내는, 즉 영원한 현재를 추구하는 시간관이라 할 수 있다.[50] 그리고 그것은 동양 전통의 환상서사가 지니는 시간관의 특성으로 정리된다.

한편 당대 애정류 전기에서 공간이 차지하는 환상적 의미 역시 우주 창조가 재현되는 태초의 공간으로 되돌아가려는 인간의 원형 심리와 연결된다. 우주 창조의 공간은 당대 애정류 전기에서 산, 혹은 동굴 등의 상징으로 표현되는데 이는 '성스러운 산이 곧 창조가 이루어진 거룩한 공간이자 우주의 중심이라고 보는 엘리아데의 견해와도 일맥상통하는 것이다. 아울러 이러한 공간은 검증되고 선택된 인간만이 도달할 수 있는 곳이자 인간이 태고 원형을 실현하고자 끊임없이 욕망하는 영원한 낙원의 모습을 의미하는 것이기도 하다.[51] 그런데 당대 애정류 전기에

---

49 달의 주기와 순환적 시간관에 대해서는 미르치아 엘리아데 지음, 이재실 옮김, 『이미지와 상징』(서울: 까치, 1998), pp. 84~86을 참조하였다.

50 비록 애정류 전기는 아니나 도교(道敎) 계열의 선경(仙境)설화에서 표현된 시간관은 현실의 시간 개념과는 차원이 다른 태고의 시간 개념을 잘 드러내준다. 예를 들어 배형의 『전기 · 원류이공(傳奇 · 元柳二公)』에서 주인공이 며칠간 선계에서 노닐다가 속계로 복귀했을 때 이미 22년의 세월이 흘러버렸다는 대목은 바로 환상의 영역에 속하는 시간성의 의미를 대변해주는 것이라 할 수 있다.

51 미르치아 엘리아데 지음, 이은봉 옮김, 『종교형태론』(서울: 한길사, 1996), pp. 480~93.

서 설정된 낙원, 혹은 별세계의 환상적 공간은 전대 선경(仙境)설화의 전통과도 연결되어 있다. 이는 선경설화의 근거인 도교의 지향점 또한 영속성을 획득한 우주와의 합일이기 때문이다. 그래서 당대 애정류 전기에서는 선경설화의 전통을 따라 주인공이 우연히 들어가게 된 동굴이나 길을 잃고 헤매던 산[52]이 곧 낙원으로 등치되었으며 낙원은 곧 태초의 공간으로 조응되었다. 이제 다음에 나오는 「유선굴」의 첫 대목은 환상적 공간으로 진입하는 과정을 설명하는 것으로 전대의 선경설화의 낙원 진입 과정과도 유사하다. 그리고 그것은 낙원으로 상징되는 태초의 공간으로의 복귀 과정이기도 하다.

> 깊은 골짜기가 걸쳐져 있는 모습은 마치 벼랑에 구멍을 뚫은 것 같고,
> 높은 봉우리가 하늘을 가로지른 형국은 칼로 절벽을 깎아낸 듯하구나……
> 날이 저물고 갈 길은 먼데, 말은 지치고 사람도 고달프네……
> 위로는 만 길이나 되는 푸른 암벽이요,
> 아래로는 천 길이나 되는 푸른 못이로구나.
> 옛사람이 전해 말하길 '이곳이 신선이 사는 동굴이라' 했네……

---

52 동굴과 산은 고대인들의 산악 숭배와 연관을 갖는다. 고대인들에게 산악은 인간의 세계와 신의 세계를 이어주는 신성한 공간으로 여겨졌기에 전대의 신선설화에서는 곤륜산(崑崙山), 봉래산(蓬萊山) 등이 신선의 거주지이자 불사약이 있는 곳으로 묘사되었다. 또한 동굴의 경우는 산악 숭배가 후대의 체계화된 도교 이론과 결합되어 나타난 형태로 당대(唐代) 상청파(上淸派)의 천사(天使)인 사마승정(司馬承禎)이 지은 『천지궁부도(天地宮府圖)』에 따르면 도교의 성지를 10대동천(大洞天), 36소동천(小洞天), 72복지(福地)로 나누었는데 여기에서의 동천이란 바로 계곡이나 동굴 내에 숨겨진 별천지를 지칭하는 의미로 쓰여졌다. 따라서 후대로 내려가면서 동굴은 곧 낙원에 대한 또 다른 별칭으로 사용되기에 이른 것이다. 도교와 낙원의 개념과 관련해서는 鄭在書, 「유토피아의 槪念 및 類型에 관한 비교 연구」, 『中國文學』, 1996, 第24輯, pp. 1～20을 참조.

잠깐 사이에 소나무, 잣나무 바위에 이르고,

복숭아꽃 핀 계곡물에 향그런 바람은 땅을 어루만지니,

그 광채가 온 세상에 고루 미치는구나.

(深谷帶地, 鑿穿崖岸之形,

高嶺橫天, 刀削崗巒之勢……

日晚途遙, 馬疲人乏……

向上則有靑壁萬尋, 直下則有碧潭千仞.

古老相傳云, '此是神仙窟也……'

須臾之間, 忽至松柏巖,

桃花澗, 香風觸地, 光彩遍天.)[53]

「유선굴」의 공간은 인간 세상과는 격리[54]되어 있는 험준한 산골짜기
와 동굴로 되어 있다. 그곳은 일체의 현실의 시간이 정지된 곳이며 인
간이 그토록 원하는 근원으로의 복귀가 가능한 곳이다. 또한 그곳에 진
입하는 것은 그다지 쉽지가 않다. 「유선굴」에서 나타나는 것처럼 깊은
골짜기와 높은 봉우리를 통과한 검증된 인간만이 낙원이라는 영원의 공
간에 들어갈 자격이 있는 것이다. 따라서 험난하기 이를 데 없는 낙원
으로의 진입 과정은 태고의 영원성으로 복귀하기 위한 제의의 과정이
된다. 그리고 진입 과정의 험난함은 완벽한 제의를 완성하기 위하여 오
염을 씻어내는 차원으로 유비되는 것이다.

---

53 張鷟, 「遊仙窟」.

54 김지선은 신선설화에서의 산은 거룩한 공간으로 묘사되고 있는 만큼 속세와 분리되어 있다
고 주장하였다. 또한 메리 더글러스의 『순수와 위험』을 인용하면서 성(聖)의 어원인 라틴
어 sacer 자체는 신에 속함으로써의 금제를 의미하기에 성스러운 영역의 것은 곧 분리
seperate와 연결될 수밖에 없다고 설명하였다. 이에 대해서는 金芝鮮, 「魏晋南北朝 志怪의
敍事性 硏究」(高麗大學校 大學院 中語中文學科 博士論文, 2001), p. 148을 참조.

당대 애정류 전기의 환상적 공간은 선녀와의 연애가 이루어지는 낙원 이외에도 망혼과의 연애가 이루어지는 무덤이라는 공간을 포함하고 있다. 그런데 당대 애정류 전기에서의 무덤은 단순한 무덤이 아니라 그 안에 또 하나의 세계를 담고 있는 공간이 된다. 예컨대 「주진행기」에서 주인공들이 서로 담소와 사랑을 나누게 된 박태후(薄太后)의 무덤은 마치 궁궐과도 같은 모습으로 묘사되어 있다. 또한 「설소」의 배경인 장운용의 무덤은 역시 화려하게 꾸며진 귀족의 집으로 보이며 「안준」에서도 역시 진(陳)나라 장귀비(張貴妃)의 무덤이 만남의 장소로 그려져 있다. 망혼들이 거주하는 무덤은 세속의 모든 것을 잊을 수 있는 절대적인 공간이고, 그 속에서 이루어지는 인간과 망혼과의 교합 행위는 삶과 죽음의 이분법적인 차원을 하나로 통합시키는 태초의 질서로 귀환하고자 하는 행위가 된다. 실제로 고대의 묘장 제도에 따르면 인간이 죽으면 그의 무덤 속에 생전에 쓰던 기물들과 먹을 것을 부장하였으며 심지어는 살아 있을 때 부리던 노비와 말 등을 산채로 순장하였는데 이는 바로 삶과 죽음을 하나의 연속적인 차원으로 보는 고대인들의 사유방식이라 할 수 있다. 그러므로 이런 차원에서 볼 때 무덤이라는 공간에서 인간과 죽은 여인이 사랑을 나누는 당대 애정류 전기의 고사들은 환상의 입증 가능성이라는 맥락에서 파악할 수 있다 하겠다.

지금까지 이 장에서는 당대 애정류 전기에 투영된 환상성의 의미 지향에 대해 고찰해보았다. 그리고 본격적인 고찰에 선행하여 동양의 전통적 환상 이론인 환기론과 허실론을 개괄했을 뿐 아니라 최근 대두된 서양의 환상문학 이론도 살펴보았다. 그 결과 당대 애정류 전기의 환상성은 크게 두 가지 의미에서 풀이될 수 있었는데 첫째는, 환상을 현실의 알레고리로 간주하는 방식이었고, 둘째는, 환상을 태고 원형에 대한 무의식적 욕망으로 해석하는 방식이었다. 따라서 당대 애정류 전기의 환상성은 이러한 두 가지 방식에 의해 인신연애와 이류상애, 그리고 시공간적 배경 설정에 개입된 의미를 탐구하는 방향으로 진행되었다. 또한 이 장에서는 당대 애정류 전기의 환상성을 보다 심층적으로 분석하기 위해 환상을 규정해내는 정신분석학 이론을 원용하여 당대 애정류 전기가 자신이 담지하는 환상으로 인해 얼마나 많은 해석의 가능성을 내포하는 서사인지를 증명해보았다.

앞서도 언급했듯이 이제 환상은 서구 리얼리즘적 문학비평에 의해 규정된 현실의 도피이자 가치론적으로는 현실의 하위 층위에 속하는 것에서 하루가 다르게 변화하고 있다. 아니 이미 환상은 인류의 오랜 문학사를 통해 볼 때 주류의 자리를 차지해왔고 리얼리즘에게 그 자리를 빼앗긴 시간 역시 '근대'로 지칭되는 얼마 안 되는 시간에만 한정되었다고도 볼 수 있다. 이것은 굳이 J. P. 스턴이 밝힌 "리얼리즘은 문학의 기나긴 역사에서 순간적인 딸꾹질 정도에 불과하다"[55]는 언술을 거론하지 않더라도 충분히 공감할 수 있는 사실로서 환상적인 모든 것들의 복귀란 곧 환상이 자기 자리를 제대로 찾아가는 과정이라고도 할 수 있는 것이다. 따라서 이런 맥락에 따른다면 이 장에서 서술한 당대 애정류 전기의 환상성에 대한 논의는 서구 리얼리즘식 문학비평에 계속적인 이의를 제기하는 시도가 된다. 아울러 이것은 지금껏 타자화되고 억압되었던 동양의 사유방식을 되찾고자 하는 노력의 연장선에서 당대 애정류 전기의 논의에 새로운 틀 거리를 제공하는 것이라고도 할 수 있겠다.

---

55 김옥동, 앞의 글에서 재인용.

| 2장 |
욕망과 이데올로기

　애정류 전기의 문화적 함의를 도출해내는 두번째 작업은 욕망과 이데
올로기에 대한 고찰로 집중된다. 유교 문화라는 이데올로기의 검열 속
에서 애정류 전기의 작자는 여성과 연애에 대한 욕망을 애정류 전기로
표현하였다. 그러므로 이 장에서는 욕망과 이데올로기에 대해 고찰하
기 위해 애정류 전기에 반영된 당대(唐代) 여성의 섹슈얼리티를 우선
탐색할 것이다.

　섹슈얼리티sexuality란 성(性)에 관한 특성, 곧 '성성(性性)'을 뜻하
는 용어로 성적 욕망을 창조하고, 조직하고, 표현하며, 방향짓는 사회
적 과정에 해당되는 것이다.[56] 또한 이것은 남성과 여성의 사회, 문화적
관계 속에서 특정지어지는 서로의 성에 대한 인식 및 자신의 성에 대한
인지를 포함하는 개념이기도 하다. 뿐만 아니라 섹슈얼리티는 고정불
변의 개념이 아니라 시대와 문화에 따라 유동하는 개념이라 할 수 있는

---

56 섹슈얼리티sexuality에 대한 개념 및 여성학적 의미에 대해서는 메기 험, 심정순·염경숙
　옮김, 『페미니즘 이론사전』(서울: 삼신각, 1995), pp. 152~54를 참조하였다.

데 이는 그 시대와 문화가 성을 어떻게 규정하는가에 따라 그것을 표현하고 방향짓는 사회적 과정이 결정되기 때문이다. 그러므로 섹슈얼리티는 한 시대의 남성과 여성이 서로에게, 혹은 자신의 성 정체성에 대해 품는 모든 성적 지식을 파악하는 척도[57]가 될 수 있으며 이것은 동일한 시대의 서사 속에서도 그대로 투영된 채 존재하고 있다.

따라서 이 장에서는 당대 애정류 전기에 반영된 섹슈얼리티를 고찰해내기 위해 세 가지 측면에서 논의해보고자 한다. 첫째로는, 당대 애정류 전기 전반에서 나타나는 선녀와 기녀의 섹슈얼리티에 대해서이다. 당대 애정류 전기에는 신녀, 선녀가 기녀의 이미지와 합치되는 선기합류(仙妓合流) 현상이 나타난다. 즉 당대 애정류 전기 속에서 신녀나 선녀는 전통적인 자신들의 역할을 수행할 뿐 아니라 보다 하위의 층위인 기녀의 이미지와도 교착된 모습으로 나타나는데 이 장에서는 이러한 현상의 원인에 대해 탐색할 것이다. 두번째로는, 당대 애정류 전기의 말미에 부가된 의론문(議論文)을 메타서사meta-narrative의 차원에서 분석하여 당대 애정류 전기의 작자들인 사인(士人), 곧 남성들이 당대 애정류 전기 자체에 대해 어떠한 해석을 가했는지를 논구하려고 한다. 이것은 남성 작자이자 당대의 지배 계층이 담지하는 성에 대한 이데올로기를 파악하는 작업임과 동시에 공인된 당대의 섹슈얼리티를 유추해내는 과정이 될 것이다. 그리고 마지막으로는, 당대 애정류 전기에 반영된 여성의 욕망에 대해 검토해볼 것이다. 당대 애정류 전기에는 그 서술자가 비록 남성임에도 불구하고 수많은 여성의 욕망들이 숨겨져 있

---

57 좁은 의미에서 볼 때 섹슈얼리티는 성적인 욕망과 연관되는 활동을 지칭하는 것이다. 하지만 이 책에서는 섹슈얼리티가 결코 '사회적인 과정'과 괴리된 채 논의될 수 없음을 인정하여 넓은 의미의 섹슈얼리티 속에 젠더gender, 즉 사회적 성(性)의 개념을 포함시킴을 밝힌다.

다. 하지만 그것들은 남성적 서사에 의해 은폐된 욕망들이기에 여성의 욕망을 찾아내기 위해서는 남성 서사의 주름 사이를 헤집어내는 세밀함이 필요한 것이다.

1. 선녀와 기녀의 섹슈얼리티

주지하다시피 당대(唐代)는 기루(妓樓) 문화가 비약적으로 성행했던 시대이다. 당대에 들어와 증진된 생산력과 그에 따른 경제의 발달은 도시 문화의 형성을 촉진시켰으며 이렇게 형성된 도시를 중심으로 기루업 또한 발달하게 되었다. 따라서 기루 문화는 당대인들의 유흥과 밀접한 관련을 가지면서 당대 문화를 구성하는 중요한 요소로 작용하였는데 이에 대해 송대(宋代)의 장단의(張端義)는 "진나라 사람은 공허함을 숭상하며 술에 취하기를 좋아한데 비해 당나라 사람은 시문을 숭상하고 기녀와 노닥거리는 것을 좋아했다"[58]고 당나라 사람의 기루 애호를 언급하기도 하였다.

기루 문화에 대한 당대인의 선호는 당대의 서사인 애정류 전기에 기녀를 제재로 한 작품들이 대거 등장하게 되는 배경으로 작용하였다. 그리하여 당대의 애정류 전기에서는 장작의 「유선굴」, 심기제의 「임씨전」, 장방의 「곽소옥전」, 백행간의 「이와전」, 방천리의 「양창전」 등 기녀를 제재로 한 작품이 창작되었는데[59] 이는 이전 시대의 허구적 서사인 지괴(志怪)에서는 찾아볼 수 없었던 것이다. 그런데 이들 작품 가

---

58 張端義, 『貴耳集』. "晉人尙曠好醉, 唐人尙文好狎."
59 당대의 기루 문화와 애정류 전기 창작과의 관련성에 대해서는 이 책의 2부 2장 '2. 당대 문화와 에로티즘 서사에서 자세히 논의하였다.

운데 「유선굴」은 분명 제목으로 볼 때에는 선녀를 여주인공으로 하는
작품인데 그 내용을 따라가 보면 선녀보다는 오히려 기녀에 가까운 여
주인공과 만나게 된다. 뿐만 아니라 「유선굴」의 여주인공들은 천상의
질서에 속하는 신녀(神女)나 선녀의 모습이 아니라 세속의 남성과 술
자리에서 농담을 주거니 받거니 하며 서로를 희롱하고[60] 환락을 나누는
모습으로 그려져 있다. 또한 「유선굴」에는 남성 주인공이 여주인공 중
하나인 십낭(十娘)이 잠시 자리를 떠났다가 다시 돌아오는 사이를 참
지 못하고 오수(五嫂) 낭자에게 "십낭은 어디로 갔지요? 다른 아가씨
를 오라고 해야겠네요"[61]라고 말하는 대목이 있는데 이는 기루에서 기
녀와 손님 사이에 흔히 오가는 대화에 속하는 것으로[62] 「유선굴」의 선녀
가 사실은 기녀와 통하는 의미를 지녔음을 암시하고 있다. 그러므로
「유선굴」의 여주인공은 선녀와 기녀가 교착된 이중적 이미지를 체현해
내고 있으며 이는 곧 선녀라는 여성 존재의 세속화 현상과 연결된다.
　선녀의 세속화 현상은[63] 이미 그 단초를 남북조 시대에서부터 찾아볼

---

60 「유선굴」에서는 남성 주인공이 두 명의 여주인공과 잠자리 내기를 하는 장면이 있는데 이
　역시 선녀가 기녀의 속성을 구비하였음을 증명해주는 예라고 할 수 있다. 한 명의 남성과
　여러 명의 여성 간에 벌어지는 이러한 잠자리 내기의 예는 「유선굴」뿐 아니라 「주진행기」
　및 『전기·설소』『전기·안준』에도 유사한 형태로 나타난다. 다만 「주진행기」 「설소」 「안
　준」의 여주인공이 선녀가 아니라 망혼이라는 점이 「유선굴」과 차별될 뿐이다. 그러나 이들
　망혼의 신분이 역사 속에 존재하던 미인들이었음을 상기해본다면 망혼과의 희롱 역시 선기
　합류의 넓은 범위 속에서 파악할 수 있을 것이다.
61 張鷟, 「遊仙窟」. "十娘何處去? 應有別人邀."
62 William H. Nienhauser, Jr.(倪豪士), 「唐人載籍中之女性性事及性別雙重標準初探」, 『傳記
　與小說: 唐代文學比較論集』(臺北: 南天書局), pp. 53~55.
63 「유선굴」의 영역본인 Howard Levy의 역서에서는 「유선굴」의 제목을 The Dwelling of
　Playful Goddesses라고 번역하였는데 이는 '절세미인, 혹은 여신을 희롱하는 집'이라는 의
　미로 「유선굴」의 선녀가 세속화되어 있는 형상을 잘 반영해주는 제목이라 할 수 있다.
　Howard Levy의 영역본은 The Dwelling of Playful Goddesses(東京, 大日本, 1965)를
　참조.

수가 있다. 남조(南朝) 때 지어진 유의경(劉義慶)의 『유명록(幽明錄)』
에서는 한 무제(漢武帝)가 선녀를 희롱하다가 오히려 변을 당하는 대
목이 수록되어 있는데 이것은 선녀의 세속화를 입증해주는 초기의 자료
로 분류될 수 있다.

　　한 무제가 감천궁에 머무르고 있을 때 선녀가 하강하여 무제와 자주 바
　둑을 두며 즐겁게 놀았다. 선녀의 자태가 곱고 아름다워서 무제가 남몰
　래 연모하다가 급기야는 억지로 자기 욕심을 채우고자 했다. 선녀가 무
　제의 얼굴에 침을 뱉고 떠나니 그해 내내 무제의 용안에 종창이 생겼다.
　　(漢武帝在甘泉宮有玉女降, 常興帝圍棊相娛. 女風姿端正, 帝密悅, 乃欲
　逼之. 女因唾帝面而去, 遂病瘡經年.)[64]

여기에서 알 수 있듯이 한 무제는 선녀를 애욕의 대상으로 간주하고
범하려 하였다. 설령 한 무제가 제왕의 신분이라고는 해도 천상의 질서
에 속하는 선녀를 자신의 욕망대로 취할 수 있는 대상으로 인식한다는
것은 이전의 서사에서는 있을 수 없는 일이었다. 예컨대 한 무제가 동
일하게 남성 주인공으로 등장하는 『목천자전』『신이경(神異經)』『한무
내전(漢武內傳)』『한무고사(漢武故事)』 등의 신화서 및 지괴 작품에서
는 한 무제가 신녀나 선녀에게 남성적 욕정을 내비치는 일은 존재하지
않았다. 따라서 비록 실패로 끝나기는 했지만 『유명록』에서 선녀의 존
재가 인간의 애욕 충족의 대상으로 그려졌다는 사실은 선녀의 지위가
이전에 비해 하락했음을 반증해주는 것이라 할 수 있다.
　선녀의 지위 하락은 곧 선녀가 '선(仙)'보다는 '여(女)'에 강조점을

---

64 劉義慶 撰 · 張貞海 譯注, 『幽明錄』(서울: 살림, 2000), pp. 53~54.

두는 섹슈얼리티를 지니게 되었음을 의미한다. 그리하여 당대 애정류 전기에서는 선녀의 모습이 한편으로는 예전처럼 엄숙하고 성스러운 모습으로 나타나는가 하면 또 한편으로는 매우 인간화된 모습으로, 심지어는 기녀에 가까운 모습으로 현현(顯現)되기 시작한 것이다. 그런데 이러한 상황은 당대 애정류 전기라는 서사에서뿐 아니라 시가문학인 유선시(遊仙詩)에도 보편적으로 나타나는 현상이다. 유선시에서도 역시 위진(魏晋) 이전 시대에 비해 후대로 내려오면서 선경(仙境)에 대한 묘사가 끊임없이 현실화, 지상화(地上化)하는 경향으로 바뀌었는데[65] 당대의 이르면 도교와 관련된 종교적 색채의 유선시는 더 이상 창작되지 않고 마치 신선과 같은 모습으로 산수에서 노니는 세속화된 환락을 묘사한 유선시만이 지어지게 된 것이다.[66] 그러므로 이 같은 맥락에서 볼 때 당대의 '선(仙)'이라는 개념이 담지하는 문화적 의미는 천상의 영역이 아니라 인간 세상의 영역이라고 할 수 있으며 이에 따라 선녀의 이미지는 선기합류(仙妓合流)라는 문화적 현상으로 기녀 이미지와 교착을 이루며 당대 애정류 전기를 관통하는 것이라 하겠다.[67]

당대 애정류 전기에 묘사된 선녀가 기녀의 속성을 지니고 있다는 사실은 역으로 기녀의 형상 역시 선녀의 모습을 구비하게 되었음을 의미한다. 그 예로 당대 애정류 전기 가운데 하나인 「이와전」에는 이와의 아름다움을 표현함에 있어 "그녀에게 느껴지는 아름다움이란 이제까지 한번도 이 세상에서 본 적이 없는 것이었다"[68]고 하였는데 이는 세속의

---

65 李光哲, 「魏晋 遊仙詩 仙境考」, 『中國語文學論集』(中國語文學研究會, 2000. 6), 第14號.

66 李豊林, 『憂與遊: 六朝隋唐遊仙詩論集』(臺北: 學生書局, 1996), pp. 16~22.

67 이풍무(李豊林)에 따르면 당대(唐代)에 지어진 시 가운데 '선녀'를 제재로 삼은 시, 즉 노조린(盧照隣)의 「회선인(懷仙引)」, 왕발(王勃)의 「회선(懷仙)」, 원진(元稹)의 「몽류춘(夢遊春)」, 백거이(白居易)의 「몽선(夢仙)」 등의 시에서 묘사된 선녀의 모습에는 기녀의 혐의가 지워질 수 없다고 하였다. 이에 대해서는 李豊林, 앞의 책, pp. 385~96을 참조.

68 白行簡, 「李娃傳」. "觸類妍媚, 目所未覩."

기녀인 이와를 천상의 선녀와 동일하게 간주하는 사유방식이라 할 수 있다.[69] 또한 「곽소옥전」에서는 중매쟁이가 기녀인 곽소옥을 이생(李生)에게 소개할 때 다음과 같이 말한다.

"듣자니 한 선녀가 마침 하계에 귀양 왔는데 재산도 바라지 않고 다만 풍류객을 연모한다고 합니다."

("有一仙人, 謫在下界, 不邀財貨, 但慕風流.")[70]

선기합류의 문화적 분위기 속에서 기녀인 곽소옥은 귀양 온 선녀, 즉 적선(謫仙)으로 지칭된다. 이는 곧 세속의 기녀를 선녀와의 연장선에서 취급[71]하는 당대의 화법으로 실제로 『북리지』에 기재된 기녀들의 이름에 선녀를 의미하는 '선(仙)'이나 '진(眞)'[72] 등의 글자가 사용된 것

---

69 당나라 사람들은 여인의 아름다움을 묘사할 때 선녀에 곧잘 비유하는 경향이 있었는데 비록 여주인공이 기녀는 아니지만 「앵앵전」에서도 역시 다음과 같은 구절로 여주인공의 아름다움을 묘사하고 있다. "그녀는 하늘에서 내려온 선녀가 아닌가 의심이 갈 정도였으며 아무래도 인간 세계에서 온 사람은 아닌 성싶었다(且疑神仙之徒, 不謂從人間至矣)." 뿐만 아니라 「이장무전」에서는 이장무와의 정을 못 잊은 왕씨댁 며느리가 죽은 후에 서악(西岳)의 옥경부인(玉京夫人)과 노니는 등 선녀와 유사한 존재로 변화한 듯한 언급을 하고 있는데 이 또한 선기합류의 연장선에서 파악할 수 있는 의미가 된다.

70 蔣防, 「霍小玉傳」.

71 당대(唐代)에는 기녀뿐 아니라 여도사(女道士) 역시 선녀로 간주하는 경우가 적지 않았다. 그 예로 이상은(李商隱)의 「중과성녀사(重過聖女祠)」에서는 "상청에서는 귀양 보낼 것을 논의하여 늦게야 되돌아가게 되었네(上淸論謫得歸遲)"라는 구절이 인용되어 있는데 이는 여도사 역시 기녀와 마찬가지로 귀양 온 선녀로 보는 관점이라 하겠다. 이와 관련된 자세한 사항은 李豊楙, 『誤入與謫降: 六朝隋唐道敎文學論集』(臺北: 學生書局, 1996), p. 284를 참조.

72 『북리지』에 수록된 기녀의 이름 가운데 선녀의 이미지를 지닌 것으로는 '천수선가(天水僊哥)'와 '유락진(兪洛眞)' '소선(小僊)' 등이 있다. 또한 이름뿐 아니라 기녀들의 자(字)도 살펴보자면 '천수선가'의 자(字)는 '강진(絳眞)'이고 '내아(萊兒)'의 자(字)는 '봉선(蓬僊)'으로 되어 있는데 이것들 역시 선기합류 현상의 증거라 하겠다.

과도 같은 맥락에서 파악할 수 있다.[73] 또한 『북리지』에 수록된 시 가운데 기녀에게 헌정된 시에는 기녀를 선녀와 등치시켰거나[74] 기녀의 거처를 선계로 표현한 시들이 상당수 존재하는데 그중 하나를 예로 들어보면 다음과 같다.

혹독한 바람은 어찌하여 태청(太淸)으로 불어 내리는가,
옥과 같은 피부 너무나 가벼우니 어찌할 수가 없다네.
비록 유하주(流霞酒) 따르지 않음을 안다고 하더라도,
원컨대 좋은 거문고 소리 한번 듣게 해주구려.

(嚴吹如何下太淸, 玉肌無柰六銖輕. 雖知不是流霞酌, 願聽雲和瑟一聲.)[75]

이 시에서 보이듯이 기녀는 천상 세계인 태청에 살고 신선이 마시는 술인 유하주를 따르는 선녀와도 같은 존재로 되어 있다. 그러므로 당대에 있어 기녀란 선녀가 현실적인 차원에서 변형된 것에 다름 아니었으며 당대의 문화적 맥락에서 '선녀와의 만남(遇仙)'은 '미인과의 만남(遇艷)'과 동일한 의미로 사용된 것이다.[76]

---

73 여성의 이름과 관련시켜 좀더 논의를 전개해보자면 중국 학자 진인각(陳寅恪)이 「앵앵전을 읽고(讀鶯鶯傳)」에서 앵앵의 신분이 귀족 여성이 아니라 기녀임을 제기하였다. 그의 의견에 따르면 「앵앵전」의 또 다른 작품명이 「회진기(會眞記)」이고 여기에서의 '진(眞)'이라는 글자는 당대(唐代) 사회에서 선녀, 혹은 기녀를 의미하는 글자였기에 앵앵은 본래 기녀였다는 논리가 성립된다는 것이다. 이에 대해서는 陳寅恪, 「讀鶯鶯傳」, 『中央研究院歷史研究所集刊 10』, 1948을 참조.

74 손계의 『북리지·왕단아(王團兒)』에는 기녀를 선녀로 직접 지칭한 다음과 같은 시가 기재되어 있다. "맑은 바람결에 날아온 기이한 향내 이상히 여겼더니, 어여쁜 선녀가 무지개 치마 끌고 온 것이더라(怪得淸風送異香, 婷婷僊子曳霓裳)."

75 孫棨, 『北里志·天水僊哥』.

76 孫遜, 『中國古代小說與宗敎』(上海: 復旦大學出版社, 2000), pp. 260~65.

그런데 선녀와 기녀의 상호 교착 현상은 당대뿐 아니라 일찍이 신라
에서도 나타났던 문화적 현상이었다. 그 증거로 고려 때 찬술된 이인로
(李仁老)의 『파한집(破閑集)』에는 신라 장군 김유신(金庾信)이 소싯
적에 천관녀(天官女)라는 기녀와 사랑에 빠졌던 일화가 기록되어 있는
데[77] 바로 그 천관녀라는 기녀는 하늘에 드리는 제사를 주관하던 천관
(天官)에 소속되어 있는 여사제, 즉 신녀로 추정할 수 있다. 원래 신라
초기에는 신녀들이 천제(天祭)를 주관하던 습속이 존재했었다. 예를
들어 신라의 시조인 박혁거세(朴赫居世)의 제사를 남성 제사장이 아니
라 그의 친누이인 아로(阿老)가 주관했다는 『삼국사기(三國史記)』의
기록 등에 근거해볼 때[78] 그 당시 여사제의 분명한 실존을 확인할 수가
있다. 하지만 후대에 이러한 제도가 사라지게 되면서 여사제들의 지위
는 하락하게 되었고 그들에게는 기녀와 유사한 섹슈얼리티가 부여되었
다. 이에 따라 천관녀 역시 후대의 기록에 그저 기녀라고만 명시된 것
이다.[79]

어쨌든 앞에서 본 여러 예증에서 나타나는 바와 같이 기녀의 근원이
신녀나 선녀에서 유래되었다는 사실은 기녀가 지니는 문화적 함의에 대
해 다양한 해석의 가능성을 제시한다. 즉 그것은 인성주의(人性主義)
라는 문화적 사조 속에서 파악됨과 동시에 바로 그러한 인성주의라는
것이 결국은 천상과의 교통을 중재하고 그 속에서 자연과의 합일을 체

---

[77] 李仁老, 李相寶 譯, 『破閑集』 卷中(서울: 大洋書籍, 1973), p. 85.
[78] 金富軾, 金鍾權 譯, 『三國史記』 卷第32, 「雜志 第1·祭祀」(서울: 大洋書籍, 1973), p. 111.
[79] 이와 유사한 예로 네팔 지역에서는 예닐곱 살 된 여자 아이를 선별하여 살아 있는 여신으로
삼고 받드는 습속이 현전하고 있다. 이러한 여신은 '쿠마리'라는 이름으로 불리는데 세월이
흘러 여신인 어린 소녀가 초경을 맞게 되면 여신의 지위를 빼앗기고 신전에서 쫓겨나게 된
다고 한다. 이후 '쿠마리'였던 소녀는 거의 모두 평범한 삶을 살지 못하고 창녀로 살아가게
되는데 이 같은 경우 역시 신녀와 기녀를 동일선상에서 파악할 수 있는 문화인류학적인 증
거라 할 수 있다.

현해낸 여성 섹슈얼리티의 가치 하락으로 연결된다는 것이다. 따라서 문화인류학적 측면에서 볼 때 선기합류의 현상은 여성 중심적 모계사회의 문화 유습이 종결되었음과 동시에 남성 중심 사회로의 진입이 완료되었음을 시사해준다고 할 수 있겠다.

이제 그러한 의미를 염두에 두고 다시 당대 애정류 전기로 돌아와 기녀의 모습에 주목해보자면 특이한 경우를 하나 더 발견하게 된다. 그것은 고대 중국의 여우 숭배 신앙과 관련된 것으로 여우는 일찍이 호신(狐神), 호선(狐仙) 등으로 존숭받다가 후대로 내려오면서 앞의 경우와 동일한 경로를 거쳐서 요괴, 혹은 기녀로 바뀌었던 것이다. 따라서 당대 애정류 전기에 등장하는 여우는 선녀가 그랬던 것처럼 유혹적인 기녀의 모습으로 나타났으며 「임씨전」은 바로 이러한 경우에 부합되는 작품이 된다.

「임씨전」의 여주인공인 임씨는 본모습은 여우이나 인간 세상에서는 기녀의 모습으로 살아가는 존재이다. 임씨의 신분이 기녀라는 점에 대해서는 「임씨전」의 내용 가운데서 직접적으로 언급되지는 않았으나 내용 중에 삽입된 다음의 대목을 통해 쉽게 알 수가 있다.

"저희들 두 자매는 이름이 교방에 올라 있고 근무처는 남쪽 교방에 속해 있기 때문에 아침 일찍 일어나서 출근해야 되니까 오래 머물러서는 안 돼요."
("其兄弟名係敎坊, 職屬南衙, 晨興將出, 不可淹留.")[80]

이 대목은 손계의 『북리지·서』에 나오는 "당대의 기녀는 모두 교방

---

80 沈旣濟, 「任氏傳」.

(敎坊)에 소속되어 있다"[81]는 언급과도 합치된다. 그러므로 임씨가 여우이자 기녀라는 사실은 이 대목을 통해 더욱 확실해지는 것이다.

그런데 「임씨전」에서와는 달리 여우는 본래 토템의 하나로 숭배되던 동물이었다. 그러다가 후대로 내려오면서 신격으로 존숭 받게 되었고 아울러 도교의 '선' 개념과 합치된 맥락 속에서는 호선으로 받들어지게 되었다. 이 같은 여우신 숭배의 예는 당대의 필기인 『조야첨재(朝野僉載)』에서 찾아볼 수 있는데 『조야첨재』에 따르면 "당나라 초 이래로 백성들은 대부분 여우신을 섬겼는데 방 안에서 제사를 드리고 은혜가 내리기를 빌었으며 마치 사람에게 하듯 음식을 바쳤다"[82]는 것이다. 또한 『조야첨재』에는 앞의 설명과 함께 "여우신이 없으면 마을도 이루어지지 않는다"[83]는 당대의 속담이 수록되었는데 이는 곧 그 당시 여우신 숭배가 상당히 보편적인 신앙이었다는 증거라 할 수 있으며 여우를 천상의 질서에 소속된 차원 높은 존재로 간주하는 견해이기도 하다. 그런데 이렇듯 호선으로 숭배되던 여우의 긍정적인 모습이 동시대인 당대에 여우를 요괴의 일종으로 취급하는 또 다른 방향으로 변화되기 시작하였다. 그것은 곧 길조를 상징한다거나 혹은 덕을 표상하는 등[84] 긍정적인 모습을 지닌 여우의 이미지에 부정적인 성격이 개입되었음을 의미하였다. 따라서 당대에는 여우에 대한 긍적적인 평가와 함께 부정적인 평가가 공존하게 되었는데 예컨대 당대 초에 낙빈왕(駱賓王)이 측천무후를 일

---

81 孫棨, 『北里志·序』. "京中飮妓, 籍屬敎坊."

82 張鷟, 『朝野僉載』. "唐初以來, 百姓多事狐神, 房中祭祀以乞恩, 食飮人同."

83 같은 책. "無狐魅, 不成村."

84 여우는 이미 동한(東漢) 반고(班固)의 『백호통·봉선(白虎通·封禪)』에 봉황, 기린, 흰 호랑이, 흰 꿩 등과 함께 길한 짐승으로 기록되어 있다. 또한 같은 책에서는 여우가 죽을 때 머리를 자신이 살았던 언덕으로 향하게 한다는 것은 근본을 잊지 않는 덕이라고도 칭송 하였다. "구미호란 무엇인가? 여우는 죽으면서 자신이 살았던 언덕을 향하니 근본을 잊지 않는 것이다(狐九尾何? 狐死首邱不忘本也)."

러 "여우처럼 사람을 홀리고, 한쪽으로 치우쳐 있으며, 정신을 헷갈리게 잘한다(狐媚偏能惑主)"[85]고 말한 것은 여우를 부정적인 이미지로 사용한 경우가 된다. 또한 백거이의 시「옛 무덤의 여우(古塚狐)」에서도 여우를 요괴로 보는 당대의 관점이 다음과 같이 표현되고 있다.

> 옛 무덤의 여우는 나이 먹은 요괴인데,
> 여인으로 변신하면 어여쁘기도 하구나.
> 구름 같은 귀밑머리에 화장한 얼굴로 변하여,
> 큰 꼬리엔 붉은 치마 질질 끌고,
> 천천히 풀길 따라 걸어가네.
> 날 저물 때 인적 드문 곳에서는,
> 노래하거나 춤추거나 슬프게 울기도 하며……
> 갑자기 한번 웃으면 천만 번 둔갑하니,
> 본 사람은 열에 아홉 미혹되어버리네.
> (古塚狐妖且老, 化爲婦人顔色好.
> 頭變雲鬢面變粧, 大尾曳紅裳, 徐徐行傍荒屯路.
> 日欲暮時人靜處, 或歌或舞或悲啼……
> 忽然一笑千萬態, 見者十人八九迷.)[86]

백거이의 시에서 보이듯이 호선은 여우 요괴(狐妖)의 의미를 지니게 되면서 점차 기녀의 이미지가 끼어들 여지를 형성하게 된다. 특히 남성을 유혹하는 모습으로 묘사된 요괴의 특성은 여우가 인간을 미혹시킨다는 점 및 기녀가 미색으로 남성의 주목을 끈다는 점과 연관되어 요괴,

---

85 李壽菊,『狐仙信仰與狐狸精故事』(臺北: 學生書局, 1995), p. 159.
86 白居易,「古塚狐」.

유혹자, 여우, 기녀라는 등치적 의미의 섹슈얼리티를 성립시키기에 이르렀다. 그리하여 당대 전기에는 「임씨전」이외에도 『광이기(廣異記)』에 수록된 「설형(薛逈)」등의 작품에 여우가 변화한 기녀의 모습이 등장하게 된 것이다.[87]

한편 기녀를 제재로 한 당대 애정류 전기 가운데 선기합류적 현상에 예외가 되는 것은 「양창전」단 하나이다. 「양창전」의 여주인공인 양창은 선녀의 모습을 구현한 기녀의 형상과는 사뭇 다른, 유교 윤리에 입각한 섹슈얼리티를 표출시키고 있다. 따라서 「양창전」은 봉건 윤리와 상반되는 과감한 남녀의 결합을 다룬 여타의 선기합류적 당대 애정류 전기와는 차별되는 성질을 지닌 작품이라 할 수 있기에[88] 별도의 차원에서 다루어져야 하겠다.

요컨대 당대 애정류 전기에 광범위하게 나타나는 선녀와 기녀의 이미지가 합치되는 현상은 당대 전기가 바탕으로 하는 인성주의에 따른 것으로 결론지을 수 있다. 또한 그것은 결국 당대에 들어와 여성 섹슈얼리티가 가치 하락되었음을 의미하는 것이기도 하다.

---

87 당대(唐代) 전기에는 여우가 여인으로 변화한 예들이 상당수 나타난다. 예를 들어 『광이기(廣異記)』의 「이마(李䮅)」『선실지(宣室志)』의 「허진(許眞)」등은 여우가 여성으로 변신한 경우로 이들은 인간인 남편에게 헌신적으로 내조하는 여성의 모습으로 그려져 있다. 한편 여성 여우와는 반대로 당대 전기에는 여우가 남성으로 변화하여 인간의 사위가 되는 내용의 작품들도 공존하고 있는데 『광이기』의 「견양령(汧陽令)」「양백성(楊伯成)」「위명부(韋明府)」「이원공(李元恭)」등이 바로 그러한 작품이다. 그런데 이들 남성 여우에 대해서는 여성 여우와는 변별적인 차원에서 해석해야만 한다. 즉 당대의 사인(士人)들은 스스로 권문세족의 사위가 되기를 원하여 혼인하게 되는 호서(狐婿)의 모습에 자신들이 갈망하는 오성녀(五姓女)와의 결혼을 기탁시킨 것으로 남성 여우는 곧 사인이 원하는 결혼에 대한 알레고리로서 읽혀질 수 있는 것이다. 그런 이유 때문에 당대 이후의 작품에서는 인간의 사위가 된 남성 여우의 모습은 더 이상 나타나지 않게 된 것이다.

88 孫遜, 앞의 책, p. 83.

2. 남성 작자와 이데올로기

메타meta란 언어의 비문학적인 사용에서 발견되는 현상을 지적하는 용어로 그것이 현대의 서사 기법과 관련되어 나타날 때에는 메타서사 meta-narrative라는 개념으로 불린다. 메타서사는 자신이 지칭하는 서사를 마치 인용부호 안에 넣는 것과도 같은 효과를 일으키는 것으로 서사에 대한 서사, 서사를 위한 서사라고 할 수 있다.[89] 소설 분야에서 메타서사는 메타픽션meta-fiction이라고도 일컬어지는데, 이것은 20세기 말부터 대두된 서구의 포스트모더니즘post-modernism 이론에 의해 리얼리즘 소설이 봉착한 위기를 극복하기 위해 제기되었다.[90] 예컨대 밀란 쿤데라Milan Kundera와 같은 문학가는 서구의 리얼리즘 소설이 작자와 독자의 극단적인 괴리에 의해 서사성의 난국에 직면하게 되었다고 진단하며 이러한 상황을 타개하기 위해서는 마치 '르네상스 시대의 이야기꾼인 양' 작자가 서사에 개입하고 독자에게 말을 거는 방법과 창조적으로 조우해야 한다고 주장하였다. 또한 그는 "작가가 독자와 이야기하듯이 글을 쓰고, 독자를 향하여 부탁을 하고, 독자를 모욕하고, 독자에게 아첨하는" 18세기 말까지의 서사 전통이 리얼리즘의 출현에 의해 침잠되었음을 지적하며 서구 소설의 가능성을 이 같은 전통의 현대적 변형 속에서 찾고자 하였다.[91] 따라서 밀란 쿤데라 등이 제기한 새로

---

89 메타서사에 대해서는 월리스 마틴, 김문현 옮김, 『소설이론의 역사: 로망스에서 메타픽션까지』(서울, 현대소설사, 1992), pp. 260~61을 참조.

90 메타픽션에 대해서는 金旭東, 『포스트모더니즘의 이론』(서울: 民音社, 1992), pp. 237~98에서 자세히 다루어져 있다.

91 크베토슬라프 흐바틱, 박진곤 옮김, 『밀란 쿤데라의 문학』(서울: 민음사, 1997), pp. 13~20.

운 서사는 서구 서사의 자기 비판적 차원에서 시도된 것이고 현재적 의미에서의 메타서사적 개념은 이러한 맥락 속에서 대두된 것이다.

한편 서구와는 별도로 동양 서사의 전통에서는 이미 오래전부터 메타서사적 장치를 자연스럽게 활용해왔다. 그것은 본래 역사서의 기술 양식에서 비롯한 것으로『좌전(左傳)』『국어(國語)』『한시외전(韓詩外傳)』등의 편말(篇末)에 부가된 '군자왈(君子曰)' '중니왈(仲尼曰)' 등의 논찬(論贊) 및 한대(漢代) 사마천(司馬遷)의 『사기(史記)』에서 나타나는 '태사공왈(太史公曰)'의 논평을 시발로 한다. 이후 이러한 의론(議論)의 양식은 유향(劉向)의『열녀전(列女傳)』에서는 '군자왈(君子曰)'의 형식으로 나타나며 위진남북조 시기의 저작인 유협(劉勰)의『문심조룡(文心雕龍)』에는 '노래하여 칭송하기를(贊曰)'이라는 형식으로 서사의 총결을 삼게 되어 중국의 서사 전통에 있어 주목할 만한 특징으로 자리매김하였다. 그런데 이와 같은 메타서사적 장치가 담당하는 역할은 독자를 작자가 의도하는 방향으로 유도하는 데 있는 것이다. 즉 논찬 등의 의론문을 통해 독자는 본 서사에 투영된 작자의 이데올로기를 내재화하여 작자의 사유방식에 동조하게 되고[92] 작자는 그것을 서술하는 과정 속에서 본 서사의 내용에 대한 이론가가 될 뿐 아니라 본 서사를 한갓 허구가 아닌 진실한 담론의 차원으로 끌어올리는 역할을 하게 된다. 그러므로 의론문은 본 서사에 대한 작자 의식을 재확인하고 재구성하는 장인 동시에 그 시대의 규범적 이념이 표출된 부분이라고도 할 수 있겠다.

편말의 의론문 이외에도 동양의 전통 서사에서는 메타서사적 해석 방식이 곳곳에 산재한다. 즉 작자가 전지적인 입장으로 서사에 개입하여

---

92 이러한 서술자의 의도에 대해서는 朴英姬, 「여성 전기의 구성 원리」, 『中國語文學誌』(中國語文學會, 2001. 6), 第9輯, p. 307을 참조.

이야기를 이끌어간다거나 등장인물의 행위에 대해 설명을 부연하고 심지어는 등장인물이 무슨 생각을 하는지도 훤히 파악하여 논평을 한다는 점은 메타서사의 해석 방식으로 풀이될 수 있는 것이다.[93] 이러한 논의를 염두에 둘 때 메타서사의 배치가 당대(唐代) 전기에서 담당하는 의미는 더욱 분명해진다. 이미 논의했듯이 전기는 역사 기술 양식인 '전(傳)'과 '기(記)'의 문체를 운용한 서사이기에[94] 비록 '기이한 사건'을 다루었다고 하더라도 그것을 제도권의 틀 안에서 수용시키고 교정시키도록 만든다. 더군다나 '기이한 사건'이 남녀의 애정과 관련된 것이라면 메타서사의 역할은 좀더 당대 사회의 지배 규범에 천착하게 된다. 따라서 당대 애정류 전기의 메타서사에서는 사인(士人) 신분인 작자가 남녀의 애정 도피를 서술할 수밖에 없는 이유를 밝혀 자신들의 저술 행위에 정당성을 부여하고 그러한 애정 관계에 대한 해석과 가치 평가를 내린다. 또한 작자는 메타서사를 통해 남성 작자로서 남녀의 애정을 바라보는 시각 역시 드러내며 당대 애정류 전기를 찬술한 의도를 본 서사에서보다 오히려 더 선명하게 부각시켜 작자 개인의 주관적인 감정까지도 그대로 노출시키는 것이다.

일반적으로 당대 애정류 전기의 메타서사는 의론문의 형식으로 가장 자주 나타나며 그것은 본 서사가 지닌 맥락과는 또 다른 층위를 형성한다. 그래서 일단의 학자들은 의론문을 '췌어(贅語),' 곧 '쓸데없이 붙여진 군더더기 말'로 인식하기도 하였다. 그러나 의론문이 나타내는 이러한 층위야말로 전기의 작자와 독자층, 즉 당대의 지식인이자 권력 계

---

93 이러한 메타서사적 기술 방식과 동양 서사 전통의 조우에 대해서는 鄭在書, 「이문열, 『황제를 위하여』에 대한 전통 소설론적 접근」, 『中國小說論叢』(韓國中國小說學會, 1998), 第7輯을 참조하였다.

94 이에 대해서는 이 책 1부 2장 '2. 전기는 어떻게 형성되었는가'에서 다루었다.

층 사이에서 공인되고 공유된 사상과 감정을 담당하는 부분이 된다. 그러므로 당대의 사회문화적 현상에 대한 지식[95]과 진리는 의론문 가운데 투영되어지며 그것은 기지(旣知)의 사실과 가치를 고취시키는 전통적인 '전기체(傳記體)' 서사의 기능과 부합되는 것이다.[96] 이 책에서 대상으로 삼는 당대 애정류 전기 가운데 메타서사로서의 의론문이 수록된 작품은 「임씨전」「이혼기」「유씨전」「유의전」[97] 「이와전」「장한가전」「앵앵전」「무쌍전」[98] 「양창전」『삼수소독 · 보비연』 등이 해당한다. 따라서 앞서 논의된 바에 의하면 이들 작품의 의론문에 당대 사인의 여성관이 투영되었음은 자명한 사실이 되며 그러한 여성관은 곧 당대의 지식인이 자 지배 계층인 남성들이 당대 여성의 섹슈얼리티를 해석한 것이라고 해도 무방할 것이다.

당대 사회가 여성에 대해 이중적인 기준을 지니고 있었음은 이 책에서 이미 언급한 바가 있다.[99] 즉 당대 사회는 여황제가 등장하고 여성의 재혼이 빈번히 이루어질 정도로 자유로운 경향을 띠는 반면 남녀간의 자유연애를 금기시하고 정절을 지키는 여성을 적극적으로 찬미하였다.

---

95 이 책에서 사용하는 '지식'이라는 용어는 푸코Michel Foucault의 개념에 따른 것으로 '말과 사물,' 즉 '담론과 실재하는 사실'로 구성되는 것이다. 그러므로 이 책에서의 '지식'의 의미는 당대(唐代) 사인(士人)들이 전기(傳奇)라는 서사물을 통해 나타내고자 한, 그들의 사고방식, 욕망 등을 지칭한다.

96 이와 관련해서는 朴熙秉, 「朝鮮後期 '傳'의 소설적 성향 연구」(서울대학교 대학원 국어국문학과 박사논문, 1991), p. 80을 참조.

97 「유의전」의 의론문에는 여성 주인공에 대한 평가는 언급되어 있지 않고 남성 주인공인 유의 및 동정군(洞庭君), 전당군(錢唐君), 유의의 종제(從弟)인 설하(薛嘏)에 대한 논평만 부가되어 있다. 따라서 이 장에서는 「유의전」의 메타서사가 당나라 사람들의 섹슈얼리티를 해석하는 기능은 지니지 않았다고 평가하고 논외로 하였다.

98 「무쌍전」의 의론문 또한 무쌍(無雙)과 왕선객(王仙客)의 기이한 운명과 그들의 결합을 돕다가 죽은 이들에 대한 경탄만이 언급되어 있기에 예외로 하였다.

99 당대(唐代) 사회와 여성에 대해서는 이 책의 1부 1장 '3. 당나라 여성들의 지위와 사회 활동을 참조.

또한 중매를 통하지 않은 남녀간의 연애 혼인은 결코 허용하지 않았을 뿐 아니라 남녀간의 혼전 관계 역시 죄악시하였다. 아울러 국가의 통치 원리로서 강화된 유교 윤리의 영향에 따라 여성에게 정절을 윤리 강령으로 끊임없이 주입시켰다. 그러므로 이 같은 상황 속에서 남녀간의 자유로운 연애와 이를 통한 결합이란 것은 정상적이지 않은 행위이며 사회적으로 지탄을 받아 마땅한 경우로 간주되었으니 사인들 역시 양면적인 애정관과 여성관을 지닐 수밖에 없었던 것이다.

사인들은 혼인의 여부와 관련 없는 자유연애를 본질적으로 긍정하고 동경하면서도 사회적 분위기를 그대로 따라야만 했다. 그 대신 그들은 억눌리고 감추어진 자신들의 욕망을 해소할 방법을 찾아야만 했다. 그리고 이 시점에서 당대 애정류 전기가 그 해소의 방법으로 기능하게 된다. 당대 애정류 전기는 본 서사에서 남녀의 자유로운 애정을 다루었으나 그것을 의론문으로 포장해놓았기에 사회적으로 허용된 서사라 할 수 있다. 그러므로 사인들은 당대 애정류 전기를 서술하며 자신들의 금지된 욕망을 한껏 발산하여도 제재를 당하지 않았으며 오히려 그들이 당대 애정류 전기를 서술하는 행위는 사석에서 더불어 즐기는 유희로도 기능하였던 것이다.

당대 애정류 전기가 사회적으로 허용된 서사가 되는 가장 큰 이유는 의론문이 담지하는 교화적 효과에 기인한다. 그런데 당대 애정류 전기의 의론문을 통해 볼 때 가장 중점이 되는 사항은 여성의 정절에 관한 논의이다. 정절은 당대 사회와 사인들이 여성에게 요구한 덕목 가운데 가장 핵심이 되는 덕목이자 교화를 통해 보급시켜야 하는 주요 강령이었다. 유교적 관점에서 볼 때 당대의 여성은 신분이 기녀이거나 첩이거나 귀족이거나 상관없이 항상 정절을 지켜야만 했다. 그러나 그것은 자유연애의 추구와는 모순되는 가치를 형성할 수밖에 없었으며 결국 가치

이중적인 모습으로 당대 애정류 전기를 관통하게 되는 것이다. 예컨대
「임씨전」「유씨전」「이와전」「양창전」은 모두 정식의 혼인이 아닌, 자유
로운 남녀의 애정을 다룬 작품들이지만 작자는 이들 작품의 의론문을
통해 자신이 말하고자 하는 바가 여주인공의 정절에 대한 강조임을 언
급하고 있다.

> 오호라! 이물(異物)의 정에도 인간의 도리가 있구나. 포악함을 만나
> 도 절개를 잃지 않았으며, 사랑하는 사람을 위해 기꺼이 목숨을 바쳤으
> 니, 비록 지금 세상의 부인네들이라 할지라도 임씨만 못하구나.
>
> (嗟呼, 異物之情也有人焉! 遇暴不失節, 徇人以至死, 雖今婦人, 有不如
> 者矣.)[100]

여기서 나타나는 「임씨전」의 의론문은 사회에서 필요로 하는 공적인
규범의 선양을 위해 매우 효과적으로 작용한다. 그것은 비록 「임씨전」
본 서사의 처음 부분에 임씨가 유혹적인 모습의 섹슈얼리티를 표출했다
고 하더라도 임씨의 섹슈얼리티는 앞의 메타서사에 의해 새로운 의미로
정립됨을 말한다. 또한 「임씨전」의 작자인 심기제의 입장에서 보자면
그가 여성 주인공을 여우로 상정한 것은 남녀의 자유로운 만남을 규제
하는 사회적 금기를 피하기 위해서이다. 따라서 심기제는 인간이 아닌
여우인 여성과의 연애담을 마음껏 진술하며 마지막의 의론문에 와서는
근엄한 목소리로 '여성들은 정절을 지키라. 여우도 정절을 지켰는데 하
물며 인간임에랴!'고 훈수를 두는 것이다. 이는 곧 심기제가 여우인 임
씨와 정생(鄭生)과의 자유로운 연애 행위 속에 자신의 욕망을 투사하

---

100 沈旣濟, 「任氏傳」.

면서도 한편으로는 사인으로서의 자신의 신분을 잊지 않고 정절이라는 덕목을 부각시킨 것으로 메타서사와 본 서사의 의미 층위가 모순적 가치 속에서도 공존하는 예시가 되는 것이다.

당대 사인들이 여성의 정절에 대해 지녔던 유사한 관점은 또 다른 전기 작품인 「양창전」에도 나타난다. 기녀인 양창은 자신을 아껴주었던 절도사가 죽자 그의 위패를 거두고 따라 죽었다. 「양창전」의 작자는 양창이 극단적인 정절의 표현으로서 남성을 따라 자결하는 행위를 택한 것에 대해 의론문에서는 다음과 같이 평가하였다.

무릇 기녀라는 것은 미색으로 남을 섬기는 사람이다. 그래서 그들은 이익이 없으면 영합하지 않는다. 그런데 양창은 주인에게 죽음으로 보답할 수 있었으니 이것이 바로 의로움이로구나.

(夫娼, 以色事人者也. 非其利則不合矣. 而楊娼能報帥以死, 義也.)[101]

「양창전」의 의론문은 정절의 극단적인 표현 행위인 순사(殉死)를 찬미한다. 그런데 양창의 순사는 본 서사의 첫머리에서 나타나는 양창의 평소 행적과는 너무나도 큰 차이를 나타낸다. 본 서사의 도입부에서는 기녀로서 양창의 모습에 대해서 다음과 같이 묘사한 바 있다.

양창은 본래 장안의 뛰어난 미인이었다…… 장안의 남자들은 일단 그녀의 집에 들어가면 거의 가산을 탕진할 지경에 이르렀지만 모두 후회는 하지 않았다.

(楊娼者, 長安里中之殊色者…… 長安諸兒, 一造其室, 殆至亡生破山而

---

101 房千里, 「楊娼傳」.

不悔.)

　양창은 근본적으로 유혹자에 속하였다. 그녀는 미색으로 남자를 미혹시켜 가산을 탕진하게 만드는 존재이며 정절을 고수하는 유교 이데올로기와는 하등의 연관도 없는 것처럼 보인다. 그런데 이러한 양창의 모습은 그녀가 절도사를 만나게 되면서 바뀌게 된다. 메타서사의 해석에 따르면 절도사는 한편으로는 자신의 부인을 두려워하면서도 양창을 위해 몰래 큰 돈을 들여서 그녀의 기녀 신분을 면하게 해주었다고 한다. 그래서 양창은 절도사에게 충정을 다하였고 그를 위해 목숨까지 바치게 된 것이다.

　실제로 양창이 죽은 이유가 절도사에게 정절과 의리를 다하기 위해서였는지 아니면 또 다른 이유 때문인지는 알 수 없는 일이다. 하지만 독자는 유교 이데올로기에 기반한 작자의 적절한 논평을 따라가면서 양창이 죽은 이유를 그녀의 충정과 연관시키게 되고 여성의 정절이 지니는 가치에 대해 작자와 같은 생각을 하게 된다. 그러한 가운데서 「양창전」의 이야기를 돌려 읽고 감상하는 사인들은 여성에 대한 규범을 함께 공모하여 일반화시키고 그 규범은 당대 사회의 남성이 여성에게 부여하는 섹슈얼리티가 되는 것이다.

　「임씨전」과 「양창전」에서 나타나는 바와 같이 당대의 사인들은 유혹적인 기질의 여성과 자유롭게 연애하기를 선망하면서 동시에 그 여성이 한 남성에 대해 정절을 지켜주기를 바랐던 것이다. 또한 사인들은 자신들의 연애 대상이었던 여성이 남성의 출세에 방해가 되지 않기를 원하였다. 이는 곧 여성이 남성에게 적극적으로 혼인을 요구하거나 자기 감정을 내세워서 남성이 떠나지 못하도록 막는 것에 대해서는 반발적인 심리를 지녔음을 의미한다. 따라서 이와 같은 당대 남성의 요구 조건에 비추어 볼 때 그들의 여성관에 정확하게 해당되는 여성, 즉 아름다우면서도 정절을 지킬 줄 알고 남성에게 혼인을 요구하지 않는 여성으로서는 이와(李娃)의 경우를 들 수가 있겠다.[102]

기녀인 이와는 형양공(滎陽公)의 아들과 정분을 나누는 사이였다. 그러나 형양공의 아들이 가지고 있던 재물을 탕진하게 되자 이와는 자신의 모친과 공모하여 그를 따돌려버렸고 형양공의 아들은 졸지에 거렁뱅이 신세가 되었다. 하지만 우여곡절 끝에 이와와 형양공의 아들은 다시 만나게 되었으며 이와는 지난날의 잘못을 뉘우치고 형양공의 아들을 잘 보필하여 과거에 급제하도록 만들었다. 그리고 바로 이 시점에서 이와는 형양공의 아들에게 이제 자신을 버리고 떠나라고 말한다.

"이제는 당신의 본 모습을 회복시켜놓았으니 당신을 도와서 책임지지 않아도 되겠어요…… 당신은 마땅히 명문가와 혼인을 하셔서 선조의 제사를 받들도록 하세요. 중국이든 외국이든 혼인이란 것은 낮은 상대를 택하여서 스스로를 욕되게 해서는 안 되는 법이에요. 그럼 몸조심하시고요. 저는 여기서 떠나겠어요."

("今之復子本軀, 某不相負也…… 君當結媛鼎族, 以奉蒸嘗. 中外結媾, 無自黷也. 勉思自愛. 某從此去矣.")[103]

---

102 兪汝捷, 『仙鬼妖人 -志怪傳奇新論』(北京: 中國工人出版社, 1992), pp. 149~50에서는 당대(唐代) 남성이 선망한 여성의 조건을 다음의 다섯 가지로 규정하고 있다. 첫째는, 미모와 재주를 갖추어야 하고, 둘째는, 쉽게 유혹할 수 있어야 하며, 셋째는, 한 남성에 대한 충정을 지녀야 한다. 또한 넷째로는, 남성의 사회적 출세를 도와야 하고, 다섯째는, 남성에게 버림받아도 원한을 가지지 않는 여성이어야 한다는 것이다. 이러한 다섯 가지 조건에 의할 때 곽소옥(霍小玉)과 앵앵(鶯鶯)은 네번째와 다섯번째를 갖추지 못하였으며 오직 이와(李娃)만이 다섯 가지를 모두 구비하였다고 볼 수 있다.

103 白行簡, 「李娃傳」.

이렇듯 이와는 상대 남성을 뒷바라지하여 성공시키고도 자신의 주장을 내세우지 않는다.[104] 그런데 바로 이 같은 이와의 모습은 「곽소옥전」의 여주인공인 곽소옥과는 또 다른 상황으로 대비된다. 곽소옥은 이와처럼 상대 남성의 앞날을 위해 자신을 버리라고 말하지 않는다. 그 대신에 그녀는 자신의 요구를 다음과 같이 이야기하였다.

"저는 올해 18세이고 낭군은 이제 겨우 22세예요. 그러니 낭군이 30세가 되시려면 아직도 8년이 남았어요. 저는 일생의 즐거움을 이 기간 동안에 모두 끝내기를 바라고 있어요. 끝난 다음에는 명문의 규수를 잘 골라 맞이하여 오래도록 해로하시더라도 또한 늦지는 않으실 거예요."

("妾年始十八, 君纔二十有二, 迨君壯室之秋, 猶有八歲. 一生歡愛, 願畢此期. 然後妙選高門, 以諧秦晉, 亦未爲晚.")[105]

같이 지낼 날을 연장하고 혼인을 미룰 것을 요구하는 곽소옥에게 남성 주인공 이생(李生)은 사랑의 맹세를 하며 다시 소옥을 찾아오겠노라고 확언했다. 그러나 곽소옥과 헤어진 뒤 이생은 집안의 강권에 못이겨 소옥과의 약속을 지키지 못하고 다른 명문 규수와 혼인하게 된다. 결국 곽소옥은 이생을 원망하는 마음으로 삶을 마감하고 이생은 그 이후로 일종의 성격파탄적인 모습으로 변하면서 불행하기 이를 데 없는 결혼 생활을 한다. 「곽소옥전」은 비록 의론문이 부가된 형태의 작품은 아니지만 작품의 곳곳에 개입된 메타서사적 해석에 의할 때 독자에게

---

104 兪炳甲, 「唐人小說所表現之倫理思想硏究」(國立政治大學中國文學硏究所 博士論文, 1993), p. 73에서는 이 대목을 당대(唐代)의 문벌 중시 경향 속에서 필연적으로 일어날 수밖에 없는 남녀의 상황이라고 지적하였다.
105 蔣防, 「霍小玉傳」.

이생의 불행한 결혼 생활은 곽소옥 때문이었음을 인지하도록 만든다. 그리고 독자는 그러한 논평 속에서 여성이 남성에게 해야 할 도리와 태도는 무엇인지를 체득하게 되는 것이다.

그렇다면 「곽소옥전」에 비해 자신의 요구를 주장하지 않은 「이와전」의 경우는 어떠한 결말의 형태를 이루게 되었는가? 이와는 모든 이의 축복 속에서 형양공의 아들과 정식으로 육례(六禮)를 갖추어 결혼하게 되었고 결혼 후에는 시부모의 지극한 사랑을 받는다. 아울러 시부모가 세상을 뜨자 이와는 상주(喪主)로서의 지극한 도리를 다하였고 이와의 정성은 여막(廬幕) 안에 세 갈래의 이삭이 영지버섯 한 줄기에 달리는 길조를 나타나게까지 하였다. 또한 이와는 슬하에 4명의 아들을 두어 모두 고관대작이 되도록 훌륭히 키웠으며 이와 자신은 견국부인(汧國夫人)의 지위에 봉해지게 된다. 그리고 이러한 이와의 행적에 대해 「이와전」의 작자인 백행간은 의론문에서 다음과 같이 찬사를 아끼지 않는다.

오호라! 한갓 기녀의 신분으로서 정절과 행실이 이와 같으니 비록 옛날의 열녀라 하더라도 이보다 더할 수는 없구나. 어찌 감탄하지 않을 수 있으리오.
(嗟乎! 倡蕩之姬, 節行如是, 雖古先烈女, 不能踰也. 焉得不爲之歎息哉!)[106]

당대 사회에서 실제로 기녀 출신의 여성이 명문가의 아들과 정식으로 혼인을 하고 견국부인에 봉해진다는 것은 거의 있을 수 없는 일이었다.

---

106 白行簡, 「李娃傳」.

그러나 「이와전」을 읽은 당대의 수많은 남성들은 현실적 상황과는 상관
없이 한 남성을 향해 전력을 다하면서도 자신을 내세우지 않는 이와의
모습에 찬사를 보내고 그녀가 견국부인이 되는 것이 마땅하다고 공감하
였을 것이다. 그리고 그들은 이와와 곽소옥을 대비시키며 자신이 추구
해야 할 여성상을 확인하게끔 되었을 것이다. 즉 여자를 잘 만나서 모
든 것이 잘 풀린 형양공의 아들과 여자를 잘못 만나서 여자도 죽고 자
신도 패가망신하게 되는 이생의 모습에서 여성에 대한 사인들의 편견은
자연스럽게 형성되었다고 하겠다.

　「이와전」과 「곽소옥전」에서 보이듯이 당대의 남성에게 있어 혼인은
단순한 남녀의 결합 이상의 의미를 갖는 것이었다. 당대는 문벌을 선망
하는 사회였기에 명망 있는 가문과의 혼인을 통해 그 일원이 된다는 것
은 사회적 출세를 보장받는 일이나 다름없었다. 따라서 당대의 남성들
은 명문가의 사위가 되는 것을 매우 중대한 사안으로 인지하였고 이러
한 맥락 속에서 여성과의 자유로운 연애와 혼인을 서로 다른 차원에서
구별지어 인식한 것이었다. 당대의 남성들이 가장 혼인하고자 원한 가
문은 그 당시 명망 높던 다섯 문벌이었다. '다섯 문벌'이란 농서(隴西)
와 조군(趙郡)의 이씨(李氏), 태원(太原)의 왕씨(王氏), 박릉(博陵)
과 청하(淸河)의 최씨(崔氏), 범양(范陽) 노씨(盧氏), 형양(滎陽) 정
씨(鄭氏) 등으로[107] 이들은 정치사회적으로 당대 사회의 최고 계층에
속할 뿐 아니라 상당수의 진사 급제자를 배출한 가문이기도 하였다. 이
같은 다섯 문벌의 여인과 혼인하고 싶어하는 당대의 남성의 언급은『수
당가화(隋唐嘉話)』에서 설원초(薛元超)가 밝힌 '평생의 바람'[108]에서도

---

107 이밖에도 연원이 깊은 문벌로는 관중(關中) 지방의 배씨(裵氏), 설씨(薛氏), 대북(代北)
　　지방의 장손(長孫), 우문씨(宇文氏), 동남(東南) 지방의 장씨(張氏) 등이 있었다. 이에
　　대해서는 董乃斌,『唐帝國的精神文明』(北京, 中國社會科學出版社, 1996), p. 359를 참조.

입증된 사실이기도 하다. 그러므로 당대의 젊은 사인들은 명망 있는 문벌의 사위가 되어 과거 급제 후 출세를 보장받기를 선망하였고 다섯 문벌과의 혼인을 통해 사회의 최고 계층이 될 수 있는 기회를 제공받기를 희망한 것이었다. 『유양잡조(酉陽雜俎)』의 다음 대목은 문벌혼인을 통해 이루어진 출세에 대해 풍자하고 있는데 이는 당대의 남성에게 혼인이 지니는 의미를 되새겨보게끔 한다.

현종이 태산에 봉선의식을 거행할 때 장열은 봉선사였다. 장열의 사위는 정일로 원래 9품관의 벼슬이었다. 옛 관례에 따르면 봉선의식 후에 삼공 이하의 벼슬은 모두 1등급씩 승진을 하게 되어 있었다. 그런데 유독 정일만은 장열 때문에 5품으로 월천하였고 아울러 붉은 비단 관복까지 입게 되었다. 큰 연회를 베풀게 되었을 때 현종은 정일의 관직이 갑자기 올라간 것을 보고 이상히 여겨 물어보았으나 정일은 아무 대꾸도 하지 못하였다. 그러자 황번작이 "이것이 바로 태산의 힘입니다"고 말하였다.
(明皇封禪泰山, 張說爲封禪使. 說女婿鄭鎰, 本九品官. 旧例封禪后, 自三公以下皆遷轉一級, 唯鄭鎰因說驟遷五品, 兼賜緋服. 因大酺次, 玄宗見鎰官位騰躍, 怪而問之. 鎰無詞以對, 黃幡綽曰: "此乃泰山之力也.")[109]

'태산'이란 엄숙한 봉선의식을 행하는 장소를 의미하기도 하지만 예로부터 그것은 장인(丈人)을 일컫는 말로도 쓰여졌다. 그러므로 여기

---

108 "중서령 벼슬의 설원초가 가까운 이에게 이러한 말을 하였다. '나는 재주가 없어도 과분할 정도로 부귀하게 지냈소. 그러나 내 평생에는 세 가지 한스러운 것이 있다오. 첫째는, 애초에 진사과를 치러 등제되지 못한 것이고, 둘째는, 오대 문벌의 여인을 아내로 맞지 못한 것이고, 셋째는, 국사를 편수하지 못한 것이오'(薛中書元超謂所親曰: '吾不才, 富貴過分, 然平生有三恨. 始不以進士擢第, 不得娶五姓女, 不得修國史')."
109 段成式, 『酉陽雜俎』前集, 卷12(臺北, 漢京文化事業有限公司, 1983).

서 황번작이 '태산의 힘'이라고 지칭한 것은 정일이 장가 잘 간 덕에 장인의 힘으로 단번에 고관이 되었음을 비꼰 것이다. 따라서 이 대목을 통해 당대 사인에게 있어 혼인이라는 제도는 곧 남성의 출세와 결부됨을 추정할 수 있을 뿐 아니라 역으로 당대의 남성은 출세를 위해서라면 혼인 관계를 기반으로 삼아야 함도 추론해낼 수가 있는 것이다.

한편 젊은 사인들이 명문가의 사위가 되기를 원하는 것과 동시에 명문가에서도 역시 재주 있는 젊은 사인들을 사위로 들이고자 하였다. 『당척언(唐摭言)』에는 공경대부들이 갓 급제한 젊은 사인들을 연회석상에서 사위로 점찍는 장면이 나오는데 그 내용은 다음과 같다.

연회가 열리기 며칠 전부터 곡강(曲江) 근처에는 시장이 가득 늘어선다. 연회날에는 온 장안의 공경대부 집안들이 곡강에 늘어서서 진사 급제자들을 살펴보는데 진사 급제자들 가운데 사윗감으로 선발된 자는 10에 8, 9명이었고 금수레와 구슬안장으로 꾸민 말이 (그들 앞에) 즐비하였다.

(旣徹饌, 則移樂泛舟, 率爲常例. 宴前數日, 行市駢闐于江頭. 其日, 公卿家傾城縱觀于此, 有若中東床之選者十八九, 鈿車珠鞍, 櫛比而至.)[110]

앞의 대목은 진사 합격자를 위해 백관이 참석하는 가운데 베풀어지는 연회인 곡강연(曲江宴)의 모습을 그린 것으로 진사 급제자들이 과거 합격의 영예와 함께 명문 거족의 일원으로 편입되는 기회를 가질 수 있음을 보여준다. 그러므로 명문가와 사인들 사이에는 일종의 암묵적인 계약 관계가 성립한다. 즉 서로의 필요에 의해 혼인이 성립되고 그러한

---

110 王定保, 『唐摭言』 卷3.

혼인 행위는 하나의 명문가가 지니는 정치사회적 차원의 의미를 더욱 확장시키게 되는 것이다. 따라서 혼인을 매개로 한 지배 계층의 계약 관계는 젊은 남녀들에게는 부모가 정한 혼인이라는 형태로 다가왔다. 당대 사회에서 혼인은 혼인 당사자의 의사보다는 혼인의 결과로 인해 야기되는 사회적 득실에 따라 결정되는 것이었기에 혼인에 대한 부모의 결정권은 절대적인 것이었다. 만일 젊은 남녀가 부모가 정한 혼인대로 따르지 않고 자신들의 욕망에 따라 결합한다면 그것은 사분(私奔), 즉 애정의 도피가 되는 것으로 그들이 속한 가문에게 엄청난 피해를 줄 뿐 아니라 남녀 당사자에게도 제대로 된 사회적인 지위를 누리지 못하게 하였다. 그래서 이러한 애정 도피에 대해 서술한 작품인 「이혼기」에서 는 메타서사를 통해 "남녀 주인공의 애정 도피 행각이 부정한 것으로 여겨졌기에 집안사람들이 그 사실에 대해 철저히 비밀에 붙였다"고 언급한 것이었으며[111] 그것은 당대의 혼인관을 대변해주는 언술이기도 하였다.

이러한 의미에서 본다면 남녀 주인공의 애정 도피를 다룬 또 다른 작품인 「앵앵전」은 당대의 남성이 애정 도피와 그것의 결과를 어떠한 방식으로 해석했는지에 대한 해답을 제시해준다. 「앵앵전」은 앵앵과 장생(張生)이라는 남녀의 애정과 그들 관계의 파국을 그린 작품으로 앵앵의 신분이 기녀가 아니라 명문가의 규수라는 점에서 여타의 당대 애정류 전기 작품과는 차별된다. 그런데 「앵앵전」의 서사 전개를 따라가다 보면 여주인공인 앵앵의 행동에 뭔가 모순된 점이 있음을 알 수 있다.

애초에 앵앵은 연회석상에서 대면한 장생을 본체만체하면서도 오히

---

111 陳玄佑, 「離魂記」. "장일의 집에서는 이 일이 부정한 것이라고 해서 비밀로 하였다. 그래서 오직 친척들 사이에만 몰래 들어서 알고 있는 사람이 있을 뿐이었다(其家以事不正, 秘之. 惟親戚間有潛知之者)."

려 장생이 보낸 춘사(春詞)의 글귀에 대해 답시(答詩)를 보내었다. 그러나 답시를 받아본 장생이 앵앵을 찾아오자 도리어 근엄한 표정으로 장생의 행위를 꾸짖는 모습을 보였다. 그리고 며칠 후 이번에는 앵앵이 직접 장생의 처소로 찾아가서 함께 밤을 보낸 뒤 앵앵과 장생은 계속 만나며 서로에 대한 애정을 키워간다. 그러나 얼마 안 있어 장생이 과거를 보러 떠나가게 되자 앵앵과 장생은 이별을 하게 되는데 이때에도 앵앵과 장생은 미래에 대한 기약도 하지 않은 채 그냥 슬프게 헤어지기만 한다. 세월이 흐른 후 앵앵은 장생 아닌 다른 남자와 혼인하고 장생 역시 따로 아내를 맞이한다. 그리고 그즈음 장생은 우연히 앵앵이 있는 곳을 지나가다가 친척의 자격으로 다시 앵앵과 만나려고 시도하지만 앵앵은 만날 것을 거절하고 이후로 소식이 끊기게 된다.

이러한 「앵앵전」의 서사적 흐름 속에서 떠오르는 한 가지 의문은 장생과 앵앵은 서로 사랑했음에도 불구하고 왜 적극적으로 혼인을 추진하지 않았는가이다. 그리고 이러한 의문점에 대한 대답은 「앵앵전」의 곳곳에 개입된 의론문을 포함한 메타서사적 장치에서 찾을 수 있다.

주지하다시피 당대 사회의 남성은 과거 급제와 혼인을 통해 자신의 지위를 높이고자 하였다. 따라서 그러한 상황을 「앵앵전」의 남성 주인공인 장생에게 대입시키자면 장생은 아직 과거에도 급제하지 못했고 혼인도 하지 않은 상태인, 미력한 젊은 사인에 불과하였다. 그런데 젊은 사인인 장생이 혼례를 치르기도 전에 기녀도 첩도 아닌 양가의 규수와 애정 행각을 벌였다는 것은 장생의 앞날에 있어 커다란 과오가 될 수 있는 것이었다. 그것은 애정 도피에 해당하는 일이었기에 만일 장생이 애정 도피를 벌인 규수와 혼인을 하여 그녀를 정식 부인으로 삼는다면 이것은 그 당시의 혼인 윤리에 배치될 수밖에 없다. 이러한 당대 사회의 혼인 윤리와 관련하여 『예기(禮記)』의 「내칙·제12(內則·第12)」에는 다음과 같은 내용이 있다.

초빙되어 오면 정식 아내가 되고, 서로 정분이 나서 오게 되면 첩이
된다.

(聘則爲妻, 奔則爲妾.)

여기서 '초빙'이란 것은 매파를 통하고 육례(六禮)를 갖춘 정식 절차
를 말하는 것이다. 이러한 '초빙'의 절차는 앞서 거론되었던 「이와전」의
경우에서도 마찬가지로 적용되었다. 즉 이와는 비록 형양공의 아들과
동거하던 사실혼 관계였음에도 불구하고 훗날 정식 결혼을 하게 되었을
때 정식으로 매파를 넣고 육례를 갖추어 혼례를 치른다. 그러므로 매파
를 통한 절차는 남녀의 혼인을 성립시키기 위한 중요한 요소가 된다.
설령 남녀가 혼인 이전에 이미 구면이라 하더라도 매파를 시켜 중재하
는 '초빙'의 절차를 무시한 남녀의 만남이란 것은 사회적으로 인정받을
수 없는 만남이 되는 것이었다.[112] 다시 「앵앵전」으로 돌아가 볼 때 애
초에 장생이 앵앵과의 만남을 간절히 원하자 앵앵의 몸종인 홍낭(紅娘)
은 장생에게 어째서 정식 청혼을 하지 않느냐고 묻는다. 그러자 장생은
납채(納采), 문명(問名) 등의 육례 절차를 거치면 너무나도 시간이 오
래 걸리므로 아마 그렇게 된다면 자신은 어물전의 어포처럼 말라버릴

---

112 매파가 남녀의 만남에 중대한 역할을 한다는 것은 조식(曹植)의 「낙신부(洛神賦)」에도 나
타난다. 조식은 「낙신부」에서 신녀(神女)의 아름다운 모습을 보고 직접 대화를 시도할 생
각을 하기에 앞서 다음과 같이 언급한다. "중매쟁이 없어서 서로 즐거이 만나지 못하니,
잔잔한 물결에다 내 마음을 전해야지(無良媒以接歡兮, 托微波以通辭)." 그뿐 아니라 배형
의 『전기 · 손각』에서도 원씨(袁氏)와 손각은 직접 결혼을 합의했음에도 불구하고 다시 중
매인을 내세워 청혼을 하는 대목이 있는데 이는 곧 남녀의 만남이 사회적으로 인정받기 위
해서는 매파의 중재 절차가 꼭 필요함을 의미한다고 하겠다.

것이라고 대답한다.[113] 마음 깊이 원하는 바로 그 순간에 상대를 만나고 싶은 것은 장생뿐 아니라 인간의 기본적인 욕망일 수밖에 없다. 그러나 절차를 무시하고 욕망을 앞세운 장생의 행동은 '잘못'이 되었고 결국 장생은 '애정 도피의 잘못을 잘 수습해야' 되었기 때문에 앵앵과 결혼할 수 없었던 것이다. 따라서 이러한 장생의 행동은 메타서사에서 다음과 같은 언급으로 대변된다.

　　당시 사람들은 대부분 장생이 잘못을 잘 수습한 사람이라고 받아들였다. 내가 일찍이 친구들과 모일 때에는 종종 (장생이 잘못을 수습한) 그 의미에 대해 이야기가 미치는데 (그러한 말을 하는 이유는) 무릇 (애정 도피의 결과를) 알게 된 사람은 그러한 행위를 하지 말 것이며, 이미 (애정 도피를) 행한 사람은 더 이상 미혹되지 않게 하기 위해서이다.
　　(時人多許張爲善補過者. 予嘗於朋友會之中, 往往及此意者, 夫使知者不爲, 爲之者不惑)[114]

만일 장생이 애정 도피를 벌인 관계인 앵앵과 혼인했다면 그것은 사회가 규정한 혼인의 윤리를 어겼다는 점에서뿐 아니라 출세를 지향하는 장생의 앞날 자체에도 그다지 도움이 되는 일이 아니었다. 앵앵은 최씨 (崔氏)로 그 당시의 오대성에 들어가지만 부친을 일찍 여읜 몰락한 가문의 딸이었기에 실질적으로 장생의 입사(入仕)에 그다지 큰 도움을 줄 수는 없었다. 만일 앵앵의 집안이 번성한 집안이었다면 장생이 앵앵과 애정 도피를 저질렀다는 이유 때문에 앵앵과 결별하지는 않았을 것

---

113 元稹, 「鶯鶯傳」. "婢因謂張曰, '何不因其德而求娶焉?' 張曰, '若因妹氏而娶, 納采問名, 則三數月間, 索我於枯魚之肆矣'."
114 같은 글.

이다. 오히려 장생은 앵앵과의 애정 도피를 핑계 삼아 앵앵의 집안에 혼인을 요구하여 최씨의 일족이 되고자 했을 것이고 그들의 애정 도피는 도리어 결혼을 위한 적절한 구실로 작용했을 것이다. 하지만 「앵앵전」의 행간(行間)에 숨겨진 이 같은 상황들은 모두 애정 도피와 그것의 수습이라는 메타서사의 해석에 의해 묵살되었으며 「앵앵전」을 읽는 독자는 그 이야기를 통해 여성의 '사분 행위'는 행복한 결혼으로 이어지지 못한다는 관념을 내재화할 뿐이다. 또한 「앵앵전」에 개입된 메타서사는 애정 도피의 수습뿐 아니라 사회적으로 용납되지 않는 애정 도피의 책임 문제에 대해서도 논평한다. 논평에 의하면 애정 도피 행각의 책임은 '요물로서의 여성' '여성은 재앙의 근원'이라는 사고방식 속에서 여성인 앵앵에게 지워지게 되며 이는 장생이 원진(元稹)에게 다음과 같이 말하는 대목에서도 나타난다.

"대저 하늘이 미인에게 내리는 운명은 그 자신에게 재앙을 내리지 않으면 반드시 다른 사람에게 재앙이 미치게 하는 법이지. 만일 앵앵이 부귀한 자를 만나 그의 총애를 차지하게 된다면 그녀는 구름이 되고 비가 되지 않으면 교룡이 되었을 걸세. 그런데 나는 그러한 변화(미인이 재앙을 일으키는 변화무쌍함)를 알지 못한다네. 옛날 은나라의 주왕이나 주나라의 유왕은 모두 백만의 군대를 가진 왕으로서 그 세력 또한 강성했지. 그러나 한 여자가 그들을 멸망시키고 말았다네……" 이때 이 말을 듣던 좌중은 모두 깊이 찬탄하였다.

("大凡天之地所命尤物也, 不妖其身, 必妖於人. 使崔氏子遇合富貴, 乘寵嬌, 不爲雲, 爲雨, 則爲蛟, 爲螭, 吾不知其變化矣. 昔殷之辛, 周之幽, 據百萬之國, 其勢甚厚. 然而一女子敗之."……於時坐者皆爲深歎.)[115]

장생의 언급에 따르면 미인인 앵앵 자신에게는 이미 재앙이 배태되어 있었기 때문에 애정 도피 행위가 일어날 수밖에 없었다는 것이다. 또한 자신은 앵앵으로 인해 생겨날 여러 가지 상황 변화에 대해서는 전혀 예측하지 못했으며 모두 앵앵 스스로가 일으킨 것이라고 주장하였다. 뿐만 아니라 장생은 앵앵과 같은 여성은 은(殷)나라와 주(周)나라를 멸망시킨 달기(妲己)나 포사(褒姒)에 비견된다고 말하며 애정 도피의 책임을 모두 앵앵에게 떠넘기고 있다. 더군다나 이러한 장생의 언급에 대해 그 이야기를 듣던 남성들, 즉 사인들은 모두 장생의 이야기에 깊이 공감하며 여성, 특히 미인에 대해 경계를 하게 되는 것이었다.

「앵앵전」에서와 같이 자유로운 연애를 꿈꾸면서도 정절을 요구하고 또 한편으로는 잘못의 책임을 상대 여성에게 전가시키는 당대 남성의 여성관은 여타의 당대 애정류 전기 작품에도 반영되어 있다. 예를 들어 「장한가전」에서는 현종과 양귀비의 애정류 전기를 서술하면서도 의론문 부분에서는 "아름다운 여자를 경계하여 나라가 어지러워지는 것을 막고 미래의 사람들에게 교훈을 주고자 「장한가」가 지어졌으며 또한 이에 대한 전(傳)을 짓는다"고 밝혔다.[116] 또한 『삼수소독』의 「보비연」에서도 이 같은 당대의 맥락에 따라 무공업(武公業)의 첩인 보비연(步飛烟)과 조원(趙遠)의 애정 도피 행위에 대한 책임을 고스란히 보비연이 지는 것으로 서술하였다. 뿐만 아니라 「보비연」에서는 보비연과 애정 도피를 벌인 남성인 조원은 아무런 처벌을 받지 않는 것으로 되었으며[117] 아울러 의론문에서는 조원의 행위에 대해 어떠한 가치 평가도 부

---

115 元稹, 「鶯鶯傳」.

116 陳鴻, 「長恨歌傳」. "(이 이야기의) 뜻은 이 사건에 감동을 받게 함에 있는 것뿐 아니라 근심을 주는 요물을 징계하고자 함에 있으며, (나라가) 어지러워지는 상황을 막고 (지금의 이야기로써) 미래에 (본보기로) 드리우고자 한다(意者不但感其事, 亦欲懲尤物, 窒亂階, 垂於將來者也)."

가하지 않은 채 단지 조비연의 행위에 대해서만 다음과 같이 논평한다.

　아! 용모가 아름다운 여자는 어느 시대든지 다 있다. 그러나 깨끗하고
분명하게 지조를 지킨 사람에 대해서는 거의 듣지를 못하였다…… 그러
므로 여인이 자기의 미모를 뽐내면 감정이 부정하게 흐르는 법이다……
비연의 엄청난 죄에 대해서는 비록 말할 수 없지만 그녀의 마음을 잘 헤
아려본다면 이 또한 얼마나 슬픈 것인가!
　（噫！豔冶之貌，則代有之矣. 潔朗之操，則人鮮聞…… 女衒色則情
私…… 飛烟之罪，雖不可道，察其心，亦可悲矣！）[118]

　작자는 비록 마지막 부분에서 비연에 대해 약간의 동정심을 나타냈지
만 기본적으로 비연이 무공업에 대한 정조를 지키지 못한 것을 탓하며
이 모든 비극적 상황이 비연이 미모를 뽐내었기 때문이라고 평가하였
다. 따라서 이러한 메타서사의 평가는 「앵앵전」과 함께 '미인에 대한
경계' '여성은 재앙의 근원'이라는 개념으로 정립되며 당대 사인들 사이
의 공유된 여성관으로 형성되기에 이른다.[119] 따라서 메타서사는 남성
작자의 가치관을 반영하는 장으로서 당대 사회의 권력에 기반한 지식이

---

117 비슷한 예로 비록 애정류 전기는 아니지만 심아지(沈亞之)의 「풍연전(馮燕傳)」을 거론할
　수 있다. 「풍연전」에서는 '사분(私奔)'을 벌인 남성 주인공인 풍연(馮燕)이 상대 여성을
　죽이고 오히려 그녀의 남편을 변론하는 상황을 연출하는데 「풍연전」의 의론문에서는 풍연
　의 사분 행위에 대해서는 전혀 언급하지도 않고 단지 풍연의 의로움만 칭찬하고 있다. 이
　는 메타서사가 본 서사의 내용을 작자의 이데올로기에 입각한 형태로 개조하고 평가하는
　전략으로 그것을 읽는 독자들은 결국 풍연의 의로움만 기억하고 그의 사분 행위에 대해서
　는 그다지 염두에 두지 않도록 만드는 것이다.
118 皇甫枚, 『三水小牘·步飛烟』.
119 이 점과 관련해서는 宋眞榮, 「'擊甓傳'을 통해 본 '惡女' 이미지 연구」, 『中國語文學誌』(中
　國語文學會, 2001. 6), 第9輯, pp. 525~26을 참조.

되는 것이다. 또한 그것은 본 서사의 내용에 대해 '신성한 주석'이자 '권력 서사'로 기능한다. 여기에서의 권력이란 정치사회적 의미에서의 권력만을 의미하지는 않는다. 그것은 푸코가 지적했듯이, 그 시대에 알맞은 지식을 구성하는 관계적 힘을 지칭하는 것이고[120] 이러한 맥락에서 당대 애정류 전기에는 당대의 남성이 스스로 정립한 자신의 섹슈얼리티가 투영되어 있고 아울러 남성들이 의도하고 지향하는 여성의 섹슈얼리티 역시 반영되었다고 볼 수 있겠다.

메타서사는 남성 작자가 정한 기준에 따라 여성의 가치를 평가한다. 곧 그 기준은 메타서사의 작자가 정한 이데올로기에 따른 것이다. 예컨대 「유씨전」과 같은 경우 의론문에서는 그녀의 행동에 대해 예외적이면서도 다분히 정상을 참작한 듯한 평가를 제시한다. 사실 유씨에게 한 남성에 대한 정절을 요구한다는 것은 어폐가 있다. 이미 유씨는 이생의 첩이었다가 이생에 의해 한익(韓翊)에게 증여되었으며 그 후 오랑캐 장수의 첩이 되는 과정을 거쳐 다시 한익에게 되돌아왔기 때문이다. 그렇지만 유씨에 대한 의론문에서는 그녀가 수절할 뜻을 지니고 있었지만 불가항력적인 상황 때문에 수절하지 못하였다고 변명해준다.[121] 이는 메타서사가 자신이 세운 전략에 의해 작동됨을 의미하는 것이지 본 서사에서 서술된 유씨 자체의 문제는 결코 아닌 것이다. 그러므로 독자는 메타서사의 판단에 의거하여 「유씨전」의 본 서사를 읽게 되고 「유씨전」의 본 서사에서 표현된 언어 또한 이미 메타서사의 주해에 의해 영향을

---

120 푸코는 권력을 권력의 소유자를 연상시키는 실체가 아니라 관계적인 개념으로 상정하였다. 또한 권력을 의식적인 것이 아니라 무의식적인 것으로 규정하며 누가 권력의 주체가 되는가에 따라서 그 시대의 진리와 지식이 결정된다고 하였다. 푸코와 권력, 지식에 대해서는 미셸 푸코, 이규현 옮김, 『性의 歷史』(서울, 나남, 1994)를 참조.

121 許堯佐, 「柳氏傳」. "유씨는 수절할 뜻을 가지고도 이겨내지 못한 자이다(柳氏, 志防閑而不克者)."

받은 것이다.[122]

당대 애정류 전기의 본 서사와 메타서사의 관계에 대해 좀더 깊이 들어가자면 이들의 관계는 라캉에 의해 제시된 상상계적 질서와 상징계적 질서[123]로 대별될 수 있다. 즉 본 서사가 상상계적 질서에 속한다면 작자의 논평이 개입된 부분은 상징계적 질서에 의해 쓰인 부분이 되는 것이다. 따라서 당대 애정류 전기의 메타서사는 경찰, 권력자, 아버지에 비유되는 힘을 보유한 채로 본 서사를 평가하게 된다. 그리고 이러한 과정 속에서 당대 애정류 전기의 작자와 독자들은 본질적으로는 본 서사의 내용을 욕망하지만 그것이 현실의 서사로 가능하게 만들기 위해서는 의론문으로 대표되는 메타서사의 외피를 벗어던지지 못한다. 결국 상징계인 메타서사에 의해 억압된 상상계적인 부분, 곧 본 서사는 실재계라는 차액을 산출해내는데 그것은 작자와 독자에게 당대 애정류 전기 자체를 금기와 매혹으로 느끼게끔 만드는 역할을 담당한다. 그리하여 당대의 사인들은 실재계, 즉 당대 애정류 전기가 가져다주는 금기와 매혹 속에서 전기를 읽고 싶어하고 쓰고 싶어하는 과정을 되풀이하게 되는 것이라 하겠다.

3. 은폐된 여성의 욕망

앞서의 논의에 따르면 애정류 전기에 개입된 메타서사적 장치는 남성

---

122 언어와 주해(注解)의 관계에 대해서는 미셸 푸코, 李光來 옮김, 『말과 사물』(서울: 民音社, 1988), p. 114를 참조하였다. 다만 이 책에서는 언어와 주해와 관계를 애정류 전기의 본 서사와 메타서사의 관계로 대치하여 서술한 것이다.

123 상상계와 상징계의 질서에 대해서는 자크 라캉, 권택영 엮음, 『욕망이론』(서울: 文藝出版社, 2000)을 참조하였다.

작자가 지닌 여성관을 대변해주고 여성에 대한 남성 작자의 사유방식은 당대(唐代) 여성의 섹슈얼리티로 규정된다고 하였다. 이는 다시 말해 당대의 여성이 지닌 섹슈얼리티가 여성 스스로 선택한 것보다는 남성에 의해 부여받은 부분이 훨씬 크다는 것을 의미한다. 즉 아름다운 외모, 한 남성을 위한 정절, 혼인을 요구하지 않는 태도 등은 모범적이고도 이상적인 당대 여성이 갖추어야 할 덕성이자 당대 사회 속에서 그녀들에게 주어진 섹슈얼리티가 된다는 뜻이다. 하지만 비록 당대 애정류 전기가 남성 서술자의 시각으로 쓰인 것이긴 해도 엄밀히 말해 그 속에 여성 스스로가 자신의 섹슈얼리티를 정의하고 말하는 부분이 존재하지 않는다고는 규정할 수 없다. 그것은 당대 애정류 전기의 흥성 원인이 당대의 연애지상주의와 남녀가 함께 즐기는 문화, 즉 남녀가 함께 향유하는 문화에 기인한 것이라는 일반론[124]에 기대지 않더라도 감지할 수 있는 사실로, 당대 애정류 전기에 반영된 여성의 모습은 결코 남성의 의도적인 상상에 의해서 만들어진 것만은 아니라는 것이다. 다만 여기에서 주의를 기울여야 할 점은 당대 애정류 전기에 반영된 여성의 욕망들조차도 일단은 남성 서술자의 손에 의해 한번 걸러진 채 서술되었다는 점이다. 즉 당대 애정류 전기에 삽입된 무수한 여성의 자작시, 사(詞), 서간문 및 여성의 발화 행위 자체도 남성이 기술한 것이기에 그것들이 진정 여성 자신의 견해와 욕망만으로 구성되고 표출된 것인지에 대해서는 의문을 지닐 수밖에 없게 된다. 하지만 시와 사, 서간문, 여성의 발화 등이 남성 시각의 교정을 거쳐 서술된 서사일지라도 그 속에는 남성의 손에 의해 채 말소되지 못한 흔적, 혹은 누락된 부분들은 존

---

124 축수협(祝秀俠)은 당대(唐代)에 애정류 전기가 대대적으로 흥성한 원인을 애정지상주의의 광범위한 유포와 남녀가 함께 즐기는 문화에 돌린 바 있었다. 이에 대해서는 祝秀俠, 『唐代傳奇硏究』(臺北: 中國文化大學出版部, 1957), pp. 43~44를 참조.

재하기 마련이다. 그것은 마치 연필을 꾹꾹 눌러 종이에 글을 쓴 뒤에
그 글을 지우더라도 종이의 뒷면에는 글의 흔적이 남는 것과도 같은 이
치라 하겠다. 따라서 이 장에서는 비록 완전한 형태는 아니지만 당대
애정류 전기 속에 반영된 여성의 욕망을 재구성해나가는 작업을 하려고
한다. 또한 그것은 행간(行間)을 읽어내고 서사의 주름 사이를 들추어
내는 과정이라고도 말할 수 있으며 이러한 과정을 통해 남성 서술자에
의해 은폐된 여성의 목소리를 찾아낼 수 있는 것이다.

　당대 애정류 전기 가운데 여성의 자작시나 사, 서간문이 삽입된 작품
은 「유선굴」 「유씨전」 「이장무전」 「앵앵전」 「주진행기」, 『전기』의 「손
각」 「설소」 「장무파」 「봉척」 「증계형」 「소광」 「요곤」 「문소」 「안준」, 『삼
수소독·보비연』 등 15편 정도이다. 이들 작품에 삽입된 여성의 자작물
들은 대부분의 경우 여성 자신의 감정을 대변해주는 역할을 한다. 즉
여성 주인공들은 자신의 애정을 발화 행위를 통해 남성에게 전달하기보
다는 시, 사 등을 이용해 우회적으로 표명하였는데 이는 운문문학이 인
간의 감정을 보다 세밀하고도 아름다운 형태로 드러낼 수 있다는 특성
에 기인하는 것이다.

　가) 이경량, 「유씨전」
　버들가지 향기롭게 움트는 봄,
　이별로 맺힌 한은 세세년년 더해만 갔었네.
　잎사귀 하나 바람 따라 문득 가을을 알리니,
　그대 오신다 한들 어찌 꺾으려는 생각이나 하리오.
　(楊柳枝, 芳菲節, 所恨年年贈離別.
　一葉隨風忽報秋, 縱使君來豈堪折!)

나) 이경량, 「이장무전」

은하는 이미 기울었는데

혼령은 더 머무르고자 하네요.

낭군이여 다시 한 번 안아주오.

이 세상 끝날 때까지 여기서 이별이에요.

(河漢已傾斜, 神魂欲超越.

願郎更迴抱, 終天從此訣.)[125]

다) 황보매, 『삼수소독 · 보비연』

생각만 할 때는 못 만날까 두려웠고,

만나고 나니 헤어질까 더욱 근심스럽네.

원컨대 소나무 아래 한 쌍 학이 되어,

떠가는 구름 곁으로 날아갔으면.

(相思只怕不相識, 相見還愁欲別君.

願得化爲松下鶴, 一雙飛去入行雲.)

　앞의 시들은 여성 주인공들이 자신의 감정을 피력한 글들이다. 가)는 사랑하던 남성과 헤어진 뒤 남성이 보내온 시구에 답을 하며 가볍게 상대 남성을 원망하는 시이다. 또한 나)는 망혼이 된 여성 주인공이 생전에 남성 주인공과 나누었던 사랑을 못 잊어 다시 인간 세상에 찾아와 그와 사랑을 나눈 뒤 헤어지면서 지은 시이다. 다)의 경우는 여성 주인공이 남몰래 남성 주인공과 밀회하고서 자신의 심경을 전한 시에 해당한다. 그런데 여성들이 이러한 시의 형식을 자유자재로 운용할 수 있었

---

125 이 시의 해석에 대해서는 정범진 편역, 『앵앵전』(서울: 성균관대학교 출판부)에 수록된 「이장무전」의 해석을 참조하였다.

던 것은 그 당시 시를 대표로 한 운문문학이 크게 흥성한 사회적 분위기와도 관련이 있다. 예컨대 「앵앵전」의 여주인공 앵앵은 문재(文才)가 뛰어나서 보통 때에도 시구를 자주 읊조리는 여성이었다. 그래서 앵앵의 몸종인 홍낭(紅娘)은 장생(張生)에게 "우리 아씨는 글을 잘 지어서 종종 시구를 읊조리며 오랫동안 상념에 젖어 있을 때가 있어요"[126]라고 언급한 것이었다. 또한 「보비연」의 여주인공인 비연은 스스로 자신이 평소 시를 읊을 줄 알았기에 상대 남성의 시적 재능을 알아보게 되었노라고 말하였다.[127] 그러므로 여기에서 볼 때 시를 즐기는 문학적 소양은 시를 중시하는 당대 사회 속에서 당대 애정류 전기의 여주인공이 보편적으로 지닌 특징이었음을 알 수가 있다.

여주인공들의 자작시는 사랑의 감정에 대해서 상당히 솔직하다. 그들은 애정 앞에서 주저하지 않는 모습을 나타내는데[128] 이러한 모습은 남성 주인공들이 개인적인 애정과 사회적인 출세 사이에서 갈등하는 것과는 사뭇 다르다. 여성 주인공들은 오히려 남성 주인공들보다 애정의 성취에 있어 적극적이었고 자신들의 애정이 사회적 규범에 괴리됨에도 불구하고 애정의 실현을 위해 최선을 다하였다. 비록 그들의 시가 남성에 의해 옮겨지는 과정에서 그저 낭만적인 정취의 표현으로 축소되었음에도 불구하고 그것을 거슬러 읽어가자면 여성 주인공들이 단지 낭만적 정서의 만족을 위해 애정을 성취하고자 한 것은 결코 아니었음을 인지

---

126 元稹, 「鶯鶯傳」. "然而善屬文, 往往沉吟章句, 怨慕者久之."
127 皇甫枚, 『三水小牘・步飛烟』. "제가 집에서 조금씩 시를 읊은 덕택이에요. 그렇지 않았다면 어떻게 당신의 대단한 시재(詩才)를 알아볼 수 있었겠어요?(賴值兒家有小小篇詠, 不然, 君作幾許大才面目)"
128 여성 주인공의 자작시에 반영된 여성 욕망에 대해서는 孫修暎, 「唐 傳奇의 형성에 관한 연구」(延世大學校 中語中文學科 大學院 碩士論文, 1998), pp. 77~78에서도 자세히 언급되어 있다.

할 수 있다. 곧 그들은 자신들의 욕망을 적극적으로 긍정한 여성들이었으며 그러한 상황 속에서 그들의 애정이 사회적 규범에 어긋나는 것은 필연적일 수밖에 없었다. 더군다나 당대 사회는 여성이 자신의 욕망을 표현하는 것에 대해 거부감을 느끼고 제한하는 분위기였다. 그러므로 여성의 욕망은 남성 서사 장치에 의해 억눌리고 가려지게 된다. 이는 여성이 잠재된 본성을 표출할 경우, 이는 곧 유교 질서 유지에 커다란 위협이 된다는 맥락과도 연결되는 것으로 여성의 욕망이 남성에게는 두려움의 대상이 될 수 있다는 의미이기도 하다. 즉 남성들에게 있어 여성의 욕망은 매혹적인 만큼 위험스러운 실체이기에 남성은 여성의 욕망을 환상적인 것, 예컨대 귀신이나 둔갑한 여우나 원숭이 등 인간 질서 바깥으로 내몰았으며 타자화(他者化)하였던 것이다.[129] 아울러 여성들에게도 자신의 욕망이 자연스러운 것이 아니라 수치스러운 것으로 인지하도록 기획한 것이다. 여성의 욕망을 제지하기 위한 이러한 남성 서사의 전략은 『신당서·열녀전(新唐書·列女傳)』에 수록된 어느 젊은 여성에 대한 언급에서도 드러난다. 이 부분에서는 남성적 질서에 의해 여성의 욕망이 어떻게 억압되었으며 또한 남성 서사를 통해 어떠한 방식으로 정리되는지를 보여주고 있다.

굳은 정절을 지닌 부인인 이씨는 나이 열일곱에 정렴의 처가 되었다. 그런데 결혼한 지 일 년도 못 되어서 정렴이 죽자 이씨는 항상 베옷을 입고 채소만을 먹었다. 어느 날 이씨 부인은 밤에 문득 꿈을 꾸었는데 꿈속에서 웬 남자가 자신의 아내가 되어달라고 부탁을 하였다. 이씨는 처음에는 대수롭지 않게 여겼으나 그 후로도 계속해서 같은 꿈을 꾸는 것이

---

129 여성의 욕망에 대한 남성의 두려움과 관련해서는 팸 모리스, 강희원 옮김, 『문학과 페미니즘』(서울: 문예출판사, 1999), pp. 42~46을 참조.

었다. 그러자 이씨 부인은 자신의 용모가 아직 늙고 추해지지 않았기에 이런 꿈을 꾸게 된 것이라 생각하였다. 이에 즉시 머리카락을 자르고 외모를 꾸미지 않아 땟국이 흐르는 얼굴과 먼지 쌓인 피부를 하게 되었다. 이후로는 그런 꿈을 꾸지 않았다.

(堅貞節婦李者, 年十七, 嫁爲鄭廉妻. 未踰年, 廉死, 常布衣蔬食. 夜忽夢男子求爲妻, 初不許, 後數數夢之. 李自疑容貌未衰醜所召也, 卽截髮, 麻衣, 不薰飾, 垢面塵膚, 自是不復夢.)

이 내용은 이씨 부인이라는 한 여성의 욕망이 왜곡되는 과정을 그대로 드러내주고 있다. 이씨 부인은 자신이 욕망을 지니거나 표출한다는 것이 사회적으로 인정받지 못한 부분임을 잘 알기에 스스로 억누르며 사회의 이데올로기에 부합되도록 처신하였다. 하지만 그녀의 억눌린 욕망은 현실에서 발현될 수 없는 본능을 꿈을 통해 해소시키고자 시도하였고 그 시도는 결국 실패로 돌아갔다. 즉 사회의 이데올로기는 이씨 부인과 같은 여성에게 꿈으로 해소할 권리조차도 용납하지 않은 것이다. 그래서 이 여성은 자신의 용모를 일부러 추하게 만들어서 본능적 욕망을 묵살시켜버린 대신에 사회적인 칭송을 고스란히 받는 것으로 욕망에 대한 보상을 얻게 되었다.

그런데 앞의 인용문에서 여성을 서술한 방식을 자세히 고찰해보면 그것은 남성의 응시[130]에 의해 이루어졌음을 알 수 있다. 곧 전체 서사에

___

130 '남성의 응시,' 혹은 '남성적 응시'란 가부장제 사회에서 여성을 남성 관음자의 '시선'이 머무는 대상으로 취급함을 의미한다. 이에 대해 문화이론가인 존 버거는 '남성의 시선'은 권력, 접근, 통제 관계를 수반하고 있기에 사회에 의해 여성을 규정하는 수단이 된다고 주장하였다. 또한 베네톤은 남성과 여성의 시선에 대해 다음과 같이 대별한 바 있다. "남성적 시선이 거리를 두고 관찰하며 쾌락을 취하는 관음증으로 특정지어질 수 있다면, 여성의 시선은 갇혀진 채로 이미지와 동일시하거나 이미지의 반사 속에서 쾌락을 발견하는 나르

있어서 이씨 부인은 남성이 바라보는 모습에 의해 형상화되었으며 이씨 부인에 관한 서사 역시 남성 작가가 독자에게 이데올로기를 내재화하기 위해 만든 전략적 장치가 된다는 것이다. 이는 앞의 인용문에서뿐 아니라 당대 애정류 전기 전반에 걸쳐 일어나는 공통적인 현상이다. 더군다나 당대 애정류 전기의 작자는 남성이자 당대의 지배 계층인 사인(士人) 집단이었기에 그들에 의한 응시란 바로 사회가 여성을 바라보는 시선과 다름이 없었다. 따라서 당대 애정류 전기의 여성 주인공을 쓰여진 방식 그대로 해석한다면 그것은 여성의 본래 모습을 파악하는 것이 아니라 남성이 자의대로 만들어낸 여성 이미지를 읽는 것이 된다. 이러한 맥락에 의해 볼 때 남성이 만들어낸 여성 이미지와 관련된 대표적인 예로「이와전」의 여주인공인 이와의 경우를 들 수 있다.

　이와는 당대 남성이 꿈꾸는 이상적인 여성상이다. 이와가 지닌 섹슈얼리티, 즉 아름다운 외모를 갖추었고 남성의 출세를 도우면서도 남성에게 결혼 같은 것을 요구하지 않는 모습은 작품 속에서 선명하게 묘사되어 있으며 이에 대한 메타서사의 논평 또한 이와에 대한 찬사로 점철되어 있다. 하지만 그것이 과연 이와의 실제 모습과 합치되는지는 알 수 없는 일이다. 작품 속 어디에도 여성 주인공으로서의 이와의 욕망, 그리고 이와가 의도하던 바는 드러나 있지 않다. 이와가 상대 남성을 속여서 버린 일 따위는 이와가 지난날의 과오를 뉘우치고 반성하는 차원에서 마무리되었으며 남성 주인공과 재회한 뒤 돌변한 이와의 처신은 개과천선이라는 남성 서술자의 설명으로 덮여졌다. 그렇다면 이와는

시시즘적인 것이 될 것이다." 따라서 이 장에서의 '남성적 응시'란 남성의 시각으로 나타나는 여성의 모습, 그리고 남성의 시각에 의해 부여되는 여성의 섹슈얼리티 전반을 지칭한다고 하겠다. '남성적 응시' 및 '시선'과 관련해서는 수잔나 D. 월터스, 김주현 외 옮김, 『이미지와 현실 사이의 여성들』(서울: 도서출판 또 하나의 문화, 1999)을 참조.

진정으로 남성 주인공에게 무한한 동정을 느꼈으며 진정 이에 따라 개과천선한 것일까? 물론 「이와전」에 서술되어 있는 바대로 이와는 한때 자신과 함께했던 남성의 영락한 모습을 보고 동정과 후회의 감정을 느꼈을지도 모른다. 그리고 그러한 감정이 상대 남성을 뒷바라지하는 순수한 힘으로 작용했을 것이라고 추측된다. 그러나 여기에서 결코 간과할 수 없는 것은 이와는 이미 남성 주인공을 감정적으로 장악할 수 있는 능력이 있는 여성이었다는 점이다. 아울러 총명한 이와는 자신의 이익을 위해 남성을 이용할 줄도 알았다는 것이다.

「이와전」의 첫머리에서 남성 주인공의 친구가 이와에 대해 다음과 같이 설명한다.

"이씨는 자못 넉넉한 부자야. 일전에 그녀와 통한 자는 대부분 귀족 부호들이었으므로 이와가 얻은 재물은 굉장히 많다네. 그러니 수백만의 자금이 없이는 그녀의 뜻을 움직일 수 없을 걸세."
  ("李氏頗贍. 前與通之者多貴戚豪族, 所得甚廣. 非累百萬, 不能動其志也.")[131]

이 대목에서 보이듯이 이와는 영리를 취하는 것을 목적으로 하는 기녀였다.[132] 그러므로 이와는 마냥 순진하지만은 않은 여성으로 상대를 다룰 줄도 알았고 상황을 제대로 판단할 줄도 알았던 것이다.

보통의 경우 이와와 같은 기녀는 젊어서는 가모(假母) 밑에 소속되어

---

[131] 白行簡, 「李娃傳」.

[132] 청대(淸代) 기윤(紀昀)은 『열미초당필기 · 권13 괴서잡지 3(閱微草堂筆記 · 卷13 槐西雜誌三)』에서 명대(明代) 이전에는 영리를 목적으로 하는 기녀가 없었다고 밝혔으나 이것은 잘못된 견해이다. 「이와전」의 이와와 같은 기녀가 이미 당대(唐代)에 존재하고 있었기 때문이다.

일을 하다가 나이가 들면 가모가 되거나 아니면 아직 나이가 조금이라도 젊을 때 남의 첩이 되기도 하였다. 이러한 상황은 당대의 기녀에 대해 서술한 손계의 『북리지』에도 나타나는데 그 내용은 다음과 같다.

기녀의 어미는 대부분이 가모이다. 이 역시 기녀 노릇을 하다가 나이를 먹은 사람이 되는 것이었다…… 기녀들은 모두 가모의 성을 따랐으며 서로 동생, 언니로 불러서 차례를 매기었다. 기녀들은 모두 서른 안쪽의 나이였다. 가모들에게는 지아비가 없었는데 가모 가운데 매우 늙은 사람이 아니면 모두 번진에서 파견한 장수들을 주인으로 모셨다.

(妓之母, 多假母也. 亦妓之衰退者爲之…… 皆冒假母姓, 呼以女弟女兄爲之行第. 率不在三旬之內, 諸母亦無夫, 其未甚衰者, 悉爲諸邸將輩主之.)[133]

『북리지』에서도 언급되듯이 이와가 나이 먹어서도 선택할 수 있는 길은 그동안 모아놓은 재산으로 가모가 되거나 혹은 번진에서 파견한 장수들의 시중을 드는 일이었다. 또한 「이와전」에 의하면 이와가 남성 주인공과 재회했을 때의 나이는 이미 20세가 훨씬 넘었을 것으로 추정된다. 왜냐하면 이와가 자신의 가모에게 "양녀가 된 지 올해로 20년이 되었다"[134]고 말하였으며 통상적으로 기녀는 어릴 때 가모에게 위탁된다는 사실에 비추어 볼 때 그 당시 이와의 나이는 25세 전후가 되는 것이다. 그런데 『북리지』에는 "기녀들은 모두 서른 안쪽의 나이였다"고 기록되어 있으므로 이는 곧 이와가 기녀 노릇을 할 수 있는 연한이 5년 정도밖에 남지 않았음을 의미한다. 따라서 이와의 돌변한 태도는 바로 기녀

---

133 孫棨, 『北里志 · 海論三曲中事』.
134 白行簡, 「李娃傳」, "某爲姥子, 迨今有二十歲矣."

로서의 자신의 상황과 연관이 있음을 유추할 수 있다. 비록 현재 이와가 아무리 아름답다고는 하지만 세월이 흐르면 외모는 아무래도 이전 같지 못하게 될 것이고 결국 젊은 날 이와 자신이 뭇 남성에게 받았던 선망은 유지될 수 없게 된다. 그러므로 이와는 가모가 되거나 번진 장수의 시중을 드느니 차라리 남성 주인공의 곁에 있는 것이 자신에게 이익이 되리라고 판단한 것이다. 이와는 이미 남성 주인공의 성격을 잘 파악하고 있었으며 그의 집안이 명문가임을 알고 있었다. 만일 자신이 상대 남성을 잘 구슬리고 보필하기만 한다면 상대 남성은 자신의 기대에 어긋나지 않게 과거에 합격할 것이고 일이 제대로만 풀리면 자신의 신분 역시 한갓 가모나 번진 장수의 첩이 아닌 과거 급제자의 아내로 상승할 수 있음을 예상할 수 있었다.

　이것은 어디까지나 가정에 속하는 것이다. 「이와전」의 내용처럼 이와는 진심으로 상대 남성에 대한 동정과 뉘우침 이외에는 여타의 감정이나 의도를 지니지 않았을지도 모른다. 또한 비록 당대 애정류 전기가 남성 서사라고는 하나 남성에 의한 서술이 여성의 섹슈얼리티를 반드시 왜곡하는 것은 아니며, 오히려 어떤 의미에 있어서는 남성에 의한 기술 방식이 여성성을 좀더 객관적으로 묘사해낼 수 있기도 하다.

　하지만 「이와전」에 대한 이 장에서의 시론(試論)은 남성 서사의 틀로 「이와전」을 독해할 때와는 판이하게 다른 결론을 도출한다. 즉 자신의 잘못을 뉘우쳐 남성을 보필하는 여성, 유교 이데올로기를 구현하는 여성에서 젠더gender[135] 차원의 성(性)의식에 입각한 신분의 상승을 욕

---

[135] 사회적 성(性)의 개념인 젠더gender는 생물학적 성(性)인 섹스sex와 구별되는 개념으로 이 장에서는 여성인 이와의 사회적 신분이 기녀에서 견국부인(汧國夫人)으로 상승한 것과 관련된다. 다만 이 장에서는 젠더의 개념을 따로 독립시켜 다루지 않았다. 이는 섹슈얼리티가 인간의 성적 욕망을 방향짓는 사회적 과정임에 주목한 것으로 젠더를 넓은 의미의 섹슈얼리티 안에 포함시킨 것이다.

망하는 여성으로 그 성격이 바뀌는 것이다. 그러므로 여성 주인공의 진정한 욕망을 파악해내는 작업은 「이와전」의 경우에서처럼 서사의 결을 더듬고 매만지는 데 유용한 의미를 지닌다. 그것은 남성 서사의 장치 속에서는 식별해내지 못하는 부분이고 오로지 '저항하는 독서'의 행위를 통해야만 드러나는 부분이기 때문이다. 그러한 맥락에서 볼 때 「앵앵전」 역시 「이와전」과 마찬가지로 서사 속에 은닉된 여주인공의 목소리를 드러내는 작업을 통해야만 새로이 독해할 수 있게 된다.

「앵앵전」에서 의문스러운 몇 가지 사항 중 하나는 애초에 앵앵이 장생(張生)을 거절했음에도 불구하고 나중에는 스스로 장생을 찾아간 이유가 무엇인지이다. 그리고 지금껏 이 같은 물음에 대한 답은 앵앵의 본래 신분은 기녀이기에 행동이 일관되지 못하였고 결국 장생과도 맺어지지 못했다는 논리로 귀결되었다.[136] 하지만 여성의 심리에 근거해 앵앵의 행동을 반추해본다면 이에 대한 해답은 의외로 쉽사리 드러난다. 그것은 앵앵이 매음을 목적으로 하는 기녀인지 아니면 명문가의 규수인지의 여부와 관련되는 일이다.[137] 만일 앵앵이 기녀였다면 애초에 장생이 앵앵과 만나기를 요청했을 때 아무런 주저 없이 응했을 것이다. 기녀는 남성의 부름이 오히려 자신의 이익에 도움이 되기에 거절할 이유가 없다. 더군다나 앵앵이 장생을 불러놓고 다음과 같이 꾸짖는 것은 기녀의 행태와는 도무지 어울리지 않는다.

---

[136] 앵앵을 기녀로 보는 견해는 중국 학자인 진인각(陳寅恪)에 의해 제시된 바 있다. 그는 앵앵의 성씨가 최씨(崔氏)인 것은 그 당시 기녀들이 명문 거족의 성씨를 자신의 성씨로 삼는 관습에 따라 거짓으로 붙여진 것이라고 언급하였다. 그뿐 아니라 앵앵과 장생이 맺어지지 못한 이유는 바로 앵앵의 신분이 천한 기녀이기 때문이라고 부언하였다. 이와 관련해서는 陳寅恪, 앞의 글을 참조.

[137] 앵앵의 신분이 기녀라는 주장은 진인각 이후로 상당수의 중국 학자들이 주장해온 논지였다. 따라서 이 책에서는 앵앵의 신분이 기녀가 아니라는 논지를 자세히 개진하였다.

"우리집 식구들을 구해주신 당신의 은혜는 고맙습니다…… 그런데 어째서 천한 시녀에게 의존하여 음탕한 글귀를 전하시는 것이죠? 처음에는 사람을 난리에서 보호해주는 의로운 입장을 취하시더니 종국에는 그 난리 중에 있는 사람을 빼앗아서 저를 손아귀에 넣으려 하시는군요…… 사실 전하신 글귀를 묵살해버리는 것은 곧 남의 부정을 감추어주는 것이 되므로 올바른 처사가 아니지요. 그렇다고 해서 이런 사실을 어머니께 밝힌다는 것은 곧 남의 은혜에 배반하는 것이 되므로 (이 또한) 좋은 처사가 아니지요…… 예의에 벗어난 행동을 한 것이 부끄럽게 생각되지 않으신지요. 아무쪼록 예의에 따라 신중히 판단하시고 문란한 행동일랑 삼가주세요."

("兄之恩, 活我之家, 厚矣…… 奈何因不令之婢, 致淫逸之詞. 始以護人之亂爲義, 而終掠亂以求之…… 誠欲寢其詞, 則保人之姦, 不義. 明之於母, 則背人之惠, 不祥…… 非禮之動, 能不愧心. 特願以禮自持, 毋及於亂.")[138]

일반적으로 기녀가 자신을 부른 상대 남성에게 예의를 운운한다는 것은 성립될 수 없는 일이다. 제아무리 고도의 전략을 지닌 기녀라 하더라도 일말의 여지도 남겨놓지 않은 채 상대 남성의 잘못된 행동을 이처럼 훈계조로 일일이 열거하지는 않는다. 따라서 앵앵이 장생을 거절한 이유는 여기에서 분명히 드러난다. 이는 곧 앵앵이 자신은 기녀와 같이 함부로 대할 수 있는 여성이 아님을 스스로 명시한 것이라 할 수 있다. 설령 마음속으로는 장생을 생각한다 할지라도 겉으로는 장생의 요구에 대해 짐짓 부정하는 몸짓을 표명하는 것은 앵앵 자신의 존재적 가치를

---

138 元稹, 「鶯鶯傳」.

확실히 해두는 행위에 해당되는 것이다.[139]

「앵앵전」에서 석연치 않은 또 하나의 의문점은 앵앵이 장생에게 결혼을 요구하지 않은 이유이다.[140] 서사의 전개를 따라가 볼 때 앵앵과 장생은 서로 사랑하는 사이였으며 내용 가운데 그들의 결혼을 방해할 만한 요소 역시 발견되지 않는다. 하지만 장생은 앵앵을 못 잊어하면서도 끝내 청혼하지 않았고 앵앵 역시 장생을 붙들지 않았다. 따라서 전대의 학자들은 이 같은 점에 근거해서 앵앵의 신분이 규수라는 점에 더욱 회의를 표명하였다. 즉 앵앵이 양가의 규수가 아니라 기녀였기 때문에 장생과 앵앵의 결합은 이루어질 수가 없었다는 것이다. 그리고 이러한 해석 방식은 결국 앵앵이 기녀였다고 결론지음으로써 앵앵과 관련된 일련의 모호한 상황들이 앵앵으로 인해 비롯된 것이라는 논리로 귀결된다.

그러나 기존의 서사를 해체시키는 작업을 통한다면 앵앵이 장생과 맺어질 수 없었던 진정한 이유는 밝혀질 수밖에 없다. 그것은 앵앵이 장생과 작별하면서 "처음에 문란한 것이 종국에도 버림받는다는 것은 참으로 당연한 이치겠지요"[141]라고 언급한 대목에서 해결의 실마리를 찾게 되는 것이다. 뿐만 아니라 앵앵은 장생에게 자신의 심경을 고백한 다음

---

139 조르주 바타유는 문화인류학적 사고방식에 입각할 때 여성이 남성의 요구에 아무런 부정의 표시 없이 자신의 욕망을 표현한다면 그것은 분명히 매음에 해당된다고 하였다. 그러나 매음할 의도가 없는 여성은 제아무리 마음에 드는 남성이 접근하더라도 짐짓 달아나는 몸짓을 보이는데 바로 이 시점에서 여성은 남성의 욕망을 충동질하는 에로티즘의 대상으로 바뀐다고 하였다. 이에 대한 자세한 내용은 조르주 바타유, 조한경 옮김, 『에로티즘』(서울: 民音社, 1996), p. 146을 참조.

140 이러한 논의와는 좀더 다른 차원에서 앵앵의 행동의 비일관성을 선경(仙境)설화의 인신연애 모티프와 관련시켜 고찰하기도 한다. 즉 앵앵은 외면적으로는 규수이나 내면은 선녀의 이미지를 그대로 계승했기 때문에 적강(謫降)한 선녀와 동일한 선상에서 파악되어야 하며 장생과의 결합은 「유선굴」에서 남녀 주인공이 헤어지는 것과 같이 이루어진다는 것이다. 이에 대해서는 金元東, 「中國 中世 仙境說話의 展開(2)-唐 傳奇를 中心으로」, 『中國文學』(한국중국어문학회, 1995, 12), 第24輯, pp. 150~51을 참조.

141 元稹, 「鶯鶯傳」. "始亂之, 終棄之, 固其宜矣."

312

과 같은 서간문도 보낸다.

> "여자의 마음이 굳세지 못하여 낭군께서 사마상여(司馬相如)처럼 거
> 문고를 타며 유혹하셨을 때, 저는 사곤(謝鯤)의 옆집 사는 미인이 했듯
> 이 베틀의 북을 내던지는 거절을 못했지요…… 스스로 몸을 바친 수치를
> 생각한다면 더 이상 떳떳이 당신을 모실 수는 없는 것이지요."
>
> ("兒女之心, 不能自固, 君子有援琴之挑, 鄙人無投梭之拒…… 致有自獻
> 之羞, 不復明侍巾幘.")[142]

앵앵은 스스로의 한계를 잘 알고 있었다. 앵앵의 입장에서는 혼전에
남성과 정사를 가진 이상 남성의 처분에 따를 수밖에 없었다. 더욱이
앵앵의 집안은 아버지가 부재하는 몰락한 명문가에 해당하였다. 그렇
기 때문에 앵앵은 장생에게 최씨라는 문벌의 이점을 내세워 혼인을 요
구할 수도 없는 처지였다. 만일 이와 같은 상황에도 불구하고 앵앵이
장생과 혼인하고자 한다면 앵앵은 장생의 첩이 될 수밖에 없었다. 이는
앞서 거론한 "정분이 나서 스스로 온 여자는 첩이 되어야 한다"는『예
기·내칙(禮記·內則)』의 내용과도 연관되는 것이었으며 장생 역시 자
신의 출세에 별 도움이 되지 않는 앵앵을 무리를 해서라도 정식 부인으
로 맞이하고 싶지는 않았을 것이다.[143] 또한 앵앵의 어머니인 정씨(鄭
氏) 부인은 앵앵과 장생의 관계를 알고 "나로서는 어찌할 수 없다"[144]고
말하였는데 이 말의 의미는, 곧 딸의 앞날은 장생의 결정에 따르게 되

---

142 같은 글.

143 이와 유사한 논의는 內山知也,「『鶯鶯傳』的結構和它的主題」,『唐代文學硏究』(桂林: 廣西
師範大學出版社, 1992), 第3輯에서도 전개된 바 있다.

144 元稹,「鶯鶯傳」. '我不可奈何矣.'

어야 함을 뜻한다. 그러므로 이러한 일련의 상황들 속에서 결국 앵앵은 냉정하게 판단하여 더 이상 장생에게 구차히 연연하지 않았으며 다시 다른 남성의 정실부인이 된 것이었다. 더 나아가 앵앵은 훗날 장생이 만나자고 했을 때에도 단호하게 거절하였는데 이는 앵앵 스스로 장생과의 재회가 현재의 자신에게 아무런 의미도 없고 도움도 되지 않음을 잘 알고 있었기 때문이다. 만약 앵앵이 결혼 후 장생이 청한 재회에 응하였다면 장생과 앵앵의 관계는 은밀한 가운데 지속되었을지도 모른다. 그러나 앵앵은 장생에게 다음과 같은 시구를 보내 거절의 뜻을 명확히 하였다.

> 버려두고서는 이제사 무슨 말씀인지,
> 당시엔 내 스스로 (당신을) 좋아했던 것이네.
> 차라리 옛 정을 가져다가
> 눈앞의 부인이나 어여삐 여겨주시오.
> (棄置今何道, 當時且自親.
> 還將舊時意, 憐取眼前人.)[145]

장생의 입장에서는 앵앵에게 두었던 미련을 접어야 하는 셈이 되었다. 그리고 앵앵의 거절로 장생이 느낀 무안함은 결국 「앵앵전」에 삽입된 메타서사에서 앵앵의 섹슈얼리티를 남성을 미혹시키는 요물로 규정하는 것으로 이어졌다. 따라서 그러한 메타서사의 논평은 남성이 자기 마음대로 취할 수 없었던 한 여성에 대한 무안함과 미련, 분노를 조작한 것일 따름이었다. 아울러 남성 서사 바깥에서의 앵앵은 기녀도 아니었고 요물도 아니었다. 그녀는 자신의 감정에 충실한 여성임과 동시에

---

[145] 같은 글.

314

명문가의 여성으로서 스스로의 입지와 미래를 안정되게 하기 위해 최대한의 자제를 기울인 것이라 하겠다.

이상으로 이 장에서는 당대 애정류 전기에 표현된 여성의 섹슈얼리티에 대해 고찰하였다. 당대 애정류 전기 속에서 여성 주인공들은 때로는 선녀로 때로는 기녀로 혹은 정절 높은 여인으로 상황에 따른 섹슈얼리티를 부여받으면서 늘 남성의 시선으로부터 자유롭지 못하였다. 그들은 보여지는 존재로 자리하였으며 욕망의 대상으로 표현되었다. 또한 그들은 남성 서사의 틀 속에서 규정되기에 살아 있는 그대로 현실 세계에 들어오지 못하고 불가해한 세상 저편의 신비로운 존재로 남겨질 뿐이었다. 이러한 여성 주인공의 섹슈얼리티는 여성을 환상의 대상으로 상정하는 당대 애정류 전기의 환상성과도 결국에는 일맥상통하게 된다. 이는 곧 남성 서사인 당대 애정류 전기의 의미가 궁극적으로 지향하는 지점에서 환상과 여성이 합류됨을 일컫는 것이며 아울러 욕망의 주체로서 존재하는 여성의 모습이란 이러한 틀의 해체를 거쳐서야 그 실체를 드러낸다고 할 수 있을 것이다.

5부 애정류 전기의 변용과 동서 비교:
당대 애정류 전기의 발전과 전개

당대(唐代) 애정류 전기가 지닌 생명력은 당대라는 한 시대에 한정되지 않았다. 그것은 애정서사의 원천이자 신화 시대 이래로 내려온 동양 고전 문화의 축적체로서 남녀의 애정담과 관련한 풍부한 제재를 후대의 문학에 무한대로 제공하였다. 특히 재자(才子)와 가인(佳人)의 모티프를 공통적으로 지니는 일련의 소설들과 희곡 작품은 당대 애정류 전기의 이 같은 덕목에 크게 빚진 바 있는데 이는 당나라의 애정류 전기가 후대의 소설과 희곡에 변용된 것으로 보아도 무방할 것이다. 또한 당나라의 애정류 전기는 중국에서뿐 아니라 멀리 신라로도 유전되었고 그러한 상황 속에서 한국 고전소설의 성립과 긴밀한 관계를 맺으면서 고전소설 발전에 촉매 역할을 하였음도 간과할 수 없는 사실이다.

따라서 5부에서는 당나라의 애정류 전기가 후대 문학에 미친 영향을 네 부분으로 나누어 진술하고자 한다. 그 첫번째로, 멋진 남녀를 다룬 재자가인의 모티프를 공유하는 후대 소설에 대한 영향을 논의할 것이고, 두번째로는, 연행 서사인 희곡에 미친 효과에 대해 고찰할 것이다. 그리고 세번째로는, 한국 고전소설의 형성과 관계된 제반 사항 및 동아시아 각국의 애정류 전기에 미친 영향에 대해 순차적으로 논술하려고 한다. 또한 마지막으로 중세 서양의 애정류 전기인 로망스와의 비교를 통해 동서양 중세의 애정류 전기가 지닌 특질을 논의하고자 한다. 특히 세번째와 네번째 장에서 다룰 내용은 학위 논문 취득 후 학술지에 발표된 논문에 근거하여 내용을 정리 보충한 것이다.

5부에서 제기될 논의들을 통해 애정류 전기의 강한 생명력과 시대를 초월한 독자의 애호를 확인할 수 있을 것이다. 아울러 이러한 확인 과정은 당대 애정류 전기가 동양 전통의 서사문학에 공헌하는 가치를 입증해주는 것이기도 하다.

재자가인 소설에의 영향

멋진 남녀를 다룬 소설, 즉 재자가인류 소설의 개념에 대해서는 두 가지의 해석이 가능하다. 문자의 표면적 의미에 천착해볼 때 이것은 넓은 의미에서 재주 있는 남성과 아름다운 여성의 연애사를 주된 모티프로 삼은 소설이 되며 당대(唐代)의 애정류 전기 및 송대(宋代) 이후의 사랑을 다룬 이야기들, 그리고 화본(話本) 중의 연분(胭粉)을 다룬 고사들이 이에 포함된다. 또한 소설사의 흐름에서 해석할 때에는 명말(明末)에서 시작되어 청초(淸初)에 전성기를 누리고 청중엽까지 지속된 중편의 장회소설군(章回小說群)을 일컫는 유파상의 개념이 된다.[1] 그런데 이 두 가지 차원의 개념은 모두 그 근원을 당대 애정류 전기에 두고 있기에[2] 이 장에서는 개념 문제에 크게 개의치 않고 애정류 전기와

---

1 재자가인 소설에 대해서는 崔琇景,「淸代 才子佳人小說의 硏究」(高麗大學校 大學院 中語中文學科 博士論文, 2001)를 참조하였다.

2 정의중(程毅中)은「앵앵전」과「보비연」이 최초의 재자가인류 소설이라고 규정하였으며 이새(李賽)는 재자가인과 소설이라는 명칭 하에 재자가인의 연애와 혼인을 제재로 한 서사 작품을 모두 이에 포함시켰다. 또한 석창유(石昌渝)는 그의『중국소설원류론(中國小說源流論)』

영향 관계에 있는 일련의 작품들을 재자가인류 소설로 통칭하여 시대적 흐름에 따라 간단히 논술할 것이다.

이 책에서 다룬 총 27편의 당대 애정류 전기 가운데 「이혼기」「임씨전」「유씨전」「유의전」「이와전」「장한가전」「앵앵전」「무쌍전」『현괴록·최서생』『속현괴록·정혼점』, 『전기』의 「손각」「정덕린」「설소」「배항」「봉척」「장무파」, 그리고 『삼수소독·보비연』은 그 내용과 구성에 있어서 후대의 재자가인류 소설에 직접적인 영향을 미쳤다.

우선 송대(宋代)의 『녹창신화(綠窓新話)』에서는 이들 작품 가운데 「이혼기」「유씨전」「유의전」「이와전」「앵앵전」「무쌍전」「최서생」「정덕린」「배항」「봉척」「보비연」을 수록하였는데, 이 경우에는 본고사의 내용과 구성이 거의 변하지 않은 채, 작품의 제명(題名)만 7언으로 표제되었다(〈표 8〉 참조).[3]

〈표 8〉 당대 애정류 전기와 『녹창신화(綠窓新話)』의 제명(題名)

당대(唐代) 애정류 전기	녹창신화(綠窓新話)
이혼기	張倩娘離魂奪婿
유씨전	沙吒利奪韓翊妻
유의전	柳毅娶洞庭龍女
이와전	李娃使鄭子登科

에서 전기가 속화(俗化)되어 재자가인류 소설로 발전하였다고 언급했는데 이들 학자 모두는 제재상, 시대적 유파상 재자가인류 소설이 당대(唐代) 애정류 전기에서 비롯된 것으로 파악하고 있다. 이와 관련한 자세한 논의는 崔瑢景, 「才子佳人類小說 類型 研究」, 『中國小說論叢』(韓國中國小說學會, 2000), 第11輯, p. 186을 참조할 것.

3 중국 학자들은 『녹창신화(綠窓新話)』나 『청쇄고의(青瑣高議)』는 당송(唐宋)의 전기(傳奇)와 시화(詩話), 필기(筆記) 등을 애정류 위주로 간략히 정리한 설화인(說話人)의 참고 자료라고 규정하였으나 본고사를 개작하지 않은 점과 문언(文言)의 애정류 고사만을 수록한 점으로 볼 때 이들은 송대의 식자층이 즐겨 읽던 심심풀이용 읽을거리였을 것으로 추정된다.

앵앵전	張公子遇崔鶯鶯
무쌍전	王仙客得到無雙
최서생	崔生遇玉卮娘子
정덕린	德璘娶洞庭韋女
배 항	裴航遇藍橋雲英
봉 척	封陟拒上元夫人
보비연	趙象慕非烟擤秦

　이밖에도 「배항」과 「보비연」은 같은 송대의 전적인 『청평산당화본(淸平山堂話本)』[4]에도 기재되었는데 「배항」의 경우는 내용은 거의 변하지 않고 제명만 「남교기(藍橋記)」로 바뀌었으며 「보비연」은 「문경원앙회(刎頸鴛鴦會)」의 입화(入話)로 사용되었다. 또한 『취옹담록(醉翁談錄)』[5]의 사집(巳集) 권(卷)2에서는 「봉척」을 「봉척부종선주명(封陟不從仙姝命)」이란 제명으로 열입하였고 「유씨전」을 「장대류(章臺柳)」로 기록하였으며 같은 책 계집(癸集) 권1에 실려 있는 「이아선불부정원화(李亞仙不負鄭元和)」는 「이와전」과 같은 내용이다. 뿐만 아니라 『취옹담록 · 설경서인(舌耕敍引)』에는 '전기'류에 「혜낭백우(惠娘魄偶)」라는 항목이 삽입되어 있는데 이것은 「이혼기」의 내용을 변용시킨 것으로 추정된다.[6] 아울러 『취옹담록 · 소설개벽(小說開辟)』에는 송대 화본 가운

---

4 『청평산당화본』은 송대(宋代) 홍편(洪楩)이 편집한 소설집이다. 이 책이 발견되었을 당시 학자들은 책의 이름이 무엇인지를 몰랐기에 판심(版心)에 있는 '청평산당'의 글자에 의거해서 책의 제목을 『청평산당화본』이라 지은 것이었다. 그 후 『청평산당화본』은 후대 학자들에 의해 『육십가소설(六十家小說)』과 동일한 작품임이 입증되었다.

5 『취옹담록』은 송대(宋代)의 나엽(羅燁)이 편찬한 작품집으로 그 내용은 필기(筆記), 전기(傳奇), 잡조(雜俎) 등을 절록하여 놓은 것이다.

6 담정벽(譚正璧)은 「이혼기」의 여주인공인 천낭(倩娘)이 혜낭(惠娘)으로 잘못 표기되어 「혜낭백우(惠娘魄偶)」라는 제명이 붙여진 것이라고 주장한 바 있다. 이에 대해서는 中國古代小

데 「앵앵전」이 있는 것으로 기재되어 있으나 이 작품은 현재 전해지지 않는다.[7] 하여튼 지금까지 거론한 『녹창신화』와 『청평산당화본』 『취옹담록』에 수록된 당나라의 애정류 전기들은 모두 본고사의 제명만 변하였을 뿐 내용에 있어서는 거의 변화되지 않은 축에 속하였다.[8]

한편 당나라의 애정류 전기는 명대 이후의 화본 소설에도 영향을 끼쳤다. 그 예로 명대 초기의 화본 소설집인 『웅용봉사종소설(熊龍峰四種小說)』[9]의 「소장공장대류전(蘇長公章臺柳傳)」에서는 비록 소식(蘇軾)에 대한 고사를 적고 있으나 내용 중에 「유씨전」에 삽입된 한익(韓翊)의 시를 차용하고 있다. 이밖에도 당대 애정류 전기의 고사들은 명대의 대표적인 화본인 『삼언(三言)』 『이박(二拍)』[10]과 『서호이집(西湖二集)』[11]의 입화로도 즐겨 운용되었는데 〈표 9〉는 당나라의 애정류 전기가 『삼

說百科全書編輯委員會, 『中國古代小說百科全書』(北京: 中國大百科全書出版社, 1993), p. 262를 참조할 것.

7 현전되지 않는 송대 화본 가운데 「난창유회(蘭昌幽會)」라는 작품은 「설소」와 관련된 내용으로 추정된다. 이 작품은 명대(明代) 조율(晁瑮)의 『보문당서목(寶文堂書目)』에 서명만 기재되어 있다.

8 이밖에도 송대의 전기 가운데 악사(樂史)의 「양태진외전(楊太眞外傳)」은 「장한가전」을 계승, 변용시킨 것에 해당한다.

9 이 책은 명대(明代)의 서상(書商)인 웅용봉(熊龍峰)이 간행한 것으로 「장생채란등전(張生彩鸞燈傳)」「소장공장대류전(蘇長公章臺柳傳)」「풍백옥풍월상사소설(馮伯玉風月相思小說)」「공숙방쌍어선타전(孔淑芳雙魚扇墜傳)」 등의 4편으로 구성되어 있다. 그 가운데 「장생채란등전」「소장공장대류전」은 송대의 작품으로 고증되었는데 이것이 현전하는 유일한 송대의 화본에 속한다.

10 『삼언(三言)』은 명대(明代) 풍몽룡(馮夢龍)의 화본 소설인 『유세명언(喩世明言)』『경세통언(警世通言)』『성세항언(醒世恒言)』을 일컫는 것인데 그중 『유세명언』은 『고금소설(古今小說)』이라는 명칭으로도 불린다. 또한 『이박(二拍)』은 같은 시대 능몽초(凌濛初)의 저작인 『초각박안경기(初刻拍案驚奇)』『이각박안경기(二刻拍案驚奇)』를 지칭하는 것이다.

11 『서호이집(西湖二集)』은 명대(明代)의 백화소설집(白話小說集)으로 명대 전여성(田汝成)의 『서호유람지(西湖遊覽志)』『서호유람지여(西湖遊覽志餘)』, 심국원(沈國元)의 『황명종신록(皇明從信錄)』, 구우(瞿佑)의 『전등신화(剪燈新話)』 등에서 소재를 취하여 개작하였으며 교화, 의론적인 색채를 지니고 있다.

언』『이박』에서 운용된 사항을 정리한 것이다.

〈표 9〉 당나라의 애정류 전기가『삼언(三言)』『이박(二拍)』
『서호이집(西湖二集)』에 입화(入話)로 사용된 예

당대 애정류 전기	삼 언	이 박	서호이집
이혼기		卷23「大姊魂游完宿愿 小妹病起續前緣」	
이와전	『醒世恒言』卷3「賣油郎獨占花魁」		
무쌍전		卷9「莽兒郎驚散新鶯 燕，偁梅香認合玉 蟾蜍」	
정혼점			卷16「入月下老錯 配本屬前緣」

또한 애정류 전기에 관한 작품은 앞의 논의에서와 같이 개별 작품이 후대 문학에 직접적으로 수용되었을 뿐 아니라 '재자가인'이라는 모티프의 연장선에서 원대(元代)와 명대에 성행한 중편(中篇) 전기(傳奇)의 형성에도 영향을 주었다.[12] 그 가운데 특히 원대의 송원(宋遠)의 『교홍기(嬌紅記)』와 명대 구우(瞿佑)의 『전등신화(剪燈新話)』의 「수궁경회록(水宮慶會錄)」 「금봉차기(金鳳釵記)」 「애경전(愛卿傳)」 「취취전(翠翠傳)」 「추향정기(秋香亭記)」 및 『국색천향(國色天香)』[13]에 수록된

---

12 원대(元代)와 명대(明代)에 대량으로 창작된 중편 전기(中篇傳奇)에 대해서는 石昌渝, 『中國小說源流論』(北京: 三聯書店, 1995), pp. 191~95에 자세히 논구되었다.

13 『국색천향(國色天香)』은 명대(明代)의 오경기(吳敬圻)가 편찬한 소설합각집(小說合刻集)

「심방아집(尋芳雅集)」「종정려집(種情麗集)」「유생멱련기(劉生覓蓮記)」 등의 작품은 문언의 전통 속에서 당대 애정류 전기의 정신을 계승한 것들이다.

다만 이들 작품은 같은 제재를 다루더라도 당나라의 작품에 비해서 훨씬 작품의 구조가 복잡해지고 비극적 결말보다는 대단원의 결말 구조를 선호하는 경향을 나타내었다.[14] 특히 원대에는 몽골 족의 통치 하에서 과거제가 폐지되어 한족(漢族) 지식인이 사회에 진출할 수 없었기에 한족 지식인들은 자신들의 울분도 달래고 소일도 겸하는 목적으로 중편 전기의 창작에 대대적으로 참여하였다. 따라서 앞에서 언급한 「교홍기」 이외에도 유부(劉斧)의 「원인기(遠烟記)」, 정희(鄭禧)의 「춘몽록(春夢錄)」, 진음(陳愔)의 「모란등기(牡丹燈記)」,[15] 유관(柳貫)의 「금봉차기(金鳳釵記)」, 오연(吾衍)의 「녹의인전(綠衣人傳)」 등이 바로 그 당시에 창작된 작품들에 해당한다.

이들 작품 중 당나라의 애정류 전기와 가장 밀접한 관련을 갖는 중편 전기 작품은 「교홍기」로 일찍이 고유(高儒)는 『백천서지(百川書志)』에서 「교홍기」가 「앵앵전」과 계승적인 관계에 있음을 인지하고 다음과 같이 지적하였다.

　　(「교홍기」는) 「앵앵전」을 바탕으로 지어진 것인데 작품의 어투는 남녀

으로 화본, 당송(唐宋)의 전기, 가전류(假傳類), 지인(志人), 지괴(志怪), 필기(筆記)가 혼재되어 있는 특성을 지닌다. 그 가운데 「유원상종(踰垣相從)」은 당대(唐代) 애정류 전기인 「보비연」을 수록한 것이고 「전수증약(田叟贈葯)」은 「설소」와 동일한 내용으로 되어 있다.

14 중편 전기 가운데 「교홍기」만이 예외적으로 비극적 결말 구조로 이루어져 있는데 그 이유는 「앵앵전」과의 직접적인 계승 관계에 기인하는 것으로 보인다.

15 「모란등기」 「금봉차기」 「녹의인전」은 원대(元代)의 작품이면서 동시에 명대(明代) 구우의 『전등신화』에도 수록되어 있다. 이에 대해서는 石昌渝, 앞의 책, p. 191을 참조.

326

연정적인 분위기를 띠었으며 (전체적인 분위기는) 마치 지분 내음으로 가득한 듯하다. 구멍을 뚫어 담을 넘어 도망가기로 기약한다든가 예교를 뛰어넘고 몸을 버린 일들은 예의범절이 엄정한 사람이 취할 것이 못된다.

(本「鶯鶯傳」而作, 語帶烟花, 氣含脂粉. 鑿穴穿墻之期, 越禮傷身之事, 不爲莊人所取.)[16]

고유의 언급에서 보이듯이 「교홍기」는 「앵앵전」을 바탕으로 하여 지어진 재자와 가인의 애정 도피에 대한 이야기이다. 그런데 이 작품은 「앵앵전」과 비교했을 때 문학적 성취가 훨씬 떨어진다는 평가를 받고 있는데, 즉 「교홍기」에 삽입된 시가(詩歌)들의 수준이 그다지 높지 않고 여주인공인 교낭(嬌娘)의 형상도 앵앵에 비해 세밀하고도 생동적으로 묘사되어 있지 않다는 것이다.

「교홍기」에 대한 이 같은 평가는 재자가인의 제재가 아(雅)의 영역인 문언소설에서 속(俗)의 영역인 백화소설로 이전되어가는 과정과 연결된다. 그리고 「교홍기」에서 이끌어진 아에서 속으로의 변화는 명대의 『전등신화』에도 그대로 계승되었다.

『전등신화』는 명대 구우의 전기집으로 「교홍기」 이후 문언 전기의 통속화를 대표하는 작품이다. 이 작품에 대해 루쉰은 『중국소설사략』에서 이렇게 언급하였다.

『전등신화』는 글의 제재나 의미에 있어 당나라 사람들을 모방했으나, 문필이 번잡하고 유약해서 그들 작품과 부합하지 않았다. 그러나 규방의 연애 심리를 잘 묘사했고…… 특히 당시 사람들에 의해 사랑받았으며 모

---

16 高儒, 『百川書志』.

방작이 무수히 생겨났다.

(『剪燈新話』, 文題意境, 幷撫唐人, 而文筆殊冗弱不相副, 然以粉飾閨
情…… 故特爲時流所喜, 傚效者紛起.)[17]

루쉰의 언급처럼『전등신화』는 근원적으로 당대 전기와 밀접하게 연
계되어 있다. 따라서『전등신화』에 수록된 애정류 고사들 역시 당대 애
정류 전기를 모방하여 새로이 창작한 것이라 할 수 있다.

중국 학자 정국부(程國賦)의 저서인『당대소설선변연구(唐代小說嬗
變研究)』에서는 애정류 전기와『전등신화』의 영향 관계에 대해 정밀하
게 논구하였는데 이에 따르면『전등신화』는 제재뿐 아니라 전기 작품의
체제 및 언어의 묘사까지도 모방하였다고 한다.[18] 그 예로『전등신화』의
「추향정기」는 "원진(元稹)의「앵앵전」과 동일하다"[19]고 공개적으로 밝
히고 있을 뿐 아니라『전등신화』전반에 걸쳐서 당대 애정류 전기의 여
러 작품들이 전고(典故)로 사용된 바 있다.[20]

〈표 10〉은 당대 애정류 전기와『전등신화』의 상관 관계를 정리한 것
으로 당대 애정류 전기가『전등신화』의 창작에 원동력이 되었음을 증명
해준다.

---

17 魯迅, 『中國小說史略 · 第22篇 淸之擬晋唐小說及其支流』.

18 程國賦, 『唐代小說嬗變硏究』(廣州: 廣東人民出版社, 1997), pp. 172~79.

19 瞿佑, 『剪燈新話 · 序』. '至于「秋香亭記」之作, 則猶元稹「鶯鶯傳」也.'

20 「문소」는『전등신화』중에「감호야범기(鑑湖夜泛記)」에서 그리고「앵앵전」은「위당기우기
(渭塘奇遇記)」에서 전고(典故)로 사용된 바 있다. 이밖에도「취취전」과「추향정기」에서는
최소한 6편, 9편의 전기 작품을 전고로 운용하였다.

<표 10> 당대 애정류 전기가 『전등신화』에 영향을 미친 사례

당나라의 작품	『전등신화』 수록 작품	비　고
유의전	권1 수궁경회록 (水宮慶會錄)	1) 용궁을 공간적 배경으로 이계(異界) 　 인물과 교류 2) 「유의전」은 신괴적(神怪的) 성분의 　 애정류임에 비해 「수궁경회록」은 　 신괴류(神怪類)임
이혼기	권1 금봉차기 (金鳳釵記)	1) 「금봉채기」는 상사병에 걸린 여성이 　 망혼이 되어 금봉채를 매개로 하여 　 남성과 결합함. 2) 「이혼기」에 비해 현실계와 비현실계 　 의 구분이 뚜렷함.
유씨전	권3 애경전 (愛卿傳)	"이숭의 집에 기거하면서 한익의 아내 도 빼았았네(旣據李崧之居, 又奪韓翊之 婦)"에서 「유씨전」을 인용함. 전란 중 에 부부가 헤어지는 모티프도 「유씨전」 에서 차용함.
장한가전	권3 애경전	조자(趙子)와 그의 처 애경(愛卿)의 혼 이 만나는 부분은 「장한가전」 후반부의 영향임
유씨전	권3 취취전 (翠翠傳)	1) "장대의 버들은 비록 이미 남에게 　 꺾여졌으나(章臺之柳, 雖已折他人)" 　 의 구절은 「유씨전」을 인용함 2) 「취취전」은 남녀 모두 망혼끼리 결 　 합함
앵앵전	권4(부록) 추향정기 (秋香亭記)	1) 재자(才子)와 가인(佳人)의 만남, 　 월장(越牆) 모티프가 공통적임 2) 부분적으로 「이혼기」『속현괴록 · 정 　 혼점』『전기 · 배항』「유씨전」「무쌍 　 전」 등의 구절을 인용함.

또한 『전등신화』의 뒤를 이어 이정(李禎)에 의해 『전등여화(剪燈餘

話)』가 저술되었다. 이 책 역시 당대 전기의 계승자격이 되며 연분(緣分), 영괴(靈怪) 등의 내용을 다루었다.[21] 『전등여화』 가운데 수록된 「연리수기(連理樹記)」 「난난기(鸞鸞記)」 「봉미초기(鳳尾草記)」 「경노전(瓊奴傳)」 「부용병기(芙蓉屛記)」 「추천회기(鞦韆會記)」 「가운화환혼기(賈雲華還魂記)」 등은 애정류에 속하는데, 이들 고사의 광범위한 인기에 힘입어 명대 풍몽룡(馮夢龍)의 『정사·염이편(情史·艶異編)』 에서는 「연리수기」 「부용병기」 「추천회기」 「가운화환혼기」 등의 작품을 전재할 정도였다.

『전등신화』 『전등여화』 이후로 재자가인의 모티프는 일련의 '재자가인 소설군'으로 명칭되는 청대(淸代)의 장회체 소설에서 다루어지게 되었다. 여기에서의 '재자가인'이란 모티프, 즉 통시적인 유(類)를 이루는 개념이 아니라 동일한 시대에서 동일한 제재를 운용하는 소설이라는 좁은 의미의 개념에 속한다. 그런데 이들 소설들은 기본적으로 당나라의 애정류 전기를 계승한 것이지만 똑같이 모방한 것은 아니었다. 그래서 루쉰은 재자가인 소설군에 대해서 "그 서술한 바는 대개 재자가인의 일이었으며…… 과거의 급제와 실패, 운명의 행복과 불행이 주축을 이루고 있었다…… 그 내용을 살펴본다면 모두가 당인 전기와 비슷한 것이지만 실제로는 무관하다. 대개 서술된 인물이 대부분 재인(才人)이었기 때문에 시대는 비록 달랐지만 그 사적(事跡)은 비슷했던 것으로 이것은 우연히 그렇게 부합된 것일 뿐 반드시 모방으로부터 나온 것은

---

21 『전등여화(剪燈餘話)』는 『전등신화(剪燈新話)』와 편수가 22편으로 같을 뿐 아니라 제재 또한 매우 유사하다. 단지 권4의 「지정기인행(至正妓人行)」과 「가운화환혼기(賈雲華還魂記)」 만이 『전등신화』에서 다루지 않은 작품이다. 『전등여화』는 작자 자신의 글재주와 학식을 자랑하고 싶은 욕구로 인해 옛사람들의 시사(詩詞)가 다량으로 삽입되어 있으며 분량 또한 『전등신화』의 두 배에 이른다. 『전등여화』에 대해서는 朴在淵, 「'剪燈餘話'와 낙선재본 '빙빙뎐' 연구」, 『中國小說論叢』(韓國中國小說學會, 1995), 第4輯, pp. 377~80을 참조.

아니었다"[22]고 설명하였던 것이다.

'재자가인 소설군'에 속하는 작품은 이추산인(荑秋散人)의『옥교리
(玉嬌梨)』, 적안산인(荻岸散人)의『평산냉연(平山冷燕)』『호구전(好
逑傳)』[23] 등이 있는데 이들 작품은 문언으로 된 중편 전기에 비해 한 작
품에 두 쌍의 재자가인이 등장하는 등 구조가 다각화되었으며 내용상에
있어서도 재자와 가인의 이상적인 모습을 형상화하는 데 많은 분량을
할애하고 있다. 또한 '재자가인 소설군'의 결말은 전부 대단원 구조로
되어 있는데 이 같은 비극성의 배제 현상은 당대 애정류 전기 및 명대
의「교홍기」와는 상반되는 특징일 뿐 아니라 명대 중편 전기 이후 재자
가인이라는 동일 모티프의 작품들이 공통적으로 갖는 특징이기도 하다.
그뿐 아니라 명대의 중편 전기와 청대의 '재자가인 소설군'에서는 재자
와 가인의 성적(性的) 결합에 대한 묘사가 세밀하게 수반되었는데 이
러한 상황은 당대 애정류 전기와 확연히 구별되는 특징으로 중편 전기
및 '재자가인 소설군'이 속문학적 경향을 지녔음을 입증해준다.

청대 중엽 이후 재자와 가인의 모티프를 다룬 작품들은 점차로 '협사
(狹邪) 소설'이라는 부류로 정립되어간다. '협사'란 원래 작고 구불구불
한 골목을 뜻하는 동시에 기녀(妓女)의 거처를 의미하며 따라서 '협사
소설'이란 특히 아편전쟁 이후 오어(吳語)를 사용하여 광대나 기녀를
제재로 다룬 일련의 소설들을 뜻하는 것이 된다. 루쉰은『중국소설사
략 · 제26편 청나라의 협사 소설(淸之狹邪小說)』의 첫머리에서 당대(唐
代)의 사인(士人)과 창기(娼妓)에 관해 언급하면서 진삼(陳森)의「품

---

22 魯迅,『中國小說史略 · 第20篇 明之人情小說(下)』. "至所敍述, 則大率才子佳人之事…… 功
名遇合爲之主…… 察其意旨, 每有與唐人傳奇近似者, 而又不相關, 蓋緣所述人物, 多爲才人,
故時代雖殊, 事迹輒類, 因而偶合, 非必出于傚效矣."

23『호구전(好逑傳)』의 작자에 대해서는 단지 명교중인편차(名敎中人編次)라고만 언급되어
있다.

화보감(品花寶鑒)』, 위수인(魏秀仁)의 『화월흔(花月痕)』, 유달(兪達)
의 『청루몽(靑樓夢)』 등을 협사 소설의 부류로 거론했는데 이는 협사
소설의 원류가 당대 애정류 전기 가운데 사인과 기녀의 연애를 다룬 작
품에 있음을 시사한다고 볼 수 있다.[24] 협사 소설은 청말에 이르러서는
기녀와의 이상적인 연애담보다는 실제의 이야기를 제재로 삼는 경향으
로 바뀌었으며 총 64회로 구성된 『해상화열전(海上花列傳)』은 바로 이
러한 후기 협사 소설에 속한다. 또한 청말 이후 재자가인의 모티프는
민국(民國) 초기 '언정 소설(言情小說)'로 계승되었는데 이것은 특히
상하이 일대를 중심으로 성행하였으며 '원앙호접파(鴛鴦蝴蝶派) 소설'
이라고도 일컬어졌다.[25] 대표적인 언정 소설 작품으로는 오견인(吳趼
人)의 「한해(恨海)」, 부림(符霖)의 「금해석(禽海石)」, 서침아(徐枕亞)
의 「옥리혼(玉梨魂)」 등으로 이들 작품은 남녀의 애정과 구혼인 제도
에 대한 반항을 주된 제재로 삼았다. 언정 소설의 경우는 비록 재자와
가인의 이야기를 다루었지만 당대 애정류 전기의 영향에서는 상당 부분
벗어나게 되었다. 이러한 언정 소설의 유형은 민국 이후로도 명맥이 유
지되어서 현재까지도 그 영향 관계를 형성하고 있다. 예를 들어 타이완
의 여성 작가 경요(瓊瑤)의 작품들은 재자가인의 고전적 모티프를 차
용하여 현대적인 변용을 이루어낸 작품이라 할 수 있으니 결국은 당대
애정류 전기의 현대화된 유형에 해당된다고도 볼 수 있을 것이다.

---

24 협사 소설의 원류가 당대의 사인과 기녀에 관한 일사에서 비롯되었음은 다음의 책에서도
동일하게 언급된 바 있다. 張炯·鄧紹基·樊駿 主編, 『中華文學通史』第5卷「近現代文學編」
(北京: 華藝出版社, 1997), p. 228을 참조할 것.

25 상하이상무인서관(上海商務印書館)에서 1917년 출판된 요공학(姚公鶴)의 「상하이한화(上
海閑話)」에서는 다음과 같은 언급이 실려 있다. "상하이에서 발행되는 소설은 지금 매우 성
행하고 있다. 그런데 그 내용을 살펴본즉 열에 여덟, 아홉은 남녀의 정을 다루는 작품이다
(上海發行之小說, 今極盛行. 然按其內容, 則十之八九爲言情之作)."

| 2장 |
희곡에 대한 영향

　당대 애정류 전기의 각 고사들은 당대 이후 크게 두 가지 측면으로 변화, 발전되었다. 하나는 앞서 논의한 재자가인류 소설로 변화된 것이고 또 하나는 희곡 장르의 제재로 변용된 것이다. 이러한 변화는 당대 애정류 전기가 여러 시대에 걸쳐 광범위한 계층의 애호를 받았기에 가능한 것이었다. 특히 당대 애정류 전기가 연행(演行)적 성격을 지닌 장르인 희곡에 영향을 미쳤다는 사실은 당대 애정류 전기의 고사 자체가 민중들의 관심과 동감을 끌어낼 만한 강력한 흡인력과 오락성을 지녔음을 입증하는 것이기도 하다.

　당대 애정류 전기가 후대의 희곡에 영향을 미친 양상들을 시대적으로 정리해보자면 우선 희문(戲文)과 제궁조(諸宮調)에 대한 영향 관계부터 언급할 수 있다. 그중 남송(南宋)대에 유행했던 희문 가운데 「천녀이혼(倩女離魂)」은 당대 애정류 전기인 「이혼기」에서 제재를 취한 것이고 「유의동정용녀(柳毅洞庭龍女)」는 「유의전」의 내용을 근간으로 삼은 작품인데 이들 두 작품은 일실(佚失)되어 현재 전해지지 않는다. 또한「한익장대류(韓翊章臺柳)」[26]는「유씨전」을 근원 고사로 한 작품이며「이아선(李亞仙)」[27]은「이와전」에서, 그리고「최앵앵서상기(崔鶯鶯西廂記)」[28]는「앵앵전」에서 비롯된 희문이다. 아울러「왕선객(王仙客)」[29]은「무쌍전」에서 나온 것인데 이들 작품들은『송원희문집일·집곡(宋元戲文輯佚·輯曲)』에 집록되어 전해지고 있다.

한편 제궁조의 경우「앵앵전」에서 제재를 취한 금대(金代) 동해원(董解元)의『서상기제궁조(西廂記諸宮調)』가 현전하는데[30]「앵앵전」의 고사는 제궁조와 희문 이전에 송대(宋代)의 전답(轉踏)과 고자사(鼓子詞)에서도 이미 다루어진 바 있었다. 전답은 송대에 유행했던 가무곡의 일종으로 7언8구의 시와「조소령(調笑令)」의 사(詞) 1수를 조합하여 하나의 이야기를 노래하는 형식이었다. 이러한 전답의 형식은 본격적인 내용의 전달보다는 가무를 위주로 한 것이었는데 진관(秦觀)의「조소전답(調笑轉踏)」제7수(首)와 모방(毛滂)의「조소전답」제6수(首)에는 최앵앵에 대한 노래가 인용되어 있다. 또한 조령치(趙令時)가 지은 고자사인『상조접련화(商調蝶戀花)』에서는「앵앵전」의 전체 내용을 10개의 부분으로 나누고 그 사이사이마다「접련화」사를 삽입하여 해당 내용에 대한 서정을 노래로써 총결하였다. 그런데 고자사인『상조접련화』에 이르면 삽입된 사 가운데 앵앵의 목소리가 대량으로 반영되어 당대 애정류 전기인「앵앵전」의 기본 구도와 차이를 보이기 시작하였다. 특히『상조접련화』에서는 장생(張生)과 앵앵의 이별 장면

---

26 『宋元戲文輯佚·輯曲』6支.

27 같은 책 9支.

28 같은 책 28支.

29 같은 책 5支.

30 『서상기제궁조(西廂記諸宮調)』에 대해서는 다음의 논문에서 논의된 바 있다. 金遇錫,『諸宮調 硏究──연행예술적 성격을 중심으로』(서울大學校 大學院 中語中文學科 博士論文, 1996), pp. 61~70.

이후로 모든 사의 후반부를 앵앵의 목소리를 통해 노래하였는데 앵앵의 목소리를 부각시키는 이러한 형태의 배치는 두 남녀의 애정류 전기 자체가 지니는 매력과 비극성을 대중들이 공감할 수 있도록 하기 위한 장치로 해석된다. 이 같은 『상조접련화』에서의 변화를 바탕으로 하여 『서상기제궁조』에 이르면 「앵앵전」의 본고사로부터의 환골탈태는 더욱 가속화되었다. 즉 『서상기제궁조』는 「앵앵전」과 비교하여 볼 때 결말 부분이 장생과 앵앵이 행복하게 결합되는 대단원의 구조로 바뀌었으며 편폭에 있어서도 5만여 자(字)에 이르는 장편으로 바뀌었다. 뿐만 아니라 인물의 성격 역시 변화되어 장생은 앵앵에게 시종일관 진지한 애정을 보내는 인물로 묘사되었고 앵앵 또한 당대 애정류 전기에서 나타나는 차갑고 이지적인 성격에서 순애적이고 순종형의 성격으로 바뀌어 표현되었다. 아울러 당대 애정류 전기에서는 두드러지지 않았던 앵앵의 몸종 홍낭(紅娘)의 형상이 조력자로서 크게 부각되었으며 앵앵과 장생의 결합을 음해하는 방해자까지도 등장하여 이전에 비해 훨씬 다각적인 구도를 이루었다. 제궁조에서 일어난 이와 같은 변화는 원대(元代) 왕실보(王實甫)의 잡극(雜劇)인 『서상기(西廂記)』에서 그대로 계승되었다.[31] 형식면에서 『서상기』는 『서상기제궁조』에서의 우연적이고 돌발적인 사건 묘사가 대폭 줄어드는 대신 사건과 사건의 인과관계에 따른 필연성이 강화되었다. 또한 인물의 성격 면에 있어서도 제궁조에서는 이상적이고 완벽한 형상의 인물로 묘사된 것에 비해 잡극에서는 다소 해학성을 지닌 현실적 인물로 그려지게 되었다.

---

31 김우석(金遇錫)은 앞의 논문에서 원대(元代) 잡극(雜劇) 『서상기(西廂記)』가 누리는 희곡 사적인 지위는 대부분 『서상기제궁조』에 돌려져야 된다고 언급한 바 있다. 또한 『서상기제궁조』와 『서상기』의 차이는 이야기 내용에 있어서의 발전이나 변화가 아니라 단지 공연 방식의 변화일 뿐이라고도 논술하였다. 이에 대해서는 金遇錫, 앞의 논문, pp. 67~68을 참조할 것.

이밖에도 원대 잡극에서는 「앵앵전」이외에 「이혼기」「유씨전」「유의
전」「장한가전」「이와전」등의 제재를 차용하였는데 당대 애정류 전기
와 원대 잡극 간의 변이된 상황을 표로 정리하면 다음과 같다.

〈표 11〉당대 애정류 전기와 원대(元代) 잡극(雜劇)의 변이 양상

당대 애정류 전기	원대(元代) 잡극(雜劇)	현전 여부	비　고
이혼기	정광조(鄭光祖)의 『천녀이혼(倩女離魂)』	○	왕주(王宙)가 왕문거(王文擧)로 바뀜, 장원급제함.
유씨전	교길(喬吉)의 『이태백필배금전기(李太白匹配金錢記)』	○	한익(韓翊)이 장원급제, 금전(金錢)이 남녀 주인공을 매개함
유의전	상중현(尙仲賢)의 『동정호유의전서(洞庭湖柳毅傳書)』	○	
장한가전	백박(白樸)의 『오동우(梧桐雨)』	○	
앵앵전	왕실보(王實甫)의 『서상기(西廂記)』	○	장생(張生)이 장군서(張君瑞)로 바뀜, 장원급제함. 대단원 결말 구조.
이와전	석군보(石君寶)의 『곡강지(曲江池)』	○	
손 각	정정옥(鄭廷玉)의 『손각우선(孫恪遇仙)』	×	
설 소	유천석(庾天錫)의 『설소오입난창궁(薛昭誤入蘭昌宮)』	×	
배 항	유천석(庾天錫)의 『배항우운영(裴航遇雲英)』	×	

봉 척	유천석(庚天錫)의 『봉척선 생매상원(封陟先生罵上 元)』, 양문규(楊文奎)의 『봉척우상원(封陟遇上元)』	×	

* 비고: ○는 현전되는 작품이고 ×는 망일된 작품에 해당한다.

이와 같은 당대 애정류 전기의 영향은 원대의 잡극에만 한정된 것이
아니었다. 그것은 명대(明代)와 청대(淸代)의 희곡에도 영향을 끼쳤는
데 그 대략적인 상황은 아래와 같다.

〈표 12〉당대 애정류 전기와 명·청대 희곡의 변이 양상

당대 애정류 전기	명대 희곡	청대 희곡
유씨전	매정조(梅鼎祚)의 전기 『옥합기(玉合記)』	장국수(張國壽)의 『장대류(章臺柳)』
유의전	허자창(許自昌)의 전기 『귤포기(橘浦記)』	이어(李漁)의 전기 『신중루(蜃中樓)』
곽소옥전	탕현조(湯顯祖)의 전기 『자서기(紫叙記)』	
이와전	설근곤(薛近袞)의 전기 『수유기(繡襦記)』	
장한가전		홍승(洪昇)의 전기 『장생전(長生殿)』
앵앵전		사계좌(査繼佐)의 『속서상 (續西廂)』, 정단(程端)의 『서상인(西廂印)』
무쌍전	육채(陸采)의 전기 『명주기(明珠記)』	이어(李漁)의 전기 『명주기(明珠記)』
정덕린	심경(沈璟)의 전기 『홍거기(紅蕖記)』	

배 항	용응(龍膺)의 전기『남교기(藍橋記)』, 양지형(楊之炯)의 전기『옥저기(玉杵記)』	황조삼(黃兆森)의 잡극(雜劇)『배항우선(裵航遇仙)』
장무파	양정(楊珽)의 전기『용고기(龍膏記)』	

　　표에 나타나는 바와 같이 명대와 청대의 희곡들 역시 당대 애정류 전기와 계승적인 관계를 형성하였는데 이들 희곡 작품들은 단순히 제재적 측면에서 당대 애정류 전기를 수용한 것에서 벗어나 희극적 성격에 맞추어 과감히 개편하는 경향을 나타내었다.[32] 즉 관객의 흥미를 유발시키기 위해 당대 애정류 전기에서는 단순히 처리되었거나 거의 없었던 갈등 구조를 희곡에서는 중점적으로 심화시키며 아울러 전체 사건 가운데서도 남녀 주인공의 애정 행각을 집중적으로 묘사하였다. 또한 당대 전기에는 없었던 '희안(戲眼)'을 삽입하여 흥미를 배가시켰다. '희안'은 작품의 전개에 중요한 역할을 하는 사물을 말하는 것으로 정국부는『당대 소설 선변 연구』[33]에서 원·명·청의 희곡에 나타난 '희안'을 다음과 같이 정리하였다.

〈표 13〉 희곡에 나타난 희안(戲眼)

당대 애정류 전기	원대·명대·청대 희곡	희 안
유씨전	교길(喬吉),『이태백필배금전기(李太白匹配金錢記)』, 매정조(梅鼎祚),『옥합기(玉合記)』	금전(金錢), 옥합(玉合)

32 애정류 전기가 희극 구조로 바뀌는 양상에 대해서는 金洛喆,「唐 傳奇 愛情小說의 構造 研究」(成均館大學校 大學院 中語中文學科 博士論文, 1997), pp. 219~32에서 다루어졌다.
33 程國賦, 앞의 책, pp. 311~13.

곽소옥전	탕현조(湯顯祖), 『자소기(紫簫記)』·『자서기(紫叙記)』	자소(紫簫), 자서(紫叙)
장한가전	홍승(洪昇), 『장생전(長生殿)』	금채(金釵), 전합(鈿盒)
무쌍전	육채(陸采), 『명주기(明珠記)』	명주(明珠)
『속현괴록·정혼점』	이옥(李玉), 『태평전(太平錢)』	태평전(太平錢)
『전기·손각』	진흔(陳烺), 『선연기(仙緣記)』·『벽옥환(碧玉環)』	벽옥(碧玉)
『전기·장무파』	양정(楊珽), 『용고기(龍膏記)』	난금합(暖金合)

'희안'은 줄거리가 전개되는 데 중요한 역할을 하기도 하며 작품의 내용을 암시하는 상징적 작용을 하기도 한다. 특히 '희안'은 남녀 주인공 간의 '신물(信物),' 즉 애정, 언약의 징표로 당대 애정류 전기에서는 특별히 대두되지 않던 사항이다.[34]

한편 결말 구조에 있어서도 비극적 결말에서 대단원의 결말 구조로 전환되었는데 이는 속문학적 성격을 지닌 희곡 장르에서 비극보다는 행복한 결말을 선호하는 대중의 심리를 반영했기 때문이었다.

---

34 '희안(戲眼)'의 등장은 전기와 같은 읽을거리에서보다는 관객에게 보이기 위한 희곡에서 더욱 기능적으로 작용한다. 즉 관객은 직접 자신들에게 나타나는 물건을 통해 이야기의 전개를 보다 명료하게 파악할 수 있게 된다. 따라서 '희안'의 설정은 무대 상연을 전제로 하는 희곡적인 개편 특성이라고 규정할 수 있다.

3장

동아시아 각국의 애정류 전기[35]

주지하다시피 당대(唐代)는 중국적인 문화 형성에 있어서 중대한 분기점이 되는 시기라 할 수 있다. 특히 개방적이고 국제적인 당대의 시대적 특성은 당 왕조가 고대 동아시아의 문화적 중심국이 되도록 하여 당 문화가 해외로 전파되는 데 촉매 역할을 하였다.[36] 이 시기 당과 삼국의 문화 교류는 상당히 활발하였다. 그래서 오늘날까지도 우리의 자생적인 것과 구별되는 중국의 문화를 지칭할 때 '당(唐)'이라는 첨가어가 부가되는 경우를 상당수 발견하게 된다. 예를 들어 중국에서 인쇄된 책은 시대와 상관없이 당서(唐書)라고 부른다거나 중국제 비단실을 당사(唐絲)라고 지칭하는 점, 그리고 중국에서 만든 부채를 당선(唐扇)으로 호칭하며 중국에서 수입된 궁정음악은 당악(唐樂), 궁정예복은

---

35 3장의 내용은 학위 논문 취득 이후 발표된 학술 논문에 근간하였다. 졸고, 「동아시아 愛情類 傳奇의 탐색 : 환상과 여성에 주목하여」, 『中國語文論叢』(中國語文硏究會, 第28輯, 2005. 6.)

36 趙文潤 主編, 『隋唐文化史』(西安: 陝西師範大學出版社, 1992), pp. 375~91는 당 문화가 고대 아시아 각국의 문화에 끼친 영향에 대해 고찰하고 있다.

당의(唐衣)라고 일컫는 것, 당나라와의 교역이 이루어지던 곳인 당진 (唐津)이라는 지명 등을 통해 당 문화와 우리 고대 문화 사이의 밀접한 영향 관계를 유추할 수 있으며 '당(唐)'이 중국을 지칭하는 폭넓은 의미로 사용되었음을 알 수 있다.

당 문화는 우리 고대 문화 가운데서도 신라의 문화와 긴밀한 관계를 형성하였다. 이는 신라가 당 왕조의 도움을 받아 삼국을 통일한 정치적인 측면에 기인한 것이기도 하다. 신라는 당 왕조와 빈번하게 사신과 문물을 교류했을 뿐 아니라 수많은 유학생 및 승려들을 당에 파견하였는데 이러한 상황 속에서 당대의 전적(典籍)과 문학작품은 신라로 전파되었으며 당대의 전기 작품 역시 신라에 유입되었을 것으로 추정된다. 전기 작품들이 신라에 전입되었다는 확실한 역사적 기록은 현전하지 않는다. 그렇지만 규장각에 중국 목판본인『선실지(宣室志)』『독이지(獨異志)』등의 전기집이 소장돼 있을 뿐 아니라『조선왕조실록·성종실록』의「성종24년」에 단성식(段成式)의『유양잡조(酉陽雜俎)』에 대해 언급된 점, 그리고『당서(唐書)』에「유선굴」이 신라로 유입되었다고 기록되어 있는 점 등으로 미루어 볼 때 당대 전기 작품들은 신라 시대에 이미 상당수 수입되었을 것으로 생각된다.[37]

이와 같은 당대 전기의 영향 속에서 신라 때 최치원이 지은 것으로 전해지는『신라수이전·쌍녀분기(新羅殊異傳·雙女墳記)』는 그 창작 의식 면에 있어서 당나라의 애정류 전기와 직접적인 계승 관계에 있다.[38] 최치원은 신라 사람으로 12세에 당에 건너와 건부(乾符) 원년(元年,

---

37 이 점과 관해서는 閔寬東,「朝鮮時代 中國古典小說의 出版樣相」,『中國小說論叢』(韓國中國 小說學會, 2000), 第11輯, pp. 64~65와「中國古典小說 國內受容」,『中國小說論叢』(韓國 中國小說學會, 2001), 第14輯, pp. 246에 면밀하게 검토되어 있다.
38 이검국은 최치원의「쌍녀분기」를 당대 전기의 신라판, 혹은 당대 전기의 신라 지류(支流)로 규정한 바 있다. 이에 대해서는 李劍國, 崔桓 옮김,「唐代小說이 韓國 初期小說에 끼친 영

874년)에 진사(進士)에 급제하였으며 중화(中和) 원년(元年, 881년)에는 회남절도사(淮南節度使) 고변(高騈)의 순관(巡官)이 되었다.[39] 그런데 회남절도사 고변이란 인물은 일찍부터 신선과 복약(服藥)에 대한 애호가 깊어서 자연히 그의 주위에는 도교에 관심 있는 막료(幕僚)들이 몰려들었는데[40] 고변의 휘하에는『전기』의 작자인 배형이 회남절도부사로 있었으며『궐사(闕史)』의 작자인 고언휴(高彦休) 또한 최치원과 동급인 막료로 있었다. 따라서 최치원은 고변의 막하에 있는 동안 배형의『전기』와 고언휴의『궐사』에 서술된 신선, 귀신 등의 분위기를 저절로 체득했을 것이며 이는 훗날 최치원이「쌍녀분기」를 창작하는 데 원동력으로 작용했을 것이다.[41]

「쌍녀분기」[42]는 망혼(亡魂)인 두 여성과 인간인 남성, 즉 '나'로 호칭되는 최치원 자신과의 연애를 기술한 작품으로 전형적인 애정류 전기의 이류상애 유형에 속한다. 이 작품은 최치원이 율수현위(溧水縣尉)로 있던 시절 경험했던 사건을 근거로 창작된 것인데 작품의 곳곳에는 동시대의 당대 애정류 전기, 특히「유선굴」로부터 섭취한 요소들이 산재되어 있다. 예를 들어「쌍녀분기」의 첫머리에 등장하는 외지고 한적한 공간적 배경에 대한 묘사는「유선굴」과 유사하다. 또한「쌍녀분기」와「유선굴」모두 남성 주인공이 여성 주인공을 만나기 전에 중개자를 먼

향」,『中國小說硏究會報』(韓國中國小說學會, 1996, 6), 第26號, pp. 12~15를 참조할 것.

39 이때 황소(黃巢)의 난이 일어나서 광주(廣州)까지 함락되는 지경에 이르게 되자 최치원은 고변의 휘하에서「토황소격문(討黃巢檄文)」을 지어 난을 평정하는 공을 세운 바 있다.

40 고변(高騈)의 신선술과 도교에 대한 탐닉, 심취에 대해서는 졸고(拙稿),「裴鉶『傳奇』에 대한 試論 및 譯註」(梨花女子大學校 中語中文學科 碩士論文, 1996), pp. 7~9에서 논구한 바 있다.

41 번진(藩鎭)이 전기의 창작에 끼친 영향에 대해서는 이미 이 책의 1부 3장에서 논의하였다.

42 「쌍녀분기(雙女墳記)」의 원문 및 우리말 번역은 李劍國·崔桓,『新羅殊異傳 輯校와 譯註』(영남대학교출판부, 1998)를 참조하였다.

저 만나게 되고 남녀 주인공이 만난 뒤에 서로 시를 통해 감정을 표현하는 것 역시 친연성을 지니고 있다. 게다가 두 작품에서는 공통적으로 여성 주인공과의 동침 과정이 묘사되어 있고 문체에 있어서도 고문체(古文體)가 아닌 변려체(駢麗體)로 기술되어 있다.[43]

「쌍녀분기」에 사용된 전고(典故)를 보면 당나라의 애정류 전기인 「임씨전」과 연관된 대목이 나타난다. 즉 여주인공 구낭(九娘)이 지은 시에 "임희(任姬)처럼 애교 부리는 것을 배우지 않았다네"[44]라는 대목이 나오는데 여기에서의 '임희'란 심기제의 「임씨전」에 등장하는 여성 주인공을 말하는 것이다. 그뿐 아니라 「쌍녀분기」에는 「임씨전」 이외에도 『산해경』[45]과 송옥의 「고당부」, 조식의 「낙신부」[46] 및 육조(六朝)의 지괴(志怪)인 『열선전(列仙傳)』,[47] 『수신기』,[48] 『유명록』[49] 관련 전고와 당대 필기(筆記)인 이용(李冗)의 『독이지(獨異志)』와 맹계(孟棨)의 『본사시(本事詩)』[50]에서 차용한 구절들이 눈에 띄는데 이를 통해 볼 때 최

---

43 「쌍녀분기」와 「유선굴」의 비교에 대해서는 車溶柱, 「雙女墳說話와 遊仙窟과의 比較研究」, 『語文論集』(고려대학교, 1982), 第23輯을 참조하였다.

44 崔致遠, 「雙女墳記」. "不學任姬愛媚人."

45 최치원이 취금(翠襟)에게 건네준 시에 나오는 청조(靑鳥)란 『산해경 · 서산경(山海經 · 西山經)』에 등장하는 파랑새로 서왕모를 위해 음식을 취해 오거나 편지를 전하는 신조(神鳥)이다.

46 「쌍녀분기」에는 최치원이 지은 시 가운데 다음과 같은 구절에서 「고당부」와 「낙신부」의 내용을 차용하고 있다. "외로운 관사에서 운우의 만남을 가질 수 있다면 그대와 더불어 낙신부를 이어 부르리(孤館若逢雲雨會, 與君繼賦洛川神)."

47 구낭이 지은 시에는 『열선전 · 소사(列仙傳 · 蕭史)』와 관련된 다음과 같은 대목이 있다. "매번 진목공의 딸 농옥(弄玉)처럼 인간 세상을 포기하려 하였네(每希秦女能抛俗)."

48 천보(干寶)의 『수신기(搜神記)』 권16에 기재된 노충(盧充)과 망혼(亡魂)의 만남은 최치원이 두 낭자에게 "노충이 사냥하다가 갑자기 좋은 인연을 만나게 되다(盧充逐獵, 忽遇良姻)"라고 언급하는 대목에서 전고로 사용된 것이다.

49 『유명록』과 관련된 전고 역시 최치원이 두 낭자를 유혹하며 "완조가 신선을 찾아갔다가 좋은 인연을 만났다(阮肇尋仙, 得逢嘉配)"고 하는 구절에서 사용되었다.

50 두 낭자가 최치원과 동침한 뒤 헤어짐을 슬퍼하며 "갑자기 파경하여 만날 기약 없음을 한탄

치원은 중국 고대의 신화서와 지괴, 전기 작품을 이미 널리 탐독하여 「쌍녀분기」의 창작에 반영했음을 알 수 있다.

당대 애정류 전기에서 즐겨 다루었던 망혼과의 연애는 신라 때의 「쌍녀분기」 이후로도 한국 고전소설의 제재로 계속 차용되었다. 고려 때 최자(崔滋)가 지은 『보한집(補閑集)』에는 인간인 남성과 망혼과의 교합에 대한 이야기가 수록되어 있는데 이것 역시 당대 애정류 전기 가운데 이류상애 유형의 연장으로 파악된다. 또한 조선의 김시습(金時習)의 『금오신화(金鰲新話)』는 그 연원이 명대(明代)의 구우(瞿佑)가 지은 『전등신화(剪燈新話)』에 있었고 『전등신화』는 당대 전기의 전통과 정신을 계승한 것임을 상기했을 때 『금오신화』에 기록된 환상적인 연애담은 당대 애정류 전기와의 영향 관계 속에서 형성된 것이었다.[51] 『전등신화』의 확실한 조선 전래 시기에 대해서는 불분명하지만 학자들 간에는 대략 1421년부터 1443년 사이로 추정하고 있다. 그 이유는 김시습이 「제전등신화후(題剪燈新話後)」를 지었음에 비추어 볼 때 그가 『금오신화』를 짓기 전에 『전등신화』를 읽었음이 당연하고 또한 『전등신화』의 모방작인 『전등여화(剪燈餘話)』가 1443년에 주석한 「용비어천가(龍飛御天歌)」의 내용 중에 포함되어 있기 때문이다. 따라서 『전등신화』는 적어도 1443년 이전에 조선에 전래된 것으로 판단된다.[52] 『금오신화』의

합니다(遠嗟破鏡之無期)"고 한 부분은 이용의 『독이지』와 맹계의 『본사시·정감(本事詩·情感)』에 나오는 부분이다. 앞의 전적에 따르면 '파경'이란 진(陳)나라 태자사인(太子舍人)이었던 서덕언(徐德言)과 그의 아내인 낙창공주(樂昌公主)가 헤어지면서 거울을 깨뜨려 각기 반쪽씩 가지고 가서 후에 만났을 때 징표로 삼았다는 이야기로 설명되었다.

51 『금오신화』가 당대(唐代) 애정류 전기 및 명대(明代) 전기인 『전등신화』의 영향 아래 창작된 점에 대해서는 김태준, 『조선소설사』(서울: 도서출판예문, 1989), pp. 47~54에 자세히 언급되어 있다.

52 이에 대해서는 李學周, 「東아시아 傳奇小說의 淵源과 傳播」, 『東方文學比較研究會 제92차 학술발표회 논문 초록집』(2000. 2)을 참조.

작자 김시습은 세조의 왕위 승계 방식에 동의하지 못하고 세칭 생육신(生六臣)의 한 사람으로 정치적 현실에 불만을 지닌 사람이었다. 그는 『금오신화』의 애정류 전기들을 통해 단종을 향한 자신의 절의를 나타내고자 하였다. 「만복사의 저포놀이(萬福寺樗蒲記)」「이생이 담 너머를 엿보다(李生窺墻傳)」에서 외적에 저항하다 목숨을 잃은 여성 주인공, 「부벽정에서 술에 취해 노닐다(醉遊浮碧亭記)」에서 정절을 지키다가 선녀가 된 여성 주인공의 모습은 다름 아닌 김시습 자신의 모습이라 할 수 있다. 이들 작품에서 보이듯 조선의 애정류 전기에서는 여성의 정절에 대한 부분이 서사의 중요한 한 축으로 작동된다. 이는 작자 김시습이 여성의 수절을 자신의 상황을 피력하기 위한 서사 장치로 사용했음과 동시에 성리학의 지배 아래에 있던 조선에서 여성의 정절 문제가 매우 중대한 이데올로기였음을 의미한다. 즉 조선 사회는 중국의 당대, 혹은 명대보다 훨씬 더 남성 중심적인 질서를 구현했다는 것이다. 그러므로 『금오신화』 속의 애정류 전기들은 여타 동아시아 애정류 전기들에 비해 알레고리적 경향이 농후하다. 일찍이 조선 시대 김안로(金安老)가 『금오신화』에 대해 "기이한 사건을 서술하는 가운데 속뜻을 두었다(述異寓意)"는 한마디로 평하였듯이 『금오신화』의 애정류 전기는 중층적인 차원의 해석이 요구된다.

당나라의 애정류 전기에 영향을 받아 지어진 『전등신화』는 일본으로도 전파되어 1666년에 아사이 료이(淺井了意)가 『오토기보코(伽婢子)』를 창작하는 데 원동력이 되었다. 이 과정에서 특기할 점은 『오토기보코』가 쓰여지는 데 조선의 『금오신화』와 중국 『전등신화』의 주석서인 『전등신화구해(剪燈新話句解)』가 결정적인 역할을 하였다는 점이다. 특히 일본 전기의 성립 과정에 중국의 『전등신화』보다 오히려 조선에서 만들어진 주석서인 『전등신화구해』의 영향이 더욱 컸다는 사실이

『오토기보코·모란등롱』의 한 장면 : 남자가 해골을 미녀로 알고 담소를 나누고 있다.

상당히 흥미롭다. 이는 『전등신화구해』가 단순한 주석서의 차원을 넘어 작품 세계를 이해할 수 있는 다양한 자료를 제공해주었다는 의미이기도 하다.[53] 이 책은 조선 명종 때 윤춘년(尹春年), 임기(林芑)에 의해 쓰여진 책이다. 그중 윤춘년은 평소 김시습을 조선의 공자로 추앙할 정도로 그를 깊이 존경한 사람이었다. 따라서 윤춘년은 김시습이 성리학뿐 아니라 도교 및 불교에 대해 삼교융합(三教融合)적 태도를 견지한 점을 추숭하였고 그러한 바탕 위에서 『금오신화』의 조선 간본(刊本) 또한 편찬하였다.[54] 이렇듯 윤춘년에 의해 편찬된 『금오신화』 및 『전등신화구해』는 일본으로 유입되어 전례 없는 인기를 누리게 되었다. 그리고 이들 책을 바탕으로 아사이 료이는 『오토기보코』라는 번안물을 출간하였다. 『오토기보코』의 작자인 아사이 료이는 무사 계급 출신의 승려로 『금오신화』에서 피력한 삼교일치 사상을 적극 수용하였다. 『오토기보코』 가운데 「유녀 미야기노(遊女宮木野)」「진홍색 띠(眞紅擊帶)」「모란등롱(牡丹燈籠)」「노래로 맺은 인연(歌を媒として契る)」「금각사 유령과 맺은 인연(金閣寺の幽靈に契る)」이 애정류 전기를 다룬 작품으로 분류될 수 있는데, 각각 「유녀 미야기노」는 『전등신화』의 「애경전」, 「진홍색 띠」는 「금봉차기」, 「모란등롱」은 「모란등기」, 그리고 「금각사 유령과 맺은 인연」은 「등목취유취경원기(騰穆醉遊聚景園記)」의 번안작이다. 또한 「노래로 맺은 인연」은 『금오신화』의 「이생규장전(李生窺墻

---

53 『전등신화구해(剪燈新話句解)』가 일본 근세 작품에 미친 영향에 대해서는 黃昭淵, 「일본문학과『剪燈新話』『金鰲新話』」, 『동방문학비교회연구 제92차 학술발표회 논문초록집』(2000. 2)을 참조.

54 윤춘년이 편집한 『금오신화』의 조선 간본은 1996년 고려대학교 최용철 교수에 의해서 중국 따렌도서관(大連圖書館)에서 처음으로 확인, 발굴되었는데 이는 민족문화사뿐 아니라 동아시아 문화 연구의 중대한 성취라 할 수 있다. 이와 관련해서는 다음의 자료를 참조. 「금오신화 조선 간본의 발굴과 그 의의」, 『中國小說研究會報』(제39호, 1999. 9).

傳)」을 번안한 것으로 명대『전등신화』에서 발원한 의미 공간이 한, 중, 일에 공유되고 재창조됨을 여기에서 재차 확인할 수 있다. 일본의 전기 작가인 아사이 료이는『전등신화』및『금오신화』에서 묘사해낸 남녀의 애정 이야기를 좀더 통속적이고 자유로운 시각으로 바라본다. 이는 당시 일본 사회가 유교, 즉 성리학의 이데올로기에서 보다 자유로웠기 때문이다. 일본은 전통적 신앙과 불교의 토대 위에서 성립된 고유의 사유방식으로 남녀의 애정 이야기에 관대한 시선을 보낸다. 따라서 일본의『오토기보코』에는 정절을 지키기 위해 죽음을 불사하는 식의 구성이『금오신화』의「이생규장전」을 번안한「노래로 맺은 인연」정도에서 보일 뿐, 명대의『전등신화』나 조선의『금오신화』에 비해 많지 않은 편이다. 또한 작자 아사이 료이는『오토기보코』에 삽화를 수록하여 독자의 이해를 도왔다. 그 결과『오토기보코』의 독자층은 문인층에서 더욱 확대되어 일반 부녀자나 문자를 해득하는 백성들로 넓혀졌다. 이는『전등신화』『금오신화』등의 전기 작품이 문인 식자층의 향유물이었음과 대비되는, 일본 전기 작품의 변별점이라고 할 수 있다.

당대 애정류 전기의 또 다른 계승자는 베트남의 애정류 전기이다. 베트남의 경우 중국과 처음 직접적인 관계를 맺게 된 것은 기원전 3세기 말 한 무제(漢武帝)에 의해 무력 정복을 당하면서부터이다. 이 시기로부터 1,000년 동안 베트남은 중국의 영향 아래 있었고 한자 문화 또한 이때 베트남에 전파되었다. 하지만 유교 문화가 베트남에 본격적으로 자리 잡게 된 것은 오히려 15세기에 들어서부터였다. 15세기 베트남의 레(黎) 왕조는 명(明)나라의 지배를 물리치고 독립 국가를 세운 뒤 유교를 국교로 삼아 유교 이념을 통치의 근본 원리로 삼았다. 또한 유교 문화를 적극적으로 수용하기 위해 명나라와의 관계를 단절시키지 않고 문물 교류를 적극적으로 지속시키는 정책을 폈다.[55] 따라서 이러한 상황 속에서 『전등신화』역시 자연스럽게 베트남에 전파되었을 것으로 추정된다. 그리고 16세기 초에 들어서면 베트남의 전기 문학인 완서(阮嶼)의 『전기만록(傳奇漫錄)』이 창작되기에 이른다. 『전기만록』서문에는 "이 책의 문체와 내용이 구우(瞿佑)의 울타리 안에 있다"[56]고 서술되어 있다. 그러므로 이를 통해 볼 때 베트남의 전기 작품인 『전기만록』은 『전등신화』의 영향으로 창작되었음은 분명하다. 뿐만 아니라 내용에서도 『전기만록』에는 『전등신화』와 유사한 내용이 상당수 수록되어 있다. 「목면수전(木綿樹傳)」「서원기우기(西垣奇遇記)」「창강요괴록(昌江妖怪錄)」은 『전등신화』의 「모란등기(牧丹燈記)」와 구성이 비슷하고 「여낭전(麗娘傳)」은 「취취전」「금봉차기」「추향정기」와 연관된다. 「용정대송록(龍庭對訟錄)」 또한 「영주야묘기(永州野廟記)」와 영향 관계를 갖는다. 『전기만록』의 작가 완서는 과거시험에 합격하여 관직을 제수받은 문인으로 그의 사상은 기본적으로 유교에 근본을 두고 있다. 하선한(何善漢)에 의해 작성된 『전기만록』의 서문에 따르면 이 책은 "세상을 경계하고 세상의 잘못을 바로잡기에 교화에 보탬이 된다"[57]고 하였듯이 『전기만록』의 내용은 대부분 유교 덕목과 관련을 맺고 있다. 특히 애정류 작품에 있어서는 여성의 절의를 높이 칭송하였으며 한 남성에 대한 여성의 절의를 나라에 대한 애국과 충성으로 비유하였다. 또한 『전기만록』에 수록된 작품에는 작가의 주관적인 평가를 서술한 의론문(議論文)이 첨부되어 있다. 이와 같은 의론문은 당대(唐代) 전기에서 흔히 사용되던 수법으로 작자의 이데올로기를 내재화하여 독자로 하

---

55 베트남의 역사에 대해서는 다음 책을 참조. 유인선, 『새로 쓴 베트남의 역사』(서울: 이산, 2002).
56 완서, 박희병 옮김, 『베트남의 기이한 옛이야기: 傳奇漫錄』「서(序)」(서울: 돌베개, 2000). "이 책의 문체와 내용이 구우의 울타리 안에 있다(觀其文辭, 不出宗吉藩籬之外)."
57 『傳奇漫錄 · 序文』. "然有警戒者, 有規箴者, 其觀於世教, 豈小補云!"

여금 작자의 생각에 동의하게끔 하는 데 목적이 있다. 특히 당대 애정류 전기 작품에 부가된 의론문에서는 거의 예외 없이 여성의 정절을 높이 평가하였는데 이는 작자 완서의 성향이 『전등신화』 및 『금오신화』의 작자의 성향과 기본적으로 일치했음을 뜻한다.

한편 당대 애정류 전기 가운데 「이와전」은 17세기에 이르러 조선에서 「왕경룡전(王慶龍傳)」[58]이라는 한글 소설 작품으로 개작되었는데 「이와전」에는 없던 악인형(惡人型) 적대자가 새롭게 첨가되었으며 원작에 비해 여주인공의 정절이 부각되는 형식으로 내용이 바뀌는 등 조선의 사회문화적 토양에 알맞은 형태로 변용되었다.[59] 뿐만 아니라 당대 애정류 전기의 계승자격인 명·청대의 재자가인 소설들 또한 조선에 대량으로 번역, 소개되었으며[60] 이에 자극 받아 『홍백화전(紅白花傳)』 등의 작품이 창작되기도 하였다.[61]

58 이에 대해서는 다음과 같은 학위 논문이 있다. 宋河俊,「'王慶龍傳' 研究」(高麗大學校 大學院 國語國文學科 碩士論文, 1998).

59 권도경,「17세기 애정류 전기소설에 나타난 정절관념의 강화와 그 의미」,『한국고전여성문학연구』(한국고전여성문학회, 2000), 제2집, pp. 269~98.

60 이 시기에 조선에 유입되어 한글 번역된 중국 재자가인 소설로는 『평산냉연(平山冷燕)』『성풍류(醒風流)』『쾌심편(快心編)』『인봉소(引鳳簫)』『설월매(雪月梅)』 등을 거론할 수 있다. 이와 관련한 사항은 閔寬東,「朝鮮時代 中國古典小說의 出版樣相」『中國小說論叢』(韓國中國小說學會, 2000), 第11輯을 참조할 것.

61 崔琇景,「淸代 才子佳人小說의 硏究」(高麗大學校 大學院 中語中文學科 博士論文, 2001), pp. 258~76에서는 『홍백화전(紅白花傳)』에 대해 논급하고 있다.

4장

서양 중세 로망스와의 비교[62]

1. 당대 애정류 전기와 서양 중세 로망스의 비교

서양 중세 로망스[63]의 전형적 전개 방식은 씩씩한 기사, 혹은 왕자가 온갖 난관을 뚫고 아름다운 여성을 위험으로부터 구해내고 그 여성과 결합하거나 또는 합당한 보상을 받는다는 것이다. 그 과정에서 마법, 요괴, 변신 등의 모티프가 반복적으로 나타난다. 그런데 이 같은 중세의 애정류 전기를 당대 애정류 전기와 비교하면 몇 가지 유사한 점이 드러난다. 로망스의 남성 주인공이 기독교 신자인 기사임에 비해 애정류 전기의 남성 주인공은 유교를 공부하는 젊은 사인(士人)이다. 이들 남성 주인공은 모두 자신의 시대의 이데올로기를 수행하는 계층이다.

---

62 4장의 내용은 학위 논문 취득 이후 발표된 학술 논문에 근간하였다. 졸고, 「동서양 중세 애정서사의 탐색: 환상, 욕망, 이데올로기의 비교학적 분석」, 『中國語文學論叢』(中國語文學研究會, 第34號집, 2005. 10.)

63 이 책 3부 주 3 참조.

로망스의 남성 주인공은 영주의 부인과의 사랑을 꿈꾸고 애정류 전기의 남성 주인공은 신녀(神女)나 선녀(仙女)와의 결합을 추구한다. 또한 주술, 이상향, 연금술 등의 환상적 모티프는 당나라와 서양의 애정서사에 매우 반복적으로 사용된다.

그런데 당대 애정류 전기와 서양 중세의 로망스라는 동서양 중세 애정서사를 동일한 위상에서 고찰하기 위해서는 우선 이들 서사 사이에 존재하는 비교 가능한 친연성을 파악하는 것이 선행되어야 한다. 물론 서구의 문화 전통 속에서 생성된 로망스와 동양적 토양에서 자라난 당나라의 애정류 전기를 일대일로 비교하는 데는 무리가 뒤따를 수도 있다. 하지만 당대 전기와 로망스를 비교하는 것이 중국 서사학상 전혀 생소한 것은 아니다. 이미 청말(淸末) 서구 소설이 중국에 번역, 소개되는 과정에서 중국의 번역가들은 서구의 로망스가 중국의 당대 전기에 해당된다고 상정한 바 있었다. 뿐만 아니라 서구에서는 애드킨스Curitis P. Adkins가 자신의 박사 논문인 『당 전기의 초자연성 *The Supernatural in T'ang Ch'uan-ch'i Tales: An Archetypal View*』〔Ohio University (Ph. D.), 1976〕에서 로망스의 원리에 입각하여 당대 전기에 대한 연구를 개진하였고, 국내에서는 정재서가 『불사(不死)의 신화와 사상』[64]에서 중국 위진(魏晉) 시기의 신선설화를 분석하는 방법으로 로망스적 구조 분석을 원용(援用)한 선행 연구가 있었다. 시기적으로 볼 때 당대의 전기가 존재했던 시기는 618년에서 907년에 걸쳐 있으며 그중 특히 애정류 전기가 성행한 시기는 660년에서 870년 정도로 추정된다. 이에 비해 서양의 중세는 500년에서부터 1500년에 걸쳐 널리 퍼져 있으며 그 가운데서도 로망스가 출현한 시기는 중세 후기로 분류되는 12

---

64 鄭在書, 『不死의 신화와 사상』(서울: 민음사, 1994).

세기, 13세기이므로 로망스와 당대의 전기가 시기적으로 정확히 일치하지는 않는다. 그러나 이 두 가지 양식이 모두 리얼리즘과는 대조적인 방향으로 이야기 자체의 이상화를 꾀한다는 점에서 공통성을 지니고 있음은 분명하다. 이들 서사에 등장하는 인물은 한결같이 이상화, 전형화된 인물이며 구성에 있어서는 현실의 반영, 정확한 인과율의 법칙을 비껴간다. 노드롭 프라이는 로망스는 전위(轉位)되지 않은 신화와 리얼리즘의 중간적 경향을 지니며 거기에는 인간 내면에 감추어진 원초적 열정과 욕망이 그려져 있다고 하였다. 이에 비해 당대 애정류 전기는 우연성에 근간한 서사의 구성, 인물의 전형화 및 이상화, 신화적 모티프의 반복을 중심으로 한다. 따라서 서양의 로망스와 동양의 애정류 전기를 비교하여 논의할 수 있는 가능성은 충분하다.

당대 애정류 전기의 작자는 사인 계층으로 이들은 유교적 학문과 소양을 갖춘 지식인 집단에 속한다. 전기는 사인 계층 사이에서 창작되고 읽혀진 서사로 일종의 권력 서사[65]적인 성향을 지닌다. 여기에서의 권력 서사란 곧 당대의 권력층 전체의 욕망이 투사된 서사를 말한다. 바꾸어 말하자면 전기는 권력층이 지향하는 진리의 실체, 즉 지식을 담지하는 서사물이라는 뜻이다. 그러므로 당대 애정류 전기에는 애정에 대한 당대 권력층의 지식이 서술된 것이고, 정치와 사회의 작동 원리인 유교 이데올로기가 그 기준으로 작용한 셈이다. 한편 중세 로망스의 작자는 기사 계급, 혹은 궁정의 성직자 계급이다.[66] 이들 또한 당대의 사

---

65 이 책 4부 주 120 참조. 이 논문에서 말하는 권력의 서사란 것은 정치사회적인 의미의 권력 뿐 아니라 그 시대에 알맞는 지식을 구성하는 관계적 힘에 의해 생성된 서사를 말한다.

66 12세기 중엽에 들어서면 세속 귀족 고유의 이데올로기 체계가 기사도라는 개념을 중심으로 정립된다. 따라서 그때까지 교회와 성직자가 독점해오던 문화를 기사 집단도 향유하게 되었다. 그런데 이들 기사 집단 사이에 단순한 용맹성만을 추구하는 것이 아니라 고급 문화에 참여하고 후원해야 한다는 의식이 점차 생성되었다. 이에 따라 후원할 능력이 있는 영주 아

인처럼 중세 서양의 지식인 집단이었다. 이들은 기독교 윤리를 학습하고 실천하는 집단이자 사회적으로는 권력층에 속했다. 로망스의 독자들 또한 궁정에 속한 귀족들이었기에 로망스는 자연히 중세 귀족 계층의 사고방식과 그들의 욕망을 반영하는 서사라 할 수 있다. 이는 곧 로망스가 표명하는 남녀의 사랑에 대한 담론이 당시 기독교 이데올로기의 교육을 받은 지식인 집단, 즉 지배층의 담론이라는 뜻이다.

일반적으로 중세 로망스의 이야기는 두 가지 방향으로 전개된다. 하나는 아서 왕[67]을 중심으로 한 기사들이 성배를 찾으러 모험을 떠나는 것이고 또 하나는 아서 왕의 궁전에서 기사와 영주의 부인lady이 사랑의 유희를 벌이는 것이다. 이 과정에 마녀, 마법사, 요정, 아발론 섬과 같은 이상향 등 초자연적인 요소, 즉 '환상'이 개입된다. 이는 당대 애정류 전기에 흔히 등장하는 선녀, 요괴와의 연애, 변신, 주술 등과 같은 맥락으로 상정된다. 또한 이들 중세 애정 이야기들을 구조적 측면에서 보았을 때 당대 애정류 전기와 중세 로망스는 모두 운문과 산문이 결합된 형식을 지닌다. 당대 애정류 전기에 빈번히 등장하는 시(詩)와 사(詞)는 남녀 주인공의 사랑을 전개시키는 역할을 할 뿐 아니라 남녀 주인공의 감정을 독자에게 전달해주는 기능을 한다. 이에 비해 로망스는 시와 산문의 비율이 절반씩 혼재되어 있거나 혹은 산문화된 시의 형태를 띠고 있다. 그 당시 중세 서양에서는 로망스의 작가를 '소설가'가

래로 기사와 성직자가 모여드는 현상이 생겨났고 로망스는 이 같은 상황 속에서 궁정적 · 귀족적인 속성을 가지고 출발하였다. 12세기 성직자, 기사 집단의 문학과 관련해서는 윤홍택 · 김정희, 「고딕시대의 문학: 궁정소설의 탄생과 발전」, 『한국프랑스학논집』(프랑스학회, 1999), 제28집, pp. 117~18을 참조.

67 아서 왕 이야기는 5세기경 브리튼 섬에 실존했던 인물인 아서 왕의 이야기를 근간으로 한 것으로 11세기 중엽부터 채록되기 시작하였다. 이후 15세기까지 이 이야기는 온갖 문명권의 작가들에 의해 문학으로 각색되었다. 아서 왕 이야기의 특징은 다문화성이다. 기독교 전입 이전 켈트 족의 신화에서부터 그노시스적인 신비주의까지 온갖 환상이 덧입혀져 있다.

아닌 '시인'으로 지칭하였는데 이는 운문과 산문을 엄밀히 구별하지 않는 중세 서사문학의 경향으로 볼 수 있다. 당대와 서양 중세에는 아직 '산문체이자 완벽한 허구인 소설'이라는 개념이 성립되지 않았다. 그러므로 동서양 중세의 애정류 전기를 현재의 리얼리즘 서사관으로 평가하는 것은 매우 부적절한 행위가 된다. 게다가 동서양 중세 애정류 전기의 작자들은 자신들이 서술하는 이야기의 소재를 역사적 사실에서 취하였기에 자신들의 서사가 허구라고 생각하지 않았다. 그들은 역사가의 태도, 혹은 역사가에 준하는 태도로 서사를 대하였고 따라서 그들이 작성한 서사는 역사성과 허구성 사이에 존재하는 일종의 팩션faction[68]이었다.

당대 애정류 전기와 로망스의 작자는 기존의 이야기를 "다시 쓰기(重寫)"하는 경향이 있었다. 그들은 작자의 능력에 의거한 창작 행위를 하지 않았다. 다만 전대로부터 내려온 역사적 사실을 각색하고, 또 이렇게 각색한 이야기를 다시 한 번 새로운 방법으로 재구성하기를 반복하였다. 당대 애정류 전기에 등장하는 여우나 귀신과의 연애담, 선녀와의 만남 등은 이미 위진 시기 지괴(志怪)에서도 일상적으로 다루어지던 소재였다. 로망스 역시 아서 왕과 그의 기사에 관련된 일련의 이야기들을 새로운 결합으로 살을 붙여 재구성하는 경향을 나타낸다. 이는 "모든 텍스트는 마치 모자이크와 같아서 여러 인용문들로 구성되어 있다. 모든 텍스트는 어디까지나 다른 텍스트들을 흡수하고 그것들을 변형시킨 것에 지나지 않는다"[69]는 포스트모더니즘의 상호텍스트성을 연상시

---

68 팩션faction은 사실fact과 허구fiction의 특징을 아우르는 서사를 일컫는 합성어이다. 근래 화제가 되었던 『다빈치 코드』류의 소설이 바로 팩션에 속한다. 우리나라 소설 가운데 『불멸의 이순신』 『해신(海神)』 등의 소설이 이 범주에 속한다.

69 金旭東, 『포스트모더니즘의 이론』(서울: 민음사, 1997), p. 195.

킨다.

또한 당대 애정류 전기와 로맨스의 작자는 본(本) 서사에 적극적으로 개입하여 논평과 해설을 부가하였다. 따라서 이들은 독자에게 서사를 전면적으로 해석해주는 권위를 지닌다는 공통점을 갖는다. 그러므로 중세 애정류 전기의 작자가 제시한 논평은 메타서사[70]의 역할을 하는 것이다. 중세 애정류 전기의 작자는 메타서사를 통해 자신의 이데올로기를 독자에게 투영시킨다. 남녀 주인공의 애정 행위 또한 작자의 이데올로기에 근거하여 시비와 선악이 가려지고 독자를 자신의 사유방식에 동조하도록 이끈다. 이와 같은 서사의 전개는 작자와 독자의 냉정한 거리 유지를 중시하는 리얼리즘 서사관과는 대조된다. 동서양 중세 애정류 전기의 작자는 "독자와 이야기하듯이 글을 쓰고 독자를 향하여 부탁을 하고 독자를 모욕하고 독자에게 아첨한다"[71]는 점에서 공통된 특질을 지닌다.

2. 서양 중세 로맨스 속의 환상 장치

당나라의 애정류 전기 및 로맨스에는 기이한 인연의 결합, 요정과의 연애, 신비한 주술, 용의 퇴치, 마법사와 마녀, 변신 등의 '환상'적 요

---

70 메타meta는 언어의 비문학적인 사용에서 발견되는 현상을 지적한 용어이다. 따라서 메타서사meta-narrative는 '서사를 위한 서사'로 해석된다. 메타서사는 20세기 말부터 대두된 포스트모더니즘 이론의 한 부분으로 위기에 봉착한 서구 리얼리즘 서사의 대안으로 제시되었다. 메타서사적 장치는 독자에게 작자의 논리를 대변해주는 역할을 한다. 동양에서는 '군자왈(君子曰)' '찬왈(贊曰)' '태사공왈(太史公曰)' 등의 형식으로 나타나고 서양에서는 '음유시인은 이렇게 노래하였다'와 같은 형식을 취한다.

71 크베토슬라프 호바틱, 박진곤 옮김, 『밀란 쿤데라의 문학』(서울: 민음사, 1997), pp. 13~20.

소가 공통적으로 개입되어 있다. 이에 대해 서구에서는 로망스가 근대 소설인 노블로 발전하는 전단계이기에 나타날 수밖에 없는 전근대적, 비합리적 요소가 바로 '환상'이라고 평가해왔다. 아울러 동양 서사 속의 '환상'적 요소들에 대해서는 동양 문화와 사유의 비합리성과 저열함을 드러내는 부분이라고 폄하해왔다.[72] 하지만 현재 서구에서는 오히려 리얼리즘의 인식론적 한계 및 이에 대한 새로운 대안으로 '환상'을 제시하고 있다. 이는 곧 '보이는 세계'에 대한 파악에 머무는 것이 아니라 '보이지 않는 세계'에 대한 이해를 모색하고자 하는 시도로 단선적이며 이분법적인 서구 리얼리즘의 체계에 대한 돌파구로 작용하는 것이다. 최근 들어 각광받고 있는『해리포터』『반지의 제왕』등의 판타지 소설류 및 보이지 않는 세계를 다룬「디 아더즈The Others」「화이트 노이즈White Noise」등의 영상물은 '환상'적 서사에 대한 서구의 관심이 새로이 야기되었음을 증명하는 경우이다. 흥미로운 사실은 서구 판타지 소설의 배경이 한결같이 '중세'로 설정되었거나 '중세'와 유사한 미지의 시공간으로 상정되었다는 것이다. 이는 중세라는 시공간이 근대 리얼리즘의 통제를 받지 않는 자유로운 시공간이기에 서사를 구성하는 상상력 또한 제한받지 않는다는 조건을 충족시키기 때문이다.

  이 장에서는 동서양 중세 애정서사 속의 환상을 크게 두 가지 방향으로 고찰하였다. 첫번째는, 인간인 남성과 인간이 아닌 여성과의 연애, 즉 인간 남성과 선녀, 혹은 귀신이나 요괴와의 연애가 지닌 의미를 탐색하는 것이고, 두번째는, 동서양 중세 서사의 환상적 모티프 중 가장 빈번히 등장하는 용·dragon의 유형과 상징적 의미에 대해 검토하는 것

---

72 이에 대해서는 Victor H. Mair, "The Narrative Revolution in Chinese Literature : Ontological Presupposition," *Chinese Literature*, 1983, Vol. 5, no.1-2, 김진곤 편역, 『이야기·小說·Novel』(예문서원, 2001), pp. 164~215를 참조.

이다. 그 가운데 인간이 아닌 여성과의 연애를 고찰하는 작업은 분석심리학적 각도에서 볼 때 융의 주장과 궤를 같이한다.[73] 융은 환상의 기능을 좌절된 본능적 충동을 만족시키는 것으로 보았던 프로이트의 이론에서 한 걸음 더 나아간다. 융에 따르면 환상이란 인간의 원시적 충동과 연관되며 본능적 리비도가 태고의 유형을 표현하려는 기획이라는 것이다. 또한 융의 환상은 어떤 것에 대한 합리적 개념을 뛰어넘는 것으로서 인간의 욕망을 그대로, 혹은 약간 새로운 형태로 표현하는 것이 된다. 뿐만 아니라 융의 환상은 현실의 논리로는 설명될 수 없는 그 자체의 언어와 법칙을 지니고 있기에 무의식적 욕망에 주목하는 라캉의 이론과도 연결된다. 라캉은 "무의식은 언어처럼 구조화되어 있다"고 말하였는데 바꾸어 말하자면 이 말은 "환상은 언어처럼 구조화되어 있는 무의식의 표현"인 것이고 이 같은 맥락에 의할 때 중세 애정서사는 언어처럼 구조화되어 있는 환상을 담아내는 것이다. 이러한 환상의 개념을 적용시키면 선녀, 귀신, 요괴, 요정 등과의 연애를 추구하는 작자의 심리에 대한 분석이 가능해진다. 인간이 아닌 존재와의 연애는 당대(唐代)의 유교적 질서, 혹은 중세의 기독교적 질서 속에서는 불가능한 자유로운 연애의 욕망을 분출시키는 알레고리적 의미로 읽힐 수 있다. 또한 이와 같은 연애의 방식은 알레고리라는 중층적 차원이 아닌, 인간이 아닌 존재와의 연애 자체를 무의식적으로 추구한 작자의 본능적 욕구로도 읽혀질 수가 있다. 즉 중세 애정서사의 작자들은 인간이 아닌 존재와의 연애를 통해 인간과 세계와의 합일을 무의식적으로 표현한 것이고 삶과 죽음의 세계를 공유하고자 한 것이다. 그런 의미에서 볼 때 선녀로 상정된 여성과의 연애 과정은 인간 본연의 태고 유형을 온전히 실천

---

[73] 융의 정신분석학 이론에 대해서는 융 외, 『융 심리학 해설』(서울: 신영사, 1989)을 참조.

하고자 하는 과정으로 풀이된다. 또한 귀신이나 요괴 여성과의 연애는 삶과 죽음의 세계의 감성이 서로 교통되던 시절의 흔적을 다시 회복하고자 하는 무의식의 발현이 된다. 당나라의 애정류 전기 가운데 배형의 『전기』의 「배항」「장무파」「소광」「문소」「안준」 등의 작품은 인간 남성이 선녀를 만나 연애를 하고 선녀와의 결합으로 인해 남성 자신도 종국에는 신선의 반열에 이른다는 설정을 기본으로 한다. 이들 애정류 전기 작품의 남성 주인공에게 있어 선녀와의 연애는 연애 그 이상의 의미를 지닌다. 예를 들어 「배항」의 남성 주인공에게는 과제가 주어진다. 남성 주인공은 아름다운 선녀와의 첫 만남 이후 그녀와의 결합을 위하여 시험을 통과해야만 한다. 결국 남성 주인공은 자신에게 주어진 모든 난관과 과제를 완수하고 선녀와 결혼하기에 이른다. 이것은 단순히 아름다운 여성과의 연애를 욕망하는 당나라 남성의 심리만은 아니다. 모든 통과의례를 거친 인간이 영원한 존재, 불멸의 존재인 신선이 된다는 설정은 인간의 가장 궁극적인 욕망, 즉 불사(不死)를 의미한다. 그러므로 선녀와의 연애 이야기는 이 같은 인간의 근원적 욕망을 리얼리즘이 아닌 환상의 서사로 담아낸 것이다.

서양 로망스 작품의 경우 남성 주인공의 연애 대상은 영주의 부인이거나 혹은 요정이다. 영주의 부인은 아름답고 고상하고 신앙심이 깊은 모습으로 그려져 있다. 그녀는 마치 성모마리아의 재현인 것만 같다. 로망스의 남성 주인공은 그녀의 애정을 획득하기 위해 온갖 난관을 극복하고 어려운 과제를 완수한다. 그런데 로망스의 여주인공들, 특히 아서 왕의 부인 귀네비어를 필두로 한 왕녀들은 모두 문란할 만큼 복잡하게 남성과의 연애 행각을 벌인다. 여주인공들은 한편으로는 성모마리아와 같은 모습을 지니고 또 다른 한편으로는 아무런 가책 없이 남성 주인공인 기사의 열애를 받아들이는 모순된 양상을 보인다. 이와 같은

중세 기사의 격투 장면 : 누각 위에서 레이디가 기사를 바라보고 있다.

로망스 여주인공의 일관되지 못한 모습은 일견 현실성이 결여된 것처럼 보인다. 하지만 로망스가 신화를 기본으로 하여 만들어진 서사라는 점, 즉 로망스를 해석하기 위해서는 신화적 사유가 꼭 필요하다는 것을 상기한다면 로망스 여주인공의 일관되지 못한 행태도 어느 정도 납득할 수 있다.

로망스 서사가 생성되기 훨씬 이전, 켈트 문명권에는 본래 여신 숭배의 전통이 있었다. 여신은 아름답고 자애로운 반면 폭력적인 면을 가지고 있었다. 그녀는 자신이 선택한 '남성 왕'과 혼인을 하고 '남성 왕'이 노쇠하여 무능해지면 새로운 젊은 왕으로 갈아 치웠다. 이 경우 늙어버린 '남성 왕'은 희생제의의 제물이 되었다. 이와 같은 신화적 맥락에 따르면 아서 왕의 부인인 귀네비어는 여신으로 해석될 수 있다. 귀네비어라는 이름은 웨일스어로 '그웨니바르Gwenhwyfar'인데 이는 '하얀 여신'이라는 뜻이다. 따라서 켈트 족의 여성 신화에 따르면 아서 왕이 엑스칼리버를 뽑았기에 왕이 될 수 있었던 것이 아니라 아서 왕이 귀네비어에 의해 선택되었기에 그녀와의 결합을 통해 신성한 자리에 오를 수 있게 된 것이다.[74] 따라서 서양의 중세 애정서사에 나타난 기사와 영주 부인과의 연애는 본래 '남성 왕'과 그를 선택한 '여신'과의 연애에서 근원하였다는 사실을 알 수 있다. 한편 영주의 부인 이외에 기사의 연애 대상은 때로 요정이 되기도 한다. 요정들은 숲이나 호수의 정령으로 마법을 부릴 줄 안다. 남성 주인공인 기사는 그녀들과의 연애를 통해 힘을 얻거나 조언을 받는다. 결국 그녀들과의 결합은 남성 주인공을 완전한 형태의 '남성 왕'이 되도록 돕는다. 로망스의 남성 주인공은 연애를 통해 완전성을 획득한다. 이는 선녀, 귀신 여성과의 연애를 통해 인간

---

74 아서 왕 이야기의 여주인공에 대한 해석은 김정란, 「아더 왕 이야기, 물질의 지극한 꿈」, 『아더왕 이야기』(서울: 아웃사이더, 2004)를 참조.

의 태곳적 유형을 회복하고자 한 동양 중세 애정서사와 닮아 있다. 곧 동서양의 중세 애정서사는 모두 신화에서 그다지 멀리 유리되지 않은, 근원회귀적인 서사임을 알 수 있다. 그리고 환상은 매우 비현실적인 방식으로 진행되는 연애를 완성시키는 장치로 이용된다는 공통점을 지닌다.

한편 동서양 중세 애정서사에 동일하게 등장하는 두번째 환상적 모티프로 '용dragon'을 꼽을 수 있다. 당대 애정류 전기와 로망스에서 남녀 주인공의 연애가 유사한 환상적 방식에 의거해 진행되었다면 '용' 모티프의 등장은 동서양 서사에서 서로 변별점을 지니며 나타난다. 동양에서는 전통적으로 '용'을 숭배의 대상, 좋은 징조의 상징으로 여겨왔다. 꿈조차도 용이 나오는 용꿈을 꾸는 것을 최고로 여길 정도로 용에 대한 동양의 사유방식은 매우 긍정적이다. 당대 애정류 전기의 경우 용은 보물을 지키는 수호자이거나 혹은 용왕의 딸로 묘사된다. 그 가운데 이조위의 「유의전」, 배형 『전기』의 「장무파」 「소광」에 등장하는 용의 딸, 즉 용녀(龍女)는 남성 주인공과의 만남을 통해 그를 득선(得仙)으로 이끈다. 이 같은 용녀의 존재 및 역할은 선녀와 크게 다르지 않다. 남성 주인공은 용녀를 우연히 만나 그녀를 곤경에서 구해준다. 그리고 용왕에게 치하를 받거나 용녀와 결혼하여 인간 세계를 벗어나는 초월적 존재로 격상한다. 이에 비해 로망스에서는 용은 철저히 악(惡)의 상징으로만 나타난다. 로망스의 용은 아서 왕의 기사들이 성배(聖杯)를 찾는 여정의 방해꾼 역할을 맡으며 아예 선한 의도를 지닌 용은 존재하지도 않는다. 용에 대해 처음으로 언급한 서양의 서사물인 『성경』의 「요한계시록」에는 "그 큰 용은 악마라고도 하고 사탄이라고도 하며 온 세계를 속여서 어지럽히던 늙은 뱀"(12:9)이라고 서술되어 있다. 이는 용이 악의 힘, 그리스도의 적, 이교(異敎)와 이단(異端)의 표상임을 뜻한다.

따라서 용을 퇴치하는 인물은 악령이나 이단에 대해 승리한 자이고 사탄을 물리친 그리스도에 대한 알레고리로 풀이된다. 8세기경에 쓰여진 북유럽 최초의 장편 서사시 『베오울프』[75]에 등장하는 용 역시 주인공인 베오울프가 퇴치한 사악한 괴물이다. 베오울프는 용을 물리치고 용이 지키던 보물을 차지하여 영웅이 된다. 이 서사시에서 용은 '이교도'라는 표현으로 바꾸어 쓰여지기도 하였는데 이는 곧 서양에서 용을 악의 상징으로 보는 근저에 기독교가 기반하고 있음을 말한다. 뿐만 아니라 로망스에서는 '여성 용'은 거의 등장하지 않는다.[76] 그 연유는 중국의 여성 용이 도교(道敎), 음(陰)의 이미지, 재생(再生)의 상징성을 지닌데 비해 서양에서의 용은 기독교적 선과 악의 이분법적 사유에 근거하였기 때문이다. 기독교적 사유관에 의할 때 여성은 유혹과 파멸의 실마리를 제공한 자에 속한다. 친여성적인 도교의 영향을 받은 동양의 용 이미지가 기독교 전통에 의해 성립된 서양의 용 이미지에 비해 긍정적일 수밖에 없으며, '용'이라는 동일한 환상적 모티프가 동서양 중세 애정서사에서 서로 다르게 적용될 수밖에 없는 것도 다 그 때문이다.

3. 욕망과 이데올로기의 중첩

당나라의 애정류 전기와 중세 로망스의 남녀 주인공은 그 시대의 지배 이데올로기인 유교와 기독교의 통제를 받는다. 그러므로 그들의 욕

---

75 이동일 옮김, 『베오울프』(서울: 문학과지성사, 1998).

76 『베오울프』에서는 용 이외에도 '그랜델'이라는 괴물이 초반부에 등장하는데 이 괴물의 성별이 여성으로 되어 있다. 기독교 영웅인 베오울프는 그랜델을 퇴치하여 자신의 영웅적 면모와 기개를 드높인다.

망과 애정은 지배 이데올로기가 강제하는 윤리 및 금기와 강한 연관을
지닐 수밖에 없다. 이러한 상황 속에서 동서양 중세 애정서사는 독자들
에게 지배 이데올로기에서 슬쩍 벗어나는 일탈의 즐거움을 제공해준다.
엄밀히 말해 중세의 애정류 전기는 모두 여성보다는 남성의 욕망을 반
영한 서사이다. 앞서도 언급했듯이 당대 애정류 전기의 작자는 유학을
학습한 문인(文人)이고 로망스의 작자는 기사, 성직자 등 궁정과 관련
된 신분에 속한다.[77] 그들은 자유로운 연애를 원하는 본연의 욕망을 지
녔지만 공개적으로 행하거나 말할 수 없는 사람들이었다. 때문에 애정
에 대한 서사는 그들에게 두 가지를 충족시켜주어야 했다. 하나는 자유
로운 연애에 대한 욕망을 서사로써 해소시켜주는 것이고 또 하나는 그
가운데서도 지배 이데올로기를 결코 거스르지 말아야 한다는 것이다.

　당대 애정류 전기의 남성 주인공은 대개 과거시험에 떨어졌거나 혹은
과거를 보러 가던 문인으로 등장하고 로망스에서는 성배를 찾으러 가는
기사, 혹은 유람자(遊覽者)로 설정되어 있다. 따라서 동서양 중세 애
정서사의 남성 주인공은 모두 여정(旅程) 중인 존재, 현실에 비고착적
인 존재로 상정된다. 남성 주인공의 이러한 상황은 그들에게 여성과 애
정 관계를 맺을 기회를 제공하고 여성과의 연애에서 책임을 면제받도록
해준다. 당대 애정류 전기의 남성 주인공은 유교적 혼인 윤리에 따라
여성 주인공과 결합하지 않았음에도 불구하고 그의 행동은 적법하고 타
당한 것으로 그려진다. 예를 들어 장작의 「유선굴」 혹은 이경량의 「이
장무전」에서 남성 주인공은 여성 주인공과 우연한 기회에 애정 관계를

---

[77] 매우 드물게도 로망스에는 여성 작자가 존재한다. 바로 마리 드 프랑스Marie de France라고
불리는 신원 미상의 여성이다. 하지만 그녀의 작품이 여성적 관점에서 여성의 욕망에 충실
하게 서술된 것은 아니다. 이에 대해서는 김명옥, 「Marie de France의 lais에 나타난 여성
의 역할」, 『중세영문학』(한국중세영문학회, 1998), 제6집을 참조.

맺게 된다. 하지만 이 같은 상황 속에서 남성 주인공의 성적 욕망은 은 폐된 채 단지 그의 어진 품성과 글 솜씨만이 부각되어 있을 뿐, 그가 벌인 정사 행위는 유교 윤리에 부합되지 않은 결합임에도 불구하고 아무런 지탄을 받지 않는다. 서양의 중세 애정서사에서도 남성의 욕망은 기사도라는 외피 속에 은폐되어 있다. 로망스의 남성 주인공은 예의 바르고 여성과 약자에게 친절하며 무예가 뛰어날 뿐 아니라 문예적 취향도 아우르는 인물로 묘사된다. 이들 남성 주인공은 영주의 부인을 단지 정신적으로만 사모한다. 여성 주인공인 영주의 부인은 남성 주인공이 과제를 성공적으로 수행한 뒤 그의 감정을 받아주지만 그들의 완전한 결합은 이루어질 수가 없다. 대신 남성 주인공의 성적 욕망은 숲에 사는 요정, 마녀, 혹은 사라센 제국의 왕녀 등에게 대리 투사된다. 동시에 기독교적·가부장적 이데올로기에 의해 영주의 부인에게는 오히려 남성 주인공을 유혹했다는 지탄과 함께 공공연한 반감이 돌아간다. 예를 들어 『아서 왕의 죽음』과 같은 작품에서 작자는 남성 주인공 랑슬롯에게 아낌없는 찬사를 바친다. 랑슬롯이 궁정 예법과 무술에서도 타의 추종을 불허하는 기사도의 전형이라고 서술하며 "속임수나 마법에 걸리지 않는다면 결코 정복되지 않는 인물"이라고 평한다. 이러한 그가 영주의 부인인 귀네비어와 사랑에 빠진 것은 순전히 귀네비어가 유혹했기 때문이라는 것이다. 즉 여성 주인공은 유혹자이기에 성적 욕망에 대한 책임을 져야 하고 남성 주인공 랑슬롯의 욕망은 은폐되는 것이다.[78]

---

78 기독교의 외피를 걷어낸 상태에서 귀네비어와 랑슬롯의 애정 관계를 다시금 해석해본다면 귀네비어는 결코 랑슬롯과 불륜을 저지른 것이 아니다. 전술했듯이 귀네비어는 여신 숭배의 문화 속에서 '남성 왕'을 선택했던 여성 신이었다. 그러므로 그녀에게는 노쇠한 아서 왕 대신에 젊은 랑슬롯을 새로운 '남성 왕'으로 간택할 권리가 있다. 바로 이것이 기독교 이데올로기의 검열 장치에 의해 걸린 것이다. 따라서 기독교 이데올로기에 의해 여성 신인 귀네비어는 바람둥이이자 부정한 왕비로 묘사되고 랑슬롯은 불행히도 유혹자의 꾀임에 넘어가

동서양 중세 애정류 전기의 여주인공들은 당대(當代)의 이데올로기를 가장 잘 체현해낸 남성이 추구하는 존재이다. 그러므로 그녀들의 외모 역시 유형화된 패턴을 지닌다. 예를 들어 "이슬에 아름다운 꽃향기가 배어 있듯, 봄눈 녹은 빛인 듯 반짝이는데 흰 얼굴은 옥보다 더 매끄러워 보였고 귀밑머리는 구름처럼 드리워져 있었다"(『전기』「배항」)와 같은 당대 애정류 전기의 여성 묘사와 "몸매는 나긋나긋하고 엉덩이는 나지막하게 처졌는데 몸의 살결은 나뭇가지에 소복이 쌓인 눈보다 오히려 희다. 맑은 얼굴, 영롱한 시선, 아름다운 입, 오똑한 코, 갈색 눈썹에 이마는 시원스러운데 곱슬머리가 어깨 위에서 넘실거린다"(「랑발」)는 식의 로망스의 여주인공은 남성의 시선에 의해 나타나는 모습으로 존재한다. 그녀들의 섹슈얼리티는 남성에 의해 정의된다. 그녀들의 목소리는 마치 없는 것처럼 보이고 남성 작자에 의해 평가될 뿐이다. 설령 당대 애정류 전기와 로망스 작품 속에서 그녀들이 남성의 숭배 대상, 즉 선녀로, 영주의 부인으로 서술되어 있다고 하더라도 실제로 그녀들은 남성 주인공이 자신들의 조각난 정체성을 치료하기 위해 추구하는 거울로 작용될 뿐이다. 선녀와 영주의 부인을 사랑하고 숭배하는 데는 여성 존중의 페미니즘이 개입되지 않는다. 그러므로 동서양 중세 애정서사에 표현된 여성 숭배적 성향은 단순한 기표와 결합된 텅 빈 기의일 뿐 그 밖의 의미는 지니지 못한다.[79]

버린 남성이 된 것이다. 아서 왕 이야기에서 불륜을 저지르는 여성들의 이름이 한결같이 '그웬Gwen'으로 시작됨을 상기한다면 '하얀 여신'으로 풀이되는 귀네비어Gwenhwyfar의 원모습을 추정할 수 있다. 이와 관련해서는 김정란의 앞의 논문을 참조.

79 윤민우, 「12세기 무훈시, 로만스, 서정시: 개인성과 집단성의 언어와 욕망」, 『중세영문학』(한국중세영문학회, 1999), 제7집, p. 290에서는 여성을 대상으로 하는 중세의 연애시를 예로 들며 글쓰기의 목적이 여성을 향한 것이 아니라 동류의 남성 독자를 위한 것이라고 주장하였다. 이에 따르면 중세의 연애시는 여성 배제와 남성 유대의 욕구를 지향하고 있다.

동서양의 중세 애정류 전기에는 에로티즘이 투영되어 있다. 어느 시대, 어느 사회에서나 인간은 금기에 대한 위반과 일탈을 욕망한다. 인간의 사회문화적 금기 가운데 가장 근원적인 금기는 성(性)과 관련된 금기이다. 그리고 성과 관련된 금기를 위반하고자 욕망하는 바로 그 자리에서 에로티즘이 출발한다. 동양적 전통과 관련하여 에로티즘을 말하자면 에로티즘은 유교 윤리와 대척점에 서 있다. 상하를 구분하고 이에 따라 지켜야 할 법규가 요구되는 유교적 종법 제도는 그다지 에로틱하지 않다. 성 윤리적 측면에서 볼 때 유교에서 긍정하는 성은 사회적으로 공인되고 노동과 생산을 위해 쓰여지는 성에 국한될 뿐이다. 노동과 생산을 위한 성은 사회와 국가의 규제 속에 있는 것이기에 매혹의 대상이 될 수가 없다. 성은 그것에 대한 금기를 넘어섬으로써 매혹이 되는 것이며 그 순간 금기 일탈의 본연적 욕망이 충족되는 것이다. 당대 애정류 전기는 유교 이데올로기에 지배받는 문인들에게 에로티즘을 향유할 수 있는 대리 만족의 기회를 제공했다. 문인들은 사회적으로 지탄받지 않는 환상적 존재인 선녀, 귀신과의 연애를 마음껏 서술하고 이러한 애정서사를 읽음으로써 제도권의 용인 아래 에로티즘을 누릴 수가 있었다. 중세 로망스 역시 이와 마찬가지이다. 중세를 지배하는 이데올로기인 기독교는 쾌락을 위한 육체적 사랑을 배척하였을 뿐 아니라 혼외의 사랑, 간음을 십계명으로 일체 금하였다. 하지만 이것은 사회가 요구하는 초월적인, 초자아적인 미덕이었기에 현실은 당연히 이와 불일치될 수밖에 없었다. 그러므로 기독교적 금욕주의에 기반한 기사도 정신은 오히려 일탈의 에로티즘이 자라날 충분조건을 갖추고 있었다. 로망스에 등장하는 영주 부인과의 연애,[80] 요정, 사라센 제국 등 이방

---

80 기독교적 사회 분위기에서 독신의 젊은 기사가 자신의 주인인 영주의 부인과 사랑을 할 수 있었는지에 대해서는 좀더 면밀한 고찰이 필요하다. 이 점에 대해서 아르놀트 하우저는 『문

(異邦)의 여성과의 연애는 언어를 통해 에로티즘적 욕구를 해소해주는
역할을 한다.

4. 새로운 중세의 도래

  현대의 디지털 문화, 사이버 문화에서는 서양의 중세 서사를 적극적
으로 이용한다. 로망스는 더 이상 서양 중세에 잠시 존재했던 애정 이
야기가 아니라 환상의 기능을 전유(專有)하여 자본주의적 질서 속에
편입되었다. 온라인 게임에 접속하기만 하면 나타나는 것들, 마치 중세
로망스 속에서 튀어나온 듯한 '퀘스트Quest' '연금술' 등의 용어는 이미
진부할 정도로 느껴진다. 게이머들은 자신의 기사를 앞세워 사악한 용
을 물리쳐 점수를 올리기에 바쁘다. 그들은 이미 성배를 찾으러 길을
떠난 중세의 기사가 되었고 새로운 중세 속에서 살고 있는 것만 같다.
그렇다면 동양의 중세 애정서사는 현재 어떠한 모습을 하고 있는가?
현대의 디지털 문화 속에서 동양의 애정 이야기는 중세 로망스에 가려
졌다. 우리가 꿈꾸는 환상은 모두 서구식의 환상이고 동양의 환상은 찾
아보기 힘들 지경이다. 하지만 이 책에서 다루고 있는 당대 애정류 전
기만 보더라도 그 속에서 무수한 동양적인 디지털 서사를 창출해낼 수
있다. 예를 들어 둔갑한 여우, 변신한 원숭이 여인과의 슬픈 애정류 전
기는 영상물의 소재가 될 수 있고 선녀나 용녀와의 결합을 위해 과제를

학과 예술의 사회사: 선사시대부터 중세까지』에서 영주의 부인과의 사랑이 곧 영주에 대한
충성을 상징한다고 지적하였다. 즉 여성 찬미란 단지 외피일 뿐이고 여성은 도구로 사용되
었을 뿐 실상은 기사와 그의 주인의 관계를 다른 방식으로 서술한 것임을 뜻한다. 즉 여성
숭배와 사랑이 허상임을 주장하고 있다. 아르놀트 하우저, 『문학과 예술의 사회사: 고대 ·
중세편』(서울: 창작과 비평사, 1999), pp. 286~88을 참조.

수행해야 하는 사인은 게임의 주인공이 될 수도 있다. 물론 그 과정에 동양적인 환상 모티프가 수없이 개입된다. 주인공을 도와주는 주술, 단약(丹藥)을 얻으면 증가되는 주인공의 수행 능력, 금기를 지키거나 장애를 극복하는 모습 등 동양의 중세 애정서사도 새로운 디지털 담론으로 변신 가능하다. 그리하여 게임 속 주인공이 유효한 능력을 획득하면 그는 선녀와 결혼하여 신선이 되기도 한다. 하지만 그가 제대로 해내지 못한다면 선녀 대신에 못생긴 원숭이나 호랑이와 결혼하거나 혹은 한평생 단약 만드는 동굴에 유폐되기도 한다.

서구 근대 이후 등장한 리얼리즘 서사의 위기를 타개하고자 하는 목소리가 높아진 지금, 동서양 중세 애정서사가 포스트모던 서사의 성격을 띠고 있음은 누구나 알 수 있다. 움베르토 에코가 중세를 꿈꾸는 일이 과거 어느 때보다 포스트모던 시대에 용이해졌다고 언급[81]하였듯이 중세적 사유체계에서 길어오는 힘은 지금의 담론에 큰 영향을 미치고 있다. 이제 새로운 중세의 도래를 맞이할 차례이다.

---

81 움베르트 에코, 조형준 옮김, 『포스트모던인가 새로운 중세인가』(서울: 새물결, 1993).

맺음말

　이 책에서 가장 관심을 기울였던 것은 남녀의 애정이란 과연 무엇이 며 그것은 사회문화적 맥락 속에서 어떠한 방식으로 표출되는가 하는 문제였다. 특히 당대(唐代) 애정류(愛情類) 전기(傳奇) 속에서 그것 이 어떻게 나타나는지 탐구해보았다. 나아가 남녀의 애정이 그 시대의 환상, 욕망, 이데올로기라는 문화적 층위들 사이에서 어떠한 형태로 존 재하는지에 대해 살펴보았다.

　논의의 과정은 당대 애정류 전기를 성립시킨 공시적 · 통시적 좌표에 서부터 시작되었다. 그것은 전기라는 서사를 가능하게 만든 당(唐) 왕 조라는 시대적 배경 및 작자와 독자의 문제, 아울러 전기가 중국 서사 의 흐름에서 어떠한 문화적 맥락을 계승한 서사물인지를 탐색하는 작업 에 해당하였다. 또한 그것은 전체 논문에서 전개될 논의를 위한 전제적 논의로 기능하였다. 그래서 이 책에서 진행되는 탐색의 전 과정은 이러 한 전제적 논의를 기반으로 하여 서로 유기적 관계를 형성하였으며 크 게 네 개의 단계로 구성되어 당대 애정류 전기를 다각도로 파악하고자 하였다.

첫번째 단계에서는 당대 애정류 전기의 성립과 관련된 문제들을 거론하였다. 당대 애정류 전기는 남녀의 사랑, 즉 에로스의 문제를 본격적으로 다룬 서사로 이전 시대의 서사인 지괴(志怪)와는 창작의 목적 및 표현의 기법에 있어서 크게 대별된다. 그것은 유교 문화에 의해 규정된 사회적 금기와 그러한 금기로부터 일탈하고자 하는 에너지, 즉 에로티즘과 관련된 서사였으며 인간의 신체성을 긍정하는 도교의 방중술(房中術)과도 문화적으로 연계되어 있었다. 또한 당대에 이르러 크게 흥성한 기루(妓樓) 문화적 배경은 당대 애정류 전기라는 서사의 창작에 추동적인 역할을 하였는데 이는 전기의 작자인 사인(士人)이라는 계층이 곧 기루 문화의 향유 계층이었으며 기루 문화는 사인에게 여성과 염정(艷情)이라는 모티프에 대한 관심을 유발시켰기 때문이었다.

두번째 단계는 당대 애정류 전기의 유형과 구조를 서사학적 각도에서 분석하는 작업이었다. 당대 애정류 전기의 유형은 연애의 대상이 누구인가에 따라서 인신연애(人神戀愛), 이류상애(異類相愛), 재자가인(才子佳人)의 연애 유형으로 분류되었다. 이들 유형들은 신화 이래로 축적되어온 나름의 문화적 배경 아래 형성된 것으로 다음의 세 가지로 세분된다.

첫째, 인신연애 유형은 음양의 결합으로 표상되는 원시적 사유에서 출발한 것이다.

둘째, 이류상애 유형은 삶과 죽음의 세계를 넘나드는 유명(幽冥) 공존의 원리 및 만물의 근원은 기(氣)로 이루어져 있다는 기화우주론(氣化宇宙論)과 연계되는 것이다.

셋째, 재자가인 유형의 경우는 앞의 두 가지 유형이 인성주의(人性主

義)에 의해 세속화, 현실화된 것으로 그 속에는 당대를 살아가는 남성
과 여성의 원형이 보존되어 있다.

이들 세 가지의 유형 분류는 남녀 주인공의 결합이 어떠한 방식으로
끝맺게 되었는가에 따라 다시 두 가지로 구분되었다.

첫째, 남녀 주인공이 행복한 결합을 이루는 결말 구조이다.
둘째, 남녀 주인공이 파국을 맞이하게 되는 비극적 결말 구조이다.

이 두 가지 구조는 당대 애정류 전기의 유형 분류와 긴밀한 관계를
지니고 있는데 작자의 서술 목적이 무엇인지에 따라서 그것의 유형 및
구조가 결정되는 현상을 나타내었다. 만일 작자가 신녀(神女)나 선녀
(仙女)로 상징되는 초월적 존재를 통해 자신의 욕망을 해소하려 하였
다면 보통의 경우 그것은 인신연애 유형과 대단원의 결말 구조로 기술
되었다. 또한 작자의 목적이 성적 매력이 있는 여성과의 연애이고 동시
에 연애의 결과에 대해 책임지지 않는 것이라면 당대 애정류 전기는 이
류상애 유형 및 비극적 결말 구조로 이루어지게 되었다.

두번째 단계의 논의와 관련해서 당대 애정류 전기 작자의 창작 의식
을 철저하고도 정확하게 고찰하기 위해 서구의 서사인 로망스와의 비교
를 시도하였다. 그뿐 아니라 당대 애정류 전기의 남녀 주인공을 제대로
파악하기 위해 심리학적인 방법을 원용(援用)하여 그들이 인간의 근원
적인 욕망을 표상하는 존재들임을 밝혀냈다.

이어서 세번째 단계에서는 당대 애정류 전기가 담고 있는 문학적 ·
문화적 의미의 지향점을 고찰하였다. 이는 당대인의 환상, 욕망, 이데
올로기 사이에서 애정서사가 존재하는 자리를 탐색하는 작업이었다.

애정류 전기의 환상과 욕망은 유교라는 시대적 이데올로기와 대척점에서 있다. 그 사이에서 당대 애정류 전기는 금기, 일탈, 사회적 용인, 대리 투사의 심리적 상황에 근거하여 집필된 것이다.

세번째 단계에서 언급한 환상성의 문제는 중국 전통 서사를 통해 볼 때 역사성이 지닌 기능만큼이나 다대하였다. 그것은 환기론(幻氣論)과 허실론(虛實論)으로 명칭되는 환상의 두 가지 역할, 즉 입증 가능한 현실로서의 환상과 알레고리적 기능을 담당하는 환상의 기능으로 설명될 수 있다. 그런데 입증 가능한 현실로서 환상을 상정한다는 사유방식은 곧 환상이 현실을 위해 존재하는 것이 아니라 환상은 곧 환상 자체로 매우 현실적인 존재 의의를 지녔음을 말하는 것이다. 그러므로 이러한 환상의 기능은 융이 규정한 환상의 개념과도 상통하였다. 융의 주장에 따르자면 인신연애, 이류상애를 꿈꾸고 초월적인 시간과 공간을 배치한 환상의 논리란 것은 바로 인간이 자신의 태고 유형을 실현시키기 위한 과정이라는 것이었다. 이에 비해 환상의 알레고리적 기능은 환상이 현실로는 담아낼 수 없는 억압된 욕망들을 우회적으로 풀어주는 기제로 작용한다는 것으로 저항적이며 도전적인 환상의 특성과 연관되었다. 더 나아가 이것은 사인 집단의 억눌린 욕망을 보상해주는 장치였으며 그들이 현실의 상황에 대해 갖는 풍자적 의미를 대변해주는 것으로 해석되었다.

다음으로 당대 애정류 전기에 표현된 욕망과 이데올로기를 연구하는 것 또한 당대 애정류 전기라는 문학이 지향하는 지점과 연관되는 작업이었다. 이는 당대의 남성과 여성이 어떠한 사회적 모습으로 살아가는지에 대한 섹슈얼리티의 탐구였다. 이 책에서는 이와 관련하여 다음의 세 가지 논의로 세분하였다.

첫째, 당대 애정류 전기 전반에 나타나는 선녀와 기녀의 섹슈얼리티에 초점을 맞추었다. 그것은 초월적 존재였던 선녀가 현실적 욕망의 대상인 기녀와 통합된 이미지로 처리됨을 뜻하였다. 이는 당대에 이르러 신화 시대 이래로 잠재되어온 여성 중심적 모계사회의 문화 유습이 종결되었음을 의미하는 것으로 당대 애정류 전기는 그러한 종결의 모습을 선기합류라는 코드로 반영해주는 서사가 되는 것이다.

둘째, 당대 애정류 전기의 작자인 사인의 성별이 남성인 점에 주목하여 당대 애정류 전기를 남성 서사로 상정하고 이에 따라 서사 속에 투영된 남성 작자로서의 해석을 살펴보았다. 특히 이 부분에서는 당대 애정류 전기에 삽입된 의론문을 주시하여 그것을 메타서사로 규정하였으며 이러한 메타서사가 곧 본 서사를 남성적 이데올로기에 의해 재구성함을 밝혀내었다. 결국 두번째 논의는 세번째 논의의 목적과도 연계되는데 두번째 논의가 남성의 시각에 입각하여 당대의 여성에 대한 섹슈얼리티를 규명하는 과정에 해당하였다.

이에 비해 세번째 논의는 메타서사를 통한 남성 서사의 틀을 해체시키고 그 속에 은닉되어 있는 여성의 목소리를 드러내는 작업이었다. 따라서 세번째 논의에서는 당대 애정류 전기의 여성 주인공들이 욕망의 대상으로 현시될 뿐 아니라 욕망의 주체로도 존재하였음을 보여주는 것으로 이는 남성 서사의 틀 밖에서 밝혀진 사실들이었다.

끝으로 당대 애정류 전기의 의미를 후대의 문학과의 상관관계를 통해 조명하였다. 이 부분은 재자가인의 모티프를 지닌 후대 소설에의 영향 및 희곡에 대한 영향으로 나뉘어서 진행되었다. 또한 한국 고전소설의 성립에 당대 애정류 전기가 끼친 영향 및 조선, 일본, 베트남의 애정류 전기에 대해서도 탐구하였는데 그 결과 당대 애정류 전기는 당 왕조라는 한 시대에 국한된 서사가 아니라 동아시아 애정서사의 근원으로서의 의미를 담고 있음이 밝혀졌다. 뿐만 아니라 서사문학으로서 당대 애정류 전기가 갖는 특성들은 서구의 리얼리즘 서사와는 구별되는 긍정적 가치를 지녔다는 사실 역시 확연히 드러났다. 즉 당대 애정류 전기는 작자의 서사에 대한 개입, 현실과 환상의 교착, 역사적 시간성에 대한 거부, 무한한 공간성의 확장 등으로 대변되는 동양 전통 서사의 가치를 고스란히 내재한 서사였으며 이러한 동양적 가치는 한계에 이른 서구 서사를 이미 능가하였고 서구 서사의 모순점을 극복하게 만드는 대안적 가치로 대두된 것이다.

아울러 마지막 부분에서는 당대 애정류 전기를 서양 중세의 로망스와 비교하였다. 그 결과 당대 애정류 전기와 서양 중세 로망스는 모두 리얼리즘과는 대조적인 방향의 서사로 그 속에는 동일한 층위의 환상과 욕망이 직조되어 있음을 발견할 수 있었다. 나아가 이 부분에서는 서양 중세 로망스와 당대 애정류 전기가 현대 디지털 서사로 탈바꿈될 수 있는 가능성에 대해서도 지적하였다.

이 책의 여러 논점들은 모두 개별성과 전체성의 원칙에 따라 탐구되었다. 당대 애정류 전기를 비롯하여 한국, 일본, 베트남의 애정류 전기를 논의함에 있어 일방적인 영향 수수론에 의거하지 않도록 하였다. 물론 당대 애정류 전기가 여타 동아시아 애정서사에 끼친 영향은 실로 다대하다. 하지만 동아시아 각국의 애정류 전기 역시 나름의 가치를 두고 있음을 중시하였다. 즉 서구에 대한 대안적 서사로서 동아시아 서사가 함께 공존함과 동시에 중화주의적 전통이라는 중심 서사의 이론에 의해 동아시아의 주변 서사의 의미가 함몰되지 않는 사유방식을 견지하였다.

이 책에서는 줄곧 '환상'과 '욕망' '이데올로기'라는 화두에 주의를 집중하였다. 환상과 욕망으로 짜여지지 않은 남녀의 사랑이 어떻게 존재할 수 있겠는가? 인간 사회의 이데올로기는 끝없이 '환상'과 '욕망'을 통제한다. 하지만 통제에도 불구하고 남녀의 애정서사는 결코 없어지지 않는다. 왜냐하면 '환상'과 '욕망'은 때로는 이데올로기에서 일탈하고, 때로는 이데올로기와 타협하며 서사를 만들어내기 때문이다.

■ 참고문헌

【1】원전류

(1) 기본 원전

瞿佑 等, 周楞伽 校註, 『剪燈新話 · 剪燈餘話 · 覓燈因話』, 上海: 上海古籍出版
社, 1981.

裴鉶, 周楞伽 輯注, 『裴鉶傳奇』, 上海: 上海古籍出版社, 1980.

孫棨, 楊家駱 主編, 『唐國史補等八種: 北里志』, 臺北: 世界書局, 1968.

汪辟疆 校錄, 『唐人小說』, 香港: 中華書局, 1987.

李昉 等 撰, 『太平御覽』(全4冊), 北京: 中華書局, 1985.

─────, 『太平廣記』(全10冊), 北京: 中華書局, 1994.

Tompson Stith, *The Motif-Index of Folk-Literature*, Indiana University
Press, 1955.

(2) 국문 역주본

魯迅, 趙寬熙 譯注, 『中國小說史略』, 서울: 살림, 1998.

申光漢, 박헌순 옮김, 『企齋記異』, 서울: 범우사, 1990.

완서, 박희병 옮김, 『베트남의 기이한 옛이야기: 傳奇漫錄』, 서울: 돌베개, 2000.

劉義慶 撰 · 張貞海 譯注, 『幽明錄』, 서울: 살림, 2000.

劉向, 김장환 옮김, 『열선전』, 서울: 예문서원, 1996.

李劍國 · 崔桓, 『新羅殊異傳 輯校와 譯註』, 영남대학교출판부, 1998.

이동일 옮김, 『베오울프』, 서울: 문학과 지성사, 1998.

李昉 등 모음 · 김장환 외 옮김, 『태평광기』, 서울: 學古房, 2000.

장 마르칼, 김정란 옮김, 『아더왕 이야기』, 서울: 아웃사이더, 2004.

정범진 편역, 『앵앵전』, 서울: 성균관대학교 출판부, 1995.

鄭在書 譯註, 『山海經』, 서울: 民音社, 1993.

최진아, 『전기, 초월과 환상 서른한 편의 기이한 이야기』, 서울: 푸른숲, 2006.

(3) 일문 역주본

淺井了意, 江本裕 校訂, 『伽婢子』, 東京: 平凡社, 1987.

崔令欽, 孫棨, 齋藤茂 譯注, 『教坊記 · 北里志』, 東京: 平凡社, 1992.

【2】단행본

(1) 국문 단행본

박희병, 『韓國傳奇小說의 美學』, 서울: 돌베개, 1997.

알베르 베갱 · 이브 본푸아 편역, 장영숙 옮김, 『성배의 탐색』, 서울: 문학동네, 1999.

유인선, 『새로 쓴 베트남의 역사』, 서울: 이산, 2002.

자크 라캉, 권택영 엮음, 『욕망이론』, 서울: 文藝出版社, 2000.

全寅初, 『唐代小說研究』, 서울: 연세대학교 출판부, 2000.

鄭在書, 『不死의 신화와 사상』, 서울: 민음사, 1994.

조르주 바타유, 조한경 옮김, 『에로티즘』, 서울: 民音社, 1996.

황소연, 『일본 근세문학과 善書』, 서울: 보고사, 2003.

C. G. 융 외, 『융 심리학 해설』, 서울: 신영사, 1989.

Gillian Beer, 文祐相 옮김, 『로망스』, 서울: 서울대학교 출판부, 1982.

(2) 중문 단행본

董乃斌, 『唐帝國的精神文明』, 北京: 中國社會科學出版社, 1996.

李劍國, 『唐五代志怪傳奇敍錄』, 天津: 南開大學出版社, 1993.

程國賦, 『唐代小說嬗變硏究』, 廣州: 廣東人民出版社, 1997.

程毅中, 『唐代小說史話』, 北京: 文化藝術出版社, 1990.

侯忠義·劉世林, 『中國文言小說史稿』, 北京: 北京大學出版社, 1991.

(3) 일문 단행본

近藤春雄, 『唐代小說硏究』, 東京: 笠間書院, 1967.

內山知也, 『隋唐小說硏究』, 東京: 木耳社, 1977.

小川環樹, 『中國小說史の硏究』, 東京: 岩波書店, 1968.

(4) 영문 단행본

Ceri Sullivan and Barbara White, *Writing and Fantasy*, New York: Wesley Lomgman, 1999.

Marie-Louise von Franz, *Interpretation of Fairy Tales*, Dallas: Spring Publications, 1987.

Sheldon Hsiao-peng Lu, *From Historicity to Fictionality*, Stanford University Press, 1994.

【3】학위 논문

(1) 국내 학위 논문

金洛喆, 「唐 傳奇 愛情小說의 構造 研究」, 成均館大學校 大學院 中語中文學科
　　　　博士論文, 1997.

김선자, 「중국변형신화전설연구」, 延世大學校 中語中文學科 大學院 博士論文,
　　　　2000.

金芝鮮, 「魏晉南北朝 志怪의 敍事性 研究」, 高麗大學校 大學院 中語中文學科
　　　　博士論文, 2001.

孫修暎, 「唐 傳奇의 형성에 관한 연구」, 延世大學校 大學院 中語中文學科 碩
　　　　士論文, 1998.

全惠卿, 「韓·中·越 傳奇小說의 比較研究」, 崇實大學校 大學院 國語國文學科
　　　　博士論文, 1995.

鄭啓暻, 「『玄怪錄』試論 및 譯註」, 梨花女子大學校 中語中文學科 碩士論文,
　　　　1998.

崔琇景, 「淸代 才子佳人小說의 研究」, 高麗大學校 大學院 中語中文學科 博士
　　　　論文, 2001.

河元洙, 「唐代의 進士科와 士人에 관한 研究」, 서울大學校 大學院 東洋史學科
　　　　博士論文, 1995.

홍재범, 「12세기『궁정식 사랑』의 사회문화적 의미」, 고려대학교 대학원 사
　　　　학과 석사논문, 1999.

(2) 중국 학위 논문

姜宗姙, 「中國古代夢觀念與唐代小說」, 中國南開大學中文系 博士論文, 1998.

盧惠淑, 「枕中記南柯太守傳與邯鄲記南柯記之比較研究」, 國立臺灣師範大學校
　　　　博士論文, 1988.

兪炳甲, 「唐人小說所表現之倫理思想研究」, 國立政治大學中國文學研究所 博士

論文, 1993.

(3) 구미 학위 논문

Curitis P. Adkins, *The Supernatural in T'ang Ch'uan-ch'i Tales: An Archetypal View*, Ohio University(Ph. D.), 1976.

Hammond, Charles Edward, *T'ang Stories in the T'AI-P'ING KUANG-CHI*, Columbia University(Ph. D.), 1987.

【4】연구 논문

(1) 국내 연구 논문

권도경, 「17세기 애정류 전기소설에 나타난 정절관념의 강화와 그 의미」, 『한국고전여성문학연구』, 한국고전여성문학회, 2000, 제2집.

김종갑, 「페미니즘과 가부장적 이데올로기: 토마스 말로리의 『아더왕의 죽음』에 나타난 여성 숭배를 중심으로」, 『영미문학 페미니즘』, 한국영미문학페미니즘학회, 1999, 제7집, 1호.

閔寬東, 「朝鮮時代 中國古典小說의 出版樣相」, 『中國小說論叢』, 韓國中國小說學會, 2000, 第11輯.

윤민우, 「12세기 무훈시, 로만스, 서정시: 개인성과 집단성의 언어와 욕망」, 『중세영문학』, 한국중세영문학회, 1999, 제7집.

이승수, 「서사에서 환상과 여성의 인접성과 그 의미」, 『한국고전여성문학연구』, 한국고전여성문학회, 2001, 제2집.

崔溶澈, 「金鰲新話 朝鮮刊本의 發掘과 그 意義」, 『中國小說研究會報』, 1999. 9, 第39號.

(2) 중국 연구 논문

陶慕寧, 「古典小說中 "進士與妓女" 母題研究」, 『明清小說研究』, 1998. 4, 總50期.

傅璇琮,「關于唐代科擧與文學的硏究」,『文學遺產』, 北京: 中國社會科學院文學硏究所, 1984, 第3期.

內山知也,「『鶯鶯傳』的結構和它的主題」,『唐代文學硏究』, 桂林: 廣西師範大學出版社, 1992, 第3輯.

Victor H. Mair, 賴瑞和 譯,「唐代的投卷」,『中國古典小說硏究全集 2』, 臺北: 聯經出版事業公司, 1980.

(3) 일본 연구 논문

富永一登,「狐說話の展開」,『學大國文』, 大阪敎育大學, 1986, No. 29.

花田富二夫,「近世初期飜案小說『伽婢子』の世界: 遊女の設定」,『大妻比較文化, 大妻女子大學比較文化學部紀要』, 2002, Spring.

(4) 구미 연구 논문

Curitis P. Adkins, "The Hero in T'ang Ch'uan-ch'i Tales," *Critical Essays on Chinese Fiction*, The Chinese University Press, 1980.

William H. Nienhauser, Jr., "Some Preliminary Remarks on Fiction, The Classical Tradition and Society in Late Ninth-century China," *Critical Essays on Chinese Fiction*, The Chinese University Press, 1980.

■ 찾아보기